El ángel perdido

OTROS LIBROS DE JAVIER SIERRA

La dama azul

El ángel perdido

Una novela

Javier Sierra

ATRIA ESPAÑOL

Nueva York · Londres · Toronto · Sídney · Nueva Delhi

ATRIA ESPAÑOL
Una división de Simon & Schuster, Inc.
1230 Avenue of the Americas
New York, NY 10020

Primera edición en rústica de Atria Español, octubre 2011.

ATRIA ESPAÑOL y su colofón son sellos editoriales registrados de Simon & Schuster, Inc.

Ilustraciones del interior: ED (excepto p. 519: Merche Gaspar)
Facsímil de p. 243: *Monas hieroglyphica*, John Dee, Amberes, 1564.

Para obtener información respecto a descuentos especiales en ventas al por mayor, diríjase a Simon & Schuster Special Sales al 1-866-506-1949 o a la siguiente dirección electrónica: business@simonandschuster.com.

La Oficina de Oradores (Speakers Bureau) de Simon & Schuster puede presentar autores en cualquiera de sus eventos en vivo. Para más información o para hacer una reservación para un evento, llame al Speakers Bureau de Simon & Schuster, 1-866-248-3049 o visite nuestra página web en www.simonspeakers.com.

Impreso en los Estados Unidos de América

10 9 8 7 6 5 4 3 2

ISBN: 978-1-4516-4138-7
ISBN: 978-1-4516-4146-2 (ebook)

A Eva, Martín y Sofía.
Mis ángeles de la guarda.

*... y observando los hijos de Dios que las hijas
del hombre eran bellas, se procuraron
esposas de entre todas las que más les placieron.
Dijo entonces Yahvé: «Mi espíritu no perdurará en el
hombre por siempre; puesto que él es carne,
serán sus días ciento veinte años.»*

Génesis 6, 2-3

Qui non intelligit, aut taceat, aut discat.
(Quien no lo comprenda que calle o que aprenda.)

JOHN DEE (1527-1608)

El ángel perdido

Doce horas antes

—

La enorme pantalla de plasma del despacho del director de la Agencia Nacional de Seguridad se iluminó mientras sus persianas eléctricas oscurecían la sala con un suave zumbido. Un hombre trajeado, de aspecto impecable, aguardaba tras una mesa de caoba a que el todopoderoso Michael Owen le explicara por qué lo había hecho venir a toda prisa desde Nueva York.

—Señor Allen —carraspeó el gigante negro clavando su mirada en él—. Le agradezco que haya venido a verme con tanta diligencia.

—Supongo que no tenía elección, señor —respondió.

Nicholas L. Allen era un agente curtido en aquellos lances. Llevaba dos décadas moviéndose con razonable agilidad por el bosque burocrático de Washington D. C. y se contaban con los dedos de una mano las veces que había pisado aquel despacho. Si el director Owen lo había convocado a su madriguera en Fort Meade, Maryland, era porque se avecinaba una crisis. Y de las grandes. Acudir presto era lo menos que podía hacer.

—Verá, coronel Allen —prosiguió Owen. Sus ojos todavía lo escrutaban con severidad—. Hace seis horas nuestra embajada en Ankara nos ha enviado el vídeo que deseo mostrarle. Le ruego que se fije en todos los detalles y comparta sus impresiones cuando termine de verlo. ¿Lo hará?

—Claro, señor.

Nick Allen había sido entrenado para eso. Para obedecer a sus superiores sin oponer resistencia. Tenía el perfil del soldado perfecto: complexión fuerte, casi un metro ochenta y cinco de alzada, rostro cuadrado, surcado por alguna que otra fea marca de combate, y una mirada azul que podía graduar desde la infinita bondad a la furia más despiadada. Dócil, se reclinó en su butaca y aguardó a que la pantalla de barras multicolores desapareciera para desvelar su primera imagen.

Lo que vio le hizo dar un respingo.

Sentado en una habitación llena de desconchaduras y manchas en la pared aguardaba un hombre maniatado y con la cabeza cubierta por una capucha. Alguien lo había vestido con un mono naranja como el utilizado en las prisiones federales de los Estados Unidos. Sin embargo, los individuos que se movían a su alrededor distaban mucho de parecer norteamericanos. Allen distinguió a dos, quizás a tres tipos vestidos con galabeyas que escondían sus rostros tras pasamontañas negros. «Límite entre Turquía e Irán —calculó en silencio—. Tal vez Irak.» Los tiros de cámara le permitieron reconocer enseguida varios grafitis escritos en kurdí, impresión que se confirmó en cuanto los oyó hablar. El vídeo tenía una calidad razonable pese a haber sido filmado con una cámara doméstica. Tal vez con un teléfono móvil. Una frase más de aquellos tipos le bastó para identificar su procedencia. «Frontera con Armenia», concluyó. Además, dos llevaban al hombro sendos AK-47 y, al cinto, grandes cuchillos de hojas curvas típicos de la región. No le sorprendió demasiado que el operador de cámara fuera quien dirigiese la escena. Ni tampoco que le hablara al rehén en un inglés con el acento áspero que tantas veces había escuchado en el noroeste de Turquía.

«Está bien. Ahora diga lo que debe», ordenó.

El prisionero se removió al sentir que unas manos fuertes lo agarraban del cuello y lo orientaban con rudeza en dirección al objetivo mientras le arrancaban la capucha.

«¡Dígalo!»

El hombre de la pantalla titubeó. Tenía mal aspecto. Barba descuidada. Pelo revuelto y un rostro sucio, demacrado y de piel quemada por el Sol. A Nick Allen le extrañó no poder verlo mejor. La luz era pobre. Posiblemente procedía de una sola bombilla. Y, pese a todo, algo en aquel perfil le resultaba familiar.

«En nombre de las Fuerzas de Defensa Populares..., exijo al gobierno de los Estados Unidos que cese de apoyar al invasor turco», dijo entonces en un inglés perfecto. Una algarada de gritos se elevó por detrás de él. «¡Continúa, perro!» El pobre hombre —al que no conseguía identificar, pese a concentrarse en cada uno de sus gestos— se estremeció. Balanceó su cuerpo hacia delante mostrando sus manos atadas a cámara. Tenía varios dedos ennegrecidos, tal vez congelados, que parecían aferrar un pequeño objeto. Una especie de colgante opaco, de aspecto irregular, poco atractivo, hizo que los ojos de Nick Allen se abrieran de par en par. «Si quieren rescatarme con vida, hagan lo que piden —dijo como si una tristeza infinita se hubiera instalado en su garganta—. Mi vida... Mi vida vale la salida de las tropas de la OTAN en un perímetro de doscientos kilómetros alrededor del Agri Daghi.»

«¿Agri Daghi? ¿Eso es todo? ¿No piden rescate?»

Allen vio cómo los dos hombres que tenía detrás volvieron a corear gritos en kurdí. Parecían muy excitados. Uno de ellos llegó incluso a sacar su daga y a agitarla alrededor del cuello del prisionero como si fuera a rebanárselo allí mismo.

—Y ahora fíjese bien —susurró Owen.

El coronel se frotó la nariz y aguardó a que el vídeo avanzase.

«¡Diga su nombre!»

La nueva orden del operador de cámara no lo pilló por sorpresa. Había visto demasiadas veces escenas como ésa para saber qué venía a continuación. Después de obligar al rehén a identificar su unidad militar, su graduación o su procedencia exacta, lo acercarían al objetivo para que no cupiera duda alguna de su identidad. Si en ese momento el prisionero careciera de interés, lo dejarían llorar y desesperarse mientras se despedía de su familia y, acto seguido, lo obligarían a bajar la cabeza para degollarlo. Los más afortunados terminarían su agonía con un tiro de gracia. Los que no, boquearían y se desangrarían hasta morir.

Pero aquel hombre debía de tener un gran valor. Michael Owen no lo hubiera llamado si no fuera así. Nick Allen era, a fin de cuentas, un experto en operaciones especiales. En su currículo figuraban misiones de rescate en Libia, Uzbekistán y Armenia, y formaba parte de la unidad más reservada de la Agencia. ¿Era eso lo que quería de él su director? ¿Que lo trajera de vuelta a su despacho?

El vídeo rugió de nuevo:

«¿No me ha oído? —dijo el operador—. ¡Diga su nombre!»

El prisionero levantó los ojos dejando ver unas feas bolsas de color morado bajo ellos y una frente cuarteada.

«Me llamo Martin Faber. Soy científico...»

El todopoderoso Michael Owen detuvo entonces el vídeo. Tal y como esperaba, Allen se había quedado mudo de asombro.

—¿Comprende ahora mi urgencia, coronel?

—¡Martin Faber! —masculló moviendo su mandíbula de un lado a otro, sin terminar de creérselo—. ¡Pues claro!

—Y eso no es todo.

Owen alzó el mando a distancia en el aire y trazó un círculo alrededor de la imagen congelada de aquel individuo.

—¿Ha visto lo que sostiene en sus manos?

—¿Es...? —El fiel militar amagó un gesto de profunda inquietud—. ¿Es lo que imagino, señor?

—Lo es.

Nick Allen frunció los labios como si no diera crédito a lo que veía. Se acercó todo lo que pudo a la pantalla y se fijó mejor.

—Si no me equivoco, señor, ésa es sólo una de las piedras que necesitamos.

Un brillo malévolo destelló en los ojos del enorme gorila que dirigía los designios del servicio de inteligencia más poderoso del planeta.

—Tiene usted razón, coronel —sonrió—. La buena noticia es que este documento desvela, sin querer, el paradero de la que falta.

—¿De veras?

—Fíjese bien, por favor.

Michael Owen dirigió el mando a distancia hacia la pantalla y lo accionó. La figura demacrada de Martin Faber volvió a moverse como por arte de magia. Su mirada azul se había vuelto aún más acuosa, como si estuviera a punto de romper a llorar.

«Julia —susurró—. Tal vez no volvamos a vernos...»

«¿Julia?»

Al apreciar la mueca de satisfacción de su hombre más capacitado, el director de la Agencia Nacional de Seguridad sonrió. El vídeo no había terminado aún cuando su orden se coló en el cerebro de su mejor agente, ocupando el primer lugar de su lista de prioridades:

—Julia Álvarez —completó Owen la información que faltaba—. Encuentre a esa mujer, coronel. De inmediato.

1

Por alguna extraña razón me había hecho a la idea de que el día que muriese mi alma se despegaría del cuerpo e ingrávida ascendería hacia las alturas. Estaba convencida de que una vez allí, guiada por su irresistible fuerza de atracción, sería arrastrada hasta el rostro de Dios y podría mirarlo a los ojos. En ese momento lo comprendería todo. Mi lugar en el Universo. Mis orígenes. Mi destino. Y hasta por qué mi percepción de las cosas era tan... singular. Así me lo había explicado mi madre cuando le preguntaba por la muerte. E incluso el cura de mi parroquia. Ambos sabían cómo tranquilizar mi alma católica. La determinación con la que defendían todo lo que tuviera que ver con el más allá, la vida ultraterrena o las almas en pena era envidiable. Y ahora empezaba a saber por qué.

Aquella primera noche de noviembre yo, por supuesto, todavía no estaba muerta. En cambio, ésa era justo la visión que tenía frente a mí: un semblante gigantesco, sereno, unido a un cuerpo sedente de casi cinco metros de envergadura, había clavado sus ojos en los míos mientras revoloteaba a escasos palmos de sus mejillas.

—No se quede hasta muy tarde, rapaza.

Manuel Mira, responsable de la seguridad de la catedral de Santiago de Compostela, me sacó del aturdimiento gritándome desde el piso inferior. Se había pasado la tarde husmeando cómo instalaba el equipo de escalada frente al severísimo Cristo en Majestad del pórtico de la Gloria, en la fachada más occidental del templo, y ahora que su turno terminaba, debía de sentir remordimientos por dejarme allí sola, a merced de cuerdas y ganchos que él no entendía.

En realidad no tenía de qué preocuparse. Yo estaba en excelente forma física, contaba con experiencia sobrada en técnicas de montañismo y la alarma que monitorizaba esa parte de la catedral llevaba días chivándole que siempre dejaba mi andamio antes de la medianoche.

—No es bueno que trabaje en un lugar tan solitario.

El vigilante se lamentó en voz alta para que pudiera escucharle.

—Ande, Manuel. No pienso dejarme la piel aquí —repliqué con una sonrisa, sin perder de vista lo que estaba a punto de hacer.

—Usted verá, Julia. Si se cae o su arnés cede, nadie lo sabrá hasta mañana a las siete. Piénselo.

—Me arriesgaré. Esto no es el Everest. Ya lo sabe. ¡Y siempre llevo encima mi teléfono móvil!

—Lo sé, lo sé, claro que lo sé —rezongó—. Aun así, sea prudente. Buenas noches.

Manuel, que tendría veinticinco o treinta años más que yo y era padre de una muchacha de mi edad, se atusó la gorra dándome por imposible. Sabía que, mientras estuviese suspendida a la altura de un segundo piso, enfundada en mi mono de trabajo blanco, con el casco serigrafiado con el logotipo de la Fundación Barrié de la Maza, gafas de plástico, una diadema de leds alrededor del cráneo y un tubo de nylon conectado por un extremo a una PDA y por otro a una aguja de aleación clavada bajo el costado derecho del Cristo, era mejor no llevarme la contraria. El mío era un trabajo que requería pulso de cirujano y una concentración absoluta.

—Buenas noches —acepté, agradeciéndole su prudencia.

—Y tenga cuidado con las ánimas —añadió sin pizca de
humor—. Hoy es noche de difuntos y siempre merodean
por aquí. Les gusta este sitio.

Ni siquiera sonreí. Tenía en las manos un endoscopio
de treinta mil euros diseñado en Suiza sólo para aquel trabajo. Los muertos, pese al recuerdo que acababa de tener,
me quedaban algo lejos.

O quizá no.

Tras meses redactando informes sobre cómo conservar
la obra maestra del románico, sabía que me encontraba a
un paso de poder explicar el deterioro de uno de los con-
juntos escultóricos más importantes del mundo. Un monumento que había conmovido a generaciones enteras, re-
cordándoles que después de esta vida nos aguarda otra
mejor. Qué importaba que fuera noche de difuntos. En el
fondo era una coincidencia de lo más oportuna. Las imágenes que iba a analizar llevaban siglos recibiendo a los
peregrinos del Camino de Santiago, la ruta religiosa más
antigua y transitada de Europa, reavivando su fe y recor-
dándoles que traspasar aquel umbral simbolizaba el final
de su vida pecadora y el inicio de otra, más sublime. De ahí
su nombre. Pórtico de la Gloria. Sus más de doscientas figuras eran, pues, auténticos inmortales. Un ejército ajeno
al tiempo y a los miedos de los humanos. Y, sin embargo,
desde el año 2000, una extraña enfermedad los estaba des-
vitalizando. Isaías y Daniel, por ejemplo, se exfoliaban, a la
vez que algunos de los músicos que tañían sus instrumentos poco más arriba amenazaban con desplomarse si no se
lo impedíamos. Ángeles trompetistas, personajes del Génesis, pecadores y ajusticiados mostraban también signos pre-
ocupantes de ennegrecimiento. Por no hablar de la imparable decoloración de todo el conjunto.

Desde la época de las cruzadas ningún ser humano había examinado aquellas figuras tan de cerca ni tan a fondo como yo. La Fundación Barrié creía que estaban siendo atacadas por la humedad o por bacterias, pero yo no estaba tan segura. Por eso hacía horas extras cuando no había turistas mirándome ni peregrinos cuestionando que hubiéramos ocultado la obra maestra del Camino tras unos andamios casi opacos. Ni, claro, otros técnicos que pudieran cuestionar mis ideas.

Aunque yo tenía una razón más.

Una, a mi juicio, tan poderosa que no me había granjeado más que problemas.

Yo era la única del equipo que había crecido cerca de allí, en un pueblo de la costa da Morte, y sabía —o para ser más precisa, intuía— que existían motivos menos mundanos que líquenes o ácidos para que la piedra se estuviese echando a perder. A diferencia de mis colegas, no dejaba que mi formación científica me impidiera considerar alternativas menos convencionales. Cada vez que me ponía seria con ellos y recurría a conceptos como telurismo, fuerzas de la tierra o radiaciones, se me echaban encima y se reían de mí. «No hay estudios críticos sobre eso», rezongaban. Por suerte, no estaba sola en mi empeño. El deán de la catedral me apoyaba. Era un anciano cascarrabias al que, a diferencia de los demás, yo adoraba. Todos lo llamaban padre Fornés. Yo prefería quedarme con su nombre de pila, Benigno. Supongo que me divertía lo mucho que contrastaba aquel nombre con su carácter. Fue él, de hecho, quien siempre me defendió ante la Fundación y quien me animó a seguir.

«Tarde o temprano —decía—, los sacarás de su error.»

«Algún día», pensaba yo.

A eso de la una menos veinte, cuando llevaba ya un buen rato introduciendo el endoscopio en cada una de las nueve grietas cartografiadas por nuestro equipo, la PDA emitió tres pitidos agudos anunciando que ya estaba transmitiendo los primeros datos al ordenador que había instalado frente al pórtico. Suspiré aliviada. Si todo se desarrollaba como estaba previsto, al día siguiente la Universidad de Santiago procesaría mis datos en el Departamento de Mineralogía de la Facultad de Ciencias Geológicas y en cuestión de treinta y seis horas podríamos discutir los primeros resultados.

Cansada pero expectante, me descolgué de mis correas para cerciorarme de que el envío de las lecturas del endoscopio se había realizado según lo previsto. No podía permitirme ningún error. El disco duro de cinco terabytes ronroneaba como un gato satisfecho llenando el recinto de un soniquete que me puso de buen humor. En su interior, en efecto, estaban terminando de acomodarse los perfiles microtopográficos de cada grieta, los análisis del espectrógrafo y hasta el archivo de vídeo que documentaba cada una de mis incursiones en la piedra. A simple vista todo parecía correcto, así que, con calma, y con la satisfacción del trabajo bien hecho, comencé a quitarme el equipo de protección y a recogerlo todo. Necesitaba darme una buena ducha, cenar algo caliente, hidratarme la piel y leer algo que me distrajera.

Lo merecía.

Pero el Destino juega siempre con ventaja, y justo esa noche me había preparado algo que no esperaba. Algo... tremendo.

Fue al desconectar las potentes luces de mi corona y quitarme el casco cuando un movimiento inusual al fondo del templo me sobresaltó. Tuve la impresión de que, de repente, la atmósfera se había cargado de electricidad estática. La nave entera —con sus noventa y seis metros de largo y sus ciento dieciocho balcones ajimezados— pareció conmoverse por una «presencia». Mi cerebro trató de racionalizar aquello. En el fondo, sólo había creído ver un destello rápido. Una chispa fugaz. Silenciosa. Un brillo que emergió casi a ras del suelo, de apariencia inofensiva, y que pareció enfilar hacia el crucero, a unos diez o doce metros de donde me encontraba.

«No estoy sola» fue mi primer pensamiento. Noté cómo el pulso se me aceleró.

—¡Hola! ¿Hay alguien ahí?

Sólo el eco recogió mis palabras.

—¿Me oyen? ¿Hay alguien? ¡Hola...! ¡Hola!

Silencio.

Traté de conservar la calma. Conocía aquel lugar como la palma de la mano. Sabía hacia dónde correr en caso de necesidad. Además, disponía de un teléfono móvil y de las llaves de una de las puertas que daban a la plaza del Obradoiro. Era imposible que me pasara nada. Me dije entonces que quizá había sido víctima del contraste entre la zona iluminada del laboratorio, en el lado oeste, y la penumbra que envolvía el resto de la catedral. A veces los cambios de luz provocaban esa clase de malentendidos. Pero tampoco terminaba de convencerme. Aquello no había sido un reflejo en el sentido estricto del término. Ni un insecto. Ni tampoco el ascua de un cirio estrellándose contra la piedra.

—¡Hola...! ¡Hola...!

El silencio siguió siendo mi única respuesta.

Al escrutar la nave me sentí como si estuviera asomándome a las fauces de una ballena colosal. Las luces de emergencia apenas servían para marcar los accesos a algunas capillas y no daban una idea de las dimensiones del monstruo. Sin iluminación eléctrica era difícil intuir dónde estaba el retablo central. Incluso el acceso a la cripta. Y los dorados del altar mayor o el rico busto de madera polícroma del apóstol Santiago parecían haberse esfumado en la oscuridad.

«¿Llamo al 112? —pensé mientras mi mano temblaba buscando el móvil en mi bolso—. ¿Y si es una estupidez?»

«¿Y si es un alma en pena?»

Deseché aquella última idea por absurda. Mi mente luchaba por no conceder al miedo ni un milímetro de ventaja. Y, sin embargo, mi corazón latía ya acelerado.

Queriendo conjurar aquel cosquilleo, tomé mi anorak, el bolso y la corona de leds y me interné hacia donde había creído ver la luz. «Los fantasmas desaparecen en cuanto te enfrentas a ellos», me recordé. Y, temblando de miedo, enfilé la nave lateral derecha del templo en dirección al transepto, rezando para que allí no hubiera nadie. Para cuando lo alcancé, *Dios te salve, María*, giré con determinación hacia la puerta de Platerías, que a esa hora, claro, estaba ya cerrada.

Entonces lo vi.

De hecho, casi me di de bruces con él.

Y, aun teniéndolo tan cerca, dudé.

«¡Dios mío!»

Era un tipo sin rostro, oculto tras una túnica negra, como de monje, que parecía hurgar en algo que acababa de depositar bajo el único monumento moderno de toda la catedral: una escultura de Jesús León Vázquez que representaba el *campus stellae* o camino de las estrellas. Gracias a Dios, su actitud era huraña, no agresiva, como si acabara de caerse dentro del templo y todavía no supiera muy bien dónde estaba.

Sé que debí salir corriendo de allí y avisar a la policía, pero el instinto, o quizá que nuestras miradas se cruzaron en el último segundo, me empujó a hablarle.

—¿Qué hace usted aquí?

La pregunta me salió del alma.

—¿No me ha oído? ¿Quién le ha dado permiso para estar en la catedral?

El ladrón —pues, en definitiva, eso era lo que parecía— dejó lo que estaba haciendo sin alterarse por mi apremio. Oí cómo cerraba la cremallera de una bolsa de nylon al tiempo que se giraba hacia mí como si no le preocupara en absoluto que alguien lo hubiera descubierto. Es más: viéndolo ahora, casi estaba tentada de creer que se había agazapado allí para esperarme. Por desgracia, la escasa luz no me ayudó a identificarlo. Intuí que vestía unas mallas oscuras debajo del hábito y que era un tipo fuerte. Entonces dijo algo en un idioma que no reconocí y, a continuación, dio un paso al frente murmurando una pregunta que me desconcertó:

—¿Ul-á Librez?

—¿Cómo?

El «monje» titubeó, tal vez meditando cómo precisar su pregunta.

—¿Ul-ia Alibrez?

Ante mi cara de perplejidad, reformuló una vez más sus palabras, haciéndolas tan comprensibles como desconcertantes.

—¿Jul-ia Álvarez? ¿Es... us-ted?

2

Fuera de la catedral llovía con pocas ganas. Era el *orballo*. Esa precipitación típica del norte de España que, sin llamar la atención, va filtrándose hasta calarlo todo. Los adoquines de la plaza del Obradoiro estaban entre sus más célebres perjudicados y a esa hora eran incapaces de tragar más. Por eso, cuando una elegante berlina color burdeos atravesó la explanada más célebre de Galicia y se estacionó justo en la puerta del hostal de los Reyes Católicos, levantó una ola de agua que salpicó las paredes del establecimiento.

Dentro, en recepción, el conserje de guardia echó un vistazo por la ventana que tenía más cerca y apagó el televisor. Llegaban sus últimos clientes. Solícito, puso el pie en la calle justo cuando las campanas de la catedral daban las doce. En ese momento, el conductor paró el motor de su Mercedes, apagó los faros y ajustó la hora de su reloj de pulsera como si aquello formara parte de un ritual.

—Hemos llegado, cariño. Compostela.

La mujer que estaba a su lado se desabrochó el cinturón y abrió la puerta. Se sintió aliviada al distinguir al recepcionista aproximándoseles con un enorme paraguas negro.

—Buenas noches, señores —dijo en un inglés perfecto. El olor a tierra húmeda inundó el interior impecable del vehículo de alquiler—. Nos avisaron que llegarían tarde.

—Excelente.

—Los acompañaré al hotel. Nosotros nos ocuparemos

de aparcar el coche y llevarles el equipaje a la habitación lo antes posible —sonrió—. En la suite les hemos dejado algo de fruta. La cocina está ya cerrada.

El hombre echó un vistazo a la plaza vacía. Le gustaba la atmósfera que la piedra confería al lugar. Era increíble que un recinto como aquél reuniera en armonía una catedral de fachada barroca, el inmueble del siglo xv en el que estaba su suite y un palacio neoclásico como el que tenían enfrente.

—Dígame una cosa, amigo —susurró cuando le entregó las llaves del Mercedes y un billete de diez euros—, ¿no han terminado aún la restauración del Pórtico de la Gloria?

El conserje echó un vistazo fugaz a su fachada. Le fastidiaba que los andamios la afeasen de aquel modo, ahuyentando a turistas con clase como aquéllos.

—Mucho me temo que no, señor —suspiró—. La prensa dice que ni los técnicos se ponen de acuerdo sobre el estado de conservación de la catedral. Seguramente tengamos obras para largo.

—¿Usted cree? —El huésped sacudió la cabeza, incrédulo—. Entonces, ¿por qué hacen turnos de veinticuatro horas?

El hombre dijo aquello al ver cómo las dos colosales ventanas que estaban sobre la puerta principal de la catedral, por debajo de la estatua del Apóstol peregrino, irradiaban una luz potente, anaranjada, que oscilaba en su interior con aspecto amenazador.

Al conserje le mudó la cara.

Aquello no parecían luces de obra. Titilaban y emitían unos destellos anaranjados que no presagiaban nada bueno. Debía llamar a la policía. Y enseguida.

3

—¿Julia Ál-varez?

Tardé unos segundos en asumir que aquella especie de «monje» estaba pronunciando mi nombre. Era evidente que no hablaba español. Y tampoco parecía que supiese francés o inglés. Para colmo de males, mis primeros esfuerzos para comunicarme por signos con él no habían funcionado. Ignoro por qué. Llámese instinto. Pero por su actitud entre tímida y conforme deduje que aquel tipo se había extraviado y no pensaba hacerme ningún daño. No sería la primera vez que un peregrino se quedaba encerrado en la catedral. Algunos de los que venían de países lejanos no eran capaces de entender los carteles que informaban a los visitantes. De tarde en tarde, uno o dos se quedaban rezagados orando en la cripta ante las reliquias del Apóstol o en alguna de sus veinticinco capillas menores, y cuando querían darse cuenta los habían dejado atrapados en su interior, fuera del horario de visitas y sin posibilidad de salir o avisar a nadie... hasta que saltaban las alarmas.

Sin embargo, había algo en aquel sujeto que no terminaba de comprender. Su proximidad resultaba mareante. Extraña. Y me inquietaba —no poco— que supiera mi nombre y lo repitiera cada vez que le hacía una pregunta.

Cuando me atreví a enfocarlo con mis luces, descubrí a un varón alto, joven, de tez morena y mirada clara, de aspecto algo oriental, con un pequeño tatuaje en forma de

serpiente bajo el ojo derecho y un gesto de infinita gravedad. Tendría más o menos mi estatura y era de complexión
atlética. Diría que había algo marcial en su porte. Atractivo, incluso.

—Lo siento. —Me encogí de hombros, mientras terminaba de examinarlo—. No puede estar aquí. Debe irse.

Pero aquellas órdenes tampoco surtieron efecto alguno.

—¿Ju-lia Ál-varez? —repitió por cuarta vez.

Era una situación embarazosa. Sin perder la calma, traté de indicarle el camino hacia mi laboratorio y de ahí, con
suerte, podría guiarlo hasta la calle. Señalé al suelo para
que recogiera sus cosas y me siguiera, pero al parecer sólo
logré ponerlo nervioso.

—Vamos. Acompáñeme —dije tomándole del brazo.

Fue un error.

El joven se sacudió como si lo hubiera agredido y se
aferró a su bolsa negra dando un grito. Algo que sonó a
«¡*Amrak!*» y que me puso los pelos de punta.

En ese momento me asaltó una duda temible. ¿Llevaba
algún objeto robado en la bolsa? La perspectiva me aterró.
¿Algo valioso...? ¿Del tesoro de la catedral, tal vez? Y, en ese
caso, ¿cómo se suponía que debía actuar?

—Tranquilícese. Está bien —dije extrayendo el móvil
del bolso y mostrándoselo—. Voy a pedir ayuda para que
nos saquen de aquí. ¿Me comprende?

El hombre contuvo la respiración. Parecía un animal
acorralado.

—¿Juli-a Álva-rez...? —repitió.

—No va a pasarle nada —lo ignoré—. Voy a marcar el
número de emergencias... ¿Ve? Enseguida estará usted fuera de aquí.

Pero al cabo de unos segundos, el maldito teléfono aún
no había logrado establecer su conexión.

Lo intenté una segunda vez. Y una tercera. Y en ninguna de las ocasiones obtuve resultado. Aquel tipo me observaba con rostro asustadizo, abrazado a su bolsa, pero al cuarto intento, y sin moverse de donde estaba, la dejó en el pavimento y la señaló para que me fijara en ella.

—¿Qué es? —pregunté.

Y el intruso, que por segunda vez dijo algo que no era mi nombre, sonrió antes de articular la respuesta más extemporánea que podía esperar. Otro nombre. Uno que, por cierto, conocía muy bien:

—Mar-tin Faber.

A sólo unos metros de allí, dos vehículos de la policía local de Santiago, acompañados por una furgoneta de la Guardia Civil y una autobomba para la extinción de incendios, entraban a toda velocidad en la Quintana dos Mortos. Habían ascendido por la calle Fonseca guiados por las indicaciones de otra patrulla que, en ese momento, vigilaba la evolución de las luces dentro de la catedral. Al parecer, habían recibido un aviso de fuego desde el hostal de los Reyes Católicos y el operativo de emergencia estaba desperezándose como un oso al que le costara salir de su letargo.

—No parece fuego, inspector Figueiras —masculló el agente que llevaba un par de minutos frente a la puerta de Platerías, calándose hasta los huesos, sin perder de vista la cubierta del templo.

El inspector, un tipo rudo endurecido en la lucha contra el narcotráfico en las rías gallegas, lo miró suspicaz. Había pocas cosas que lo fastidiaran más que estar bajo un aguacero con las gafas llenas de salpicaduras. Su humor era de perros.

—¿Y cómo ha llegado a esa conclusión, agente?

—Llevo un rato apostado aquí, señor, y aún no he visto humo. Además —añadió confidente—, no huele a quemado. Y, como sabe, la catedral está llena de materiales combustibles.

—¿Han avisado al obispado?

Antonio Figueiras hizo aquella observación con fastidio. Odiaba tener que vérselas con la curia.

—Sí, señor. Vienen de camino. Pero nos han advertido que los conservadores suelen hacer horas extras, y las luces podrían ser de ellos. ¿Quiere que entremos?

Figueiras titubeó. Si su hombre tenía razón y no había otro indicio de fuego más que los brillos que se reflejaban de tarde en tarde en las ventanas, entrar por la fuerza sólo les traería problemas. «Comisario comunista profana la catedral de Santiago.» Casi podía ver los titulares de *La Voz de Galicia* del día siguiente. Por fortuna, antes de tomar su decisión, un tercer individuo vestido con uniforme azul ignífugo se les aproximó solícito.

—¿Y bien? —lo recibió Figueiras—. ¿Qué dicen los bomberos?

—Su hombre tiene razón, inspector. No parece que sea un incendio. —El suboficial jefe de bomberos, un tipo resuelto, de cejas pobladas y mirada felina, compartió su diagnóstico con profesionalidad—. Las alarmas antiincendios no se han disparado, y las revisamos hace apenas un mes.

—¿Entonces?

—Seguramente se trata de un fallo en el suministro eléctrico. Desde hace media hora, la red de esta zona está sobrecargada.

Aquella información lo intrigó.

—¿Y por qué nadie me ha dicho nada de eso?

—Pensé que lo habría deducido usted mismo —dijo el bombero, sin acritud, señalando a su alrededor—. La iluminación de la calle lleva un buen rato apagada, inspector. Sólo hay luz en los edificios que cuentan con un generador eléctrico de emergencia, y la catedral es uno de ellos.

Antonio Figueiras se quitó las gafas para secarlas con una gamuza mientras farfullaba un improperio. Habían quedado en evidencia sus adormiladas dotes de observación. Entonces levantó la vista, se ajustó las lentes y vio que la plaza, en efecto, apenas se alumbraba por los focos de sus propios vehículos. No había ni una sola luz encendida en las casas vecinas, y sólo junto a la torre del reloj emergían esos desconcertantes destellos. Carecían de ritmo. Eran casi como relámpagos de una tormenta.

—¿Un apagón general? —susurró.

—Es lo más probable.

Pese a la lluvia y la falta de visibilidad, Figueiras reconoció la silueta de un hombre enorme que caminaba a toda prisa hacia la puerta de Platerías y se detenía frente a su cerradura, como si pretendiera forzarla.

—¿Quién es ése? —interrogó en alto.

El subinspector Jiménez, que estaba a su lado, sonrió.

—Oh, ése... Olvidé comentárselo. Llegó esta tarde a comisaría desde los Estados Unidos. Venía con una carta de recomendación. Dijo que trabajaba en un caso y que necesitaba localizar a una mujer que vivía en Santiago.

—¿Y qué hace ahí?

—Bueno... —dudó—. Resulta que la mujer que busca trabaja en la Fundación Barrié y esta noche hace turno en la catedral. Cuando se enteró de lo del fuego, se vino detrás de nosotros.

—¿Y qué va a hacer?

Jiménez, tranquilo, respondió con una obviedad:

—¿No lo ve, inspector? Entrar.

21

—¡Quédense donde están y levanten las manos!

Aquella frase tronó en las bóvedas de la catedral, haciéndome perder el equilibrio. Caí de rodillas, clavándolas en las duras losas de mármol al tiempo que una súbita corriente de aire frío recorría toda la nave.

—¡No se muevan! ¡Voy armado!

La voz procedía de algún lugar a espaldas del intruso de las mallas negras, como si un nuevo huésped hubiera atravesado la puerta de Platerías y nos tuviera ahora en su punto de mira. No sé qué me alteró más, si aquel grito en un inglés perfecto o el desconcierto en el que me había sumido oír al chico de la mejilla tatuada nombrar a Martin, mi marido. No tuve tiempo de calibrarlo. Por puro instinto, dejé caer la corona de luces y el bolso, y me llevé las manos a la cabeza. Él, en cambio, no siguió mi ejemplo.

Todo sucedió muy deprisa.

El «monje» se revolvió sobre sí mismo, desprendiéndose del hábito que lo cubría, y se arrojó entre los bancos que tenía a su derecha. Bajo la túnica, tal y como había intuido, vestía una ropa elástica, deportiva, y blandía algo entre las manos que tardé en reconocer.

Pero si su reacción me sorprendió, no lo hizo menos la silenciosa ráfaga de impactos que se estrellaron en los pasamanos de las bancas, justo tras él, levantando una nube de astillas.

—¿Julia Álvarez?

La misma voz que nos había ordenado levantar las manos pronunciaba ahora mi nombre. Su dicción era mejor que la del «monje». La oí a mis espaldas, pero estaba tan sorprendida por lo que parecían disparos que tardé en darme cuenta de que esa noche todo el mundo parecía saber cómo me llamaba.

—¡Échese al suelo!

Dios.

Caí otra vez sobre el empedrado del transepto. Todo lo que conseguí fue arrastrarme hasta el único confesionario que se apoyaba en la pared. Tres o cuatro truenos retumbaron por toda la catedral, acompañados de sus respectivos relámpagos. Pero, esta vez, ¡procedían del chico del tatuaje! ¡También él estaba armado!

Durante unos segundos todo se detuvo.

La catedral quedó sumida en un silencio mortal. Y yo, aterrorizada, permanecí encogida como un bebé asustado, con el corazón a punto de salírseme por la boca y sin atreverme ni a respirar. Quería llorar, pero el miedo —uno visceral, atenazador, como no lo había sentido nunca— se había enroscado a mi tráquea, impidiéndomelo. ¿Qué estaba ocurriendo allí? ¿Qué hacían esos dos extraños disparándose en un templo lleno..., Santo Cristo..., de obras de arte únicas?

Fue entonces, al buscar en el techo un punto de referencia que me ayudara a salir, cuando vi aquello. No era fácil de describir. Justo en el centro de la catedral, extendiéndose como un gas a lo largo del crucero y a ras de la clave de bóveda decorada con el Ojo de Dios, una sustancia etérea, traslúcida como un velo, flotaba a unos veinte metros de altura desprendiendo haces de luz eléctricos de tono anaranjado. Jamás había visto algo así. Nunca. Esa especie de humo se asemejaba a una nube de tormenta que se hubiera empeñado en gravitar sobre la mismísima tumba del Apóstol.

«A Martin le encantaría ver esto», pensé.

Pero mi instinto de supervivencia borró al instante aquella idea de mi mente y se concentró de nuevo en salir de allí.

Iba a dejar mi escondrijo y reptar hasta una columna de piedra que me protegiera mejor, cuando una mano enorme se posó en mi espalda, manteniéndome con la nariz pegada al suelo.

—Señora Álvarez... ¡No se le ocurra moverse! —dijo la voz que ahora aplastaba mis costillas.

Me quedé petrificada.

—Me llamo Nicholas Allen, señora. Soy coronel del ejército de los Estados Unidos y he venido a rescatarla.

¿A rescatarme? ¿Lo había entendido bien?

De repente me di cuenta de que el tal Allen había estado dando todas sus órdenes en inglés. Un inglés con un suave acento sureño. Como el de Martin.

«¡Martin...!»

Pero antes de que pudiera pedirle una explicación, una nueva lluvia de proyectiles atravesó la parte superior del confesionario y se estrelló contra la piedra.

—Ese bastardo tiene una pistola —se lamentó en voz baja el coronel—. Debemos salir de aquí. Y rápido.

6

El rostro escuálido de Antonio Figueiras palideció.

—¿Eso son disparos? —Nadie pudo contradecirlo—. ¡Son disparos, carallo!

Los seis agentes de policía y los dos guardias civiles que lo flanqueaban se miraron desconcertados, como si dudaran que aquella andanada acústica, hueca, pudiera proceder del cañón de un arma de fuego.

—Así que ese hijo de puta se está liando a tiros dentro de la catedral —dijo mirando a Jiménez como si él fuera el verdadero responsable de aquello. Desenfundó la reglamentaria, una Compact Heckler & Koch de 9 mm que llevaba debajo de la gabardina, y añadió muy serio:

—Hay que detenerlo ya.

El subinspector se encogió de hombros.

—Y ya me explicará quién es ese tipo —lo amenazó Figueiras—. Ahora, ¡síganme!

Cuatro hombres cumplieron la orden. Se acercaron cautelosos al ojo derecho de la puerta de Platerías cuidando de que nadie pudiera verlos desde dentro y abrir fuego contra ellos. Los tres restantes se quedaron en la retaguardia, vigilando de reojo la cercana Puerta Santa y los accesos laterales al templo. La maldita lluvia era tan intensa que apenas se distinguían los toldos color crema de la joyería Otero. Por si fuera poco, la falta de alumbrado público confería al umbral más antiguo de la catedral un aspecto turbador. Siniestro. Las escenas del Antiguo Testamento del tímpano tampoco presagiaban nada bueno. Allí estaba la imagen de la adúltera, famosa entre los peregrinos porque muestra a una mujer sosteniendo la cabeza seccionada de su amante, como advertencia de la severa justicia divina. La expulsión de Adán y Eva del Paraíso. Y en las enjutas de los arcos brillaban, húmedas, las trompetas de los ángeles del Apocalipsis.

—¿Cómo dijo que se llamaba ese cabrón? —murmuró Figueiras a su agente, mientras se pegaba a una de las columnas estriadas del pórtico.

—Nicholas Allen, inspector. Ha venido desde Washington en un vuelo privado hasta el aeropuerto de Santiago.

—¿Y le han dejado pasar la frontera con toda la artillería?

—Eso parece, jefe.

—Pues me importa una mierda quién demonios sea, ¿me entiende? Vaya hasta la radio y pida refuerzos. Que manden una ambulancia... ¡y un helicóptero! Que aterrice en la plaza del Obradoiro y cubran esa salida. Y envíe otra unidad a la puerta norte. ¡Dese prisa!

Jiménez se replegó para cumplir las instrucciones. El plan de Figueiras, salvo que las cosas se torcieran, era aguardar allí afuera a que el americano diese señales de vida y prenderlo. Y mejor si nadie daba un tiro más.

Pero no pudo ser.

Tres golpes sordos, contundentes, los sorprendieron unos metros por encima de ellos. Justo sobre la llamada fachada del Tesoro, que discurre longitudinalmente desde la puerta de Platerías hasta la fuente de los Caballos, una ventana saltó en mil pedazos cubriéndolos de vidrios rotos.

—Pero ¿qué...?

Figueiras apenas tuvo tiempo de levantar la cabeza. Las esquirlas habían terminado de desfigurar su campo de visión, pero aun así contempló algo que lo dejó estupefacto: la silueta de un hombre delgado, de ademanes acrobáticos, que parecía tener el pelo recogido en una larga cola y sostenía algo bajo el brazo, brincaba por aquel tejado de quinientos años seguido de una extraña nube de polvo luminoso.

El inspector, ateo, hijo de republicanos y afiliado al Partido Comunista desde los dieciocho años, se quedó lívido. Y desde el fondo de su garganta sólo salió una expresión en la lengua de su madre:

—*¡O demo!*

El demonio.

7

Cuando al fin logré poner el pie fuera de la catedral, me recibió una impresionante cortina de agua. La tormenta había sumido la calle en tinieblas y únicamente el resplandor de los relámpagos parecía dar volumen a las escalinatas y portales de las casas cercanas. Estaba algo aturdida, con la impresión de haber perdido oído en mi lado izquierdo, e incapaz de controlar algunos espasmos en piernas y brazos que, por fortuna, remitieron al poco. Calarme tan de repente me sentó bien. Me recordó que estaba viva... y que todavía podía ocurrir cualquier cosa. Así, por puro instinto, me aferré al mar de aromas que flotaban en la atmósfera —a musgo, a tierra mojada, a chimenea de leña—. Ellos, y el repiqueteo de la lluvia contra la piedra, fueron los que acompasaron mi ritmo cardiaco ayudándome a entrar en calor.

No todos tuvieron tanta suerte.

Sin ir más lejos, el hombre que me sacó de la catedral parecía preso de su propia furia. Yo salí primero, corriendo, y no reparé mucho en él, pero me pareció oírlo discutir con un grupo que, nada más abandonar la catedral, lo increpó con palabras gruesas. Enseguida me apartaron de su lado. Me recibieron dos bomberos que no tardaron en conducirme hasta los soportales más cercanos, poniéndome a resguardo del aguacero, y cubriéndome con una manta.

—¡Mira! —exclamó uno de ellos al ver cómo una farola titilaba—. ¡Ha vuelto la luz!

Atentísimos, los bomberos me buscaron una silla de plástico y me ofrecieron una botella de agua que bebí a grandes sorbos.

—No se preocupe, señorita. Se recuperará.

«¿Me recuperaré?»

Su tono me dio que pensar. Los últimos sobresaltos sumados a las nueve horas casi ininterrumpidas de trabajo de aquel día debían de haberle pasado factura a mi rostro. Sé que puede parecer una frivolidad pero, por puro instinto, busqué una superficie reflectante en la que comprobar los estragos. En el fondo trataba de ocupar mi mente en algo que no fueran monjes, disparos o nubes luminosas. Y durante unos momentos, el bálsamo funcionó. La puerta acristalada del único café de la plaza que aún estaba abierto a esas horas me sirvió para certificar el lamentable estado en el que me encontraba. Mi vista se cruzó con la de una muchacha que tenía el pelo alborotado y que parecía completamente fuera de lugar. Su cabellera rojiza apenas brillaba en esas condiciones de luz y sus ojos verdes se habían oscurecido dando paso a unas bolsas sobre las mejillas que me asustaron de veras. «¿Dónde te has metido, Julia?», me dije. Lo que más me preocupó fue, sin embargo, lo que no encontré en mi reflejo. Me refiero al tono muscular. Debía de haberme dado un buen golpe porque, al rato, la parte superior de la espalda me dolía como si me hubiese caído del andamio.

El andamio... ¡Ésa era otra!

Crucé los dedos para que los disparos no lo hubiesen alcanzado. El laboratorio estaba justo debajo, con todos los datos de mi exploración en el disco duro.

—Enseguida vendrá la policía a hablar con usted —me anunció entonces el más dispuesto de los bomberos—. Aguarde aquí, por favor.

Y, en efecto, al cabo de un minuto, un tipo enfundado en una gabardina beige, con el rostro chorreando agua, unas atrevidas gafas de montura de pasta blanca, empañadas, y gesto de profunda contrariedad, se acercó a saludarme con desgana. Secó sus manos en el envés de su gabán y me tendió una con estudiada formalidad.

—Buenas noches, señora —soltó por decir algo—. Soy el inspector Antonio Figueiras, de la policía de Santiago. ¿Se encuentra usted bien?

Asentí.

—Verá... —titubeó—. Ésta es una situación un poco embarazosa para nosotros. El hombre que la ha sacado de la catedral dice que han sido objeto de una emboscada. Nos ha dicho, en un español algo rudimentario, que su nombre es Julia Álvarez, ¿es eso cierto? —Asentí por segunda vez. El inspector continuó—: Mi obligación es interrogarla cuanto antes, pero ese hombre, que pertenece a los cuerpos de seguridad de los Estados Unidos, insiste en que tiene algo urgente que comunicarle.

—¿El coronel?

Figueiras puso cara de sorpresa, como si no esperara que aludiera a Nicholas Allen por su cargo. Cuando procesó el dato, movió la cabeza de arriba abajo.

—Así es, sí. ¿Tiene algún inconveniente en hablar con él primero? Si lo tuviese, yo...

—No, no. Ninguno —lo atajé—. De hecho, también yo tengo algunas preguntas que hacerle.

El inspector lo mandó llamar.

Cuando vi a Nicholas Allen por primera vez bajo una luz clara, me sorprendió. Era un hombre de metro ochenta, que frisaría los cincuenta y que tenía el porte de un perfecto caballero. Su traje se había arruinado en la escaramuza que acabábamos de compartir, pero su corbata de marca y su camisa almidonada todavía guardaban buena parte de su esplendor original. Allen se acercó desde un vehículo aparcado en un extremo de la plaza cuando el inspector Figueiras le dio permiso para hacerlo. Traía un maletín de cuero con él y antes incluso de saludarme tomó otra silla y se sentó a mi lado.

—No sabe lo que me alegra haber llegado a tiempo, señora Álvarez —dijo estrechándome las manos, resoplando de alivio.

—¿Nos... conocemos?

El rostro curtido del coronel se arqueó hacia arriba, como si fingiera un gesto beatífico. En realidad, no lo consiguió. En la distancia corta dejaba ver una desagradable cicatriz que le surcaba la frente desde el arco superciliar, perdiéndose por debajo de una espléndida cabellera que ya peinaba canas.

—Yo a usted sí —respondió—. Fui compañero de su marido. Trabajamos juntos en varios proyectos del gobierno de mi país antes incluso de que ustedes se conocieran. Después..., digamos que les he seguido la pista.

Aquella confesión me pilló desprevenida. Martin nunca me había hablado de un tipo así. Por un momento calibré si podría desahogarme contándole que el «monje» había mencionado a Martin antes de que él lo espantara a tiros, pero decidí escuchar antes lo que tuviera que decirme.

—Debo hacerle unas preguntas —anunció—. Aunque si da su permiso, preferiría que usted y yo mantuviéramos esta conversación sin espectadores.

Allen soltó aquello mirando de reojo al inspector Figueiras, que se había alejado apenas un par de metros de nosotros. Me encogí de hombros.

—Como quiera.

—Entonces, bastará con que usted se lo pida —sonrió.

Dudé un instante, pero la curiosidad me pudo. Me levanté de la silla para solicitar al inspector con aspecto desastrado que nos concediera un tiempo a solas. Y aunque noté que aquello le sentó como una úlcera, accedió llevándose su teléfono móvil al oído, haciendo como que no le importaba.

—Gracias —susurró el coronel.

Nos refugiamos dentro del café La Quintana, donde todavía estaban recuperándose del apagón. La cafetera rugía detrás de la barra haciendo un ruido ensordecedor. Estaban a punto de cerrar y su único camarero se afanaba en recogerlo todo para el día siguiente. Viendo que tendría para un rato más, nos acomodamos en una mesa al fondo del local.

—Julia... —Su manera de iniciar la conversación sonó a tanteo—. Sé que Martin y usted se conocieron en el año 2000, cuando él hizo el Camino de Santiago. Que lo dejó todo por usted. Su trabajo. Sus padres. Y también que se casaron cerca de Londres y...

—Aguarde un momento —lo detuve—. ¿Va usted a hablarme de Martin después de lo que acaba de pasar?

—Así es. Estoy aquí por él. Y ese hombre del que le acabo de salvar, también.

—¿Qué quiere decir?

—Déjeme que sea yo quien la interrogue, se lo ruego.

Acepté sorprendida mientras nos servían un par de tazas de café.

—Dígame —prosiguió—. ¿Cuánto hace que no ve a su marido?

—Un mes, más o menos.

—¿Un mes? ¿Tanto?

—Eso a usted no le incumbe, ¿no le parece? —reaccioné de mal humor.

—No, no. Lo entiendo, claro.

Entonces añadí algo para no parecer demasiado brusca:

—La última vez que hablé con él estaba en una zona

montañosa de Turquía recabando datos para un estudio científico sobre el cambio climático.

—En el Ararat, ¿verdad?

Su precisión me descuadró.

—¿Cómo lo sabe?

—Sé más cosas, señora —dijo sacando un iPad de su maletín que colocó justo frente a mis ojos. La pantalla se retroiluminó en el acto—. Su marido está en un serio peligro. Ha sido secuestrado.

8

—¿Y a qué espera? ¡Envíeme esa información de inmediato!

El inspector Figueiras no era un hombre que supiera estar de brazos cruzados. Cortó aquella llamada preso de su propia impaciencia. Bastante era que un profesional extranjero estuviera interrogando a la única testigo del tiroteo de la catedral como para concederle más ventaja sobre aquel incidente. Un estomagante intercambio de impresiones con el deán, mientras examinaban los desperfectos en el mobiliario sagrado y sus hombres recogían los primeros casquillos, le había servido minutos antes para hacerse una idea de quién era Julia Álvarez. El padre Fornés se la describió como una mujer tenaz, quizás algo más de lo necesario, poco amiga de someterse a la disciplina eclesiástica y, en su opinión, algo contaminada por ideas paganas. «Celtas, Nueva Era y esa clase de cosas», explicó con una confianza no solicitada. A Figueiras eso le dio igual. «Pero es la mejor en su trabajo. Estoy seguro de que un día de éstos nos dará una sorpresa con algún descubrimiento trascendental. Ella salvará al Pórtico de su deterioro. Ya verá», añadió.

De aquel parlamento hubo, no obstante, un detalle que lo sorprendió de veras: según el deán, Julia Álvarez estaba casada con un súbdito norteamericano.

Por eso había telefoneado a comisaría y pedido que le suministrasen todo lo que supiesen de aquella pareja.

Figueiras estaba absorto frente al ordenador de su coche patrulla cuando sintió que el aire se estremecía. Las palas de un helicóptero batieron la atmósfera turbia del lugar, haciendo temblar hasta los adoquines de la plaza. Casi había olvidado su orden y lo temerario que resultaba que, con lluvia, su único aparato se hubiese atrevido a sobrevolar la ciudad. Pero ni siquiera tuvo tiempo de arrepentirse. Otra llamada lo distrajo.

—Figueiras al habla.

—¿Inspector? —Era la voz del comisario principal.

—Sí, dígame.

—Ya está lista la información que me ha pedido. En primer lugar, no tenemos ningún expediente abierto a nombre de Julia Álvarez. No tiene antecedentes, ni siquiera una multa de tráfico, nada. Sin embargo, sabemos que es doctora en Historia del Arte y autora de un libro sobre el Camino de Santiago, *La vía iniciática*. Algo esotérico para mi gusto. Y poco más.

—¿Qué ha hecho? ¿La ha *googleado*?

—Tenga cuidado con lo que dice, inspector —le ordenó su comisario, molesto.

—Tiene razón —resopló—. Perdone. Continúe, se lo ruego.

—Mucho más llamativo es, en cambio, su marido.

—Ya imagino.

—Martin Faber es climatólogo. Y de los mejores, Figueiras. De hecho, nadie se explica qué hace viviendo aquí. En 2006 publicó un trabajo sobre el deshielo de las nieves perpetuas en las principales montañas europeas y asiáticas que le valió incluso un premio de Naciones Unidas. Sus previsiones parece que están cumpliéndose a rajatabla. Tiene un prestigio impresionante. Lo más curioso, inspector, es que... Bueno, parece que se formó en Harvard y fue reclutado por la Agencia Nacional de Seguridad de los Estados Unidos, donde trabajó hasta que se casó con Julia y se retiró aquí con ella.

—¿Su marido es un espía?

—Técnicamente sí. —La voz del comisario se vino abajo—. Lo malo es que el resto de su perfil está clasificado.

—Qué oportuno.

Los ojillos vivaces del inspector brillaron tras sus gafas de pasta blanca. Le pareció una extraña coincidencia que el tipo que estaba interrogando en ese momento a su testigo y el marido de ésta trabajaran para la misma agencia de inteligencia. «Aquí pasa algo gordo», barruntó.

—¿Sabemos cuándo se casaron, comisario?

—Aún no he encontrado ese dato en el Registro Civil. Sin embargo, al hacer una consulta al archivo de residentes de los Estados Unidos en España he averiguado que lo hicieron en Gran Bretaña. ¿Y sabe qué? Hay un dato muy curioso en los archivos de aduanas...

—Vamos, comisario. No me tenga en ascuas.

—Al parecer, el matrimonio Faber vivió durante un año en Londres, dedicándose a algo que parece ajeno a la formación de ambos. Se hicieron tratantes de antigüedades. Pero al instalarse aquí y mudar sus pertenencias, lo vendieron todo. Todo salvo dos piedras de la época isabelina que declararon ante Patrimonio.

—¿Dos piedras?

—Dos viejos talismanes. Raro, ¿verdad?

9

Las imágenes que comenzaron a desfilar delante de mis ojos eran irreales. Parecían sacadas de un telediario o, aún peor, de una mala película sobre la guerra del Golfo. De hecho, hubiera apartado la vista de aquel dispositivo de no ser porque reconocí en el acto al hombre con harapos de color naranja que ocupaba el centro de la pantalla. Dios santo. Al identificar sus rasgos angulosos, el perfil de su cabeza, sus manos grandes y fuertes maniatadas, y ese gesto de contrariedad que ponía cada vez que las cosas no salían como él quería, supe que no estaba preparada para ver más.

—¿Qué... qué es esto? —vacilé.

El coronel Allen detuvo el vídeo.

—Es una prueba de vida, señora Álvarez. Fue obtenida la semana pasada en un lugar indeterminado de la provincia turca de la Anatolia Nororiental. Como ve, muestra...

—A mi marido, ya lo veo —atajé mientras un nudo de nervios y angustia se instalaba en mi garganta. Había empezado a darle vueltas a mi alianza de oro, y estaba a punto de echarme a llorar—. Pero ¿cómo es posible? ¿Quién lo ha secuestrado? ¿Por qué? ¿Qué quieren de él?

—Cálmese, se lo ruego.

—¿Calmarme? —bufé—. ¿Cómo quiere que me calme?

El camarero de La Quintana echó un vistazo fugaz a nuestra mesa cuando me oyó perder los nervios. Dije aquello chillando de rabia, con los ojos empañados de lágrimas y el pecho encogido por falta de aire. Tomándome las manos, el coronel miró hacia él con un gesto equívoco. No supo si lo impelía a meter las narices en otra parte o le decía que allí no pasaba nada; el caso es que se retiró al otro extremo del local.

Al punto, Allen volvió a concentrarse en mí.

—Responderé a sus preguntas una por una, señora Faber. Al menos hasta donde mi gobierno y yo podamos. Pero necesitaré que, a cambio, me ayude con las mías. ¿Lo entiende?

No pude responder. Apenas podía apartar la vista de la imagen congelada de Martin. Estaba casi irreconocible. Con barba de varios días, el cabello hecho un desastre y su piel llena de erupciones. Un mar de remordimientos acudió a torturarme. ¿Cómo había podido ser tan torpe? ¿Por qué lo había dejado ir solo a aquel viaje? Los recuerdos de nuestra última discusión empezaron a brillar fugaces en mi memoria. Ocurrió poco antes de que tomara su avión a Van, no muy lejos del Ararat. Le había echado en cara que llevara cinco años usándome en sus experimentos y me planté jurándole que no participaría en uno más nunca. «¿Ni por amor?», dijo sorprendido de mi cólera. «¡Por supuesto que no!» Ahora empezaba a lamentar mi genio. ¿Lo había llevado yo a esa situación?

—Lo primero que debe saber es que un grupo terrorista ya ha reivindicado su secuestro —precisó Allen, ajeno a mis reproches—. Es el Partido de los Trabajadores del Kurdistán, una facción política ilegal de inspiración marxista enfrentada desde hace décadas a las autoridades turcas. La buena noticia —sonrió— es que tienen un gran historial de secuestros de escaladores y la mayoría terminan por ser liberados. La menos buena, señora, es que en este incidente han actuado con una impecabilidad asombrosa. No han dejado pistas de su actuación. De hecho, ni siquiera nuestros satélites han sido capaces de encontrarlas.

—¿Saté... lites? —balbuceé ahogando un sollozo, cada vez más incrédula.

—Mi gobierno acude a usted como último recurso. —El coronel recuperó su sonrisa con levedad—. Antes de conocerla a usted, su marido trabajó para proyectos importantes de nuestro país. Conoce información sensible que no puede caer en manos como ésas. Por eso estoy aquí. Para ayudarla a encontrarlo pero también para ayudarnos a nosotros. ¿Me comprende?

—No... No estoy segura.

Otro alud de ideas atropelladas se me vino encima. Martin nunca había sido demasiado explícito conmigo sobre sus años en Washington. Apenas mencionaba esa etapa de su vida. Era como si hubiera algo en ella que lo disgustara. Como esas viejas novias que no es políticamente correcto mencionar a una esposa.

Nicholas Allen dio entonces un giro a la conversación que me dejó todavía más perpleja.

—Le ruego que termine de ver el vídeo, señora.

—¿Qué?

—No se lo muestro para atormentarla, créame, sino para que nos ayude a interpretar un mensaje que su marido le ha enviado.

—¿A mí? ¿En ese vídeo?

Un ligero temblor volvió a apoderarse de mis manos.

—A usted. ¿No quiere verlo?

La pantalla del dispositivo volvió a relampaguear llenando de tonos azules aquel rincón de la cafetería. El coronel Allen accionó el botón táctil de avance hasta que la grabación se detuvo en el minuto siete. Me apreté el estómago con las dos manos, como si eso pudiera ayudarme a controlar mis emociones. El contraste de la imagen estaba al máximo. Al volver a reparar en el rostro demacrado de mi marido, estático, me preparé para lo peor.

Lo primero que escuché fue una voz de varón hablando en un inglés con acento duro.

«¡Diga su nombre!»

El tono era irascible y procedía de alguien que no estaba en pantalla.

«¿No me ha oído? —insistió—. ¡Diga su nombre!»

Martin alzó la mirada como si al fin lo hubiera escuchado.

«Me llamo Martin Faber. Soy científico...»

«¿Tiene algún mensaje que enviar a sus seres queridos?»

Mi marido asintió. Su interlocutor seguía pronunciando las haches aspiradas y las eses como si fuera un ruso recién salido de *La caza del Octubre Rojo*. Él volvió a fijar su mirada en la cámara, y como si aquel instante hubiera sido grabado sólo para que yo lo viera, dijo:

«Julia. Tal vez no volvamos a vernos... Si no salgo de ésta, quiero que me recuerdes como el hombre feliz que encontró su complemento a tu lado...»

Una lágrima furtiva rodó por mi mejilla. Lo vi empuñar en sus manos la prueba de nuestro amor. El objeto por el que nuestras vidas habían adquirido un —al menos para mí— inesperado sentido. Y con la voz trémula, entre pequeñas interferencias de sonido, continuó:

«... Si el tiempo dilapidas, todo se habrá perdido. Los descubrimientos que hicimos juntos. El mundo que se abrió ante nosotros. Todo. Lucha por mí. Usa tu don. Y ten presente que, aunque te persigan para robarte lo que es nuestro, la senda para el reencuentro siempre se te da visionada.»

El vídeo, brusco, se apagó justo ahí.

—¿No hay nada más? —pregunté como si me hubieran robado el aire que respiraba.

—No.

Estaba confundida. Desorientada. Y el coronel Allen, que no había soltado mis manos en todo ese tiempo, las apretó entonces un poco más.

—Lo siento... —murmuró—. Lo siento de veras.

Pero, impelido por un interés que yo no terminaba de comprender, me formuló una pregunta que no esperaba:

—¿Qué don es ése, señora?

10

Miguel Pazos y Santiago Mirás llevaban sólo un año destinados en la comisaría de policía de Santiago de Compostela. Habían terminado sus estudios en la Academia con excelentes calificaciones y disfrutaban trabajando en una ciudad como aquélla, donde pese a estar radicado el gobierno de la región y recibir la mayor población flotante del norte de España, casi nunca sucedía nada digno de mención.

El inspector Figueiras los había enviado a vigilar la escalinata que daba acceso a la puerta principal de la catedral y al Pórtico de la Gloria, y los dos especulaban animados sobre lo que acababa de ocurrir. Estaban relajados. Los disparos que habían puesto en estado de alarma a su unidad habían parado hacía rato. Gracias a Dios el templo no se había incendiado ni nadie había resultado herido en el tiroteo. Pese a todo, se les había ordenado que permanecieran alerta ante cualquier movimiento sospechoso. Un prófugo armado seguía oculto en alguna de las callejuelas que morían en la impresionante plaza del Obradoiro, y su prioridad era ahora detenerlo.

En la puerta del hostal de los Reyes Católicos todo parecía tranquilo. El acceso al parador nacional estaba cerrado a cal y canto, como siempre a esas horas, y la luz eléctrica había devuelto su tono macilento a la catedral y a la fachada del palacio de Rajoy. La lluvia, además, jugaba a su favor. Los obligaba a quedarse dentro del coche patrulla, aparcados en la esquina de la calle San Francisco, proporcionándoles un observatorio seco y privilegiado desde el que poder controlar la irrupción de cualquier transeúnte.

Ninguno de los dos esperaba que a eso de las doce y cuarenta el suelo empezara a temblar.

Primero fue un estremecimiento suave, como si la lluvia hubiera intensificado su fuerza e hiciera vibrar al Nissan Xtrail sobre sus ejes. Los agentes se miraron sin decir palabra. Pero cuando un zumbido cortante comenzó a tronar sobre ellos, ambos se removieron en sus asientos.

—¿Qué carallo es eso...? —murmuró el agente Pazos.

Fue su compañero quien lo tranquilizó.

—Debe de ser el helicóptero que pidió el comisario. Calma —dijo.

—Ah, bueno.

—Hay que tenerlos bien puestos para volar en una nochecita así.

—Y que lo digas.

El zumbido aumentó su intensidad haciendo que algunos charcos que se habían formado sobre los adoquines de la plaza comenzaran a elevarse a pequeños chorros hacia el cielo.

—Santi... —El agente Pazos tenía la nariz empotrada en el parabrisas viendo cómo la aeronave descendía ante ellos—. ¿Ese helicóptero es nuestro?

Un pájaro de quince metros de envergadura, pintado de negro, con dos rotores superpuestos como no los habían visto en su vida y un tercero empotrado en la cola al estilo de la hélice de un barco, descendió a pocos pasos de ellos haciendo que los casi dos mil kilos de peso de su todoterreno gravitasen a un palmo de los adoquines.

Cuando dejaron de girar, un silbido ensordecedor, agudo, recorrió la plaza obligándolos a taparse los oídos.

—¿Quién ha llamado al ejército? —murmuró Pazos, con evidente disgusto.

Su compañero no lo escuchó.

Tenía la vista clavada en un tipo de tez blanca, el pelo recogido en una trenza, que presentaba una llamativa herida debajo de su ojo derecho y que estaba dando golpecitos a su ventanilla. El agente Mirás bajó el cristal.

—Buenas noches, ¿qué...?

No tuvo tiempo de terminar su pregunta.

Dos detonaciones secas se confundieron con el último silbido del helicóptero, lanzando los cráneos de ambos policías contra sus reposacabezas. Los impactos de la Sig-Sauer de última generación que sostenía aquel tipo fueron tan certeros que los arrancó del mundo de los vivos sin que se dieran cuenta. Ni siquiera llegaron a escuchar cómo su verdugo murmuraba algo en un idioma ininteligible —una especie de letanía, algo así como *Nerir nrants, Ter, yev qo girkn endhuni!*—, antes de persignarse y continuar su camino.

11

—Es una larga historia, coronel. Y ni siquiera sé si es adecuado que se la cuente. —Tragué saliva.

Nicholas Allen, muy serio, dio un buen sorbo a su café antes de reclinarse contra el respaldo de la silla y poner sus grandes manos sobre la mesa.

—Está bien. Quiero que piense en lo que voy a decirle antes de que continúe: su marido ha utilizado la prueba de vida que le han brindado sus secuestradores para enviarle un mensaje. Pero también una advertencia. Supongo que ya se habrá dado cuenta, ¿verdad?

Asentí sin estar segura del todo.

—Cuando vi este vídeo en Washington hace unas horas —dijo acariciando su iPad— comprendí que esa alusión a alguien que pudiera robarles lo que es suyo encerraba un aviso. ¿Tienen algo de valor que sea necesario proteger?

Allen formuló aquella pregunta como si conociera la respuesta de antemano. De hecho, ni siquiera esperó a que abriera la boca.

—Una cosa está clara —prosiguió—: su marido no se ha equivocado al creer que usted también está en peligro.

Mis ojos brillaron de ansiedad.

—¿Cree que el «monje» de la catedral quería...?

—¿Y qué si no? Iba a por usted. De eso estoy seguro. ¿Llegó a hablarle? ¿A decirle algo?

—Mencionó a Martin...

—¿En qué términos, señora?

—No lo sé... —me desesperé—. ¡No llegué a entenderlo!

—Está bien. No se preocupe. Iremos poco a poco. Me gustaría que respondiese a mi primera pregunta, si no le importa.

Volvíamos a empezar.

—Perfecto —suspiré.

—¿A qué don se refería su marido en el vídeo, señora Faber?

—Tengo el don de la visión, coronel.

Dije aquello sin pensar, casi como si me liberara de un peso. De sopetón. Sin preámbulos. Y tal y como esperaba, Nicholas Allen puso cara de no entenderlo muy bien. Como todos.

—Sí que va a ser una larga historia, sí... —dijo, y se encogió de hombros.

Y antes de que añadiera nada más, volví a hacerme con la palabra.

—Es una rara herencia familiar, ¿sabe? Supongo que algo innato. Mi madre lo tuvo. Mi abuela también. De hecho, lo han tenido todas las mujeres por línea materna de las que tengo recuerdo. A veces he pensado que se trata de una especie de tara genética. He intentado reprimirla tomando fármacos, pero no ha servido de nada. No sé cómo pero Martin lo supo en cuanto me vio y me ayudó a convivir con él.

—¿Y en qué consiste?

—Es difícil de explicar, señor Allen —dije, buscando una servilleta que poder enrollarme a los dedos, como siempre hacía cada vez que me ponía nerviosa—. De hecho, yo nunca he hecho gala de él y ni mucho menos lo he utilizado en público. El caso es que Martin se dio cuenta de que lo tenía. Por ejemplo, conocía mi capacidad para tomar un objeto entre las manos y *ver* su historia. Podía saber dónde había estado antes o a quién había pertenecido. Me explicó que algunos científicos llaman a esa capacidad psicometría, ¿sabe? Pero yo también podía, en ciertas circunstancias, olvidar mi idioma y hablar en lenguas extrañas. Una vez lo hice en un latín perfecto, durante un trance al que me indujo mi abuela. Eso es xenoglosia. Don de lenguas. Lo bueno es que fue Martin quien me ayudó a asumir todo aquello y a perderle el miedo a esas cosas.

Si al coronel le extrañó algo de mis explicaciones, no dio muestras de ello.

—¿Y cómo ocurrió? —preguntó.

—¿El qué? ¿Cómo nos encontramos?

Allen asintió.

—¿Es importante?

—Podría serlo.

—Está bien —resoplé—. Fue hace años. Martín llegó a mi pueblo como un peregrino más del Camino de Santiago. Yo entonces trabajaba como guía turística en una iglesia de Noia, en la costa da Morte. Él insistió en visitarla, charlamos, nos caímos bien al primer golpe de vista y comenzó a decirme cosas de mi vida. Cosas personales, de mi trabajo, mis amigas... Yo pensé que era alguna clase de truco con el que impresionaba a las chicas, y que aquel peregrino sólo pretendía ligar conmigo. Pero el tema fue más allá. Me dijo que yo también podía hacer ese tipo de cosas. Que tenía una capacidad natural para ello. Me prometió que me explicaría todo lo que podría llegar a hacer... y así, poco a poco, en los días que se quedó en el pueblo, terminó por enamorarme. Así de simple.

Observé una nube de preocupación cruzar ante los ojos del militar. La había visto otras veces antes. Siempre que contaba aquella historia. Pero con todo, decidí continuar.

—Quiero que rescate a Martin, coronel. Si promete encontrarlo, le explicaré en detalle todo lo de mi don. Pero ayúdeme.

La mirada de Allen se tornó compasiva por primera vez. Dulce incluso. Sus cejas canosas se arquearon dejando entrever un semblante conciliador.

—Se lo prometo —dijo—. Para eso estoy aquí.

Y con una inocencia que no le había visto antes, añadió:

—Imagino que ese *todo* está relacionado con esa especie de colgante que Martin sostiene en el vídeo, ¿me equivoco?

—No. Tiene usted razón. Pero déjeme contárselo a mi modo.

—Muy bien. ¿Por dónde íbamos?

—Por el don de la visión.

—Ah, sí.

—Verá: se asemeja mucho a lo que la gente entiende por videncia, pero no es eso exactamente. Como usted supondrá, este tipo de asuntos tienen que llevarse con la máxima discreción. Yo, por ejemplo, terminé mis estudios ocultando siempre a mis compañeros y profesores lo que me ocurría. Cada vez que visitaba un museo o un edificio histórico la visión se me disparaba. Al principio era cosa de piel. Presentía que algo iba a ocurrir. Que las pinturas iban a susurrarme secretos de sus autores, sus modelos, su época, y en mi mente terminaban recreándose escenas completas que pertenecían a gentes que jamás conocí. Podía entender inscripciones en lenguas exóticas o comprender el sentido último de un conjunto escultórico con sólo vislumbrarlo. ¿Se imagina lo que puede llegar a doler cuando compartes esos conocimientos y nadie te cree? ¿Lo que implica en un mundo cartesiano, apoyado en la materia y la razón como éste, que una persona sea capaz de eso y todas las demás no? El don siempre me hizo sentir rara. Sabia pero rara. Y si no lo sofocaba de algún modo, era consciente de que iba a terminar por volverme loca.

—Y ese don, ¿interesó a Martin Faber?

—Muchísimo.

—¿Sabe por qué?

—S... Sí —dudé.

—Por favor —sonrió al percibir mi indecisión—, no me oculte nada. Le he dado mi palabra de que voy a ayudarla a encontrar a Martin, pero necesito su colaboración.

—Tiene que ver con un secreto de familia.

—¿Otro secreto familiar?

—De los Faber.

—¿Y cuál es?

—La piedra que sostiene en el vídeo es un objeto poderosísimo. De una potencia casi atómica.

Allen me miró más severo que nunca, pero no se inmutó.

—Supe por primera vez de él un día antes de que Martin y yo nos casáramos. Le aseguro que es una gran historia... Aunque explicársela quizá nos lleve toda la noche.

—No importa. Estoy deseando escucharla.

12

Pese a la hora tan tardía, el inspector Antonio Figueiras decidió acercarse a la comisaría de policía para rellenar el papeleo del incidente y cursar una orden de busca y captura para el tipo que se les había escapado en la catedral. La ciudad vieja estaba desierta. Descendió por la calle Fonseca contra dirección, con las luces de la sirena de su Peugeot 307 encendidas, justo después de dar órdenes a su patrulla para que no perdieran de vista el café La Quintana. Les había pedido que llevaran a la testigo a su despacho tan pronto como el norteamericano acabara con ella. «Que duerma en un calabozo, si es preciso —dijo—. Pero necesito tenerla bajo custodia hasta que me aclare qué carallo está pasando aquí.»

Antes de alejarse del promontorio en el que despuntaban las agujas de la catedral, Figueiras descubrió el perfil ahusado de un objeto enorme estacionado en el centro de la plaza. A través de los limpiaparabrisas dedujo que se trataba del helicóptero que había pedido. Con la que estaba cayendo, sus hombres debían de haberlo aterrizado a la espera de que las condiciones meteorológicas aconsejaran su vuelo.

«Mejor así», se dijo aliviado.

Cuando enfiló la avenida Rodrigo de Padrón, fuera ya del casco histórico, y aparcó en la zona subterránea del edificio del Cuartel General, tenía sólo una idea en mente:

averiguar qué papel jugaban en aquel embrollo los talismanes del matrimonio Faber. Porque algún papel intuía que tenían. Que alguien se liara a tiros con la doctora Álvarez sólo se explicaba si hubieran tramado robarle algo precioso. Algo —dedujo— que valiera más que su propia vida. Para ser exactos, dos millones de libras esterlinas, según su declaración de aduanas.

—¿Unas piedras preciosas del siglo XVI? —La voz al otro lado del teléfono no daba crédito a que lo hubieran sacado de la cama para una consulta profesional.

—Eso es, Marcelo. Isabelinas. Inglesas, vaya.

Marcelo Muñiz era el joyero más afamado de todo Santiago. Cualquier transacción con una piedra fuera de lo normal en Galicia siempre pasaba por sus expertas manos.

—No me suena haber visto nada así —dijo con tono de tasador profesional—. ¿Sabes el nombre de sus propietarios?

Figueiras se lo facilitó.

Unos minutos más tarde, después de encender su ordenador portátil y hacer las oportunas comprobaciones en su base de datos, Muñiz retomó la conversación con malas noticias:

—Lo siento, Figueiras. Te aseguro que por aquí no han pasado esas piedras. Tal vez no las hayan vendido...

—Puede ser —aceptó—. Pero dime una cosa: si tú te mudaras de Inglaterra a España y tuvieras algo así en tu ajuar, ¿por qué razón las incluirías en la declaración de aduanas?

—Por el seguro, claro —respondió sin dudarlo—. Si tienen valor y quieres que tu compañía las cubra al sacarlas de casa, debes tener un documento que lo acredite.

—Y si tuvieras algo así, ¿seguirías trabajando? ¿Seguirías madrugando para cumplir con un horario? ¿Harías una vida normal?

—Bueno —dudó el joyero—. Tal vez sus propietarios no quieren llamar demasiado la atención. Quizá para ellos el valor del objeto no sea únicamente pecuniario. Te sorprendería saber las motivaciones que llevan a una persona a atesorar joyas, más allá de su valor en el mercado.

—Quizá... —suspiró Figueiras algo decepcionado. El cansancio estaba empezando a hacer mella en él—. Eso lo averiguaré mañana.

Y colgó.

13

Era una larga historia. Se lo advertí. Pero Nicholas Allen se dispuso a escucharla mientras pedía otro café bien cargado y apuraba los restos de bollería industrial del día que aún quedaban en la cocina. El camarero también se resignó. Aquello era un asunto policial. Tenía una patrulla de la Guardia Civil y otra de la Nacional aparcadas en su puerta y no le iba a quedar otro remedio que aguantar detrás de la barra lo que fuera necesario.

—Comience por donde quiera —me apremió Allen.

—Lo haré por el día en el que vi esas piedras por primera vez. ¿Le parece?

—Adelante.

—Fue la víspera de mi boda con Martin...

Nunca había visto a mi novio tan excitado como aquella mañana de principios de verano. Era el último día de junio de 2005 y habíamos llegado a nuestro hotel del West End con algo de tiempo para descansar antes de la ceremonia. La celebraríamos en una minúscula iglesia normanda del condado de Wiltshire; un lugar hermoso. Iba a ser un acto sencillo, con apenas un puñado de invitados y sin protocolos. De hecho, lo oficiaría un sacerdote amigo de la familia de Martin al que ya habíamos telefoneado poniéndole al corriente de nuestras intenciones.

Amaba a aquel hombre con locura.

Todo lo hacía bien. A medida. Como un alfarero capaz de modelar el mundo al tamaño de nuestras necesidades.

Martin me había convencido semanas atrás para que lo siguiera, dejándolo todo: mis oposiciones para conservadora de la Xunta de Galicia, mis padres, mis amigas, mi pequeña casa de piedra en la costa da Morte y hasta mi colección de cuentos celtas. ¡Todo! ¡Y era feliz al entregarme así!

Le parecerá una tontería, coronel, pero poco antes de conocerlo, había leído en alguna parte lo conveniente que era pedir por carta al universo lo que una esperaba de la vida. Poner ese tipo de cosas por escrito te obligaba a ordenar las ideas. Yo escribí la mía el día que cumplí los veintinueve. Quería un amante. Un hombre bueno. Un compañero de aventuras. Así que redacté un texto de tres folios dando cuenta de mis condiciones: necesitaba a alguien que respetara mi libertad y que fuera sincero, cálido, generoso, sencillo y mágico; alguien de honor, capaz de comunicarse conmigo con sólo una mirada. En definitiva, una persona limpia de corazón, que tuviera el don de hacerme volar con sus palabras. Recuerdo que plegué aquel documento y lo introduje en una cajita de sándalo que escondí detrás de un armario, y justo cuando me olvidé de ella Martin llegó a Noia. Tendría que haberlo visto. Por encima de sus harapos de peregrino lucía la sonrisa más expresiva del mundo. Era tan magnético, tan perfecto, que hasta olvidé lo mucho que aquel joven se ajustaba a mi escrito.

Lo cierto es que con él todo fue muy rápido y al cabo de diez meses estábamos ya camino del altar. Martin dejó su trabajo en los Estados Unidos y a mí, la verdad, tampoco me importó abandonar el mío.

El día antes de nuestra boda, en el avión de Santiago a

Heathrow, mi prometido me enseñó algunas fotos del lugar que había elegido para la ceremonia. Todo lo había llevado en secreto. Y como era de esperar, su elección me pareció perfecta: la capilla era de piedra, con los muros cubiertos de madreselva y un recoleto cementerio ajardinado a la entrada donde celebraríamos el banquete. Hasta la posada en la que pasaríamos nuestra noche de bodas tenía un aire compostelano sorprendente. Nada era por casualidad. Martin quería que, pese a estar lejos de Galicia, me sintiera como en casa.

Esa tarde, en Londres, tomamos un taxi hacia el sur de la ciudad porque tenía algo importante que enseñarme. Mientras dejábamos atrás las avenidas medio vacías de la periferia, dio instrucciones al conductor para que nos llevara a un número de la calle Mortlake, en Richmond-upon-Thames. Atravesamos barriadas iraníes, chinas e hindúes, pero cuando llegamos a nuestra meta —un moderno edificio de apartamentos de cuatro plantas, de ladrillo caravista rojo, en un tranquilo distrito residencial—, me sentí algo decepcionada. Por un momento había imaginado que me invitaría a cenar en algún lugar romántico y haríamos planes de futuro. Pero aquella tarde Martin tenía otras cosas en mente.

—¿Has oído hablar alguna vez de John Dee? —me preguntó a bocajarro, mientras nos dejaban en mitad de la calle.

—¿Es un pariente tuyo?

—¡No, claro que no! —rió la ocurrencia—. Suponía que una española culta como tú debería conocerlo.

—Pues no...

—No importa. —Bajó la voz como si alguien fuera a escucharnos—: Dee fue el mago y astrólogo personal de la reina Isabel de Inglaterra. Se le consideró el experto en ciencias ocultas más célebre de su tiempo. De hecho, su fama sólo rivalizó con la de su contemporáneo Nostradamus. Tenía el mismo don que tú.

—¿Vas a hablarme otra vez de magos? —rezongué—. Yo creía que...

Martin me miró de reojo, poniéndose muy serio.

—Debo hacerlo. Es el momento.

—Ya —suspiré.

Lo único por lo que Martin y yo habíamos discutido alguna vez era por esa obsesión suya por el ocultismo. A él le apasionaba de un modo que yo no compartía. En esa época aún no había escrito mi libro sobre los símbolos esotéricos del Camino de Santiago y todo lo que oliera a sobrenatural me daba pavor. Por culpa de algunas experiencias desagradables en mi infancia, no quería asumir que existieran fenómenos que se escaparan a las leyes de la física. Me incomodaba pensar en ello. Era la época en la que había dado por enterrado mi don. En realidad, prefería creer que ese tipo de asuntos eran cosas de supersticiosos y desinformados. Supongo que formaba parte de mi reacción natural contra lo que llevaba años escuchando en casa. Pero él, un hombre de mentalidad científica, con un doctorado en Ciencias por la Universidad de Harvard, admitía como dogma de fe la clarividencia, la alquimia, la astrología o la mediumnidad. Decía que esos saberes fueron el sustento de «la ciencia antes de la ciencia». Que los alquimistas, por ejemplo, habían estudiado la composición del átomo mucho antes que nuestros físicos nucleares, ocultando sus hallazgos tras metáforas y retruécanos que garantizaran que nadie sin la ética adecuada accediera a ellos. Yo me resistía a seguirle por ese camino.

—Te ruego que me escuches, Julia —dijo agarrándome de los hombros en plena calle. Fue la primera vez que lo vi ansioso—. Sólo por una vez.

—Está bien.

—Antes de que entremos en esa casa, debes saber algo de John Dee. Ese hombre fue un importante matemático, cartógrafo y filósofo del siglo XVI. Y, como buen católico, un escéptico como tú ante lo sobrenatural. Tradujo a Euclides al inglés. Fue el primero en aplicar geometría a la navegación prestando impagables servicios a la Marina de Su Majestad. De algún modo, hizo de Inglaterra un imperio.

—¿Y por qué te importa tanto un brujo muerto hace tanto tiempo, Martin?

—Hay un aspecto de John Dee que siempre me ha fascinado —dijo esquivando mi pregunta—. Desarrolló un sistema para comunicarse con los ángeles que todavía es un misterio.

Me quedé muda de asombro. ¿Qué estaba intentando decirme el hombre que en unas horas iba a convertirse en mi esposo?

—Debes creer en esto, Julia. Al menos, acéptalo como posibilidad —me rogó—. En 1581 un ángel de carne y hueso, un ser que pasaría desapercibido si ahora mismo cruzara esta calle, se presentó ante John Dee y le explicó cómo podría comunicarse con sus semejantes cara a cara. Desde aquel día, este científico se convirtió en su gran invocador, aprendiendo de los ángeles cosas maravillosas. Cosas que cambiaron la ciencia y la historia, que terminaron por inspirar la gran revolución tecnológica que llegaría después.

Los ojos de Martin brillaban de excitación al hablarme de aquello. No pude pararlo.

—Lo que aún no sabes, porque es un asunto que mi familia sólo confía a sus nuevos miembros, es que a la muerte de John Dee nosotros heredamos sus libros y sus sortilegios, aunque perdimos buena parte de su capacidad para invocar a esas criaturas.

—¿Tu familia invoca ángeles? —dije aún más espantada—. No lo dirás en serio, ¿verdad?

—Vas a conocer a los que han llegado más lejos en ese empeño, *chérie*. Y vas a saber por qué te he traído a verlos. Sólo te ruego un poco de paciencia... Y de fe.

14

El helicóptero que había tomado tierra en la plaza del Obradoiro no era un aparato convencional. Se trataba de un vehículo en fase experimental del que sólo existían tres prototipos en todo el mundo y que había sido dotado de una tecnología capaz de navegar incluso en las peores condiciones atmosféricas. Poseía una cubierta blindada y armamento pesado. Sin embargo, sus mayores virtudes eran otras. Podía alcanzar un techo de cinco mil metros, impensable para casi cualquier otro aparato de hélices; una velocidad de crucero de quinientos kilómetros por hora, y una autonomía de hasta doce horas en el aire. Estaba revestido por una aleación especial que lo hacía resistente a temperaturas extremas y había sido equipado con uno de los sistemas de navegación más sofisticados del mundo.

Aquel «monstruo» no tenía plan de vuelo. Ni matrícula. Oficialmente aún no existía. Y, por supuesto, nadie lo esperaba en Galicia. Había surgido de la nada atravesando Europa de punta a cabo, aguardando escondido en un aeródromo de escaso uso, cerca del embalse de Fervenza, a que llegara aquel momento.

Cuando su puerta lateral se abrió con un suave zumbido eléctrico, el hombre que había acabado con la vida de dos agentes del Cuerpo Nacional de Policía saltó a su interior, empapándolo todo. El portón se cerró tras él.

—¿Qué ha pasado?

A bordo lo recibió un varón de mediana edad, ojos oscuros y vivaces, rostro curtido, bigotes largos y bien cuidados, que no le quitó su mirada severa de encima. Emanaba tal autoridad que el recién llegado bajó su arma, se postró humillado a sus pies y le habló en su idioma natal, el armenio, apenas elevando la voz.

—*Tsavum e.* Tuve que hacerlo, *sheikh.*

Su interlocutor guardó silencio.

—Si no los hubiera neutralizado, me habrían detenido y habríamos echado a perder toda la operación. Lo siento mucho, maestro.

—Está bien... —Cuando su anfitrión reaccionó, lo hizo poniéndole una mano sobre la cabeza, casi como si lo bendijera—. ¿Y en el templo? ¿Cómo ha ido? ¿La... viste?

Los ojos del joven se humedecieron.

—Tenía razón, *sheikh* —respondió con la respiración aún entrecortada y los ojos clavados en el suelo—. Es ella. Esa mujer puede activar «la caja». En la catedral lo ha hecho sin ni siquiera darse cuenta.

—¿Sin darse cuenta?

—Tal es su poder, maestro.

El *sheikh* observó a su discípulo, turbado por aquella información. ¿Qué habrían dicho sus antepasados de eso? ¿Cómo habrían encajado que una extranjera poseyera la capacidad de afectar a una de sus reliquias más sagradas? Por suerte, él ya no se parecía a sus predecesores. Sus ademanes eran más bien los de un doctor que aguardara impaciente el resultado de una prueba médica difícil y no los que cualquiera esperaría del líder supremo de uno de los cultos más desconocidos, a la par que ancestrales, de la Tierra.

—¿Y la piedra? —insistió sin alzar la voz—. ¿Averiguaste si la tenía?

—*Votsh.* No pude, *sheikh.* Ellos llegaron antes.

—¿Ellos?... —Una nube de preocupación oscureció su mirada—. ¿Estás seguro?

Su joven discípulo asintió.

—Los americanos...

El maestro retiró su mano de la cabeza del joven y lo obligó a levantar la vista hacia él. Su rostro parecía haberse trasmutado. Tenía los ojos muy abiertos y las pupilas dilatadas por la impresión.

—Entonces, hermano, no nos dejan otra opción —dijo muy serio—. Habrá que intervenir antes de que el mal nos tome ventaja. Preparémonos.

15

—¿Y qué pasó después? ¿No me dijo que aquél fue el primer día que vio las piedras?

Nicholas Allen formuló su nueva pregunta con ansiedad. Como si determinar cuál era mi vínculo exacto con las piedras fuera vital para su investigación.

—Voy a explicárselo —dije, manteniendo un suspense involuntario—. Pero si quiere entenderlo, debo hacerlo paso a paso.

—Claro —aceptó—. Prosiga.

Después de su calculada disertación sobre Dee, Martin me dirigió hacia una puerta de aluminio blanco que daba paso a los apartamentos nueve al dieciséis de la calle Mortlake. Mi sorpresa fue mayúscula cuando descubrí sobre el dintel una placa metálica, de letras blancas sobre fondo azul, que rezaba: «John Dee House.»

—Aquí es —dijo.

—¿La casa de John Dee?

Una sonrisa traviesa se dibujó en su rostro de querubín. Aquel día Martin estaba de un humor excelente. Podía notarlo en la forma en la que se le marcaban los hoyuelos al reír y hasta en el modo de mirarme.

—¡Vamos! ¿A qué esperas? —me urgió.

Subimos de dos en dos las escaleras que daban al primer piso. Cuando comprobé que sus pasillos eran amplios, luminosos y ventilados me relajé. Si aquello fue un día la casa de un nigromante, ya no quedaba ni rastro de ella. De hecho, estaba a punto de hacer un comentario al respecto cuando la puerta de una de las viviendas se abri\' \`ente a nosotros.

—¡Martin! ¡Muchacho!

Una mujer de aspecto cuidado, que rondaría los sesenta, de media melena morena, bien maquillada, blusón negro y sandalias de pedrería, se lanzó a sus brazos.

—¡Estábamos esperándote!

—¡Sheila, Dios santo! ¡Cuánto tiempo! ¡Estás maravillosa!

El abrazo de Martin y Sheila Graham —leí su nombre en la placa dorada con dos ángeles que presidía su puerta— fue interminable.

—Y ésta debe de ser...

—Julia —completó Martin, solícito—. Desde mañana, querida tía, la nueva y flamante señora Faber.

—Bonita melena roja —silbó, radiografiando de paso mi vestido estampado y mis piernas recién depiladas—. Elegiste bieeen.

Me hizo gracia, la verdad.

Sheila pronunció aquella frase como si fuera el guardián del Grial en *Indiana Jones y la última cruzada* antes de entregar su copa de madera a Harrison Ford. Y como en la película, también me regaló una sonrisa cómplice antes de guiarnos por un pasillo largo y mal iluminado. Su casa era fabulosa. Pasamos junto a estanterías dobladas bajo el peso de viejos libros antes de alcanzar un recoleto saloncito, confortable y luminoso, que se abría a la calle. Allí nos aguardaba un individuo de aspecto juvenil, alto pero entrado en carnes, de piel rosácea, barba y melena rizada, repantingado en un viejo sillón de orejas.

Al detectarnos, levantó el rostro del tomo que leía, prestándonos la justa atención.

—Hola —me saludó escueto—. Toma asiento donde quieras, cariño.

«¿Cariño?»

La «guardiana del Grial» hizo los honores. Aquella especie de león marino encaramado a su roca se llamaba Daniel. «Como el profeta», precisó ella. Daniel Knight.

—Y si estás pensando que soy una arpía que se ha echado un amante veinte años menor que yo, estás muy equivocada, querida.

Eso era exactamente lo que había supuesto, y me sonrojé. Avergonzada, borré la idea de mi mente mientras Martin y ella continuaban por otro pasillo en busca de algo para beber.

Sentada junto a un Daniel enfrascado de nuevo en su lectura, me entretuve en examinar la estancia. Tendría unos veinte metros cuadrados y estaba dividida en dos ambientes: uno para comedor y otro para salita de estar. La larga mesa del centro y las sillas de respaldo alto que flanqueaban el «ala norte» daban la impresión de haber acogido banquetes interesantes. Me intrigó, eso sí, la alacena que descansaba frente a la ventana. Sus puertas de cristal protegían una heterogénea colección de cachivaches. Distinguí una flauta de pan, una esfera traslúcida, una especie de pipa larga tallada con la cara de un beduino, algunas láminas de buen tamaño apiladas en un extremo y tres o cuatro figuritas de escayola lacadas en negro... Pero el rincón que de verdad atrapó toda mi atención estaba en el extremo opuesto del salón. Habían entelado su pared principal y sobre ella lucían una avalancha de grabados antiguos y fotografías. En algunas encontré a una Sheila más joven. Había sido una mujer muy atractiva. Y allá posaba en lugares históricos de Gran Bretaña reconocibles incluso para una extranjera como yo. Identifiqué el perfil de la atalaya militar de Glastonbury que aparece en tantas portadas de libros sobre el rey Arturo, la fachada del Museo Británico, los monolitos de Stonehenge y hasta las suaves colinas de Wiltshire con uno de sus caballos blancos grabados sobre el suelo. Justo en aquella foto, Sheila se había retratado con un grupo de hippies ataviados con túnicas blancas, que sonreían a cámara sosteniendo unos extravagantes bastones.

—Son druidas, cariño —gruñó Daniel cuando me acerqué a mirarla más de cerca—. Uno de ellos es John Michell.

—Druidas, claro —repetí inocente, sin tener ni idea acerca de quién me hablaba—. ¿Puedo preguntarte a qué se dedica Sheila?

Daniel levantó la mirada del libro.

—¿No te lo ha dicho tu prometido?

Negué con la cabeza.

—Somos ocultistas, cariño.

—¿Ocultistas? —Traté de no parecer sorprendida, mientras me preguntaba si habría dicho oculistas. A veces mi inglés me jugaba esas malas pasadas.

—Ocultistas —insistió—. Y de los mejores.

Daniel aguardó a que su respuesta provocara alguna reacción. Y aunque mi cara debía de estar pidiéndole a gritos más detalles, el hombretón me mantuvo en ascuas. Tuvo que ser Martin, mientras hacía graciosos equilibrios con una bandeja de pasteles, el que me desvelara quiénes eran exactamente nuestros anfitriones.

—Julia, Daniel Knight se gana la vida en el Real Observatorio de Greenwich. Es astrónomo. Pero también el mayor experto contemporáneo en John Dee. Acaba de publicar un libro en el que explica sus métodos de comunicación con los ángeles. En estos momentos estudia el idioma que usaron. ¿Te apetece un *baklava*?

—¿No habíamos quedado en que Dee fue un científico? —ironicé ahora, mientras tomaba uno de aquellos deliciosos pastelillos de la bandeja.

—¡Lo fue! ¡Y de los grandes! Debes saber que en el Renacimiento se tenía una noción de ciencia algo diferente a la nuestra. A los alquimistas de ese tiempo les debemos descubrimientos fundamentales. Paracelso, por ejemplo, introdujo el método experimental en medicina. Robert Fludd, un célebre escritor rosacruz del siglo XVII, inventó el barómetro, y otro alquimista holandés, Jan Baptiste van Helmont, acuñó la palabra «electricidad» mientras investigaba con imanes...

—Todo eso es muy cierto, Martin —aplaudió el barbudo.

—Por favor, convéncela tú, Daniel. Julia no me cree cuando le digo que existe una historia ocultista del mundo, tan importante o más que la que aprendemos en el colegio.

Al astrónomo le brillaron los ojos de excitación por primera vez.

—Muy bien, cariño —aceptó complacido su reto—. Lo intentaré. Lo primero que debes saber es que hasta la llegada de la revolución industrial, quienes hacían ciencia en este país estaban más preocupados por cuestiones espirituales que materiales. Isaac Newton, sin ir más lejos, puso todo su conocimiento al servicio de la reconstrucción del Templo de Salomón. Sus escritos revelan su preocupación por recuperar el único espacio sagrado de la Antigüedad en el que se podía hablar «cara a cara» con Dios. Los *Principia mathematica*, por los que pasaría a la Historia de la Ciencia, en realidad fueron algo de importancia menor para él. Eran sólo un medio con el que alcanzar un fin superior. Creía que el lenguaje de Dios se fundamentaba en los números y que había que aprender matemáticas si queríamos llegar a conversar con Él.

—¿De veras quiso reconstruir el Templo de Salomón? —pregunté mientras trataba de tragarme el pastelillo, que resultó ser una bomba calórica de miel y nueces.

—E incluso escribió sobre ello —precisó Daniel—. Conservamos sus notas. Todas prueban sus esfuerzos por comunicarse con el gran arquitecto del Universo. Para Newton, el Templo debió de ser una especie de centralita telefónica desde el que invocarlo.

—Pues, por lo que dice Martin, parece que Dee estuvo más cerca que el mismísimo Newton de conseguirlo. O al menos con los ángeles —sonreí.

—No te equivoques, Julia. Sir Isaac Newton creía en los ángeles más que nadie.

Me ruboricé.

—No quise ofender...

—No es a mí a quien ofendes —gruñó—. Mucha gente ha muerto por hacerse con este secreto. A fin de cuentas, los grandes arcanos de la Humanidad están ligados a la comunicación directa con Dios. ¿Qué fueron el Arca de la Alianza, el Santo Grial o la Kaaba sino herramientas para dirigirse a Él? Debes saber que el doctor Dee fue el último personaje histórico que tuvo en sus manos esa capacidad. Gracias a sus comunicaciones con las jerarquías celestiales se ganó una reputación extraordinaria en Inglaterra. Y todo lo logró desde este solar sobre el que estamos. Por eso Sheila se mudó aquí.

—¿El suelo es importante?

—Suele serlo, desde luego. Los esfuerzos de Dee por lograr abrir ese puente con el mundo angélico nunca han sido comprendidos del todo. Por eso respetamos los lugares que nuestros antepasados eligieron para sus contactos.

—Pero ¿de veras creéis que John Dee habló con los ángeles?

Mi interlocutor se retorció en su asiento mientras Martin nos contemplaba divertido.

—Hay una prueba que, a mi juicio, lo demuestra más allá de toda duda —precisó Daniel, como si lo hubiera herido en su amor propio—: esas criaturas superiores le transmitieron cientos de eventos que estaban por suceder. Sus comunicantes eran capaces de moverse adelante y atrás en el tiempo. Un don que fue muy apreciado por la reina Isabel, que incluso estuvo en varias ocasiones en esta casa para reclamar sus servicios proféticos.

—¿Y acertaba?

—No sé si ése es el verbo más adecuado.

—Está bien —concedí—. ¿Profetizaba?

—Júzgalo tú misma, jovencita. Dee anunció la decapitación de la reina María de Escocia, las muertes del rey de España Felipe II, del emperador Rodolfo II y hasta de la mismísima reina. Sí. Yo diría que fue un futurólogo extraordinario.

—Verás, Julia —nos atajó Martin, mientras decidía tomar asiento a mi lado como si quisiera protegerme de los humores de su sabio amigo—: mis padres encargaron hace veinte años a Daniel y a tía Sheila que investigaran a fondo la vida de Dee y, en especial, los instrumentos que desarrolló para hablar con esos ángeles. Como ellos se fueron a vivir a los Estados Unidos pero Sheila y Daniel se quedaron en Londres, pensaron que a ellos les sería más fácil hacerlo. Sabíamos que Dee reclutó al menos a dos videntes capaces de usar los objetos que recibió de los ángeles, pero ignorábamos el alcance exacto de lo que vieron a través de ellos. Y, al parecer, fue algo extraordinario.

Martin hizo una pausa antes de continuar:

—Hoy debemos imaginar esos objetos como una especie de teléfonos satélite del tiempo. Por fuera parecen simples piedras, pero son muy poderosos. Gracias a ellos Dee se hizo con datos de primer nivel en óptica, geometría, medicina... Sus informaciones estuvieron llamadas a revolucionar su época. El propio Dee, convencido de su valor, invirtió su fortuna en la construcción de una «mesa de invocación» en la que encastraba aquellas piedras. Adquirió un espejo de obsidiana traído por los españoles desde México, e incluso reunió una pequeña colección de joyas para que sus médiums pudiesen recibir más y mejores mensajes de los ángeles. Siguió al pie de la letra todas sus instrucciones, sobre todo las de cierto arcángel Uriel, y abrió una línea de comunicación con el Cielo que no existía desde la Antigüedad.

—¿Y por qué tu familia se interesa por eso? —Empezaba a no dar crédito a lo que estaba oyendo. Mi marido había dejado de sonreír hacía un rato, mudando su estado de ánimo a uno más serio. Solemne, incluso—. ¿Es que los Faber coleccionáis ese tipo de joyas?

Sheila no dejó que Martin respondiera. Llegó con una tetera bien caliente que olía a hierbabuena y la plantó entre nosotros con la intención de no moverse de allí.

—Jovencita —se arrancó—, lo que verdaderamente importa ahora es que nosotros tenemos las dos piedras que usó el doctor Dee en sus experiencias angélicas. Hay algunas más circulando por ahí, incluso expuestas en las vitrinas del Departamento de Antigüedades Medievales del Museo Británico. Pero no son tan poderosas como las nuestras. Nosotros guardamos las únicas y verdaderas adamantas de Dee.

—Ada... ¿qué?

—¡Oh, vamos, Martin! —La anfitriona palmeó la espalda de mi novio, divertida—. ¿La has traído hasta aquí sin decirle nada?

—Te prometí que lo haría. Ni media palabra.

—¡Buen chico! —sonrió.

Mientras vertía un poco de té aromático en unos vasitos de aspecto árabe, Daniel retomó la conversación.

—Entonces, se lo explicaré yo —dijo. Dio un sorbo a su infusión, hincó el diente a un nuevo *baklava* y prosiguió—: Verás, Julia, según lo poco que dejó escrito el doctor Dee al respecto, esas joyas fueron el mejor regalo que le hicieron los ángeles. Su origen era celestial. Tan únicas como las rocas que se trajo la NASA de la Luna. De hecho, antes de confiárselas, se cuidaron bien de explicarle que las habían tomado del Paraíso terrenal. Del Edén.

Lo miré estupefacta.

—Por supuesto, puedes creértelo o no, pero desde que el padre de Martin nos las entregara, no han dejado de asombrarnos.

—¿Ah, sí?

—Bueno... Nunca se han comportado como dicen las notas del doctor Dee, pero a veces las piedras hacen cosas extrañas. Varían de peso, cambian de color, dejan ver signos que después desaparecen y son tan duras que ni el diamante puede cortarlas.

—¿Y eso qué tiene que ver con la comunicación con los ángeles?

—El caso es que las hemos puesto en manos de videntes de buena reputación, tal y como hizo Dee en el siglo XVI, y algunos han llegado a arrancarles sonidos y hasta luces.

—¿Y un gemólogo? ¿No las ha visto un experto?

—Ése es otro tema. —Sonrió Daniel enigmático, acariciándose los rizos de la barba—. Digamos que todos los intentos racionales por arrancarles sus secretos han fracasado. Sólo ciertas personas con habilidades psíquicas nos han ayudado a avanzar algo en su conocimiento. Y eso es ahora justo lo que esperamos de ti, jovencita. ¿Verdad, Martin?

Vi cómo las pupilas de Daniel se dilataban al pronunciar aquellas palabras:

—Martin —añadió— cree que tú eres una de ellas. Ya sabes, una vidente.

—¿Yo?

El corazón me dio un vuelco. ¿Qué era aquello? ¿Una encerrona? Interrogué a Martin con la mirada. Él sabía que llevaba años huyendo de ese tipo de cosas. ¿Cómo podía hacerme eso, justo el día antes de nuestra boda?

—Creo, Julia —dijo impertérrito—, que ha llegado el momento de que veas esas piedras y nos muestres lo que eres capaz de hacer con ellas.

16

—Es decir —me interrumpió el coronel Allen, que no podía ya contener su impaciencia—: usted se enamoró de un hombre que llegó a su pueblo haciendo el Camino de Santiago, la conquistó y descubrió casi en el acto su secreto mejor guardado. Su don de la visión. Pero hasta que fue a casarse con él, no descubrió que él también guardaba uno.

—Exacto —dije—. Las piedras de Dee.

—¿Y cómo es que esa habilidad tan especial que usted tenía no la previno?

—¡Yo no aceptaba ese don, y mucho menos lo practicaba! Trataba de esconderlo, ¿sabe? Llevaba años rezando por que un día desapareciese de mi vida y si por casualidad averiguaba algo gracias a esa especie de intuición, nunca lo tenía en cuenta. ¿Tan complicado es de entender? Hasta que llegó Martin a mi vida, sólo quería ser una persona normal. Una chica como las demás.

—Me resulta difícil de creer, señora.

—¡Toda esta historia es difícil de creer! —protesté—. ¡También que usted haya llegado aquí y se haya liado a tiros con un desconocido que no me había hecho ningún daño!

—Iba a hacérselo. Eso es seguro.

El aplomo del coronel me obligó a dar marcha atrás.

—¿Y cree que esto que le estoy contando ayudará a encontrar a Martin?

—Sin duda.

—Entonces, deje que termine. Lo que pasó aquel día con las adamantas fue sólo el principio. Creo que ése fue el momento en el que me congracié con mi don. Aunque nunca debí hacerlo...

—¿En serio?

—Absolutamente.

—Continúe, se lo ruego.

17

El caso es que Sheila acudió hasta esa alacena que tanto me había intrigado, la abrió y sacó de su interior una caja de madera decorada con vistosos adornos en plata. Cuando la depositó junto al juego de té, pensé que se había equivocado. Si esperaba ver dos esmeraldas de buen tamaño, mi deseo se frustró en el acto. Sobre un forro de terciopelo rojo descansaban un par de piedras de aspecto anodino, negras, que parecían recién sacadas del lecho de un río. No daban la impresión de tener valor alguno. De hecho, tampoco eran joyas en el sentido que todos damos al término. Eran lisas, delgadas, sin pulir, del tamaño de una moneda y con un aspecto más bien tosco, que recordaba la silueta de un riñón.

—Toma la que quieras y acércala a la ventana, querida.

Hice lo que Sheila me pidió. Agarré la que parecía más grande y la acerqué hasta donde había dicho.

—Ahora, mírala al trasluz.

Obedecí. Ella siguió hablando:

—Algunas médiums aseguran que esta clase de piedras se activan cuando reciben la luz del Sol y son giradas en el sentido de las agujas del reloj. En ciertos momentos especiales, la radiación solar cambia su estructura molecular y pone en marcha algo en su interior.

—¿De veras?

Escéptica, volteé la piedra entre los dedos sin notar nada especial. La que había elegido era opaca. Pesada. Y tan muerta como cualquier otra de su especie.

—Mírala mejor —insistió—. Trata de acompasar tu respiración y sigue girándola, querida.

Cuanto más la observaba más me convencía de que aquello era una simple roca y que los amigos de Martin eran unos malditos chiflados.

—Puede pasar una de estas tres cosas —anunció Sheila muy solemne—: que no sientas nada porque tu mente no está preparada para recibir este talismán; que al activarse, su fuerza nuble tu cerebro y trastorne temporalmente tu capacidad de comprensión...; o que te mate.

—¿Esto puede... matarme?

Hice la pregunta por pura cortesía, con una estúpida sonrisa en los labios. Aunque la piedra era lo menos amenazador que había visto nunca, Sheila deslizó su comentario utilizando un tono de advertencia que me desconcertó:

—Seguro que conoces la historia de Uzza —dijo.

—¿Uzza...?

—Según el Antiguo Testamento, Uzza fue uno de los porteadores del Arca de la Alianza. Por desgracia aquel esclavo no poseía la sabiduría de los levitas respecto a esa reliquia sagrada y aunque éstos le habían prevenido una y otra vez de que bajo ninguna circunstancia tocara el Arca, un día Uzza no pudo evitar hacerlo. Ocurrió en uno de sus numerosos traslados. El carro que la contenía trastabilló con una piedra y Uzza, por instinto, se apresuró a sujetarla para impedir que cayese al suelo.

—Lo recuerdo —apostillé sin levantar los ojos de la piedra—. Murió fulminado, ¿no es cierto?

—Sí. Pero no lo mató el Arca.

—¿Ah, no?

—El Arca contenía las Tablas de la Ley. Los mandamientos de Dios grabados en piedra. Esas planchas inscritas eran del mismo material que el objeto que ahora tienes en tus manos. Por eso digo que puede matarte.

Amagué un escalofrío al escuchar aquello. De hecho, me disponía a devolver la reliquia a su caja cuando algo en la adamanta me sobresaltó. No sabría muy bien definir qué fue. Me pareció un destello fugaz, un brillo como el que emitiría un prisma al ser tocado por un rayo de Sol. Pero la piedra era opaca, sin vetas ni superficie brillante alguna que pudiera reflejar la luz. Sin decir nada, intrigada, me la llevé de nuevo a la altura de los ojos. Entonces descubrí algo más. La pieza, que conservaba intacto su aspecto tosco e inofensivo, poseía una singularidad que me había pasado inadvertida hasta ese preciso instante: si la luz le caía oblicuamente, un minúsculo sector de su superficie clareaba haciendo que su tono oscuro se tornara verdoso. Me pareció una locura, pero por un momento tuve la impresión de que la adamanta de Dee estaba recubierta por alguna clase de piel. Una membrana delgadísima que, según se la mirara, permitía vislumbrar la presencia de una forma en su interior. Algo parecido al hueso de un dátil.

—¿Has visto algo, querida?

Asentí, atónita.

—¿Vosotros no?

Hipnotizada por mi hallazgo, jugueteé un poco más con la piedra. La volteé para que el Sol la bañara desde diferentes ángulos, tratando de convencerme de que aquel efecto de trasparencia no podía ser real. No lo logré. Me daba cuenta de que, en una fracción de segundo, había dejado de considerarla un simple guijarro para admirarla como si fuera un diamante.

Sentados a mis espaldas, Daniel, Martin y Sheila me observaban satisfechos.

—Lo has visto, ¿verdad?

Asentí otra vez.

Martin no cabía en sí de emoción. Había dejado a un lado su taza de té mientras crujía uno tras otro sus nudillos, como hacía siempre que algo lo ponía nervioso.

—Os lo dije —sentenció al terminar—. Julia tiene el don.

—Parece que lo tiene, sí —asintió Sheila, sin dejar de observarme—. Felicidades.

Pero antes de que pudiera decir nada, ocurrió algo más. Fue breve y todavía más extraño si cabe. Algo que no supe calibrar entonces y que, sin saberlo, estaba llamado a cambiar mi vida para siempre: aquella piedra de corazón traslúcido se sacudió entre mis dedos como si estuviera viva. Fue una agitación brusca, como cuando el teléfono móvil pasa a modo vibración. Pude ver el rostro de asombro de Daniel. Y el de Martin. Aunque aquel movimiento en espiral apenas fue el preámbulo de otro fenómeno. La adamanta comenzó a ganar altura por encima de mis yemas y a irradiar una luz que inundó a relámpagos breves e intensos el salón, proyectando nuestras sombras contra la pared.

—¿Vu... vuela? —tartamudeé.

—¡Por todos los santos! —rugió Daniel Knight—. ¿Qué haces, jovencita?

No bien terminó de decir aquello, la piedra volvió a posarse en mi mano. Estaba caliente. Muda. Muerta otra vez.

—¡No lo sé! —grité—. ¡Esto se ha movido!

Sheila me taladraba con la mirada, esbozando sin embargo una enorme sonrisa de satisfacción.

—Tiene propiedades antigravitatorias —susurró Daniel.

—¡Vaya! Debo darte la enhorabuena, Martin. —Sheila

estaba encantada—. Es justo la mujer que esperábamos. No hay duda.

Y añadió dirigiéndose a mí:

—Puedes quedarte la adamanta, querida. Está claro que la piedra te obedece. En adelante, será tu talismán.

18

Media hora llevaban muertos los agentes Pazos y Mirás cuando la emisora de su vehículo sonó por primera vez para comprobar que todo iba bien. Apenas produjo un chasquido y después se apagó. El responsable de hacer la ronda se encontraba con su *walkie* frente al café La Quintana en el momento en el que, por segunda vez en aquella noche de perros, el suministro eléctrico de toda la zona volvió a venirse abajo.

—Hay que joderse —dijo con evidente fastidio.

Por alguna razón que el agente no acertó a explicarse, su radio también dejó de funcionar. Zarandeó un par de veces el aparato, intentando recuperar al menos el ruido de estática, pero no lo logró. Al verlo tan inerte, incluso con la señal de la batería extinguida, el policía recordó que todavía era noche de difuntos.

—Será cosa de meigas... —murmuró ahogando un estremecimiento y persignándose por si acaso.

Cerca de allí, al final del paredón del monasterio benedictino de Antealtares, frente al antiguo restaurante O Galo d'Ouro en la rua da Conga, tres sombras calculaban su siguiente paso. No perdían de vista los dos coches con hombres armados que estaban estacionados frente a su objetivo.

—Esta vez no fallaremos —murmuró al grupo el que llevaba la voz cantante—. Debemos llegar a la mujer.

—¿Y si no llevase la piedra encima?

Quien daba las órdenes adoptó un tono severo:

—Eso no importa. Las necesitamos a las dos. La piedra sin ella no nos sería de gran ayuda. Y ahora es la mujer la que está a nuestro alcance.

—Entendido.

—Recuerda que nuestro hermano entró hace una hora a la catedral con «la caja» y ésta no tardó en activarse. Esa clase de cosas sólo suceden si un catalizador humano, una adamanta, o ambos elementos juntos, se encuentran cerca uno del otro e interactúan entre sí. Hay una posibilidad entre dos de que ahí dentro esté todo lo que buscamos —dijo señalando la entrada de la cafetería—. Y eso es más de lo que hemos tenido hasta ahora.

—¿Y si se dejó su adamanta en la catedral?

Durante un segundo, nadie respondió.

—No —dijo uno al fin—. Si la tiene, la llevará encima.

—Me asombra tanta seguridad.

—Piensa en lo que acaba de suceder —lo atajó la voz anterior—. Apenas nos hemos acercado a ella y ha vuelto a irse la luz. Cada vez que «la caja» detecta una intermediaria potente, absorbe la energía de su derredor para poder funcionar.

—Mirad. Ahí tenemos otra prueba de que el *sheikh* tiene razón —dijo la tercera sombra.

Su dedo señalaba justo hacia la vertical de donde se encontraban. No era cómodo alzar la vista al cielo y sentir un millón de frías gotas de agua clavándose en la piel, pero el rostro de aquellos hombres resistió. A unos cinco metros por encima de sus cabezas, a ras de las cornisas de los edificios circundantes, no se veían ya las nubes de tormenta sino una sombra fantasmagórica, informe, de una vaga tonalidad fluorescente, que parecía expandirse en todas direcciones.

—¿Vamos a activar «la caja»?

El *sheikh* asintió.

—Sólo así saldremos de dudas... Y recemos para que esta vez no haya que matar a nadie.

19

El nuevo apagón nos pilló desprevenidos. Nicholas Allen acarició la pantalla de su iPad para que su retroiluminación nos permitiera tener algo de claridad en la mesa. Apenas funcionó. Por suerte, el último fulgor del aparato fue aprovechado al vuelo por el camarero, que rápidamente hurgó bajo la barra en busca de velas y una caja de cerillas.

—¿La tiene?

Dada la situación, la pregunta del norteamericano me sorprendió.

—¿Que si tengo qué, coronel?

—La adamanta, claro.

Su insistencia no me gustó. Aquel tipo prendió una de las velas y la colocó entre nosotros.

—¿Y si así fuera?

—Bueno... —sonrió irónico—. Ahora podría utilizarla para dar algo más de luz a este local, ¿no?

—¿Se burla usted de mí?

—No me interprete mal —se excusó—. He hecho muchos kilómetros para hablar con usted. Sé que existen piedras con propiedades extraordinarias. Mi gobierno lo sabe. Pero antes de dar un paso más, necesitaría estar seguro de que usted guarda una de ellas. En el vídeo, su marido habló de una senda para el reencuentro y me pareció una alusión que iba más allá de ustedes dos; que se refería a esas adamantas. ¿Le dijo si las escondió en algún lugar?

Aquello se estaba poniendo feo. El coronel empezaba a sacar conclusiones propias, y la culpa era mía. Antes de que se hiciera una idea equivocada de lo que yo sabía, debía decirle algo. Algo que no había pensado contarle a nadie. Algo, en definitiva, que Martin me había obligado a callar antes de irse.

—Lamento que esto pueda molestarle, coronel Allen, pero no tengo la piedra que busca.

Su mirada se tornó tan inquisitiva que sentí la necesidad de justificarme:

—Pasaron muchas cosas después de que Sheila Graham me confiara una de aquellas adamantas —continué—. Demasiadas para contárselas ahora. Quizá le baste saber que, durante el entrenamiento al que fui sometida por Martin y su familia, descubrí que la piedra era una poderosa fuente de energía.

—Le escucho.

—No sé muy bien cómo definirlo. Era una especie de surtidor poderoso y muy delicado, coronel. Hasta mi marido se asustó de su potencial.

—¿Y la... utilizaron? ¿Llegaron a invocar a los ángeles con ella?

—Lo intentamos, claro. Muchas veces. Hasta que me cansé de ese juego.

—¿Se cansó?

Apuré el último sorbo de café frío que aún quedaba en mi taza antes de clarificarle aquel punto. Todavía tenía dudas sobre si podía confiar en aquel hombre.

—Sí, coronel. Me cansé. Martin y sus amigos me tenían todo el día postrada, intentando visualizar dónde podríamos utilizar sus piedras para comunicarnos mejor con sus guías. Me pasé meses encerrada en una habitación con la mirada puesta en ellas, señalando lo que ellos llamaban «portales». Enclaves geográficos donde esa conexión con lo divino podría fluir mejor. ¿Se imagina lo frustrante que fue eso para mí? ¡Me sentía como un conejillo de Indias! ¡Prisionera de mi marido! Apenas le daba unas coordenadas, allá que viajábamos. Estuvimos por toda Europa antes de regresar a Santiago.

—Y entonces le sobrevino el cansancio.

—Bueno —maticé—. También contribuyó otro pequeño detalle.

—Usted dirá.

—Martin se educó en un entorno protestante, poco apegado a la religión, pero yo procedía de una familia tradicional católica. Todas las reuniones que vinieron después de nuestra boda para hacer que las piedras se movieran o emitieran señales, todos sus intentos por ponerme en trance frente a ellas, terminaron por asustarme. Su insistencia empezó a parecerme cosa del diablo. Estábamos jugando con aspectos desconocidos de la Naturaleza. Así que... —titubeé— poco antes de que se marchara a Turquía, tras cinco años ininterrumpidos trabajando con las adamantas, discutimos.

—¿Por las piedras?

—Le dije que estaba harta de sus brujerías y que no iba a ayudarlo nunca más. Que los experimentos se habían acabado para siempre. Al menos en lo que a mí se refería. Me sentía utilizada por mi marido. Fue muy desagradable.

—Y supongo que su negativa contrarió a Martin, claro.

—Más de lo que imagina —admití—. Cuando se dio cuenta de que mi decisión era firme, optó por separarme de las adamantas como medida de seguridad. La mía la ocultó en un lugar que no me reveló. Y la suya decidió llevársela a Turquía, a uno de los enclaves marcados en aquellas sesiones. Quería esconderla también. Me prometió que eso terminaría con las piedras, que nadie más las tocaría ni las utilizaría en ritual alguno. Aunque me advirtió que debíamos ser cautelosos. Estaba obsesionado con que nadie salvo él o su familia pudiera disponer de las adamantas en el futuro. Por eso las separó.

—Pero ahora necesitaremos su adamanta para encontrar a Martin.

—¿Necesitaremos? —El apremio del coronel me sorprendió—. ¿Qué le hace pensar que vamos a necesitarla para recuperar a Martin? ¡Que se vaya al infierno la maldita piedra!

—Creo que se equivoca, señora —dijo muy serio.

—No. No lo creo.

—Trataré de explicárselo para que lo entienda sin problemas, señora Faber: si sus talismanes son lo que usted dice, es probable que estemos ante una clase de roca no terrestre capaz de emitir radiación electromagnética de alta frecuencia, idéntica en ambas piezas. Es seguro que Martin sabía eso. Si pudiéramos hacernos con la suya, la que su marido ocultó antes de irse, y estudiarla en nuestros laboratorios, identificaríamos la frecuencia exacta de esa emisión y podríamos tratar de ubicar otra de características similares en la zona del Ararat donde ha sido secuestrado su esposo. Luego triangularíamos su posición desde un satélite y enviaríamos un equipo especializado a rescatarlo.

—Me habla usted en términos de ciencia ficción, coronel.

—Términos que su marido conoce muy bien. Él sabe que ésa es la única forma que usted tiene de localizarlo. Por eso le ha enviado ese mensaje críptico.

—¿Está seguro?

—No pierde nada por probarlo, ¿no le parece?

Me quedé pensativa.

—Muy bien —dije al fin—. Lo malo es que aunque quisiera probar su teoría yo no sé dónde escondió mi adamanta.

Allen palmeó entonces su dispositivo electrónico, esbozando una intrigante sonrisa. El aparato había vuelto a dar señales de vida.

—Quizá sí. ¿No cree que Martin podría habérselo indicado de algún modo en su mensaje?

20

El inspector Figueiras se sobresaltó cuando uno de sus hombres entró sin llamar en su despacho y lo zarandeó.

—Inspector, inspector... ¡Despierte!

Antonio Figueiras se había quedado traspuesto, estirado en su sillón, esperando que pasaran pronto las cinco o seis horas que quedaban para poder hacer las llamadas que tenía previstas. No tuvo esa suerte.

—¿Qué sucede?

—El comisario general lleva un buen rato tratando de localizarlo en su teléfono móvil, y usted no responde. —El policía parecía nervioso—. Dice que es urgente.

—¡Maldita sea! —gruñó—. Pero ¿qué hora es?

—Las tres y media.

—¿De la madrugada?

Figueiras echó un vistazo incrédulo a través de su ventana. Afuera la noche era aún oscura y seguía lloviendo con ímpetu. Molesto, fue hasta su gabardina en busca del teléfono móvil y recordó que lo había apagado. Despidió al agente de mala manera, tecleó el código de acceso a su terminal y marcó el número del comisario. Lo recibió con un tono mucho más despierto que el suyo. Y crispado.

—¿Dónde diablos se ha metido, Figueiras?

—Lo siento, comisario. La batería de mi móvil se descargó... —mintió.

—¡Déjese de historias! Tengo noticias de su caso, inspector.

—¿De lo de la catedral?

—Exacto. Hace media hora recibí una llamada de nuestra embajada en Washington. Les pedí que solicitaran por
cauces diplomáticos más información sobre el espía norteamericano casado con nuestra paisana.

—¿Y...?

—No se lo va a creer, Figueiras: Martin Faber ha sido
secuestrado por un grupo independentista turco, terroristas del PKK, en el extremo noreste del país. La Agencia
Nacional de Seguridad americana ha puesto en marcha
una operación de búsqueda y rescate internacional.

—¿Secuestrado? ¿Está usted seguro?

—Completamente. Los del PKK son un hatajo de radi-
cales de izquierdas que llevan años desestabilizando la zona
kurda de Turquía. ¿Es que no lee usted los periódicos?

Figueiras torció el gesto. Su jefe prosiguió:

—Lo del tiroteo no ha sido un incidente aislado. ¿No
lo entiende? Seguramente alguien está interesado en secuestrar también a su testigo. Debería proteger a Julia Álvarez. Ya.

—Enseguida, comisario.

21

—Probablemente haya ciertas cosas de su marido que desconozca...

Nick Allen soltó aquello dejando caer toda su humanidad sobre la mesa. ¿Cómo debía reaccionar yo ante semejante comentario? Llevábamos casi una hora de charla y, de repente, aquel hombre me hizo sentir como aquella ballena varada en la playa que vi siendo niña y que, aún viva, miraba con ojos de asombro a los que la rodeábamos, sin entender lo que acababa de pasarle.

—¿Qué clase de cosas, coronel?

—Martin trabajó para la NSA.

—¿La NSA?

—La Agencia Nacional de Seguridad de los Estados Unidos. El organismo de mi gobierno que controla todas las comunicaciones del planeta e informa al Departamento de Defensa de los enemigos de nuestra nación.

Di un respingo.

—No se preocupe, señora. Martin no era alguien como yo. No estaba en una sección operativa, sino en la científica.

—Nunca me habló de ello —murmuré, algo abrumada.

—Seguramente no se lo dijo por una buena razón: su propia seguridad, señora. Aunque formes parte del equipo de limpieza, al ingresar a la oficina de inteligencia más grande del mundo se te exigen dos cosas. La primera, discreción absoluta. Nada de lo que hagas, veas o aprendas durante tu estancia en la agencia puede ser compartido con personas ajenas a ella. Y usted lo era. Nos enseñan que cualquier indiscreción, por pequeña que parezca, puede poner en peligro operaciones de gran importancia para el país y terminar cobrándose la vida de personas inocentes que saben de nuestra misión.

—¿Y la segunda?

—Trabajar para la NSA conlleva asumir ciertos riesgos. Si el enemigo te descubre tratará de sonsacarte hasta el más mínimo recuerdo de tu paso por nuestra organización. A veces, hasta la descripción de un vulgar despacho puede servir para que una nación hostil deduzca cómo nos movemos o pensamos. Por esa razón, al ser víctimas potenciales, a todos los empleados nos enseñan a cifrar mensajes de socorro en frases inocentes. Tener la ocasión de deslizar una de ellas en una conversación telefónica inocua puede salvarte la vida.

Miré al coronel sorprendida.

—¿Martin sabe hacer eso?

Allen asintió.

—¿No ha notado nada raro en el vídeo? ¿No le ha llamado la atención, por ejemplo, su última frase?

En ese momento, el militar accionó el clip de su dispositivo electrónico dejando que la efigie demacrada de Martin volviera a pronunciarla en un español más que aceptable. Sus ojos claros chispearon de nuevo en la pequeña pantalla táctil:

«... Y ten presente que aunque te persigan para robarte lo que es nuestro, la senda para el reencuentro siempre se te da visionada.»

Verlo de nuevo me llenó de negros presagios.

—Le diré lo que pienso, Julia. Creo que la clave está en esas últimas cuatro palabras. «Se te da visionada.» ¿Le dicen algo? ¿Recuerda si su marido las pronunció antes, tal vez en algún lugar o momento especial que pueda indicarnos dónde escondió su piedra?

—¿Me lo está preguntando en serio? —dije.

—Desde luego. La estructura de esa frase subraya su última instrucción. Parece decirle que si quiere reunirse con él otra vez hay una ruta, una dirección, que se le da visionada.

—Quizás aluda a mi don.

—Demasiado simple.

—¿Y si fuera un juego de palabras? Martin es muy aficionado a ellos.

—Podría ser. ¿Le sirven un lápiz y un papel para empezar a jugar con las letras? —dijo, echando mano a su cartera negra y sacando de ella un puñado de folios y un rotulador.

Antes de que pudiera hacerme con ellos, la corriente regresó dando un fugaz respiro a los electrodomésticos del café. La máquina de tabaco de la entrada se prendió. La de moler grano rugió. Y hasta los frigoríficos ronronearon aliviados. Pero fue un espejismo. Al segundo, volvía a esfumarse como si fuera un fantasma asustadizo, sumiéndonos otra vez en las tinieblas.

22
—

Algo le estaba pasando a la nube fosforescente que gravitaba sobre los tres extranjeros. El más joven del grupo la miraba absorto, sorprendido de que su aspecto hubiera empezado a mutar justo después de que el *sheikh* ordenara
abrir la bolsa de nylon que llevaban a cuestas y dejara que
su contenido se humedeciera. «Vamos a activar "la caja"»
fue todo cuanto dijo.

Casi en el acto, lo que quiera que flotase en los cielos
de la ciudad vieja de Santiago empezó a hacerse más den-
so, a expandirse y a moverse al ritmo de contracciones es-
pasmódicas, como si ocultara una criatura viva en su interior que luchara por escapar de un largo encierro. Una
criatura que reaccionaba al contenido de aquella bolsa. De
hecho, cuando el joven vio que las luces de la plaza de Platerías se venían abajo por segunda vez, no dudó que también eso era cosa del «monstruo». Sabía que la nube preci-
saba de toda la energía posible para actuar. Incluso la suya
si fuera preciso.

—¿Estáis preparados? —preguntó el *sheikh*, ajeno a tales temores.

El joven, que obedecía al nombre de Waasfi y procedía
de una de las familias más importantes de Armenia, asintió. Su compañero, un soldado profesional bregado en mil
y un combates desde la caída del yugo soviético en su país
natal, también.

El *sheikh* dio inicio entonces a un rito singular. Sin mover un centímetro la bolsa de donde estaba, extendió sus manos sobre ella y le acercó el rostro.

Al instante percibió el sutil aroma de su interior y la brisa que siempre precedía a sus intentos de contacto con la esencia del objeto que manejaba con tanto cuidado. Tenía la impresión de que haberla llevado tan cerca de Julia Álvarez iba a servirle para cerrar un viejo círculo. Que *Amrak* —como él llamaba a su reliquia— iba por fin a demostrar todo lo que era capaz de hacer.

Sin decirles nada, los hombres que lo acompañaban se situaron en posiciones equidistantes a su alrededor y empezaron a entonar con la boca cerrada, a través de la nariz, un timbre constante y monótono. Mmmmmmmmmm. El *sheikh* les había enseñado a usar el sonido de sus cajas torácicas para despertar a *Amrak*. La idea no era tan peregrina como pudiera parecer. De hecho, tenía un sólido fundamento científico. *Amrak* estaba hecho de un mineral cuyos átomos formaban estructuras geométricas hexagonales muy precisas. Si éstas entraban en contacto con un sonido de una longitud de onda compatible, podría resonar y ver afectada su estructura nuclear. Es lo que sucede cuando un tenor da una nota aguda ante una copa de cristal: la energía de su voz penetra en la geometría del cristal y lo revienta desde dentro.

La misteriosa reliquia que guardaban en aquella bolsa no llegaba a ese extremo. Sin embargo, al cabo de un instante comenzó a devolver un zumbido suave. De entrada fue apenas perceptible, pero al poco se tornó más vibrante y los llenó de la determinación que necesitaban.

Confiado, su líder se mantuvo en su posición sin perder los ojos de la bolsa hasta que consideró llegado el momento de pronunciar una retahíla de frases ininteligibles que dirigió hacia ella. Casi podía ver las volutas de humo que precedían a su éxtasis. Pronto sentiría su poder. Una fuerza invisible y brutal que colapsaría a quien no se protegiera con ropas de fibra de plomo como las que él y sus hombres llevaban puestas.

Ninguno de los dos soldados supo bien qué estaba pasando, pero un cosquilleo extraño comenzó a recorrerles el cuerpo de arriba abajo. No era una sensación desagradable. Tampoco molesta. Si hubiera que compararla con algo, parecería una inocente descarga de electricidad estática.

—*Zacar od zamran; odo cicle qaa...*

Las extrañas palabras del *sheikh* los obligaron a concentrarse. Debían repetirlas. Ésa era la consigna.

—... *Zorge lap sirdo noco Mad...*

Nuevos escalofríos los recorrieron. Aquello no eran frases en armenio. Era otra lengua que sonaba arcana y misteriosa.

—... *Zorge nap sidun...*

Nadie que los hubiera visto entonces habría comprendido qué hacían allí tres tipos vestidos de negro, bajo la lluvia, alrededor de una bolsa tirada en el suelo. Tampoco habría creído que aquel ritual era una remotísima invocación al Ser Supremo, al Eje del Universo, ni que sus efectos estaban a punto de dejarse notar más allá del terreno de la fe o la sugestión. Las frases que repetían una y otra vez eran parte de una antigua llamada, con palabras arañadas de un idioma olvidado e indescifrable, por el cual invocaban la protección de «la caja», *Amrak*. El objeto que tenían a sus pies.

—... *Hoath Iada.*

Eran las tres y treinta y cinco minutos de la madrugada cuando la ciudad vieja se quedó muda por tercera vez. La nube pareció entonces alinearse sobre el perfil de los tejados del centro, y se desplazó poco a poco hacia el corazón de la plaza que los separaba de la catedral.

Al verla reaccionar, el *sheikh* se maravilló. La «potencia de Dios». «El fuego devorador.» «La gloria de Yahvé.» Por esos y otros nombres parecidos era conocida esa fuerza. Una energía que muy pocos habían conseguido arrancar a aquella vieja reliquia que ahora les servía de arma. De hecho, el líder de aquel comando sólo había conocido a un hombre capaz de activarla. Una mente científica brillante, que le habló de cómo una sabia combinación de energía electromagnética de origen natural —procedente de la fricción de estratos rocosos, corrientes subterráneas, alteraciones atmosféricas o incluso de tormentas solares— podría concitar esa potencia casi sobrenatural en *Amrak* y convertirla en un surtidor de fuerza inagotable. O en una señal de gran intensidad. Él la llamaba energía geoplásmica. Y ese hombre era, precisamente, a quien el *sheikh* pretendía rescatar dando un paso como aquél.

Su nombre, Martin Faber.

En cuanto se fue la luz, empecé a sentirme mal.

Una angustia que nacía en la embocadura del estómago ascendió hasta mi garganta y me llenó la boca de sabores amargos. No pude concentrarme en el acertijo que, según el coronel Allen, se escondía en «se te da visionada», y me agarré al borde de la mesa tratando de no desfallecer. El caso es que clavé mi mirada en el americano y, gracias al último suspiro de luz de la pantalla de su iPad, vi que él tampoco lo estaba pasando bien. Su rostro se había arrugado, afeándole aún más la cicatriz de la frente, y se tambaleaba de un lado a otro de la silla, a punto de desplomarse. Con todo, lo que me inquietó de veras fue descubrir una sombra de pánico en sus ojos claros. Fue algo súbito. Como un reflejo. De repente tuve la certeza de que el militar que había llegado para protegerme de Dios sabe quién había identificado los síntomas que estábamos sufriendo y se sentía aterrorizado.

No pude preguntarle por qué.

No tuve ocasión.

Mis fuerzas me abandonaron antes de que terminara de procesar lo que estaba ocurriéndonos.

Pronto fui incapaz de respirar. Mi pecho no obedecía las órdenes para que inhalase más aire. Todos mis músculos se aflojaron a la vez al tiempo que, sin quererlo, el mundo exterior dejaba de importarme. ¡Dios! ¿Qué era aquello? ¿Qué estaba pasando?

En el colmo de lo absurdo, noté un dolor lejano. La inconfundible impresión que me causó el café caliente derramándose sobre mi ropa. Pero tampoco, ni por instinto, conseguí moverme entonces. Ni girar mi vista o enviar un postrer impulso nervioso a mis manos para que me impidieran caer al suelo. No fue posible. Así de simple. Por suerte, el golpe contra el parqué de roble de La Quintana tampoco me dolió.

Al fin, una milésima de segundo antes de que todo se volviera oscuro, tuve un instante de lucidez. Uno terrible que, sin embargo, sentí como una liberación.

Estaba muerta. Ahora sí.

Todo había terminado para mí.

24

La habitación del padre Benigno Fornés miraba justo a la fachada norte de la catedral. Estaba ubicada en un balcón del seminario mayor San Martín Pinario. Miraba a los jardincitos del palacio del obispo Gelmírez y a la plaza de la Inmaculada. Desde su barandilla podía atender las necesidades del templo y saber antes que nadie si algo iba mal en su interior. Quizá fueron esas vistas privilegiadas las que no le dejaron pegar ojo después del tiroteo. El deán estaba mucho más angustiado que de costumbre. Pese al frío que se colaba desde el exterior, se resistía a cerrar su ventana o a desconectar el teléfono móvil. Si algo volvía a interrumpir la paz secular de su catedral, quería ser el primero en saberlo.

El anciano tenía un mal presentimiento. Se había criado a los pies de aquellas paredes y sabía cuándo las cosas podían ir a peor. Era una sensación epidérmica. Inenarrable. Por eso, cuando entrada la madrugada una serie de pequeños acontecimientos volvieron a enturbiar su duermevela, no se sorprendió demasiado.

Primero fueron las dos caídas consecutivas de tensión eléctrica que lo sacaron de la cama. El deán se levantó al percibir que la claridad de las luces de la calle se había esfumado, regresado y vuelto a desaparecer en cuestión de segundos. Inquieto, aquel hombre de setenta y un años, de inteligencia afilada y desconfiado como todos los de su generación, decidió ponerse en marcha. Lo hizo con cautela. Sin hacer ruido. No podía quitarse de la cabeza el falso incendio en la catedral, así que se vistió, tomó su abrigo y una linterna, y cruzó de puntillas la zona de dormitorios destinada a los canónigos. Cuando alcanzó el templo por el pasadizo que atraviesa la calle de la Azabachería, rezó por que el viejo cableado hubiera resistido esos envites.

«Espero equivocarme, Señor —murmuraba—. Espero equivocarme.»

Al llegar a la puerta, Fornés tecleó una clave de seis dígitos en un panel electrónico y desconectó la alarma. Se persignó humedeciendo sus dedos huesudos en la pequeña pila de agua bendita que encontró a su izquierda y, a tientas, deambuló por el primero de sus corredores en busca de cualquier cosa fuera de lo normal.

A primera vista, todo le pareció tranquilo.

No había ni rastro de la luminosidad anaranjada que había alertado a los vecinos. Incluso a oscuras, el lugar era de una solemnidad imponente. El fulgor de las últimas velas daba volumen a algunos de sus rincones más sagrados. El baptisterio o la capilla de Santa María de Corticela resplandecían entre tinieblas. Al verlos, el alma del deán se sobrecogió. El anciano Fornés todavía tenía frescos en la memoria los días en los que aquel espacio consagrado de más de ocho mil metros cuadrados permanecía abierto cada noche del año a los fieles. Eran otros tiempos, desde luego. Pertenecían a una era en la que peregrinos de toda la cristiandad velaban con devoción las reliquias del «Hijo del Trueno», recordando que Santiago fue el discípulo que heredó de Pedro el liderazgo de la Iglesia primitiva y testigo de primera fila de su trasmutación y ascenso a los cielos. Por desgracia, la modernidad había acabado con eso. Y episodios como el de los disparos de esa tarde no iban a ayudar a enderezar las cosas.

El deán, taciturno, paseó entonces el haz de su linterna en dirección a la puerta de Platerías, y después hacia el fondo de la nave principal. La nube vista en esos rincones no había dejado rastro alguno de humo en las paredes.

«¿Y si fuera una señal del cielo?»

La pregunta que el deán trasladara a su arzobispo después de recabar toda la información del incidente de manos del impío inspector Figueiras era más que una duda. Encerraba una sugerencia. Un aviso. Pero el máximo responsable de la Iglesia católica en Santiago le defraudó otra vez. Aquel joven teólogo llegado a la sede episcopal sólo un año antes no tenía aptitudes para comprender sus insinuaciones. Como se temía, parecía más interesado por el tiroteo que por el falso incendio. En el fondo debería habérselo imaginado. Monseñor Juan Martos era uno de esos nuevos pastores diocesanos de mediana edad que, desprovisto de sotana y de anillo, podría pasar por un ejecutivo de cualquier multinacional. Un hombre de aspecto neutro, impecable, frío, al que —por desgracia, desde el punto de vista del deán— le interesaba más la gestión de lo mundano que la sublimación del espíritu.

«¿Una señal, dice usted? —le preguntó el arzobispo, extrañado—. ¿Qué quiere decir exactamente con eso, padre Benigno?»

«Recuerde que este lugar se fundó en el siglo IX, cuando unas luces milagrosas alertaron a un ermitaño llamado Pelagio de la presencia de un objeto sacro en las cercanías. La tradición afirma que fue él quien avisó a su ilustre predecesor, el obispo Teodomiro, y éste quien acudió al lugar y encontró uno de los mayores tesoros de la fe cristiana.»

«El Arca con los huesos del apóstol Santiago», precisó Su Eminencia Juan Martos, sin entusiasmo.

«En efecto, Ilustrísima. Piense que, a veces, esa clase de

luces son señales de Dios. Llamadas de atención para que los humanos despertemos.»

Monseñor Martos rumió aquello sin demasiadas ganas. El arzobispo era demasiado joven, demasiado ajeno a Santiago y su milenaria historia, como para captar lo que el deán trataba de insinuarle. Fornés comprendió entonces que su obispo no estaba al tanto de la función oculta de la catedral de Santiago. No era un hombre «de la tradición». De otro modo, no le hubiera ordenado clausurarla y prohibir que nadie entrara hasta que la policía terminara su trabajo.

Quizá por eso, celoso de sus funciones de guardián de los secretos del templo, y aun contraviniendo las instrucciones de su superior, el deán decidió echarle un vistazo con sus propios ojos. A fin de cuentas, aquélla era la casa que la Divina Providencia le había encargado guardar y nada ni nadie se lo impediría. Ni siquiera su propio arzobispo.

El templo estaba en calma.

La zona más oscura era la ocupada por el Pórtico de la Gloria, así que Fornés decidió empezar su ronda por ahí. Los andamios tapaban buena parte de sus dos caras, enturbiando aquel punto con plásticos, ordenadores y mesas llenas de productos químicos. Pero en ese lugar sacrosanto todo parecía en el lugar en el que lo había dejado Julia Álvarez, su protegida.

Julia era una muchacha especial. El deán lo supo desde la primera vez que la vio. No era sólo por su currículo —magnífico, por otra parte—, sino por esa determinación y apertura de mente que demostraba en las reuniones con los responsables de restaurar aquellas piedras. Sin saberlo, al sugerir que el reciente deterioro de sus muros y esculturas se debía a alguna clase de fuerza telúrica, subterránea, invisible, se estaba acercando al secreto compostelano que él protegía.

Cuando el haz de su linterna tropezó con la blancura del parteluz del pórtico, Fornés se distrajo de aquellos pensamientos. Debía proseguir su ronda. Aunque pocos lo sabían, esa pieza escondía toda la razón de ser de Compostela. Se trataba de una columna historiada, llena de pequeñas representaciones de seres humanos que parecían escalar el árbol genealógico de Jesús a partir de un misterioso personaje barbudo que descansaba a ras del suelo y que contenía a dos leones asiéndolos por el cuello. Como si fuera un arbusto trepador, la columna se elevaba cual espiral de ADN *avant-la-lettre* hacia Santiago Apóstol y, por encima de él, hasta Cristo resucitado.

Todo allí estaba en su sitio. Ningún disparo había tocado, gracias a Dios, aquella maravilla.

Más calmado, el sacerdote deshizo la distancia que lo separaba del crucero y se encaminó hacia el escenario del tiroteo. La policía lo había acordonado con un perímetro de cintas de plástico, aunque al padre Fornés le dio igual. Levantó el precinto y, con cuidado, comenzó a deambular entre sus bancos de madera. Su linterna no tardó en evidenciar el desastre. Varios pasamanos habían sido desportillados por los proyectiles, regando el suelo con astillas centenarias. Algunas habían sido numeradas, al igual que los casquillos de metal que todavía no habían recogido, y sobre los bancos todavía descansaba parte del equipo para la toma de huellas y muestras que seguramente completarían a la mañana siguiente. El deán sorteó aquello lo mejor que pudo y se dirigió hacia la zona que le interesaba.

Entonces vio algo más.

Un perímetro más pequeño que el anterior marcaba un espacio cercano a la puerta de Platerías, justo debajo del monumento al *campus stellae*. Aquélla —él lo sabía mejor que nadie— era el área más antigua de la catedral. Ni siquiera los mejores eruditos recordaban que allí nació el templo cristiano más importante del mundo después de la basílica de San Pedro del Vaticano, y mucho menos que ese solar había sido escenario de innumerables prodigios. Pero, sobre todo, era el punto en el que Bernardo el Viejo, *magister admirabilis,* colocó la piedra fundacional de toda la estructura hacia el año 1075, guiado —según la tradición— por un grupo de ángeles del Señor.

Por eso, al ver las cintas de la policía rodeando ese sector, se le aceleró otra vez el pulso.

—¡Por todos los santos...!

Clavada en la pared sobresalía una de las balas.

El impacto había agrietado el bloque al que había ido a parar, haciendo que una parte de su superficie se deshiciera como si fuera un montón de harina. Fornés se persignó al verlo. Eso iba a necesitar la atención de los restauradores, pensó. Pero no era todo. Al caerse parte de la piedra y afectar a los sillares circundantes, una sombra extraña había quedado al descubierto. Parecía una inscripción. Un trozo de pintura vieja. Quizás una enorme marca de cantero. Se trataba, en cualquier caso, de un trazo que desbocó aún más el viejo corazón de Fornés.

Tenía esta forma: ⅂.

El deán se acercó con curiosidad. La alumbró con su linterna y la acarició con las yemas de sus dedos. Parecía recién hecha. Y aunque tenía algo de profundidad, su perfil se distinguía del vetusto granito compostelano porque reflejaba una luz tornasolada, llena de brillos dorados. Al sugestionado padre Fornés le dio la impresión de que todavía estaba caliente.

«¡Cristo bendito! —pensó—. ¡Debo advertir a monseñor cuanto antes!»

25

Dicen que cuando alguien muere, el alma se ve abocada a la prueba más dura de su existencia. Afirman que justo antes de trascender hacia la dimensión superior, se la conduce frente a una especie de «caja negra», un contenedor sin forma ni dimensión en el que se ha ido almacenando todo lo que hizo dentro de su cuerpo desde el día que su cordón umbilical se cortó y sus pulmones respiraron por primera vez. Lo que el alma experimenta al asomarse a ese receptáculo supera cualquier experiencia sensorial. De repente, la conciencia se ve inmersa en una suerte de recreación en la que es capaz de percibirse desde afuera y juzgarse desde la mirada de los otros. En contra de lo que dicen las grandes religiones, en ese estadio no hay jueces. Ni tribunales. Ni tampoco ojos que nos fuercen a aceptar o no lo visto. Nada de eso es necesario. El alma deja salir a la energía pura que la habita y es capaz de valorar por sí misma lo aprendido mientras estuvo envuelta de carne. Después, tras repasar lo vivido, tomará el camino que le resulte más afín a su estado vibratorio.

Lo único bueno de ese proceso es descubrir que más allá hay camino. Ascensional o descendente, eso depende. Porque cielo e infierno son, en definitiva, el fruto de esa recapitulación extrema; el estado anímico en el que quedamos tras evaluar si en nuestra vida pudieron más los éxitos o los fracasos, las virtudes o los errores, el espíritu o la materia densa.

Todos —da igual la creencia que hayamos profesado— hemos oído hablar alguna vez de ese momento. Y aunque los líderes religiosos nos han confundido anunciándonos tribunales severísimos, grandes absoluciones y hasta la resurrección de los muertos, de lo único que puedo dar fe es de que el episodio del «repaso» es real.

Lo supe aquella madrugada en el café La Quintana cuando, tumbada de bruces a escasos centímetros del cuerpo inerte del coronel Allen, creí llegado el momento de rendir cuentas.

Me sorprendió lo fácil que me había resultado morir. Y lo que en un principio creí un desmayo indoloro, pronto se tradujo en un torrente químico de sensaciones y viejos recuerdos. No sé por qué deduje que había perdido la vida por culpa de una fuerte descarga eléctrica, como Uzza, el porteador del Arca de la Alianza. Diez mil voltios habrían bastado para detener mi corazón y achicharrarme el cerebro. Tal vez eso explicara por qué me sentía catapultada fuera del tiempo, arrojada a un mar de imágenes que ahora se me echaban encima.

Hice un tremendo esfuerzo por comprender. ¿Por qué no había sentido dolor al desplomarme contra el suelo? ¿Dónde habían ido a parar el café o Nick Allen? ¿Y el camarero?

Pero durante un buen rato, no ocurrió nada.

Nada de nada.

Fue como si estuviera disolviéndome muy despacio en un bienestar sin sobresaltos. Había dejado de tener frío y, poco a poco, fui adquiriendo la certeza de que me estaba apagando.

Cuando la paz fue total, algo se encendió dentro de mí. Escuché voces. Y sin saber cómo, imágenes de otro tiempo comenzaron a desfilar por debajo de mis ojos cerrados.

Debo contarlo. Y lo haré.

El primer recuerdo brotó con fuerza.

Era del día de mi boda, y por un momento creí que afloraba porque el coronel Allen había estado hurgando en mis sentimientos hasta el segundo antes de mi muerte.

En él vi cómo Martin y yo llegamos al condado de Wiltshire con la impresión de que nuestras vidas habían sido engullidas por un torbellino. Era primera hora de la mañana del domingo, el día después de mi primer encuentro con las adamantas de John Dee, y habíamos madrugado mucho para tenerlo todo a punto. Lo cierto es que ambos teníamos los nervios a flor de piel. No habíamos conseguido pegar ojo en toda la noche. Incluso discutimos.

Casi lo había olvidado.

Nuestra disputa se incubó la tarde anterior, después de nuestra velada con Sheila y Daniel. Y la culpa fue de las dichosas piedras. Ninguna de las dos había dejado de hacer cosas extrañas desde que me las entregaron. Martin y los ocultistas se alborozaban como niños cuando una brillaba, se agitaba, giraba sobre sí misma señalando objetos sobre el mantel de nuestra mesa o emitía un ruidito suave parecido al que haría una pequeña locomotora de vapor. «Muévela en este sentido», «Ponla sobre aquella pirámide», «Levántala con los meñiques», me decían. Al final me cansé de sus juegos. Si no nos retirábamos a descansar, la ceremonia del día siguiente iba a ser un desastre.

Fue al regresar al hotel cuando saltaron las primeras chispas.

—¿No ha sido el día más alucinante de tu vida? —dijo Martin antes de dejarse caer en la cama.

—¡Y qué lo digas! —respondí, echando ácido por los poros—. He descubierto que sabes mucho más de mí de lo que creía.

—¡Uh! ¿Lo dices por...?

—Sí. Justo por eso —lo atajé—. Así que te acercaste a mí

porque creías que era vidente, ¿no? ¿Por qué no me lo dijiste antes?

Martin me miró como si fuera una extraterrestre.

—¿Y no lo eres?

—¡No! ¡Pues claro que no!

—¿Estás segura? —me atajó mordaz—. Tú misma me contaste que de pequeña hablabas con tu bisabuela muerta. Que en tu casa, tu madre había visto varias veces esa procesión de almas en pena... ¿Cómo la llamáis?

—La Santa Compaña.

—Exacto. La Santa Compaña. Y tampoco fui yo quien se inventó que desciendes de una saga de brujas gallegas que lo saben todo de hierbas medicinales. ¡Si hasta destilas un ron que cura la artritis!

Fue el colmo. Martin quiso irse por las ramas sin abordar la cuestión fundamental. No podía permitírselo.

—¿Y por qué no me contaste lo de las piedras? —Dejé que mi malestar impregnara todas y cada una de aquellas palabras.

—Bueno... —dudó—. Hasta ahora eran una especie de secreto de familia, *chérie*. Pero dado que mañana vas a formar parte de ella, creí que debías conocerlo. ¿No te ha gustado la sorpresa?

—¿Sorpresa? ¡Me he sentido vuestra cobaya! ¡Una atracción de feria! ¿De dónde han salido esos, esos...?

—¿Amigos? Daniel es un sabio. Y Sheila es... algo así como tú.

—¿Qué quieres decir?

—Era la única que hasta ahora sabía cómo hacer reaccionar a las piedras. Aunque no como tú lo has hecho. A la vista está que no me he equivocado contigo. ¡Las haces hablar! ¡Tienes el don!

—¿Hacerlas hablar? Maldita sea, Martin. ¿De verdad crees que las piedras hablan?

De un salto, abandonó la cama y se plantó junto a mí.

—Éstas sí.

—¿Cómo puedes decir eso?

—En veinte años, Julia, nadie ha visto a las adamantas comportarse como lo han hecho esta tarde. ¡Parecían vivas! Tendrías que haber visto la cara de Sheila. Tú tienes el don —repitió—. El mismo que Edward Kelly, el vidente favorito de John Dee. Si quisieras, podrías mirar a través de ellas y hacerlas vibrar. ¡Eres su médium!

La mirada terminó de nublárseme. El hombre con el que iba a casarme me hablaba como si fuera una extraña.

—Me asustas, ¿sabes? —dije con los ojos humedecidos—. Creí que eras un científico. Un hombre racional... He puesto mi vida en tus manos ¡y no te reconozco!

—Julia, por favor... Estás asustada —susurró—. Pero no tienes nada que temer.

—No estoy tan segura.

—Después de la boda tendrás tiempo de aprender a usar las piedras, *cherie*, y de comprobar que sigo siendo el científico del que estás enamorada. Las estudiaremos juntos. Te lo prometo. Tú les darás vida. Yo las interpretaré.

No respondí.

—Lo comprenderás todo. Verás que, aunque ahora te parezca cosa de brujas, lo que está pasando tiene una explicación sencilla. Sheila y Daniel también están deseando dártela.

—¿Y si hubiera perdido mi confianza en ti? —Lo miré tan severa como fui capaz—. Me siento engañada, utilizada. ¡Compréndelo!

—No lo dirás en serio.

—No... —Bajé la mirada. Sus manos fuertes apretaban ahora las mías tratando de darme una seguridad que hacía rato que había perdido. Todo era confuso para mí—. Claro que no...

26
—

Allí estaban pasando cosas muy raras.

Antonio Figueiras no podía organizar un operativo para proteger a una testigo con todos los elementos en contra. La falta de luz, de señal de radio y la última desconexión de los operadores de telefonía móvil de los alrededores lo habían dejado otra vez sin herramientas para trabajar. Por eso el inspector no se lo pensó dos veces: tomó su coche particular y, a toda prisa, enfiló el camino más corto que lo llevara a la plaza de la Quintana. Julia Álvarez debía de estar todavía hablando con el norteamericano. Por suerte, había dejado a varios hombres de confianza a su cargo y el helicóptero de su unidad estaba allí aterrizado para que no la dejaran marcharse. No creía que ningún terrorista kurdo —por osado que fuera— se atreviese a secuestrar a Julia en esas condiciones.

La lluvia —«por suerte», pensó— estaba dando una tregua. Había dejado de descargar con tanta furia y ahora dejaba entrever incluso el ligero resplandor del amanecer tras las torres barrocas de la catedral.

Si Figueiras se hubiera detenido a contemplar la hora que marcaba el reloj del salpicadero de su coche, se hubiera dado cuenta de que esa luminaria no podía ser, en modo alguno, el Sol.

Pero no lo hizo.

27

Mi segundo recuerdo post mórtem llegó sin avisar.

El rostro ajado de un hombre vestido de gris, con la cara cuarteada por el frío y la edad, nos observaba sin expresar emoción alguna. Martin y yo acabábamos de llegar a Biddlestone, la aldea en la que pensábamos casarnos, y el padre James Graham, su vicario, no terminaba de creerse lo que tenía frente a sus ojos.

—Es una decisión muy importante... —murmuró—. ¿Estáis seguros de querer hacerlo?

Los dos asentimos. Habíamos llegado muy temprano al pueblo, después de haber dejado el hotel en plena madrugada, incapaces de conciliar el sueño.

—¿Y cuándo lo decidisteis?

—Ella lo supo anteayer —respondió Martin con media sonrisa.

—Lo imaginaba.

Aunque el tono del sacerdote sonó a reproche, no dijo nada más. Tomó asiento junto a nosotros y nos invitó a comer algo. Su presencia reconfortaba. Enseguida comprendí por qué.

—¿Cuánto hace que no nos vemos, hijo? —preguntó a Martin.

—Desde mi primera comunión. ¡Hace más de treinta años!

—Oh, sí, claro. Los mismos que hace que no veo a tus padres.

—Lo sé. Siento que tarden tanto en venir.

—¿Sabes? En el fondo, su ausencia es un halago. Eso es porque aún confían en mi trabajo —dijo como queriendo quitarle importancia al detalle. Martin tampoco se inmutó—. Y dime, hijo, ¿sigues insistiendo en lo de la lectura principal? Tu llamada de ayer me preocupó. Ceremonias de esta clase no se celebran muy a menudo. Y menos en un templo cristiano.

—Lo comprendo —aceptó, tomándome de una mano—. Pero no habrá ningún problema, ¿verdad?

—No. Si ella no lo tiene...

—¿Y por qué iba a tenerlo? —sonreí, creyendo que aquello era una broma entre viejos conocidos—. ¡Es mi boda!

—Hija mía... Su prometido insiste en incluir una lectura que no pertenece a la Biblia en la ceremonia. ¿Lo sabía?

—La verdad es que no.

Martin se encogió de hombros como si aquélla fuera otra de sus sorpresas.

—Es testarudo como una mula —prosiguió—. Quiere que se oficie el rito con una de esas parábolas antiguas en las que las mujeres no quedan bien paradas. Por eso me pregunto si tal vez usted, siendo española, presumo que temperamental, quisiera...

—¿Es eso cierto?

Miré a Martin divertida, dejando al padre Graham con la palabra en la boca.

—Salvo en lo de que quedáis malparadas, sí —rió.

—Sin embargo —añadió el sacerdote—, coincidirás conmigo, Martin, en que se trata de un texto fuera de lo común; algo impropio para un enlace matrimonial.

—¿Impropio? —Hice la pregunta muerta de la curiosidad—. ¿Por qué es impropio, padre Graham?

—¡Oh! No hagas caso, *chérie*. —Martin trató de restar importancia a aquel comentario—. Este hombre ha casado a mi familia desde hace generaciones y siempre refunfuña por lo mismo. Creo que trata de sabotear nuestra tradición... —añadió, guiñándome un ojo.

—Pero ¿qué lectura es ésa? —insistí.

—Se trata de un texto arcaico, valioso sin duda, pero en modo alguno canónico, señorita. Mi deber es advertírselo. Martin me dijo que usted es historiadora y experta en arte. Eso es interesante. Se lo mostraré para que pueda apreciarlo.

El sacerdote se levantó entonces de la mesa y, dirigiéndose a la estantería de la cocina que estaba llena de viejos libros encuadernados en piel, extrajo uno grande y delgado.

—El libro del Génesis menciona de pasada los mismos hechos que cuenta este tratado en su capítulo sexto —explicó, sopesando un volumen encuadernado en vitela que me pareció muy viejo—. Por desgracia, la Biblia sólo da una información parcial de ellos, muy resumida, como si quisiera evitar detalles escabrosos que, en cambio, se recogen en estas páginas con todo lujo de detalles...

—¿Y qué obra es ésa?

—El Libro de Enoc. Y lo que su marido quiere leer son los capítulos seis y siete, señorita.

—¿El Libro de Enoc? No estoy segura de haber oído hablar de él.

Martin se revolvió en su banqueta. Supuse que le complacería mi interés por los detalles del rito, pero enseguida me di cuenta de que no era así. Mientras el padre Graham se deshacía en explicaciones, él se removía incómodo en su silla, dudando si interrumpirnos o no.

—El Libro de Enoc —prosiguió el sacerdote poniéndome delante aquel tomo grande como un almanaque, encuadernado sin ningún tipo de rúbrica o marca exterior— es una obra profética que narra la historia y el devenir de la Humanidad en sus primeros pasos sobre la Tierra. Sus copias más antiguas proceden de Abisinia, la actual Etiopía.

—Qué interesante —aplaudí para desesperación de Martin—. ¿Y qué es lo que tiene de incómodo este libro para una mujer, padre?

—Si tiene paciencia se lo explicaré —gruñó—. A grandes rasgos, cuenta lo que nos pasó después de ser expulsados del Paraíso. Lo que ocurrió poco antes de la Segunda Caída.

—¿La Segunda Caída?

—Bueno... Según las Escrituras, hemos estado a punto de extinguirnos en dos ocasiones. La primera, cuando Adán y Eva fueron expulsados del Edén y arrojados al mundo mortal. Entonces Dios pudo haber fulminado a nuestros primeros padres, pero los perdonó in extremis. Enseguida éstos se adaptaron a su nuevo entorno y se reprodujeron a gran velocidad.

—Entonces, la Segunda Caída fue cuando...

—Cuando esos descendientes perecieron durante el Diluvio —completó.

Me fascinó que el padre Graham me estuviera contando el relato de la Creación con el mismo aplomo que un reportero de *National Geographic*. Decidí seguirle el juego.

—A ver si me aclaro, padre. ¿Está intentando decirme que el Libro de Enoc es antediluviano?

—No exactamente. Lo que su autor cuenta es antediluviano, señorita. Esto es, narra los hechos que acontecieron entre la Primera y la Segunda Caída. Por desgracia, la antigüedad exacta del texto es un auténtico misterio. El libro no menciona a Adán y Eva, lo cual es sorprendente, pero en cambio explica con todo detalle por qué Dios nos envió su Gran Inundación. Y dice saberlo porque su fuente de información no fue otra que el mismísimo profeta Enoc.

—Enoc...

El padre Graham no escuchó mi resoplido de admiración.

—Enoc es mencionado varias veces en la Biblia, señorita. Fue un pastor analfabeto que tuvo la inmensa fortuna de contemplar el Reino de los Cielos con sus propios ojos. Debería saber que él fue de los pocos mortales a los que Dios llevó al Paraíso en cuerpo mortal; fue ascendido a los Cielos arrebatado por un torbellino, y pudo regresar a la Tierra para contárnoslo todo y advertirnos de lo enfadado que estaba el Padre Eterno con los humanos.

—¿Todo eso cuenta el Libro de Enoc? —murmuré.

—Y aún más. Parece que mientras Enoc estuvo en el Paraíso consiguió hacerse con respuestas para todas nuestras tribulaciones, presentes, pasadas y futuras. Por eso, a su vuelta se convirtió en una especie de oráculo tocado por el dedo del Creador. Y en inmortal. Como los dioses del mundo antiguo.

Oí a Martin refunfuñar algo desde algún rincón de la cocina.

—Y dígame, padre —proseguí, mirando a mi novio de reojo—, ¿por qué cree que Martin quiere utilizar este libro en nuestra boda? ¿Habla de amor?

James Graham clavó entonces su desgastada mirada azul en mí, como si quisiera advertirme de un peligro del que yo no era todavía consciente.

—Lo que su prometido quiere incluir en la ceremonia se encuentra al principio del libro, hija mía... ¿Por qué no sale de dudas y le echa un vistazo usted misma? Yo no soy capaz de decirle si eso es o no amor.

El sacerdote me tendió entonces el tomo grande que tenía abierto en las manos y me invitó a hojearlo. Ubiqué sin dificultad el punto indicado. Estaba marcado con una cinta de seda azul primorosamente plegada.

Una bonita capitular adornaba el arranque de un texto breve, a su vez dividido en párrafos escuetos. Había sido impreso con una tipografía gótica que mezclaba letras rojas y negras, y lo iluminaban unas láminas evocadoras. Con respeto, me incliné sobre él para recitar el título de esa sección en voz alta: *La caída de los ángeles; la desmoralización de la humanidad; la intercesión de los ángeles en nombre de la humanidad. Las sentencias que Dios pronunció contra los ángeles. El reino mesiánico.*

Aquello me desconcertó. Al principio no le vi relación alguna con la boda. Pero al percibir que había logrado ganarme el silencio de Martin y del padre Graham, y leerlo en alto, pronto cambié de opinión:

Así pues, cuando los hijos de los hombres se hubieron multiplicado, y les nacieron esos días hijas hermosas y bonitas, y los ángeles, hijos de Dios, las vieron y las desearon, se dijeron entre ellos: «Vamos, escojamos mujeres entre los hijos de los hombres y engendremos hijos.»

«Ajá. Ahí está el amor», pensé.
Seguí leyendo:

Entonces su jefe les dijo: «Temo que quizá no queráis realmente cumplir esa obra, y seré, yo solo, responsable de un gran pecado.»

Todos respondieron: «Hagamos todos un juramento, y prometámonos todos con un anatema no cambiar de destino, sino ejecutarlo realmente.»

Entonces, juntos juraron y se comprometieron acerca de eso los unos hacia los otros con un anatema. Todos ellos eran doscientos y descendieron sobre Ardis, la cima del monte Hermón; y lo llamaron «monte Hermón» porque es sobre él donde habían jurado y se habían comprometido los unos con los otros.

—Ahora vaya hasta la segunda cinta. La verde —ordenó el padre Graham, señalándome otra marca—. Lea toda la página, por favor.

—Esa parte no va a utilizarse en la iglesia —protestó con desgana Martin, regresando junto a nosotros.

—No. Pero es bueno que tu prometida la conozca. Julia —me tocó la mano con su palma—, lea, por favor.

Obedecí al punto:

Éstos, y todos los otros con ellos, tomaron mujeres. Cada uno escogió una, y comenzaron a ir hacia ellas y a tener comercio con ellas y les enseñaron los encantos y los encantamientos, y les enseñaron el arte de cortar las raíces y la ciencia de los árboles.

Así pues, éstas concibieron y pusieron en el mundo grandes gigantes cuya altura era de tres mil codos. Ellos devoraron todo el fruto del trabajo de los hombres hasta que éstos no pudieron alimentarlos más.

Entonces los gigantes se volvieron contra los hombres para devorarlos. Y empezaron a pecar contra los pájaros y contra las bestias, los reptiles y los peces, después ellos se devoraron la carne entre ellos y se bebieron la sangre.

Entonces la Tierra acusó a los violentos.

Durante un instante, los tres nos quedamos mudos.

El padre Graham respetó aquel silencio. A mí me asustó. A fin de cuentas parecía la historia de un enlace pecaminoso; uno que terminaba engendrando una estirpe abominable que necesitó de un castigo universal para ser sofocada.

—¡Vamos, Julia! ¡Ya lo ves! —Martin rompió el hielo, tratando de relajar los ánimos—. Sólo es una antigua historia de amor. De hecho, la más antigua que existe después de la vivida por Adán y Eva.

El padre Graham torció el gesto.

—Es el relato de un amor prohibido, Martin. No debió de ocurrir nunca.

—Pero padre... —rezongó—. Gracias a ese amor los «hijos de Dios», una clase específica de ángeles superiores a la raza humana, decidieron compartir su ciencia con nuestros antepasados expulsados del Paraíso. Si lo que cuenta este libro es cierto, lo hicieron desposándose con las mujeres que habitaban la Tierra y mejoraron nuestra especie. ¿Qué hay de malo en eso? Su estirpe benefició a la humanidad. ¡Fueron los primeros matrimonios de la Historia! Matrimonios sagrados. Hierogamias. Uniones entre dioses y hombres.

—¡Matrimonios impuros, Martin! —Durante un segundo el tono del sacerdote se elevó amenazador, para luego volver a calmarse—. Nos trajeron la desgracia. Dios nunca vio con buenos ojos la descendencia que surgió de esas uniones, y por eso decidió exterminarla con el Diluvio. Sigue sin parecerme algo propio de recordar el día de vuestra boda.

—Padre —intervine tratando de relajar el cariz que estaba tomando aquella conversación—, antes comentó que las mujeres no salíamos muy bien paradas en el Libro de Enoc...

Mi ardid funcionó a medias. El sacerdote relajó algo su crispación pero no moderó la severidad de sus palabras.

—Según Enoc, las «hijas de los hombres» siempre quedáis en inferioridad de condiciones respecto a los «hijos de Dios» —dijo—. Ellos abusan de vuestra ingenuidad, os dejan preñadas de vástagos horribles, gigantes deformes y titanes, y encima os responsabilizan de haber manchado la nueva estirpe. Es un relato horrible.

—Pero, padre —sonreí—, si todo esto sólo es un mito...

Para qué dije aquello.

James Graham se levantó del taburete de cocina en el que se había apoyado y me arrebató el libro de malas maneras. Si hasta entonces su rostro había sido impermeable a sus emociones, de repente se le cayó la máscara.

—¿Un mito? —bufó—. ¡Ojalá todo fuera tan sencillo! Este libro recoge lo poco que nos ha llegado de los orígenes de nuestra civilización. Lo que ocurrió antes del Diluvio, antes de que la Historia empezase de cero. No existe crónica de nuestros orígenes tan precisa como ésta.

—Pero el Diluvio también es una fábula... —insistí.

—¡Aguarda un momento! —Martin nos interrumpió de repente—. ¿Recuerdas, Julia, nuestra visita de anoche?

Asentí sorprendida. La tenía fresquísima en la memoria.

—¿Y recuerdas lo que te dije de mi familia y de John Dee?

—Que ese hombre es la obsesión de los Faber, ¿no?

—Estupendo —suspiró—. Déjame contarte algo más: lo es porque Dee fue el primer occidental que accedió al Libro de Enoc, y gracias a él, el primero en interesarse científicamente por los efectos del Diluvio. Ese episodio, tanto si fue un fenómeno local circunscrito al área de Mesopotamia como uno tan global como un cambio climático, existió de verdad. Y se produjo no una, sino al menos dos veces. La última, hace unos ocho o nueve mil años. Dee fue el primero en deducirlo del texto que acabas de recitar.

—¿De verdad crees que el Diluvio existió? —pregunté maravillada.

—Desde luego.

—¿Y por qué quieres recordarlo en nuestra boda?

—Mi familia lleva generaciones interesada en Dee, Enoc y en los orígenes de la humanidad. Mi madre aprendió lenguas muertas sólo para poder leer el Libro de Enoc en su idioma original. Papá se especializó en física para trasladar a palabras técnicas sus metáforas del Paraíso y del viaje del profeta al más allá. Y yo, biología y climatología para confirmar que lo que cuenta el profeta fue, en efecto, lo ocurrido entre la primera y la segunda gran anegación del mundo, entre el 12000 y el 9000 a. C., más o menos. Es... como un homenaje a mis raíces.

—¡Sois la familia Monster!

Martin no apreció mi ironía.

—Además... —titubeó—, de algún modo mis padres y yo somos los últimos de una larga estirpe de vigilantes de ese legado.

—¿En serio? —reí.

—Créale, señorita —intervino el padre Graham, agitando las manos como si quisiera espantar los recuerdos que le traía esa revelación—. John Dee fue un eslabón en esa cadena. Y Roger Bacon, un franciscano del siglo XII con una mente leonardiana. Y Paracelso, el médico. Y el místico Emmanuel Swedenborg. Incluso Newton. Y muchos otros que permanecerán anónimos para siempre.

—Mira, Julia: doscientos años antes de que el Libro de Enoc fuera descubierto por un explorador escocés llamado James Bruce, Dee ya se sabía de memoria sus mejores páginas. De hecho, estudió tan a fondo los encuentros que describe entre el profeta y los ángeles que terminó encontrando un método para invocarlos a voluntad a través de ciertas reliquias antediluvianas.

—¡Las adamantas!

—Exacto. —La sonrisa franca de Martin le iluminó el rostro—. Dee las usó porque quería reconstruir la verdadera historia de nuestra especie. Descubrió que por nuestras venas corre aún sangre divina por culpa de aquellos ángeles que osaron desafiar a Yahvé y mezclarse con nuestros antepasados. Y averiguó algo más: que la ira de Dios no se acabó tras la expulsión de Adán y Eva del paraíso, ni tampoco después del Diluvio.

—¿Qué quieres decir?

—Las adamantas le hablaron de una Tercera Caída. Una que Enoc también anunció y que, más pronto que tarde, nos llegará por fuego. Nuestra especie está otra vez en peligro, Julia. Por eso quiero recordarlo el día de nuestra boda. Tal vez un día tengamos que salvarla juntos...

28

En el mundo real, las cosas estaban tomando un cariz aún más extraño si cabe.

La nube fosforescente que minutos atrás había estado flotando sobre la catedral de Santiago había descendido a ras del suelo, colándose como niebla densa entre los soportales. Empezó siendo una especie de lenteja de pequeño tamaño, pero por alguna razón había mutado hasta convertirse en un vapor elástico, que se extendía sobre los adoquines de granito, impregnándolo todo a su paso.

Una vez desparramada, sus efectos sobre personas y enseres eran sorprendentes. Aquel geoplasma transportaba una carga eléctrica en su interior capaz de colapsar cualquier aparato en un amplio radio y de saturar el sistema nervioso de mamíferos y aves. Sólo una ropa especial como la que llevaban los ocupantes del helicóptero estacionado en la plaza del Obradoiro garantizaba cierta inmunidad ante el fenómeno. Su tejido estaba diseñado de modo que podía desviar cargas eléctricas a través del suelo, igual que lo haría una toma de tierra convencional.

—¡Adelante! ¡Vamos!

El *sheikh* sabía lo que tenía que hacer cuando «la caja» se abriera. Había ordenado a sus hombres que insertaran encima de sus armas unas linternas especiales, aisladas con un cobertor parecido al de sus trajes, y que se moviesen con rapidez hacia el interior del único establecimiento de la plaza vigilado por la policía. Era evidente que allí tenían a Julia Álvarez.

Con destreza, los tres sortearon los cuerpos inertes de varios hombres uniformados. Se habían desplomado en la puerta misma del café. Tenían los ojos abiertos, vidriosos, mirando a ninguna parte. Por supuesto, no les ofrecieron resistencia alguna. Tampoco el camarero, al que encontraron sentado en el suelo, con una mueca grotesca en la cara y una pila de platos hechos pedazos a su alrededor.

—¿Cuánto dura el efecto de *Amrak*, maestro?

La pregunta de Waasfi, el muchacho de la coleta y el tatuaje de la serpiente en la mejilla, hizo que el *sheikh* girara sobre sus pasos:

—La cuestión no es cuánto dura, sino cuánto afecta a los humanos. Entra dentro de lo posible que algunos no despierten nunca, hermano. Tal es su potencia.

Mientras sus linternas barrían el interior intacto del local, el *sheikh* cambió de conversación:

—Tú viste a la esposa de Martin en la catedral. ¿La reconocerías si volvieras a encontrarla?

—*Ajo*. Sin duda.

Caminaron en silencio hasta el fondo del establecimiento. Todas las mesas estaban vacías salvo una, a cuyos pies yacían dos cuerpos más. El primero correspondía a un varón de complexión fuerte, alto, que se había desplomado boca abajo cuan largo era. El segundo pertenecía a una mujer. Se había desequilibrado hacia atrás, derrumbándose sobre sus propias piernas. Todavía se sostenía erguida y tenía la cabeza clavada en el pecho como si fuera una muñeca rota.

Waasfi la tomó de la barbilla y la levantó.

Era ella. Julia. Tenía el gesto desencajado, como si la muerte —o lo que fuera que provocara «la caja»— la hubiera alcanzado en medio de una conversación. «Tiene unos hermosos ojos verdes», pensó.

En cuanto el haz de linterna de Waasfi pasó sobre su rostro, sus pupilas se contrajeron.

El armenio sonrió.

—Aquí está —anunció sin retirársela.

El *sheikh* apenas le prestó atención. Se había puesto en cuclillas junto al gigante vestido de traje negro, y hacía esfuerzos por darle la vuelta para identificarlo.

Cuando lo hizo, su gesto se ensombreció.

—¿Ocurre algo?

Su maestro sacudió la cabeza, consternado.

—Tenías razón, Waasfi. Ellos están tras la pista de Martin. Yo conozco a este hombre...

29

Desde que era pequeña había oído decir que cuando una muere lo primero que ve es un enorme y deslumbrante faro al final de un túnel, hacia el que te sientes atraída sin remedio. También escuché que, en ese momento, los familiares y amigos que te precedieron te salen al paso, te tranquilizan y te ayudan a atravesar esa luz de la que nadie —tal vez salvo Enoc— ha vuelto jamás.

Pues bien, cuando yo la vi me sentí terriblemente sola. El conducto en el que mi mente vagaba permaneció vacío. En silencio. Sin vida. Y lo único que noté fue cómo aquella ansiada luminaria empezaba a quemarme las entrañas, igual que lo haría una antorcha que prendiese una montaña de paja. Al instante, todas mis neuronas crepitaron de dolor. Y aunque aquella impresión duró lo que un suspiro, me dejó extenuada. Rota. Como si las escasas fuerzas que aún retenía se hubieran disuelto para no regresar jamás.

Fue entonces cuando el torrente de recuerdos que había llenado hasta ese instante mi retina volvió a fluir a borbotones, desbordándome.

«He muerto —me repetí resignada, sin percatarme de lo sorprendente que era emitir un pensamiento en ese estado—. Ahora ya sólo queda la oscuridad.»

Evidentemente, me equivoqué.

Enseguida otro recuerdo surgió con fuerza. Me despistó. Siempre había creído que al pasar al otro lado la memoria empezaría su repaso vital desde nuestra primera infancia. Pero, por lo visto, esa creencia era errónea. La imagen que se estaba dibujando en lo que quedaba de mi conciencia era la de Martin sacando una de esas dichosas piedras de mi bolso y depositándola de un golpe sobre la mesa de cocina del padre Graham.

—¡Aquí está! —dijo.

Mi prometido fue tan explícito en su gesto que enseguida me vi colocando la mía a su lado. Volvía a viajar a los momentos previos a mi boda.

El párroco de Biddlestone, sorprendido, contempló nuestros talismanes con fascinación.

—¿Son lo que imagino, Martin? —preguntó.

—Las dos de John Dee.

—¿Las... adamantas?

Martin asintió.

—Oí hablar mucho a tu madre de ellas. No las imaginaba así.

—Todo el mundo espera una pieza pulida, más grande y más trabajada —convino—. Algo parecido al «espejo humeante» de Dee.

—¿Y qué diablos es el «espejo humeante»?

Mi pregunta hizo que los dos hombres sonrieran.

—Oh, Julia. ¡No sabes nada! —El reproche de Martin fue dulce, y no me sentó mal—. Cuando John Dee murió, una parte considerable de su biblioteca y de su colección de artefactos terminó en manos de un anticuario británico llamado Elías Ashmole. Este hombre fue uno de los fundadores de la Royal Society de Londres, todo un adalid de la ciencia moderna. Sin embargo militaba en una fe secreta: se contaba entre quienes creían que era posible, y hasta recomendable, comunicarse con los ángeles. En su obsesión por lograrlo, descubrió un «espejo humeante» entre los cachivaches de Dee y trató de utilizarlo en su beneficio. En realidad era un pedazo de obsidiana muy pulido, seguramente de origen azteca, que hoy se conserva en el Museo Británico.

—Al menos ese espejo tiene un aspecto raro, pero estas piedras... —barruntó el padre Graham, sopesándolas—, parecen vulgares.

—En eso tiene toda la razón, padre. Si alguien no conociera su procedencia, le pasarían desapercibidas hasta que se activaran. Por eso cada vez que las movemos de un país a otro las declaramos en aduanas, dejando una pista de su ruta por si sus portadores las perdemos.

—¿Es que piensas sacarlas de Inglaterra?

—Quizá.

—Y dime, hijo, ¿ya habéis averiguado si son terrestres?

La pregunta del sacerdote me desconcertó, aunque lo hizo aún más la respuesta de Martin:

—Sólo lo parecen, padre —dijo—. Supongo que mamá le diría que no ha sido capaz de localizar una igual en ninguna litoteca del mundo.

El anciano volvió a palpar la primera con gesto ávido.

—¿Y de dónde las sacó ella? —pregunté.

—Acompañaban a un viejo ejemplar del Libro de Enoc, patrimonio de la familia. Estaban integradas en su encuadernación. En la antigüedad era frecuente adornar las cubiertas de los mejores libros con piezas de valor.

—¿Y se sabe si otros ejemplares de ese libro llevaron engastadas piedras parecidas? —intervine.

—No, Julia. Y si lo hicieron, nunca se han encontrado. Mis padres pasaron años buscando otras adamantas y lo único que lograron reunir fueron referencias. Ya sabes, menciones en leyendas, crónicas de conquistadores y ese tipo de textos. En el folclore americano son relativamente populares.

—¿En América?

El padre Graham, que seguía absorto jugueteando con las piedras, se las alargó a Martin antes de acotar nuestra conversación.

—Las alusiones a adamantas —comentó— son tan ubicuas como el relato del Diluvio, querida. ¿Has oído hablar de la epopeya de Naymlap? En Perú es bastante conocida.

—No creo que esas cosas interesen a Julia, padre —saltó Martin.

—¡Oh, sí! Sí me interesan.

—¿Desde cuándo? ¡Nunca te he visto hablar de mitología!

—Pues hoy es un buen día para empezar —repliqué ufana.

El sacerdote prosiguió feliz:

—Naymlap fue un misterioso navegante precolombino que llegó a las costas del Perú guiado por una piedra de esta clase. A los indígenas les dijo que gracias a ella podía escuchar las instrucciones de sus dioses y nunca perdía el rumbo.

—Interesante. ¿Y tiene idea de cuál puede ser la mención más antigua a estas piedras, padre?

—Eso es fácil de responder —sonrió—. Los pioneros en su manejo fueron los sumerios. El más célebre fue un tal Adapa, una especie de Adán cuyo ascenso a la tierra de los dioses guarda tantos paralelismos con la aventura de Enoc que es casi seguro que ambos fueron la misma persona.

El padre Graham guardó un segundo de silencio, como si tratara de ordenar sus ideas antes de proseguir.

—Los libros antiguos rebosan de paralelismos inexplicables de ese tipo. Sean de la cultura o latitud que sean, sus héroes siempre se dedican a las mismas tareas y se obsesionan por reliquias idénticas. Hice una tesina sobre el tema hace muchos años y demostré que nuestra especie lleva miles de años dando vueltas a los mismos temas esenciales: la muerte, el contacto con Dios y, en menor grado, el amor y sus derivados.

—¿De veras? ¿Y qué fue exactamente lo que estudió, padre?

—Mitología comparada.

—¿Y qué comparó?

—Precisamente leyendas sobre el Diluvio.

—Vaya.

—El Diluvio es el relato antiguo más extendido del mundo, querida. Y también el más homogéneo. Todas sus versiones, sean babilónicas o centroamericanas, cuentan en esencia lo mismo y reflejan un terror atávico universal. Utnapishtim en Sumeria, por ejemplo, podría pasar por hermano gemelo de nuestro Noé. También Deucalión en Grecia. O Manu, el héroe del *Rig Veda* hindú que encalló su nave en la cima de una montaña durante la subida de las aguas. Todos sobrevivieron al Diluvio porque Dios los avisó de la catástrofe, y a todos les pidió que construyeran un barco de dimensiones muy precisas con el que se salvarían.

—Un barco, no. ¡El mismo barco! —precisó Martin—. Las tablillas de barro sumerias que describen esta historia se conocen como la *Epopeya de Gilgamesh* y refieren la construcción de una nave con las mismas dimensiones que la nave bíblica. Lo único que diferencia ambos relatos es que el sumerio aparece a su vez dentro de otro cuento en el que se narran los esfuerzos del rey Gilgamesh por conocer al único superviviente del mundo anterior al Diluvio: Utnapishtim.

Debí parecerles una estúpida. O, aún peor, una inculta. Aunque había oído hablar de la *Epopeya de Gilgamesh*, la época de su redacción —alrededor del cuarto milenio antes de nuestra Era— quedaba muy lejos de mis conocimientos de historia.

—Por favor, continúa —le rogué.

—Es una historia muy interesante, Julia. Es la odisea de un mortal como Gilgamesh que, enfadado con los dioses que lo habían condenado a envejecer y morir, decide buscar al único hombre de toda la Historia que había escapado a ese ciclo. El tal Utnapishtim resultó ser un misterioso rey que vivió siglos antes que él. Su obsesión por conocer a aquel inmortal y arrebatarle el secreto de la vida eterna, sus luchas contra los dioses y sus terribles criaturas tendrán como premio una entrevista en el Paraíso con Utnapishtim. Y allí éste le hablará del Diluvio como el momento en el que la esperanza de vida de los humanos se acortó dramáticamente por culpa de la corrupción de nuestra especie. Según mis estimaciones, ese declive genético debió de producirse hace unos once o doce mil años al mezclarnos con alguna raza tóxica.

—¿Los «hijos de Dios» que menciona Enoc en su libro?

—Sin duda.

Me desconcertó ver a Martin tan informado sobre los mitos sumerios. No imaginaba que sus lecturas de evasión le hubieran cundido tanto.

—¿Y cómo has fechado la época de esos sucesos? —le pregunté perpleja.

—Digamos que desde un punto de vista paleoclimático es donde mejor encaja una catástrofe de la naturaleza del Diluvio.

—¿Y por qué te interesa tanto algo así? ¡Tú no eres historiador! ¡Ni genetista!

—Mujer —sonrió—. En realidad, todos estos mitos esconden la crónica del primer cambio climático global vivido por la humanidad.

—¿Sólo por eso?

—Verás: en aquel encuentro entre Utnapishtim y Gilgamesh éste le reveló que, en realidad, fue el dios Enki quien salvó a nuestra especie de morir ahogada.

—Ahora lo entiendo menos. Si fue un dios el que nos salvó, ¿quién nos condenó?

—A eso voy, *chérie*. Enki es descrito por los sumerios como el hermano y eterno rival de la divinidad que quiso destruirnos. La llamaron Enlil. De hecho, fueron los judíos los que, al copiar este relato durante su éxodo en Mesopotamia, le cambiaron el nombre por Yahvé.

—Bueno. Eso no es seguro... —protestó el padre Graham frunciendo el entrecejo.

—Pero es más que probable, padre. Tanto Yahvé como Enlil fueron dioses posesivos y de mal carácter. El segundo, además, estaba particularmente obsesionado con nuestra especie. Nos veía como criaturas miserables, ruidosas, y decidió exterminarnos igual que el Yahvé de la Biblia. Por suerte, su hermano Enki no estaba de acuerdo y se las ingenió para pedir a Utnapishtim que construyera una embarcación que resistiese la trampa que Enlil estaba preparando. Debía de ser una gran nave, con aspecto de ataúd, y hermética, para que aguantara la fuerza de las aguas. Y la dotó de dos piedras con las que podría comunicarse con Él.

—Dos piedras... —murmuré.

—Gilgamesh las menciona al final de su relato, cuando alcanza a Utnapishtim en el Paraíso y comprueba que éste no sólo sigue vivo, sino que conserva intacta su juventud.

—¿Y las piedras? —insistí.

—Eran piezas artificiales talladas por los dioses. La prueba física de su existencia —murmuró intrigante—. De hecho, Gilgamesh cuenta que ellas son las únicas que tienen el poder para convocarlos. Por eso se empleaban sólo en ceremonias muy sagradas, cuando la fuerza de lo cele-

brado les confería una energía especial con la que logra-
ban alcanzar el cielo.

—¿Y tú pretendes usarlas hoy? ¿En nuestra boda? —dije,
viendo adónde me llevaba todo aquello.

Martin asintió.

—Exacto, *chérie*.

30

Benigno Fornés hizo un esfuerzo notable al deshacer corriendo el camino que lo separaba de los dormitorios del palacio arzobispal. Sin aliento, alcanzó el umbral del secretario de monseñor y aporreó su puerta hasta que el buen hombre se la abrió. No debió de llevarse muy buena impresión del deán: sudoroso, con una linterna en la mano y la mirada queriéndosele salir del rostro, por un momento dudó si el anciano conservaría aún su sano juicio. Fornés tuvo que jurarle que lo despertaba por algo importante. Parecía nervioso. No dejaba de repetir que era vital que su ilustrísima viera algo. Y cuanto antes.

—¿A estas horas? —masculló el secretario.

—Lo siento. Es un asunto entre monseñor y yo, y tiene una importancia capital —replicó.

—¿Importancia? ¿Para quién, padre?

—Para la Iglesia.

Aquello lo hizo titubear, pero al final cedió:

—Más le vale que así sea, padre Benigno. Lo llamaré por teléfono, aunque le recuerdo que será usted quien asuma toda la responsabilidad de este atropello.

—Dese prisa, se lo ruego.

Faltaban unos minutos para las cuatro de la madrugada cuando, al fin, un pálido y desconcertado monseñor llegó a las estancias de su secretario. Juan Martos lo había preferido así. Se había vestido a toda prisa con un traje oscuro y todavía estaba terminando de abotonarse el alzacuellos cuando saludó con gesto interrogativo a su deán. Lo encontró hecho un manojo de nervios, paseando en círculos en el pasillo y con las manos entrelazadas, como si buscase consuelo en la oración.

—¿Y bien? ¿Qué es eso tan importante que tiene que decirme?

—Discúlpeme, ilustrísima —balbució—: no quiero distraerlo con palabrería; en realidad se trata de algo que debo mostrarle.

—¿Mostrarme? ¿Qué? ¿Dónde?

—En la catedral.

—Creí haberle dejado claro que debía mantenerla cerrada hasta que terminara la investigación policial.

Fornés lo ignoró.

—¿Recuerda la señal de la que estuvimos hablando?

Aquello descuadró a Martos. Se había figurado que el padre Benigno, el determinado guardián de su catedral, llevaría algo más mundano entre manos. Quizás algo relacionado con el tiroteo de esa tarde.

—Claro... —concedió desconcertado—. Pero, padre, ¿no podría esperar al desayuno para discutir de leyendas conmigo?

«¿Leyendas?» Fornés torció el gesto.

—No es posible, monseñor —replicó—. Su Eminencia lleva sólo tres años en esta sede. Yo más de cuarenta. Debo enseñarle algo, ahora, antes de explicarle qué está pasando aquí. El incidente en nuestra seo no ha ocurrido por azar. Ahora lo sé...

Intrigado, el arzobispo siguió al anciano enloquecido hasta el templo. Descendieron por el mismo pasillo que había transitado ya dos veces esa madrugada y se dirigieron justo hacia el precinto de la puerta de Platerías. Tras dejar atrás el altar mayor y atravesar el crucero, el deán se adelantó hasta el punto exacto que quería mostrarle.

—Hace cuatro décadas, monseñor, uno de mis predecesores en el cargo me contó una curiosa historia —se arrancó—. Me explicó que durante al menos quinientos años éste fue considerado el santuario más occidental de la Cristiandad y, como tal, se lo tuvo por algo así como la iglesia del fin del mundo.

El arzobispo Martos no dijo nada. Se quedó en pie, escuchándolo con atención. Fornés prosiguió:

—En el siglo XII la curia estaba tan convencida de que Compostela sería el primer lugar desde el que se vislumbraría la llegada del Reino de los Cielos, que en secreto se decidió decorarla con una simbología adecuada a su función. Desmantelaron los viejos ornatos románicos y los sustituyeron por otros acordes a su misión apocalíptica. Y así, nuestro Pórtico de la Gloria, monseñor, encarnó la quintaesencia de ese proyecto. De hecho, como sabe, sus imágenes anuncian la llegada de la Nueva Jerusalén, la ciudad celestial que impondrá un nuevo orden al mundo.

—¿Y bien?

—Ese orden, Ilustrísima, creían que se daría a conocer cuando se abrieran los siete sellos que cierran el misterioso libro del que habla el Apocalipsis de Juan. Un tomo en el que se guardan las instrucciones para recibir a las jerarquías que nos conducirán al Reino de los Cielos cuando llegue el Final de los Tiempos. Naturalmente, Ilustrísima, para acceder a ellas antes habría que encontrar los sellos.

Monseñor Martos parpadeó incrédulo.

—¿Y usted cree que éste es uno de ellos, padre?

—Verá: no es cuestión de creer o no. El hecho cierto es que acaba de aparecer en su catedral. Eso es lo que quiero que vea.

—Padre Fornés, yo...

—No diga nada. Sólo mírelo. Es ese que tiene frente a usted.

Juan Martos se inclinó hacia el punto de la pared que le señalaba su deán sin intención de creerse ni una palabra de aquello. Contempló, en efecto, una muesca perfecta, oscura, tallada o fundida —no sabría decirlo— con una meticulosidad que excedía los hábitos de los viejos canteros medievales y que mostraba algo parecido a una L invertida del tamaño de un folio A4. Pasó las yemas de sus dedos por ella y la escrutó con toda severidad. Sin embargo, por más que el deán insistió, monseñor Martos se resistió a darle una interpretación. Mientras la escrutaba, se preguntaba a qué alfabeto pertenecería.

—¿Es una letra celta? —tanteó al azar.

—No. Y tampoco hebrea, ilustrísima —se adelantó Fornés—. Ni ninguna humana.

—¿Sabe qué es?

El deán ladeó la cabeza, evitando responder.

—Apuesto a que el hombre al que han tiroteado esta noche en la catedral podría responderle a eso. Según la policía, una de las restauradoras lo sorprendió mientras estaba arrodillado en este lugar, como si orara o buscara algo en la pared.

—¿Esto?

El deán, grave, asintió.

—¿Sabe lo que pienso, monseñor? Que alguien se ha propuesto abrir los sellos de los que habla el Apocalipsis y ha encontrado el primero en nuestra catedral. Por eso urge que atrapen a ese hombre y nos lo traigan cuanto antes. Debemos hablar con él.

Martos contempló al padre Fornés con infinita tristeza. Su pobre deán, pensó, había perdido el juicio.

31

—Hijos míos, siento que debo iniciar este rito con una pequeña historia.

Eran las doce de la mañana de aquel magnífico día de junio cuando el padre Graham dio comienzo a la ceremonia de nuestra boda. El anciano parecía haber olvidado el intercambio de impresiones que mantuvo con Martin y conmigo, y se aprestaba a dirigir lo que se intuía que iba a ser una celebración singular. Con ojos de ave rapaz pasó lista a los pocos invitados que habían decidido acompañarnos. Todos cabían en las tres primeras hileras de bancos, muy cerca del altar, a un paso de las sillas que ocupábamos Martin y yo en el centro de la capilla. El recuerdo de sus rostros, sus vestidos y hasta sus gestos brotaba con fuerza de lo más profundo de mi mente.

—Me encantan las historias, ¿sabéis? —Nos sonrió—. Especialmente si son antiguas. La que os he preparado os ayudará a comprender por qué nos hemos reunido en este preciso lugar. Por desgracia, casi nadie recuerda que cuando los primeros cristianos llegaron a Inglaterra allá por el siglo VI creyeron haber alcanzado nada menos que las ruinas del Paraíso terrenal. Quien dedujo semejante cosa fue san Gregorio Magno, uno de los cuatro grandes doctores de la Iglesia, romano pontífice y un sabio de enorme prestigio. Su interés por convertir a Inglaterra nació de forma casual. Siendo papa, san Gregorio paseaba con frecuencia por Roma. El Vaticano no tenía el boato ni la sofisticación que adquiriría más tarde y un pontífice podía caminar entre la muchedumbre con toda normalidad. Un día, mientras visitaba uno de los mercados de esclavos de la ciudad, se encontró con un grupo de niños que estaban a punto de ser subastados. Todos eran de una belleza deslumbrante. Efebos de ojos azules, cabellos claros y ademanes suaves, que parecían irradiar bondad en estado puro. El pontífice, curioso, se les acercó y les preguntó por su origen. «Somos anglos», respondieron. Pero él entendió «angelos» y aquella confusión —¿o no lo fue?— cambiaría el curso de nuestra Historia. En cuanto determinó de dónde habían llegado, los compró, los liberó y decidió que convertiría su país a la fe de Cristo. Cuando eso ocurrió, envió a san Agustín para que nos predicara la religión verdadera y le indicó que, en adelante, estos territorios recibirían el nombre de *Angeland.* De ahí derivaría *England.* La tierra de los ángeles. Pues bien, queridos míos, descendientes de aquellos primeros ingleses tenidos por ángeles son, justo, los dos amigos que deseo que tomen la palabra.

El padre Graham miró entonces a los presentes por encima de la montura de sus gafas, deteniéndose con brevedad en Sheila y Daniel, que estaban sentados unos pasos a mi izquierda.

—Ellos —dijo señalándolos— quieren confiaros algo de parte de la familia del novio. Adelante —los exhortó—. Subid al altar, por favor...

Sheila se atusó la aparatosa pamela de flores amarillas que llevaba puesta y fue la primera en levantarse. Estaba magnífica. Su vestido negro de tirantes con lentejuelas resaltaba una piel blanca que refulgía bajo los tragaluces del templo. Una nube de perfume caro la acompañó en su breve paseo. Daniel la siguió sin chistar. El gigantón de pelos revueltos se había embutido en un traje de tweed y corbata a juego que le daban un tono más profesoral aún que el de la tarde anterior. Fue él, para mi sorpresa, quien tomó la palabra.

—Padre, estimados amigos... —carraspeó, mirándonos a todos, uno por uno—. Me temo que todavía hoy sigue siendo difícil distinguir un ángel de un buen inglés.

Todos reímos la ocurrencia.

—No, no. —Agitó las manos por delante de su rostro brillante y sonrosado—. No se lo tomen a broma, por favor. Una de las tradiciones más arraigadas de la familia Faber es casarse leyendo un fragmento del Libro de Enoc, que habla justo de cuán difíciles de identificar fueron los ángeles en tiempos antiguos. A diferencia de lo que muchos creen, los ángeles no son esas criaturas naífs con alas a la espalda que revolotean como gorriones sobre nuestras cabezas. ¿No es así, muchacho?

Martin, a mi lado, asintió con una enorme sonrisa. Daniel prosiguió.

—¿Qué es esto? —le susurré, desconcertada—. ¿Ese tipo va a darnos ahora una conferencia?

—Creí que te gustaban los mitos —dijo él, con cierta ironía, sin quitar el ojo del altar—. Así que, con tu permiso, les he pedido que nos dieran una pequeña lección de angelología.

—Pero ¡Martin...!

—Chis. Escúchalos, *chérie*, ¿quieres?

Daniel nos miró sin dejar su discurso.

—Dejadme explicaros cuál fue el aspecto original de esos ángeles —levantó la voz—. En los últimos capítulos del Libro de Enoc se cuenta cierta aventura de Lamec, el padre de Noé, que como todos los de su estirpe sentía un profundo temor por esas criaturas rubias y hermosas capaces de pasearse entre nosotros sin llamar la atención. Lamec las llamó «vigilantes» porque, según creía, Dios las ha-

bía enviado a la Tierra después de la expulsión de Adán y
Eva del Paraíso para cuidar de que no volviéramos a caer
en desgracia. Esos infiltrados divinos patrullaban por ciudades, mercados y escuelas comprobando que todo estuviera en orden. Amonestaban a quienes transgredían la ley
de Dios o a aquellos que rompían la paz social. Eran, pues,
una especie de policía secreta. De hecho, se los respetó
hasta que un buen día comenzó a extenderse un terrible
rumor sobre ellos. —Daniel arqueó sus pobladas cejas, do-
tando de una tensión creciente a sus palabras—: Al parecer, varios vigilantes habían dejado embarazadas a mujeres
humanas engendrándoles vástagos parecidos a ellos. Por
eso, cuando la esposa de Lamec dio a luz en esos días a un
hijo de ojos y cabellos claros, su marido se tornó suspicaz.
Llamó a aquel niño Noé, que quiere decir «consuelo», y lo
puso bajo una estricta observación. Lamec, no obstante,
murió sin saber que Dios había elegido a aquel muchacho
híbrido y a su familia para salvarnos del Diluvio. Y que lo
había hecho porque, sin dejar de ser humano, su hijo mes-
tizo desarrollaría la capacidad de poder escuchar la voz de
Dios. De comunicarse con Él. Como un médium...

—Ya, ya —rezongó el padre Graham a su espalda, haciendo sonreír de nuevo a los invitados y a mí, quitándole
gravedad a su discurso—. Todo eso está muy bien. Pero
debemos iniciar ya la ceremonia, y todavía no les ha hablado de Enoc y de su libro...

—Oh, sí. Desde luego, padre.

Daniel Knight se quedó mirando a Martin un segundo,
como si aguardara su permiso para proseguir. Y cuando
creyó tenerlo, continuó.

—El padre Graham tiene razón. La mediumnidad de
Noé tuvo un ilustre precedente en el patriarca Enoc. Él fue
uno de los pocos humanos que antes de la Gran Inundación tuvo contacto directo con esos vigilantes y aprendió

más de ellos. Pese a ser un vulgar campesino, supo ganarse su amistad. Aprendió su extraña lengua, fue su confidente humano más cercano y recibió como premio su ascenso a los cielos sin pasar ni por la vejez ni por la muerte. De hecho, tanto aprendió Enoc de ellos que cuando regresó de ese viaje al más allá lo hizo investido de una extraña sabiduría. Insistía en que una terrible catástrofe se cernía sobre el planeta. Que nos quedaba poco tiempo para prepararnos. Pero sus contemporáneos le ignoraron. De hecho, nadie se tomó en serio sus avisos hasta que su tataranieto Noé volvió a mencionar aquel asunto. Y entonces, como todos sabéis, tampoco le hicieron caso.

—Perdone que le insista, señor Knight —volvió a interrumpirlo el padre Graham—, pero ¿puede explicarles quién fue Enoc? ¿Existió?

—Sí, claro —asintió, secándose con un pañuelo las gotitas de sudor que habían empezado a perlar su frente—. Mi compañera Sheila y yo llevamos un tiempo estudiándolo tanto a él como a ciertas piedras que al parecer poseyó, y que se trajo de ese viaje por los cielos. Y lo que hemos descubierto es que su relato fue calcado del de otro héroe nacido en el seno de la primera gran civilización postdiluviana de la Historia. Sumeria. Allí fue donde el hombre inventó la rueda, la escritura, las leyes, la astronomía y las matemáticas. Allí se habló por primera vez de ángeles y se los representó con alas, pero no porque las tuvieran sino como símbolo de su procedencia celestial. Y allí también se les acusó de escamotear al ser humano el más preciado de los tesoros: el don de la inmortalidad. Ese héroe, del que disponemos de más pistas de su existencia real que de Enoc, fue un rey llamado Gilgamesh. Y como el patriarca de la tradición hebrea, también él consiguió comunicarse cara a cara con los dioses y poner el pie en su Reino Celeste sin haber pasado por el penoso trámite de la muerte.

»Permitidme, pues, que os resuma su odisea tal y como la refieren las antiquísimas tablillas cuneiformes que la recogen:

La epopeya de Gilgamesh

»Todo ocurrió hace casi cinco mil años, tiempo después del Diluvio Universal.

»Gilgamesh —cuyo nombre quiere decir "el que ha visto lo profundo"— acababa de ser coronado en Uruk. Su ciudad era apoteósica. Se levantaba sobre la orilla oriental del Éufrates. Sus ruinas fueron descubiertas en 1844 a unos doscientos kilómetros al sureste de Bagdad, en el moderno Irak, demostrando sin género de dudas que ese monarca existió. Hoy sabemos que además de un gran guerrero fue también un filósofo. Había visto morir a sus padres y a varios amigos suyos y comenzaba a darse cuenta de que los estragos del paso del tiempo eran aún más implacables que la guerra. Todos, ricos o pobres, soldados o campesinos, terminarían con sus huesos en una tumba. También él. Y esa certeza lo aterrorizó.

»Un día decidió confiar esos miedos a Shamash, su padrino. Éste, un hombre sensato y responsable, se compadeció de él. "Hijo mío —le susurró—, cuando los dioses crearon la humanidad, nos asignaron la muerte, haciéndonos no sólo imperfectos sino manipulables. Ellos se quedaron la vida para sí mismos y eso, por desgracia, no tiene vuelta atrás." Shamash, con tacto, recomendó entonces a Gilgamesh que se olvidara del asunto y que disfrutara mientras pudiese de los dones de su existencia. "Vive alegre día y noche —fue su única consigna—. Goza mientras puedas. Eso será cuanto obtengas."

»A falta de alternativas, Gilgamesh siguió aquel consejo al pie de la letra y comenzó a introducir leyes en el reino que lo favoreciesen por encima de sus súbditos. La más controvertida fue su derecho a yacer el primero con cada novia que se casara en sus dominios. No contó con que aquello enfurecería tanto al pueblo que sus protestas terminarían llamando la atención de los mismísimos dioses. Y éstos pusieron por primera vez los ojos en él para enviarle un escarmiento. Mandaron a la Tierra a un hombre artificial, una criatura de tendones de cobre y la fortaleza "de una roca caída del cielo", para que lo combatiese y lo distrajese de sus correrías. Llamaron a esa criatura Enkidu. Pero contra todo lo previsto, Enkidu y Gilgamesh terminaron haciéndose amigos. Los dos se reconocieron como los grandes guerreros que eran y, para sorpresa de los dioses, ambos comenzaron a hablar.

»Una noche, bajo las estrellas, como prueba de su reciente amistad, Gilgamesh confesó a su nuevo compañero el pavor que tenía a la muerte. Le participó sus planes para viajar en secreto hasta el reino de Anu, la patria de sus creadores, y su intención de reclamarles la inmortalidad que, según los relatos antediluvianos, un día tuvo nuestra raza. En esos registros se mencionaba el nombre del único humano que la había merecido. Se trataba de otro rey al que se conocía con el extraño nombre de Utnapishtim y que a buen seguro podría darles la fórmula de la vida eterna.

»Fue así como los dos se juramentaron para encontrarlo. Viajaron a territorios vedados a los humanos, vencieron a monstruos terribles y superaron las mil y una tentaciones y trampas que los dioses les pusieron en el camino. Pero no nos engañemos. No hubieran logrado dar un paso en las tierras del más allá si Gilgamesh no hubiera contado con la discreta ayuda del dios Enki, que se comunicaba con él a través de unas piedras como las que Martin y Julia poseen ahora.»

Aquello me hizo dar un salto y aferrarme al saquito de tul que pendía de mi cuello y en el que había guardado mi adamanta. Si buscaba impresionarme, lo había conseguido. Daniel prosiguió:

—Gracias a esas piedras —me miró—, Gilgamesh superó las pruebas más terribles. Derrotó con sus propias manos a criaturas acorazadas, a la tribu de los hombres escorpión e incluso a dos leones colosales cuya muerte terminó por convertirse en el símbolo que mejor lo representaría: un hombre abrazado a unas fieras sometidas a fuerza de músculo. Cuando finalmente Gilgamesh se reunió con Utnapishtim en un jardín artificial, en alguna región del otro lado de la vida, aquel anciano de cinco mil años de edad accedió a escuchar sus peticiones.

»Gilgamesh, exhausto, casi sin aliento, sólo tuvo fuerzas para formularle una pregunta. Una cuestión que la undécima tablilla de barro de la epopeya recoge con cuidado y que Utnapishtim accedería a responder tras no pocas dudas: "¿Cómo conseguiste la vida eterna?"

»¿Queréis saber qué le respondió?»

32

El muchacho de la mejilla tatuada interrogó a su maestro con cierta angustia.

—¿De veras conocéis a este hombre, *sheikh?*

El hombre de los poblados bigotes asintió. Era como si el estrecho café La Quintana se le hubiera venido encima. Resultaba evidente que trataba de dominar el torrente de emociones y recuerdos que le provocaba estar junto al cuerpo inerte de aquel tipo. Waasfi había hablado con perspicacia cuando le advirtió que ellos —sus viejos enemigos— estaban en la ciudad.

—Se llama Nicholas Allen, hermano —susurró su mentor con esfuerzo—. Hace años que competimos por las piedras negras.

El joven Waasfi echó otro vistazo al desfallecido. La descarga electromagnética de «la caja» lo había dejado en un estado catatónico, tal vez irreversible. Trató de imaginarse la clase de adversario que hubiera sido para él si no lo hubiera esquivado en la catedral. Aquel tipo tenía la piel veteada de arrugas, una cicatriz que le partía la frente en dos y, ahora, una desagradable mancha oscura por debajo de la nariz. Al perder el conocimiento debió de haberse dado un buen golpe contra el pavimento y había estado sangrando, pero ni aun así había perdido ni un ápice de su capacidad intimidatoria.

—¿Y ella? —El *sheikh* lo sacó de sus cavilaciones, señalando a la desmadejada muchacha que sostenía entre los brazos. Tenía su cabellera roja sobre el rostro y era difícil reconocerla con la poca luz de que disponían—. ¿Es la que viste en la catedral, Waasfi?

El joven asintió.

—Lo es, maestro. —Entonces añadió algo más—: Lo que no me explico es cómo la ha encontrado él antes que nosotros...

—Ha seguido la misma pista —admitió el maestro de mala gana—. Me temo que el vídeo de Martin Faber no dejaba muchas otras alternativas.

—¿Queréis que lo mate?

El rostro de Waasfi se endureció. Para él, Allen encarnaba un viejo y terrible enemigo. Uno que, según le enseñaron sus maestros en las montañas de Hrazdan, iba incluso más allá de lo que representaban los Estados Unidos de América. En sus escuelas aprendió que hombres de su ralea eran la encarnación misma del mal. Por eso le complacería tanto apretar el gatillo y acabar con uno de ellos.

Pero el *sheikh* lo detuvo.

—No —dijo—. Deja que «la caja» decida su suerte. Los mejores adversarios merecen una muerte noble.

El soldado ahogó su furia descendiendo su mirada hacia el cuerpo que sostenía.

—¿Y qué hacemos con ella, maestro?

—Regístrala —ordenó—. No quiero sorpresas.

Obediente, Waasfi depositó a la mujer en el suelo. La cacheó en busca de armas u objetos contundentes, mientras el *sheikh* trataba de reanimar el dispositivo electrónico del coronel Allen. No hubo forma. El pulso electromagnético que emitía la nube había neutralizado el equipo y el iPad no llegó a encenderse siquiera.

Iluminado por su linterna forrada de fibra de plomo y

titanio, el muchacho palpó las piernas de la joven, examinó su torso, cuello y muñecas con cierto detenimiento, sin encontrar nada peligroso. La doctora Julia Álvarez era inofensiva. Todo lo metálico que llevaba encima se reducía a una cadenita al cuello con un crucifijo y una medalla que, al examinarla de cerca, resultó de lo más anodina. A continuación vació su bolso y ordenó sus pertenencias por tamaños, pero tampoco allí vio nada que pudiera servir como arma.

—Está limpia —dijo.

—¿Seguro?

—Completamente.

El *sheikh* miró con curiosidad el cuerpo inerte de Julia y las pertenencias que había examinado su discípulo.

—¿Y la medalla?

—No es interesante, maestro.

—Enséñamela.

El joven se la tendió sin titubear. Era una pequeña lámina de plata que lucía un escudo grabado en relieve. Mostraba un barco sobrevolado por un pájaro y enmarcado por una frase enigmática: «Principio y fin.»

Al verlo, por alguna razón, el rostro de su maestro se iluminó.

—Aún te queda mucho por aprender, hijo —susurró mientras apretaba los dientes en una sonrisa turbadora. Waasfi bajó la cabeza en señal de humillación—. ¿Sabes qué es esto?

El joven soldado levantó la vista hacia la medallita, sacudiendo la cabeza.

—Es la señal que dice dónde está la piedra —se adelantó el *sheikh* con una casi imperceptible socarronería—. Es una pena que los paganos no sepan leerla.

33

En mi viaje por la tierra de los muertos hubo otra cosa que me sorprendió. Fue un detalle que jamás encontré en texto alguno ni, por supuesto, en ninguna de esas obras de arte que retratan el más allá y que, desde niña, habían ejercido una extraña fascinación en mí. El asunto tenía que ver con cómo se perciben nuestros recuerdos en un mundo donde el cerebro ya no funciona y en el que todas las referencias físicas han desaparecido. A diferencia de lo que sucede con la memoria de los vivos, lo que ahora desfilaba ante mí no eran evocaciones lejanas, más o menos difusas, de hechos fundamentales de mi existencia. No. Lo que veía era la vida misma, igual de vibrante y cercana que la que acababa de perder, aunque con una pequeña pero fundamental diferencia: la perspectiva. Era como si, de repente, me fuera posible enfocar mi pasado con una óptica distinta. Más precisa. Más clara, si cabe. Como si al atravesar el velo de la muerte hubiera ganado agudeza visual y el mundo en el que había transcurrido mi existencia se hiciera al fin comprensible al mirarlo con mis ojos nuevos.

Quizá fue ésa la razón por la que mi alma decidió repasar lo ocurrido en mi boda. Quise creer que al dejar de existir en el mundo material se me estaba dando la oportunidad de atender a momentos clave de mi pasado, contemplándolos tal y como lo habría hecho una cámara de televisión invisible, perfecta y fiable. «Como los ojos de Dios», pensé. De este modo conocí lo que voy a contar. Lo que sucedió justo después de que Daniel terminara su oscuro parlamento sobre Gilgamesh y Utnapishtim, cuando uno de nuestros invitados se levantó precipitadamente de su asiento y abandonó a toda prisa la capilla de Biddlestone.

Dócil, me dejé llevar por aquellas imágenes.

El hombre que abandonó el templo se llamaba Artemi Dujok. Era un viejo amigo de Martin llegado desde Armenia que, según acababa de saber, era el accionista mayoritario de una importante empresa de exportaciones tecnológicas. Por supuesto, yo ignoraba que su foto hubiera aparecido en la prensa en los días previos a nuestra ceremonia. «El hombre del fin del mundo», lo llamaban en titulares. Al parecer, el señor Dujok se encontraba entonces detrás de un curioso proyecto llamado Bóveda Global de Semillas, un búnker a prueba de catástrofes que entonces planeaba construir en Noruega para la preservación de la biodiversidad vegetal terrestre. Martin me explicó que su plan era excavar en el permafrost de Svalbard una especie de «invernadero de Noé» para que, cuando funcionara, pudiera alojar dos mil quinientos millones de simientes de los cinco continentes a temperaturas bajo cero, preservándolas ante cualquier catástrofe planetaria. La empresa de Artemi Dujok era la encargada de desarrollar los controles de seguridad e informáticos de tan colosal granero, aunque en esos mismos artículos se lo vinculaba también a proyectos de ingeniería militar y armamento de vanguardia, cuestionando la imagen benefactora que se esforzaba en dar.

Lo primero que pensé cuando lo saludé es que, para ser un genio multimillonario, su indumentaria no estaba a la altura de su cartera. El señor Dujok se escondía tras una estudiada imagen de tipo gris. De hecho, cumpliendo a rajatabla con ese papel, apenas le vi cruzar palabra con el resto de los invitados. Tal vez se sentía distinto a los demás.

Había venido solo, sin chófer ni guardaespaldas. Y quizá por su color tostado de piel o por los enormes bigotes que lucía, prefirió quedarse rezagado tratando de no llamar la atención más de la cuenta, abstraído en la pantalla de su teléfono móvil.

Así pues, nadie se fijó en Artemi Dujok cuando recién terminado el parlamento de Daniel echó mano a su terminal y se arrastró hasta un rincón del templo para consultar algo en ella. Con discreción, dejó atrás la capilla, torció hacia el jardincito de las tumbas y, en cuanto se supo libre de nuestras miradas, se guardó el aparato en el bolsillo del abrigo y dirigió sus pasos hacia el aparcamiento.

Para mi sorpresa, en mi estado post mórtem pude seguir con comodidad lo que hizo después y que nunca llegué ni a imaginar cuando aquellos hechos tuvieron lugar.

Los intermitentes de su BMW estacionado a pocos metros de allí destellaron al recibir la señal del mando a distancia. Cuando su maletero se abrió, dejó al descubierto una carga demasiado vulgar para un vehículo de cincuenta mil libras: un pico y una pala usados, llenos de barro, y una bolsa de deporte beige que su dueño se echó al hombro sin titubear.

Un minuto más tarde, aquel hombre se había desprendido de su abrigo, su americana, su corbata y, en mangas de camisa, comenzó a mirar a uno y otro lado como si tratara de asegurarse de que nadie lo espiara. Pero Dujok estaba solo. Las siete casas de paredes devoradas por la madreselva que daban a aquel lado de la iglesia dormitaban perezosas. Todas tenían las contraventanas cerradas y no se veía a nadie en los alrededores que le prestara la más mínima atención.

«¿Qué va à hacer ahora?», me inquieté.

En cuanto el señor Dujok alcanzó la cara exterior del ábside, inició una curiosa tarea. Dejó su bolsa en el suelo y comenzó a sacar de ella útiles de trabajo manual: primero se cubrió el rostro con una mascarilla, a continuación se puso encima del traje un mono de trabajo sin marcas ni distintivos, manchado de grumos de barro. Se aseguró de que las botas de agua que había traído se ajustaran herméticamente al pantalón, tomó una pala extensible de las que usan los escaladores de alta montaña y echó un rápido vistazo a su reloj. Tuve la impresión de que deseaba actuar deprisa. Ante sus ojos se abría un agujero de un metro de lado por otro tanto de profundidad que, por alguna razón, supe que había abierto él mismo la noche anterior. Qué extraño. Sus paredes eran irregulares y estaban cubiertas de un limo húmedo y pedregoso. Y justo en medio de mi boda, a espaldas de todos, incluso de su amigo Martin, se disponía a rematarlo como si buscara algo que fuera crucial para aquel preciso momento.

No le requirió mucho esfuerzo dar con lo que había ido a desenterrar. Cinco o seis paladas bastaron para alcanzar su objetivo. Y lo cierto es que no pareció muy sorprendido cuando dio con él. El primer golpe de metal contra metal lo dejó indiferente. Era como si supiera que aquello estaba allí, esperándolo.

Primero con la herramienta y luego con las manos, Artemi Dujok fue delimitando el perímetro de un cofre de plomo de pequeñas dimensiones. Tendría el tamaño de un cajón de cocina; estaba hecho de un metal envejecido, cubierto de impurezas y cráteres que le conferían un aspecto decididamente antiguo. Desde mi posición pude apreciar que carecía de goznes, cerraduras o cualquier otro elemento funcional. No presentaba dibujo ni inscripción alguna, y parecía haber sido soldado con meticulosidad de joyero para impedir que la humedad del suelo en el que había sido escondido pudiera afectar a su contenido.

Sólo antes de extraer aquel tesoro, Dujok titubeó. Sustituyó sus guantes de caucho por otros de aspecto metalizado, más fuertes, y asió el cofre con correas elásticas para asegurarlo. Cuando estuvo seguro de que su hallazgo no corría riesgo de colapsarse, tiró de él con cautela hasta depositarlo fuera del agujero, a sus pies.

Lo que vi entonces me desconcertó. Aún me estaba preguntando por qué se me estaba dando a presenciar aquello después de muerta cuando descubrí a Artemi Dujok forzando con un escoplo la tapa superior de su hallazgo. Cuando cedió, un fuerte aroma a amoniaco lo obligó a cubrirse el rostro con el brazo, mientras una casi imperceptible columna de vapor buscó su camino hacia el cielo. El armenio gruñó algo incomprensible, pero no se amedrentó. Se asomó al interior del cofre y, satisfecho, bajó el brazo dejándome ver cómo sus bigotes se arqueaban hacia arriba de satisfacción.

Por desgracia, no logré acercarme lo suficiente para averiguar qué le alegraba tanto. Apenas adiviné los contornos irregulares de una superficie rugosa y oscura. Una especie de tabla del tamaño del cajón, arañada por muescas que tal vez formaban parte de un diseño geométrico mayor. Pero poco más. La espalda de Dujok, y la velocidad con la que se apresuró a mover la caja y situarla bajo la ventana central del ábside, me impidieron determinar el modo en el que estaba manipulando aquella cosa. No obstante, quedé convencida de algo importante: aquel tipo sabía cómo manejarla.

—*Sobra zol ror i ta nazpsad!* —murmuró de repente en un idioma que no reconocí—. *Graa ta malprag!* —añadió subiendo el tono de voz.

El señor Dujok había dejado de ser el personaje gris de unos minutos atrás. Se había desprendido de su máscara de vulgaridad y ahora su mirada brillaba llena de una intensidad sobrehumana.

—*Sobra zol ror i ta nazpsad!* —repitió. Su tono retumbó en toda la calle.

Entonces sucedió algo. Al pronunciar por segunda vez esas palabras, me pareció ver que el interior de la caja se iluminaba lanzando una breve llamarada de luz hacia el cielo. Fue como un relámpago. Algo intenso y brevísimo, que se arqueó sobre el plomo que envolvía el origen de la luz dirigiéndose hacia la vidriera que separaba el jardín del altar en el que nos estábamos casando Martin y yo.

Tragué saliva. Por un segundo, tuve la impresión de que aquel tipo había despertado aquel objeto. Que lo había hecho entonando un viejo hechizo. Una especie de abracadabra que había logrado desatar una fuerza en esa materia inerte que ignoraba que pudiera existir. Nunca —a excepción de Sheila Graham aquella velada antes de la ceremonia en Biddlestone— había visto a nadie hacer algo así.

¿Quién diablos era el señor Dujok?

34

Cuando el inspector Figueiras apretó el acelerador de su Peugeot 307 para remontar la última pendiente que le separaba de la plaza de la Quintana, sintió que sus noventa caballos perdían fuelle y se venían abajo.

—¿Y ahora qué carallo pasa? —masculló, dándole golpes al volante.

El motor hizo un supremo esfuerzo, rugió y se sacudió como si quisiera complacer a su dueño, pero finalmente murió.

Por suerte, había dejado de llover.

El policía aparcó el coche a un lado de la calzada y se apresuró a alcanzar su objetivo a pie. Tenía muchas cosas de las que ocuparse. Un espía americano. Quizá dos. Unas piedras de gran valor. Un tiroteo en la catedral y una mujer en peligro. Si el comisario principal estaba en lo cierto, la joven que había sobrevivido al incidente del templo debía ponerse bajo custodia policial de inmediato, al menos hasta que aquel galimatías se aclarase. Pero para colmo de adversidades estaba aquella maldita tormenta. Su aparato eléctrico debía de haber enrarecido la atmósfera de Santiago, porque hacía ya un buen rato que las comunicaciones con los hombres que dejó encargados de la vigilancia de la joven se habían malogrado y el flujo eléctrico estaba tardando más de la cuenta en restablecerse.

Con fastidio, Figueiras se ajustó sus llamativas gafas dispuesto a vencer a pie el último tramo. Decidió atajar por la calle que pasaba frente a la Facultad de Medicina, dejando atrás el pintoresco arco do Pazo y las tiendas de recuerdos, que a esa hora estaban cerradas. Tan abstraído iba en sus problemas y en tratar de no caerse de sueño, que ni siquiera se fijó en el helicóptero que todavía descansaba frente a la catedral.

Fue al girar hacia la plaza de la Inmaculada cuando su agotamiento se desvaneció de golpe. Dos hombres vestidos de negro acababan de abandonar la puerta de la Azabachería, alejándose de ella a paso ligero. Pese a la hora y la penumbra que dominaba esa parte de la ciudad, los reconoció enseguida.

—¡Padre Fornés! ¡Señor arzobispo! —los llamó—. ¿Ocurre algo? ¿Qué hacen en la calle a esta hora?

A monseñor Martos se le iluminó la cara al verlo.

—Inspector —sonrió—. Qué oportuno es usted.

—¿De veras?

—Como caído del cielo. El deán acaba de sacarme de la cama para mostrarme algo que sus hombres encontraron cerca del lugar del tiroteo y en lo que ninguno de nosotros habíamos reparado antes. ¿No es cierto, padre Fornés?

El rostro enjuto de Benigno Fornés se encogió, como si quisiera desaparecer. Nunca le había gustado el inspector Figueiras.

—¿Y de qué se trata, padre?

—Verá... —El deán titubeó—. ¿Recuerda el lugar donde empezaron los disparos?

—Junto al monumento del *campus stellae*, sí. ¿Qué ocurre?

—El caso es que uno de los bloques de esa pared se ha venido abajo y...

—¿Han entrado ustedes en el perímetro precintado?

La pregunta del inspector los hizo ruborizarse.

—Lo que quiere decirle el padre Fornés es que en ese muro ha aparecido algo —precisó el arzobispo—. Un signo. Nuestro querido deán lo vio haciendo su ronda por las naves del templo hace unas horas, y cree que está relacionado con el incidente de esta tarde.

—¿Un signo? —El detalle no pareció impresionar demasiado a Antonio Figueiras—. ¿Creen que el bastardo de los disparos ha dejado su firma estampada en la pared?

—No... No es eso, inspector —intervino el deán, molesto—. Lo que creo que ha ocurrido es que el hombre que entró en la catedral iba en su búsqueda. Ese signo no puede improvisarse. Yo creo que después de descubrirlo se vio obligado a dejarlo al aire. No tuvo tiempo de ocultarlo de nuevo.

—¿En serio? Si quiere, podría darle una placa y continuar usted mi trabajo —bromeó.

Fornés se mordió la lengua para no replicar.

—¿Y no cree que ese intruso podría haber buscado ese signo durante el horario de visitas, sin armar tanto revuelo?

Aquella pregunta le resultó de lo más impertinente.

—Usted no es un hombre de fe, inspector —gruñó el deán—. Nunca lo entendería.

—¿Nunca entendería qué?

Los ojos de Figueiras chispearon. En una ciudad tan sometida a la religión como Santiago de Compostela, discutir con la curia le producía un extraño placer.

—Ese signo no es humano, inspector.

—Oh, claro. Acabáramos.

—Es la marca de los ángeles del Apocalipsis. Y el hombre que lo encontró estaba invocándolos en nuestro templo.

—Padre Benigno —lo conminó el arzobispo—. Deje eso de una vez.

El rostro del inspector se iluminó.

—¿Ángeles del Apocalipsis, ha dicho?

Benigno Fornés cerró los puños al sentir que la burla continuaba.

—Piense lo que quiera —bufó—. Pero cuando el suelo empiece a temblar, vea usted más símbolos de esa clase, el Anticristo se presente al mundo y la cola del dragón bata el cielo haciendo caer las estrellas a tierra, no rece. Usted ya estará muerto.

—¡Padre! —lo atajó otra vez, espantado, Su Ilustrísima—. ¡Calle, por favor!

El deán había dicho aquello con tal convencimiento que el inspector Figueiras dio un paso atrás. La sonrisa se le cayó del rostro. Pero en realidad no fue por las amenazas del viejo sacerdote. De repente notó que el suelo comenzaba a vibrar bajo sus pies. Y no eran imaginaciones. Un zumbido suave primero, fuerte y ensordecedor después, subió desde los adoquines al cielo, llenando de estupor a los tres hombres, en medio de la madrugada.

El resabiado inspector sonrió al identificarlo.

Por suerte, no era el Apocalipsis.

«¡El helicóptero!», pensó buscando su silueta entre las torres de la catedral.

35

Cuando Artemi Dujok se reincorporó a la ceremonia de mi boda, el padre Graham había terminado de dar lectura al polémico Libro de Enoc y estaba a punto de devolver la palabra a nuestros invitados. Había llegado el turno de tía Sheila. La «guardiana del Grial» parecía impaciente por soltarnos el discurso que había preparado por encargo de Martin. Y tocada con su hipnótica pamela, concluyó el relato de la *Epopeya de Gilgamesh* explicándonos que sus tablillas habían inspirado, sin duda, muchos de los pasajes fundamentales de Enoc. Ambos textos, juntos, eran algo así como la crónica científica más antigua del mundo.

—Hay que meterse en la mente alegórica de nuestros antepasados para comprenderla —nos advirtió—. En un mundo que carecía de un lenguaje técnico, las metáforas eran su único instrumento para describir la realidad.

Martin, a mi lado, estaba como en éxtasis. Encantado de haber convertido su boda en una especie de lección magistral de mitología antigua. De angelología, dijo.

—Bien... —prosiguió Sheila, paseando una mirada firme entre los invitados y deteniéndose en el recién llegado—. Supongo que querréis saber, al fin, qué le respondió Utnapishtim a Gilgamesh cuando éste le preguntó si él podría alcanzar también la inmortalidad, ¿no es cierto?

Todos asentimos.

—Os resumiré la versión sumeria del mito —dijo modulando la voz como una profesional—: siglos antes de nacer Gilgamesh, Utnapishtim gobernaba otra gran ciudad, Shuruppak, que las piquetas de los arqueólogos han desenterrado confirmando su existencia real. En su época de máximo esplendor, las primeras civilizaciones ya casi dominaban Asia y África. Fue en ese tiempo antediluviano cuando el dios Enlil decidió poner en marcha su plan para acabar con nuestra especie. Estaba decepcionado con la deriva humana. Como el Yahvé bíblico. Y tenía sus razones: éramos rebeldes, no nos plegábamos a sus deseos y, sobre todo, le parecíamos tan ruidosos como testarudos.

»El complot que urdió para destruirnos era tan cruel que hizo jurar a los demás dioses que no se lo revelarían a ningún mortal. Para Enlil, la raíz del problema estaba en los matrimonios entre dioses e "hijas de los hombres". Su mezcla, dijo, había corrompido a nuestra especie. Nos había hecho ambiciosos, desobedientes y, lo que era aún peor, cada vez más fuertes e inteligentes. Comenzábamos a parecernos demasiado a su estirpe, así que el jefe-detodos-los-dioses, señor del cielo, el viento y las tempestades, decidió poner remedio a un ascenso genético tan peligroso. Su solución fue radical: impulsaría una catástrofe climática a escala planetaria que nos barrería para siempre.

»Sólo una divinidad se opuso a semejante proyecto: su hermano Enki. Ese dios nos tenía algo más que aprecio. En parte, le debíamos nuestra expansión sobre la Tierra. Fue Enki quien nos envió a los vigilantes y quien los autorizó a tener descendencia con nuestras mujeres. Quería mejorar nuestra raza y educarnos. Pero cuando obtuvo los primeros resultados visibles y surgieron las primeras sociedades humanas complejas, Enlil quiso arrasarnos. Nos vio como enemigos potenciales. Seres de una inteligencia que, tarde o temprano, se equipararía a la suya.

»Enki se desesperó. ¿Cómo impediría nuestra destrucción sin traicionar a su hermano, el jefe de los dioses?

»¿Cómo actuaría sin ofender a su propia estirpe?

»Poco antes del día D, cuando nuestra atmósfera daba ya sus primeros síntomas de alteración, el benévolo Enki halló la solución. Sabía que no podía advertir a Utnapishtim a rostro descubierto sin romper su juramento. Pero ¿qué pasaría si el humano se enteraba "por casualidad" de los planes de su hermano? Dicho y hecho. Nuestro benefactor buscó una pared lo bastante alta en el centro de la ciudad y se agazapó tras ella a la espera de que el rey pasara por allí. Cuando lo hiciera, simularía una conversación que lo pondría en alerta.

»Y el día llegó.

»"¡Oh, cerca de cañas! ¡Oh, muro de ladrillos!", comenzó a declamar Enki ante su pared, a voz en grito. "Derriba la casa y construye una barca. Abandona la riqueza y busca la supervivencia. Desdeña la propiedad, salva la vida. Lleva a bordo de la barca semillas de todas las cosas vivas."

»Aunque Utnapishtim reconoció de inmediato la voz de su dios, no llegó a verlo. Confuso, turbado por lo que creía que era una conversación que no le correspondía escuchar, regresó a su palacio convencido de que debía tomar aquel incidente como una señal. En poco tiempo construyó un barco enorme, sin proa ni popa, desprovisto de cubierta o mástiles, blindado, que flotaría como un cajón en alta mar. La tablilla doce de la *Epopeya de Gilgamesh* es parca describiendo el terror posterior, pero da cuenta de los días y noches de temporal que inundaron el reino de Shuruppak y sumieron a la tripulación del monarca en la desesperanza más absoluta. Peor suerte corrieron quienes no subieron a bordo. Todos perecieron ahogados mientras la tierra que él conocía quedaba sepultada bajo las aguas.

»Una vez superado lo peor, el cajón de los supervivientes encalló en la cima de un monte. Dicen que se quedó varado junto a un precipicio, con un extremo gravitando sobre la nada. Y así, tras siete días de espera sin atreverse a poner pie en aquel pico, el rey Utnapishtim dio la orden de abandonar la nao y repoblar cuanto territorio firme descubrieran. Acababa de nacer, o mejor, de renacer, nuestra especie.

Sheila nos miró entonces a Martin y a mí.

—En realidad, esta historia es un regalo para vosotros —dijo a los invitados con tono casi sacerdotal—. La pareja que hoy unimos en matrimonio desciende de aquel navegante y de su familia. Son los herederos de la sangre mixta de hombres y dioses. Y hoy, siguiendo aquel sagrado mandato, se desposan para continuar con el proyecto de Enki. Para que nunca falte un humano sobre la faz de la Tierra y contribuyan a la inmortalidad del código genético de los vigilantes.

—Ha llegado, pues, el momento de sellar la alianza —intervino Daniel, todavía acalorado y en pie junto al padre Graham—. ¿Tenéis las piedras?

Los dos asentimos.

Daniel aguardó a que se las entregáramos, mientras Martin y yo nos dábamos la mano.

—Debéis saber que los hijos de los dioses confiaron piedras como éstas a sus esposas —dijo el ocultista, levantándolas para que todos pudieran verlas—. Fueron el símbolo de unión entre el mundo del que venían, el Paraíso, y el que querían habitar.

—En la Biblia se mencionan a menudo esas piedras —el viejo sacerdote interpeló a Daniel con cierta brusquedad—. Moisés recibió los diez mandamientos inscritos sobre dos grandes losas. Incluso el patriarca Jacob se durmió sobre una que le permitió ver la escala por la que los ángeles del cielo suben y bajan a la Tierra. Las que tenéis proceden, pues, de ese tiempo remoto y siguen cumpliendo su función simbólica de unión entre Arriba y Abajo.

—¿Recuerda, padre, lo que dijo Jacob al ver su escala? —lo interpeló Daniel, como interrogándolo—: «¡Aquí está la casa de Dios y la puerta a los cielos!» Estaba diciéndonos que su piedra había abierto un umbral hasta entonces invisible que comunicaba el Reino del Padre con el nuestro.

A lo que Sheila añadió solemne:

—Vuestras piedras son, pues, las llaves para entrar en esa Casa. Recordadlo siempre y protegedlas con vuestra vida si fuera preciso.

El viejo sacerdote se adelantó entonces a sus dos compañeros de altar y, elevando los brazos por encima de sus cabezas, nos hizo poner en pie. Tuve la impresión de que no deseaba oír una palabra más.

—Ha llegado el momento —dijo, retomando el control de la ceremonia—. Martin Faber, ante tu Piedra de Compromiso dinos: ¿tomas por esposa a Julia Álvarez, hija del hombre, y juras protegerla de la adversidad y el deshonor, hasta que cumpláis los días de vuestro destino?

Los ojos azules de Martin relampaguearon vivaces ante la fórmula empleada por Graham. Enseguida asintió.

—¿Y tú, Julia? Ante la Piedra de la Sagrada Alianza, ¿tomas por esposo a Martin Faber, hijo del Padre Eterno, y juras permanecer a su lado, aun frente a los enemigos de la luz, sosteniéndolo y consolándolo en los días oscuros que se avecinan?

Un escalofrío me recorrió la espalda.

Noté la mirada feroz del sacerdote a través de sus lentes.

—¿Lo juras? —me urgió.

—Lo juro.

—En ese caso —dijo tomando las adamantas de las manos de Daniel y extendiéndolas sobre las nuestras—, pongo por testigo a estas rocas milenarias. *Lap zirdo noco Mad, hoath Iaida.* Ellas darán fe de que vuestro camino es recto y justo.

Y diciendo aquello, nos las entregó con gran solemnidad.

Aquél fue el momento supremo de la jornada.

Al sentir la piedra al tacto, el corazón se me aceleró. Noté que la mía estaba caliente y se agitaba como si fuera un insecto que desesperara por remontar el vuelo. «Dios mío. La ha activado», pensé. Pero nada ocurrió.

Mi adamanta dejó de zumbar en cuanto la apreté en mi puño. Aunque después, de un modo sutil, casi imperceptible, comenzó a iluminarme la palma de la mano. Resultó un brillo suave, nada molesto, como si procediera de su núcleo y variara su fuerza a intervalos regulares para no deslumbrarnos. Absorta, enseguida descubrí algo más. Algo que no vi la tarde anterior en casa de Sheila y que, por la cara de asombro de Martin, juraría que también era la primera vez que lo presenciaba: cada vez que uno de aquellos destellos pulsaba, dejaba entrever una especie de sombra bajo su superficie que no variaba de forma. Parecía una letra. Una especie de M de bordes más redondos a la que debí prestar más atención.

Era más o menos así: M

—*Zacar, uniglag od imvamat pugo plapli ananael qaan.*
Desde hoy ya sois marido y mujer —sentenció entonces el
padre Graham, ajeno al prodigio.

Después de aquel día, nunca más volví a ver ningún
otro signo sobre la adamanta.

36

Y de repente Nicholas Allen abrió los ojos.

«¡Me ahogo! —boqueó—. ¡Aire!»

Fue un mal despertar.

Por instinto, el coronel se llevó las manos al pecho y lo palmeó con fuerza para que entrara oxígeno. El movimiento brusco le produjo un dolor indescriptible en los alveolos pulmonares. Al segundo, el pánico se multiplicó. Una nueva vibración, tal vez un espasmo, lo sacudía cerca del corazón. El militar se palpó la zona buscando una hemorragia que no halló. Su camisa estaba seca. Y también el resto de su ropa. Tosió. Se encogió sobre su estómago y, con el malestar cada vez más contenido, haciendo un esfuerzo sobrehumano, se incorporó.

Su primera reacción fue de desconcierto.

«¡Dios!»

Alguien lo había arrastrado por el suelo, desarmado y abandonado como un muñeco roto junto a una pared de ladrillo caravista. Había olvidado dónde estaba, pero al echar una ojeada a la penumbra y encontrarse con la expresión inerte del camarero, lo recordó.

«¿Qué... qué ha pasado?»

El estrecho local estaba en silencio. Sólo las luces de emergencia permitían adivinar la ubicación de la salida ayudando a situar el mobiliario circundante. Y aunque algo le dijo que estaban solos y que lo que quiera que los hubiera tumbado ya no se encontraba entre ellos, sus músculos se tensaron. Lo mismo les ocurrió a los nervios de su cara cuando la sacudida que lo había despertado regresó. Ésta fue tan intensa que de no haber echado mano al bolsillo de su americana en aquel mismo instante, le hubiera atravesado el tórax.

Sólo al sentir el tacto regular de su responsable, se calmó.

«¿Cómo he podido ser tan estúpido?»

Y, sin pensarlo, se lo llevó a la sien.

—¿... Allen? ¿Me escucha?

El coronel se tambaleó mareado. Notó que tenía los huesos entumecidos por la baja temperatura. Su teléfono móvil también estaba frío.

¿Cuánto tiempo llevaba inconsciente?

—¡Coronel Allen! ¡Responda!

Al oír su nombre por segunda vez, el gigante reaccionó. Se aferró al sofisticado Iridium 9555 con conexión vía satélite y carraspeó buscando su voz.

—Nick Allen al habla... —titubeó.

—¿Coronel? ¿Es usted?

—Afirmativo —dijo, ahogando una mueca de dolor.

Acababa de descubrir una pequeña contusión en su antebrazo izquierdo. Tenía hematoma. Un pitido secuenciado le anunció que la batería del teléfono no iba a durar mucho.

—¡Al fin! ¿Dónde se encuentra? Soy el director Owen. ¿Qué ocurre? Llevo una hora intentando hablar con usted. ¡Una hora! Tenía el móvil apagado. Los satélites son incapaces de triangular su posición. ¿Se encuentra bien?

—Sí, señor. Eso creo...

Casi podía sentir el aliento entrecortado de Michael Owen en el rostro, crispado tras la mesa de su despacho, rojo de ira y con las uñas clavadas en el auricular.

—¿Seguro? —Su voz denotaba desconfianza—. ¿Dónde está?

Allen echó un vistazo a su alrededor tratando de recordar qué demonios había pasado. Se encontraba sentado en el suelo del café La Quintana, con dolores que iban y venían por todo el cuerpo y una cefalea que lo estaba taladrando vivo. El militar hizo un esfuerzo por sobreponerse y alcanzar su arma reglamentaria. Entonces, sus peores temores se confirmaron: alguien había estado allí durante su desmayo. Le habían vaciado el cargador y hurgado en su cartera. El iPad se había volatilizado y el contenido de su maletín de cuero estaba desparramado por el suelo, como si lo hubieran registrado a conciencia.

Pero había algo más. Algo que terminó de desconcertarlo.

Julia Álvarez había desaparecido.

—¿Qué... qué hora es? —gimió.

—¿Hora? ¡Maldita sea, coronel! Son casi las cinco y media de la mañana en España. ¿Sabe qué hora es en Washington?

El coronel tragó saliva.

—¡Las once y media de la noche! —bufó Owen—. ¿Dónde diablos ha pasado las últimas horas, señor Allen?

El aguerrido militar no respondió. Estaba entumecido. Sucio. Y tenía la boca seca.

—Deme sus coordenadas, coronel. Voy a entrar en una reunión y necesito tenerlo localizado.

—Joder... —gruñó buscando un punto de apoyo.

El brazo izquierdo del agente trastabilló al tratar de auparse.

—Me parece que nos la han jugado, señor —añadió quejumbroso.

—¿Qué? —Durante un par de segundos la voz al otro lado de la línea enmudeció—. ¿Qué quiere decir, coronel?

Nicholas Allen se irguió luchando contra la ola de náuseas que intentaba abrirse paso a través de su esófago. Tenía el estómago de punta, le dolía su vieja cicatriz de la cabeza y sufría un mareo que, pese a lo extraño, también le resultaba vagamente familiar.

—Sus amigos, director —dijo como pudo, acompañando sus palabras de un fino toque de ironía que no le pasó desapercibido—. Sus viejos amigos han estado aquí. Y se han llevado a la mujer de Faber.

—Pero ¿quién diabl...?

Owen no llegó a terminar su frase. La batería de litio del móvil de su agente en España acababa de agotarse. El director de la agencia de información más poderosa de la Tierra ya sabía lo que tenía que hacer. Debía avisar a sus hombres en la embajada de Madrid. Ellos se ocuparían de encontrar a Allen. Y pronto.

37

Nunca supe cuánto tiempo permanecí en el otro lado. Ni tampoco por qué me vi empujada de nuevo al abismo en el que se encontraba la luz que ya había atravesado una vez. Sólo sé —y ese recuerdo me acompañará mientras me quede memoria— que cuando retorné a mi cuerpo, me sentí mal. Muy mal. De repente, la serenidad que había experimentado se hizo añicos. Mi soberanía sobre el tiempo se desvaneció. Fue como si ese cerebro del que ya me había despedido, que era parte de mi antigua carcasa física, se abriera otra vez al paso de la electricidad y activara todas sus terminales de dolor.

Los primeros segundos fueron de una angustia indescriptible.

Sentí una detonación en la cabeza. Creo que mi reingreso a la vida se produjo por su culpa. Una especie de impacto me sacudió de arriba abajo, tensando todos mis músculos. Pero eso fue sólo el principio. A continuación, millones de agujas parecieron atravesarlos a espasmos regulares, como si fueran cuchillas de hielo que se abrieran camino a través de ellos. Oh, Dios. Y después les llegó el turno a los pulmones. Se hincharon de aire sin que pudiera hacer nada por impedirlo. Y a cada inspiración brusca, una nueva andanada de calor los barría con hálito de fuego.

Recé para morirme otra vez. Para no sentir más. Pero fue inútil.

Ignoro cuánto duró el suplicio. Aunque lo cierto fue que, antes de que acabase, ya sabía que seguía viva. Que había regresado. Y que me tocaba volver a luchar.

Varias ideas estúpidas se cruzaron por mi cabeza en esos instantes, aunque sólo una se resistió a desaparecer: era la última imagen que había registrado antes de «desconectarme». La que vi justo en el segundo preciso antes de morir y caer en el pozo de los recuerdos. Se trataba del perfil del hombre que había venido a Santiago sólo para decirme que Martin había sido secuestrado en Turquía y que sus captores iban a por mí. Según él, pretendían arrebatarme algo que ni siquiera sabía dónde estaba.

«La piedra de Dee.»

Maldita sea.

«La piedra que invoca a los ángeles.»

Atontada, sin poder abrir aún los ojos, me eché las manos al pelo y lo sacudí. Era una costumbre heredada de mi abuela. Zarandearme el cráneo y peinarme con los dedos solía devolverme el control. Sólo que esta vez me supo a poco. Iba a necesitar una ducha y un buen desayuno para empezar a pensar con fluidez. Y lo quería ya.

Entonces, al fin, di la orden. Y miré.

Santo cielo.

No sabría decir qué me asustó más: si ver que ya no estaba en La Quintana o descubrir que alguien me había sentado en posición vertical y amarrado a un respaldo desde el que sólo veía una pared de nubes bulbosas y oscuras.

Una mano pasó por delante de mis ojos.

—¿Se encuentra bien, señora? ¿Se marea? —dijo un fantasma. Me pareció que sostenía una jeringuilla en la mano.

El caso es que hablaba con voz amortiguada. Casi sintética.

Cuando terminé de enfocarlo, observé que llevaba puesto un casco blanco; estaba sentado frente a mí y hacía unas muecas ridículas tocándose a la altura de las orejas. Me sentí indefensa, pero al fin comprendí lo que quería. Deseaba que hiciera lo mismo. Pensé que me habrían drogado o algo así, y que todavía estaba sufriendo los efectos de un alucinógeno. Pero al verlo gesticular de nuevo, arrinconé la idea. Terminé haciéndole caso y me acaricié las sienes. Fue una sorpresa. Descubrí que alguien me había tapado los oídos con una especie de auriculares flexibles provistos de una pequeña antena. Sentí curiosidad y me los quité para echarles un vistazo, pero entonces un ruido atronador casi me dejó sorda.

—¿Puede escucharme?

La voz de aquel tipo intentaba elevarse sobre el estruendo. Ni siquiera aguardó a que le respondiera.

—Está bien, señora. Se encuentra a bordo de un helicóptero. No se asuste. No tiene nada que temer. Le hemos administrado una dosis leve de lidocaína para reanimarla. El mareo se le pasará enseguida. Ahora ponga esos auriculares en su sitio y le hablaré a través de ellos.

—¿Un helicóptero? ¿Lidocaína?... ¿Reanimarme?

El hombre asintió mientras yo miraba como una tonta arriba y abajo, convenciéndome de que, en efecto, no mentía.

Mi cabeza amenazaba con estallar. ¿Qué demonios hacía a bordo de un helicóptero? ¿Y quién era aquel tipo?

Mis auriculares dieron un par de chasquidos. La voz de mi interlocutor sonó ahora limpia y tranquilizadora.

—Bienvenida a bordo, señora Faber —dijo en un inglés exótico.

—¿D... dónde estoy?

Traté de incorporarme en falso, golpeándome con el cinturón de seguridad.

—No se esfuerce, señora. Debe descansar cuanto pueda. Somos amigos. Acabamos de salvarle la vida.

Si bien no reconocí al hombre que hablaba, noté que se dirigía a mí con cierta familiaridad. En la catedral, el coronel Allen me había saludado con una fórmula parecida, pero no era él. De hecho, lo busqué en las tripas de aquel aparato, sin éxito, logrando tan sólo que el tipo de los grandes bigotes que tenía delante sonriera divertido. Había un indisimulado deje de orgullo en sus gestos pero, por más que lo intentaba, no lograba recordar dónde lo había visto antes. Los dos muchachos jóvenes que lo acompañaban tampoco me ayudaron a salir de dudas. Me contemplaban con curiosidad de entomólogo. Sostenían fusiles con mira telescópica. Cuando me fijé mejor en ellos, hice un descubrimiento revelador: uno de ellos, el que estaba más cerca de la cabina, ¡era el muchacho del tatuaje de serpiente en la mejilla!

Al sentirse reconocido, el muchacho me miró sin decir nada.

—¡Oiga! —Me revolví en mi asiento, intentando zafarme de los arneses que me sujetaban—. ¡Si son...!

—Cálmese, señora Faber. Se lo ruego.

—Pero ¡yo he visto a ese chico!

El tipo de los bigotes me miró divertido.

—¿Quiénes son ustedes? —le grité—. ¿Qué quieren de mí?

—Oh. —La mueca de mi interlocutor fue teatral—. ¿Ya se ha olvidado, señora?

—¿Lo... lo conozco?

Si quiso desconcertarme más de lo que estaba, lo consiguió.

—Me rompe el corazón. —Volvió a sonreír—. Mi nombre es Artemi Dujok. Y no se imagina cuánto me alegra haberla encontrado a tiempo.

—¿Artemi Dujok?

Diablos.

Habían pasado cinco años desde la primera y última

vez que había visto a aquel tipo, pero a mi entumecido cerebro no le costó ubicarlo. ¡Acababa de tropezármelo en el «sueño de muerte» del que acababa de salir!

El caso es que, sorprendida y curiosa a la vez, lo miré con resquemor. Sí. Era él.

—Señor Artemi Dujok... —repetí—. Le recuerdo. En efecto. Pero...

—Me alegro. Estuve en su boda, en Wiltshire. Soy amigo de Martin.

—¡Martin! ¡Dios mío! —Mis pupilas se dilataron de angustia—. ¿Sabe usted lo que...?

Dujok alargó su brazo para tenderme un pañuelo de papel.

—Lo sé todo, señora. Trate de conservar la calma. Sé por lo que acaba de pasar. Su cerebro ha estado más de veinte minutos en estado comatoso. Nadie que haya sido víctima de un bombardeo de ondas delta debe hacer grandes esfuerzos.

—¿Qué quiere de mí? —repliqué sin entender ni una maldita palabra de aquella jerigonza—. ¿Qué hacemos en un helicóptero? ¡La policía ha dicho que Martin ha sido secuestrado...!

—Precisamente de eso necesito hablar con usted. ¿Ha visto la prueba de vida que han circulado sus secuestradores?

—¿El vídeo?

Dujok asintió.

—He descubierto lo que Martin deseaba decirle en él, señora Faber.

Me quedé de una pieza.

—Su marido ha sido muy ingenioso al hacerle llegar un mensaje cifrado. Uno que sólo alguien que lo conociera tan bien como su esposa podría desvelar...

—¿Alguien...? ¿Como usted, tal vez? —repliqué con

cierta ironía—. El coronel Allen también dijo que conocía a Martin, incluso que habían sido compañeros de trabajo. ¿Dónde está?

Dujok ignoró mi pregunta.

—Sí, señora. Alguien como yo. Un buen amigo. Debe saber que posee una piedra muy codiciada. Y que juntos la recuperaremos y rescataremos a su marido.

—¿Sabe dónde está la piedra?

El helicóptero dio un pequeño salto al entrar en una nube.

—Llegaremos en unos minutos —dijo—. Agárrese.

38

Él no había dado esa orden. Estaba seguro.

Por eso, cuando Antonio Figueiras vio la silueta oscura de su helicóptero balancearse a pocos metros de los tejados de la catedral, supo que algo más se estaba escapando a su control.

—Tendrán que disculparme. —Su mano nerviosa apenas apretó la de monseñor Martos, antes de darle la espalda—. Y usted también, padre Fornés. Les llamaré para tomarles declaración.

El inspector echó a correr sin mirar atrás. Y eso era lo que más odiaba del mundo. No por dejar a alguien con la palabra en la boca, sino por lo que le agotaba hacer un esfuerzo físico brusco. Ya no tenía edad para excesos. Ni tampoco pulmones. Pero si quería llegar a tiempo para verle la cara al piloto del helicóptero y saber qué diablos estaba pasando allí, debía emplearse a fondo. «A alguien se le va a caer el pelo hoy —farfulló—. Palabra.»

Bajó como una exhalación la cuesta que desembocaba junto a la fachada de la catedral. Y cuando al fin alcanzó la plaza del Obradoiro, jadeante, con su camisa empapada, descubrió que aquel monstruo no era suyo. ¿Cómo no se había dado cuenta antes? El aparato que ganaba altura a pocos metros de él tenía dos o tres veces la envergadura de su pequeño helicóptero. Lucía, además, las aspas más extrañas que hubiera visto en su vida. Dos eran enormes, giraban en contrarrotación sobre el habitáculo, mientras una tercera lo hacía en la parte posterior. No tenía número de matrícula ni inscripción alguna —al menos, él no fue capaz de distinguirlas— y estaba completamente pintado de negro.

Empujado por el viento de las hélices, se acercó como pudo a la patrulla que había dejado vigilando el lugar.

—¡Joder! —masculló, llevándose la mano a su pistola por instinto.

Lo que vio lo dejó sin habla. Los cráneos perforados y cubiertos de sangre de dos de sus hombres descansaban inertes contra sus reposacabezas. Tenían sendos orificios en la frente, y por la posición de sus cuerpos era evidente que los habían sorprendido. Figueiras desenfundó y apuntó al cielo, pero su objetivo estaba ya fuera de tiro. Se hubiera apostado el sueldo de un año a que el asesino era el prófugo que habían puesto en busca y captura y a que el maldito se le estaba escapando en ese helicóptero, delante mismo de sus narices.

Con la adrenalina disparada y la respiración aún entrecortada por la carrera, iba a telefonear a la comisaría para pedir refuerzos cuando la pantalla de su móvil se iluminó.

«Llamada entrante.»

—Figueiras, dígame.

—Antonio, soy Marcelo Muñiz. Espero no molestarte.

—¡Ahora no puedo hablar contigo! —resopló al escuchar la voz de su amigo joyero, mientras inspeccionaba por fuera, en cuclillas, el coche patrulla—. Te llamaré luego.

—Como quieras —concedió.

—Además, ¡son las cinco de la mañana!

—Ya, ya. Que sepas que, por tu culpa, me he pasado toda la noche rastreando las piedras por las que me preguntaste.

El inspector no quería perder ni un minuto más. Su pulgar, sin embargo, no se atrevió a cortar la llamada. Tampoco era plan de quedarse en ascuas. Si Muñiz lo llamaba a esas horas, debía de ser importante.

—¿Y bien? —lo urgió.

—He averiguado lo que son. ¡No te lo vas a creer!

39

Tardé en acostumbrarme al suave balanceo del helicóptero. Por fortuna, cuando aquella supermáquina concluyó su ascenso vertical, mi estómago regresó a su lugar y mi cuerpo comenzó a recuperar su tono de siempre. No tenía otra alternativa que relajarme. El miedo y la confusión no iban a sacarme del apuro, así que tragué aire y aflojé mis músculos, estirando piernas y brazos como lo haría en mis clases de yoga. El truco funcionó a medias. Todavía sentía cómo el pulso me martilleaba las sienes mientras los ojos seguían humedecidos por la rabia y el dolor por haber regresado al mundo de los vivos.

En aquel momento hubiera deseado no haberlo hecho. Había descubierto que la muerte era un tránsito dulce. Indoloro. Todo lo contrario a lo que estaba sintiendo en ese momento.

¿Qué había querido decir el señor Dujok con que me había sometido a no sé qué bombardeo de ondas? De repente caí en la cuenta de aquel detalle.

¿Por qué se había tomado la atribución de rescatar a Martin frente al tipo de la embajada con el que había estado conversando antes de encontrarme atada a su helicóptero?

Sentado frente a mí, con la espalda apoyada contra un asiento de cuero de respaldo alto, Artemi Dujok me vigilaba sin pestañear. Me ofreció algo de beber mientras todos a bordo hacíamos esfuerzos por mantener el tipo cada vez que atravesábamos una nube.

—Dígame una cosa, señora Faber. ¿Le contó su marido para qué fue a Turquía? —preguntó mientras me veía apurar con dificultad su refresco isotónico.

—Más o menos... —Traté de hilar una respuesta neutra—. Me dijo que quería terminar su estudio sobre el deshielo de las cumbres del planeta. Y como yo iba a estar muy atareada en la restauración de la catedral, supuso que era el mejor momento para su viaje.

—Entonces, no se lo contó...

—¿Qué quiere decir? —La boca llena de refresco me hizo pronunciar mi pregunta con torpeza.

—Martin fue al monte Ararat a devolver su adamanta. La piedra salió originariamente de allí. ¿Lo sabía?

—Eh... Eso también, claro —tragué, mintiendo.

—Escúcheme bien, señora Faber. Su marido y yo trabajamos juntos desde hace años. Tratamos de reunir las pocas piedras como su adamanta que hay esparcidas por el mundo. Ambos sabemos lo extraordinarias que son, pero no se hace una idea del poder que pueden generar estando juntas. De hecho, hemos descubierto signos que indican que muy pronto vamos a necesitar todo su potencial para protegernos de lo que parece que va a ser una catástrofe global. Un golpe a la biosfera del que su marido está más que seguro. Por eso es muy importante que colaboremos y que seamos sinceros entre nosotros. ¿Lo entiende?

Dujok dijo aquello muy serio, sin sombra alguna de grandilocuencia ni intriga.

—¿Qué pretende? ¿Asustarme?

—En absoluto, señora. Lo que quiero decirle es que Martin está implicado en una operación de altísimo nivel, y que si no la puso al corriente de todos sus detalles hasta ahora fue sólo para protegerla. Ahora, él está en peligro.

La situación ha cambiado y ambos tenemos la obligación moral de ayudarle. Necesito su confianza, señora. Sé que apenas me conoce, pero le prometo que no se arrepentirá.

—¿Va a ayudarme a rescatar a mi marido?

El tipo de los bigotes asintió.

—Por supuesto. Pero para eso necesitamos su piedra. ¿Recuerda cuándo le pidió que se la entregara? ¿Cuándo la escondió?

—Hará más o menos un mes... —suspiré—. Fue justo antes de irse a su viaje. En realidad tuvimos una discusión y se la devolví.

Artemi Dujok asintió como si conociera ese detalle.

—Entonces la ocultó en lugar seguro —dijo como si pensara en voz alta—. Un escondite especial, en un punto geográfico de gran potencia energética, donde además de estar segura se cargaría de una gran fuerza.

—¿Ah, sí?

Mi pregunta sonó desconfiada.

—Pero, sobre todo, debió de hacerlo pensando en que hombres como el que estaba con usted hace un rato no se la robasen, señora Faber.

—¿Ese hombre quería robarme mi piedra? ¿El coronel Allen? —Me encogí de hombros.

—Así es. Era lo único que le interesaba de usted. Puede creerme. Si se la hubiera dado, tal vez no habría vivido lo suficiente para este reencuentro...

El helicóptero se inclinó entonces sobre un costado, haciendo que la sangre me subiera a la cabeza. Afuera el cielo empezaba a clarear anunciando la pronta llegada del amanecer. Todavía el armenio no me había dicho adónde nos dirigíamos.

—¿Y cómo sé que puedo confiar en usted, señor Dujok?

—Lo hará —sonrió—. Es cuestión de tiempo. Martin me contó muchas cosas de su relación y de lo que llegaron a hacer con las adamantas. Incluso me pidió que si le ocurría algo en alguna de sus misiones, yo me ocupara de su seguridad. Temía por usted, ¿sabe? Por eso conozco aspectos de su matrimonio que quizá ni siquiera usted recuerde...

—¿Lo dice en serio?

—Desde luego. —Frunció la comisura de sus labios, amagando otra sonrisa, más ácida—. Por ejemplo, ¿le explicó alguna vez por qué Martin y usted se casaron en Biddlestone? ¿Tiene la más remota idea de por qué me invitó a su ceremonia?

Miré a Artemi Dujok a los ojos. Estaba claro que ese hombre de grandes bigotes y ademanes de caballero estaba intentando ganarse mi confianza. Sus iris marrones eran profundos y misteriosos. Los había visto encendidos hacía muy poco, en el otro mundo, y no tenía duda de que eran los mismos.

—Pues sí creo saberlo, señor Dujok... Usted fue a Biddlestone a recoger algo —dije recordando lo que había visualizado justo antes de despertar en su helicóptero—. Algo que desenterró a escondidas de la iglesia mientras nos casábamos, ¿me equivoco?

Sus pupilas se contrajeron como si un rayo de Sol las hubiera golpeado.

—Vaya, vaya... —titubeó—. No se equivoca en absoluto. ¿Puedo preguntarle quién se lo dijo?

—Lo he visto.

—¿En serio? —Se arqueó.

—Justo antes de que usted me despertara en este helicóptero.

—Eso es... —susurró complacido, alargando su respuesta con pompa— perfecto. No sabe cuánto me alegra que conserve su viejo don, señora. ¿Lo ha reactivado otra vez?

«¿Cuánto sabe este tipo de mí?»

—Puede —respondí bajando la vista.

—Está bien —convino—. Me hago cargo de sus recelos. Pero quizá le ayude a disiparlos comprender lo que ocurrió en su boda. Ustedes acudieron a Biddlestone para desposarse siguiendo un ritual angélico secular. Oficiaron su ceremonia recurriendo al Libro de Enoc en lugar de a la Biblia, y se consagraron empleando las mismas piedras que utilizó por última vez John Dee para comunicarse con seres celestiales en el siglo XVI.

—¿Va usted a hablarme ahora de ángeles? —dije con evidente fastidio. Dujok ni se inmutó.

—John Dee, como su marido le habrá contado, fue el último occidental que tuvo éxito en sus intentos de comunicarse con ellos, señora. Y como usted, no fue precisamente un místico. No sufría trances extáticos ni nada por el estilo. Era más bien un hombre de ciencia y su aproximación a ellos fue racional. Se valió de tres elementos para conseguirlo: unas piedras de enorme poder, un médium llamado Edward Kelly que sabía cómo mirar en ellas y extraer información de su interior, y una especie de mesa o tabla con signos grabados que, puesta en conjunción con lo anterior, abría ese canal con el cielo y hacía que se manifestaran ante sus ojos. Todo ese instrumental debía conjugarse en fechas y lugares precisos para que funcionara, y Dee se las ingenió para averiguarlos.

—Sigo sin comprender qué tiene que ver eso con su presencia en el lugar donde nos casamos, señor Dujok... —lo presioné.

—Es muy fácil de entender.

—Eso espero. Siga.

—Al final de sus vidas, John Dee y Edward Kelly cayeron en desgracia y fueron perseguidos por sus contemporáneos. La culpa la tuvo el mal uso que hicieron de sus herramientas. Kelly, por ejemplo, se convirtió en un sujeto arrogante. Se creyó heredero de la tradición profética iniciada por Enoc y continuada por Elías o el mismísimo san Juan. Pero a diferencia de éstos, buscó enriquecerse con los pronósticos de los ángeles. Fue cuestión de tiempo que todo se volviera en su contra. Por eso, cuando finalmente se separó de John Dee, éste decidió salvaguardar las piedras y el tablero para que no volvieran a caer en manos inadecuadas. Disimuló las primeras en un ejemplar del Libro de Enoc que la familia Faber conserva desde hace generaciones. En cuanto al segundo, fue enterrado en Biddlestone, en la parte exterior del ábside de su iglesia. ¿Lo comprende ahora? El mago eligió ese lugar por razones mágicas, aunque también porque, en el antiguo dialecto de Wiltshire, Biddlestone significa «Biblia de Piedra». Y era así como Dee veía a su instrumento. Como una auténtica Biblia, un soporte vivo de la palabra de Dios.

—¿Y cómo supo que esa tabla estaba allí?

—Martin lo descubrió estudiando las últimas anotaciones de Dee conservadas en el Museo Ashmoleano de Oxford. Su hallazgo se produjo poco antes de conocerla a usted, señora. Cuando las encontró creyó que estaba predestinado para reconstruir el instrumental de invocación de Dee. Tenía las piedras. Sabía dónde estaba el tablero y, durante un viaje a España para hacer el Camino de Santiago, se tropezó con usted y se dio cuenta enseguida de que tenía las dotes de médium que necesitaba. Ya sabe, ese *second sight* del que tanto hablaron los espiritistas ingleses en el siglo XIX.

Dujok tomó aire antes de continuar:

—No es de extrañar que, con los tres elementos tan a mano, pensara recuperar el tablero teniendo las adamantas cerca. Juntas de nuevo, tras cuatro siglos separadas, colmarían de bendiciones su matrimonio. ¡Podrían abrir un canal directo con el cielo ustedes dos solos!

—¿Y por qué lo llamó a usted? —insistí.

—Conocí a Martin en Armenia, cuando él aún trabajaba para el gobierno de los Estados Unidos...

—Eso lo he sabido hoy.

—Bien. El caso es que allí lo convencí para que dejara de buscar esas piedras para su país. Su gobierno no iba a darles un uso pacífico, ni tampoco creo que supieran manejarlas como debían. Pero al dejar su trabajo en la Agencia Nacional de Seguridad, los problemas empezaron a perseguirlo. Por esa razón, hace más o menos un año, decidió separar las adamantas y confiarme el tablero para su custodia. Pensaba tenerlos separados hasta estas fechas en las que estamos. Su marido encontró un motivo para reunirlas de nuevo e intentar su comunicación con los ángeles de Dee.

—¿Un motivo? ¿Cuál?

—Las piedras actúan por vibración, señora. Reaccionan a estímulos sonoros, a ultrasonidos y a ciertas frecuencias del espectro electromagnético. En estos días el Sol está en plena ebullición. Tormentas solares han llenado de manchas su superficie y las erupciones de helio son las mayores detectadas en el último siglo. Sólo hace falta que un buen golpe de viento solar, cargado de trillones de electrones, golpee la Tierra de lleno para que las piedras, el tablero y su catalizador, usted, dispongan de la energía suficiente para hacer esa llamada al cielo. Lo malo, señora —dijo en tono más lúgubre—, es que esta información la conocen más personas, y me temo que han secuestrado a Martin para asegurarse el control de esa llamada.

El helicóptero dio dos o tres sacudidas muy bruscas, como si atravesara un camino empedrado, pero estaba tan absorta en el relato del señor Dujok que no le presté la menor atención.

—Entonces... ¿no cree que haya sido secuestrado por un grupo terrorista kurdo?

—Lo dudo. —Tosió, incómodo—. Eso es lo que los antiguos jefes de Martin quieren hacerle creer para que no haga demasiadas preguntas.

—Pero ¡en el vídeo lo reivindican!

—Eso es falso. Quien ha organizado esta operación es mucho más poderoso que el Partido de los Trabajadores del Kurdistán. A su lado, el PKK es tan inofensivo como un mosquito.

—¿Y de quién se trata, según usted?

—No puedo hablarle de eso... No ahora.

—Al menos podría decirme adónde vamos.

—Eso sí. —Sonrió, alargando la mano para tomar la medalla que yo llevaba al cuello—. Al lugar donde todo empezó para ustedes dos.

Dujok dejó la frase en el aire, como si esperara que yo cayese en la cuenta. Pero no lo hice.

—La última frase de Martin en el vídeo... ¿La recuerda? «La senda para el reencuentro siempre se te da visionada.» —Asentí, sonriendo ante la torpe pronunciación de esa frase—. La dijo en español porque se la enviaba a usted. ¿Lo entiende?

—No...

—¿Dónde se encontraron ustedes? ¿Dónde se conocieron?

—En Noia. Yo vivía allí... Justo al final del Camino de Santiago.

—Y éste es el escudo de su pueblo, ¿no es cierto? —dijo acariciando el anverso del colgante que yo llevaba al cuello, con un barco y unos pájaros sobrevolándolo—. Pues justo allá vamos, señora. Al reencuentro con su marido.

40

A las seis menos cuarto de la madrugada, la sala de reuniones 603B, en el sexto piso del complejo de oficinas de la embajada de los Estados Unidos en Madrid, estaba sumida en la penumbra. Una niebla nicotinosa gravitaba frente a la imagen que un proyector Full HD de Sony lanzaba contra la pared. Era el único rincón del edificio en el que todavía se podía fumar sin temor a una sanción, aunque, a decir verdad, eso era lo que menos preocupaba a Rick Hale en aquel momento. El agregado de inteligencia en la sede consular acababa de mantener una conversación telefónica con uno de los agentes de su grupo al que las cosas no le habían ido precisamente bien.

Hale tenía que despachar aquel *briefing* como fuera.

—Ésta es Julia Álvarez. Española. Treinta y cinco años. Separada recientemente de Martin Faber, el hombre al que el PKK secuestró hace unos días en la frontera turco-armenia —entonó con actitud profesoral ante la fotografía a color de una mujer pelirroja, ciertamente atractiva, obtenida con teleobjetivo—. Las imágenes que están viendo fueron obtenidas ayer por la tarde en Santiago de Compostela, en el extremo noroeste de la península Ibérica.

El agregado hablaba en un inglés de acento sureño, casi de vocalista de música country. Lucía una mueca descolgada que lo hacía parecer infeliz. Y seguramente lo era. Y es que a aquel hombre bajito, calvo, de ademanes desconfiados, no debía de complacerle demasiado su temprana reunión con dos burócratas recién llegados de Washington. Y menos aún que la hubieran convocado en medio de otra delicada operación de inteligencia.

—Anoche —prosiguió—, el comandante Allen se entrevistó con la señora Faber para informarla del secuestro de su marido. Siguiendo nuestro protocolo para casos de filtración de secretos oficiales, quisimos recabar cualquier pista sobre el tipo de vida privada de Martin Faber. Ya saben, cualquier cosa que confirmara nuestras sospechas.

—Háblenos de esas sospechas, señor Hale. ¿Desconfiaban de su antiguo agente en la frontera armenia?

La pregunta vino de Tom Jenkins, consejero del presidente. Era raro que un hombre como él se ocupara del trabajo de campo, pero había llegado apenas media hora antes a Madrid con la orden expresa de que se le informara del caso Faber y no había tardado ni un suspiro en presentarse en la embajada y exigir esa reunión.

—En realidad, señor, debería saber que Faber no trabaja para nosotros desde 2001 —se excusó el agregado.

—No trabaja para la NSA desde 2001 —le precisó.

Hale se tragó el sapo mientras Jenkins, un tipo de unos treinta años, rubio como un predicador mormón y de mirada azul hielo, aprovechaba para poner otro asunto sobre la mesa:

—Verá, señor Hale. Cuando en la Oficina del Presidente hemos revisado la ficha del agente Faber nos hemos dado cuenta de algo muy curioso. Nada más aceptar su destino para la zona kurda que se abre entre Armenia y Turquía, Martin Faber solicitó varios informes confidenciales a Langley.

—¿Informes?

—Imágenes, para ser exactos.

Richard Hale se encogió de hombros.

—Soy todo oídos.

—Le ayudaré a centrar el problema: justo antes de darse de baja en la Agencia de Seguridad Nacional, el señor Faber pidió que le enviasen por valija diplomática, a Ereván, una colección de viejas imágenes aéreas obtenidas en su zona de trabajo. Fotos obtenidas entre los años 1960 y 1971. Fueron tomadas en secreto por aviones espía U2 y SR-71 y por nuestro satélite KH-4 y todas correspondían al área del monte Ararat. Precisamente donde ahora ha desaparecido. Bonita casualidad, ¿no le parece?

—¿Ha dicho KH-4? —se escabulló Hale—. ¡Eso es chatarra de la época de Kennedy, señor! Hace años que están fuera de servicio.

—Eso no importa —lo conminó el asesor—. Esas tomas del cuarto orbitador de la serie Keyhole que solicitó Faber fueron consideradas material muy sensible en su día. No olvide que el monte Ararat fue la frontera natural entre Turquía y la entonces Unión Soviética y su filtración habría supuesto un grave incidente diplomático. Tal vez una guerra.

—Supongo que ahora me dirá qué fue lo que interesó tanto a Faber de esas fotos.

—Así es, señor Hale. Y le ruego que nos diga lo que sepa al respecto. En esas tomas, en una cota cercana a los cinco mil metros, aparecía algo que tuvo a medio Departamento de Análisis de la CIA ocupado durante años. Lo llamaron la «anomalía del Ararat», y pese a que al principio sospecharon que podría tratarse de una estación de espionaje y transmisiones soviética, el perfil de su estructura rectangular, de bordes muy definidos, ubicado al borde de uno de los glaciares más próximos a la cumbre, no logró identificarse con nada conocido.

Jenkins se hizo con el mando a distancia del proyector y lo dirigió hacia su ordenador portátil. Mostró entonces una imagen en blanco y negro de la cima triangular de una montaña. Rodeado con un círculo rojo, algo del tamaño aproximado de un submarino nuclear, de perfil ahusado y bordes rectos, se adivinaba bajo una fina capa de nieve. Era negro y parecía brillar al Sol.

—¿Y eso no es un búnker soviético? —aventuró Hale.

—Sabe tan bien como yo que no lo es, señor.

Las palabras de Tom Jenkins sonaron firmes.

—Los veteranos como usted conocen esta historia —prosiguió—. Y también que en Langley concluyeron que esa cosa aparcada sobre el glaciar Parrot sólo podía ser el Arca de Noé. ¿Me equivoco?

—La pena es que soy ateo, señor Jenkins. No creo en cuentos chinos —precisó Hale.

—En cuentos hebreos en todo caso, señor.

Al fondo de la sala, apoyada junto al extintor de la puerta, una mujer joven, más o menos de la quinta de Jenkins, los interrumpía sin asomo de ironía.

—Está bien, hebreos —aceptó el agregado.

La mujer era una belleza morena, con los inconfundibles ademanes de quien ha servido mucho tiempo en el ejército.

—Y, si me lo permiten, caballeros —continuó—, yo precisaría aún más: cuento sumerio.

—¿Sumerio?

Rick Hale no supo cómo esquivarla.

—El relato original del Diluvio es sumerio, señor Hale. Cualquier estudiante de Historia Antigua sabe que ellos fueron los primeros en redactar una crónica de la Gran Inundación en la que se menciona un arca salvadora.

—Perdone, señora. ¿Quién es usted?

—Ellen Watson —se presentó dando un paso al frente y tendiéndole una mano larga y cuidada—. Trabajo también para la Oficina del Presidente. ¿Me permite que vayamos al grano?

—Sería de agradecer. —Sonrió, desconectando el proyector y encendiendo la luz de la sala.

—Muy bien —aceptó—. Hábleme del Proyecto Elías para el que trabajaba Martin Faber.

Al agregado de inteligencia de la embajada el estómago le dio un vuelco. «¿Cómo diablos...?»

—¿Se refiere a la Operación Elías?

—Usted lo ha dicho.

Rick Hale tragó saliva:

—No puedo dar detalles de algo así sin comprobar antes qué nivel de acceso a secretos oficiales tiene usted, señora. Cuestión de seguridad nacional.

—Mi nivel de acceso es el de la Casa Blanca, señor Hale —replicó.

—Lo siento. Eso no basta. Aquí no.

—Entonces, ¿no va a hablarme de Elías?

El rostro de la mujer se ensombreció.

—No sin una orden por escrito del director de la Agencia Nacional de Seguridad, Michael Owen. Lo conocen, ¿verdad?

—Es una lástima —resopló la mujer—. Aunque supongo que, al menos, podría decirme qué le contó la esposa del señor Faber al agente de la NSA que la ha entrevistado. ¿Sabe si hablaron del Arca? ¿Les dijo algo de la secreta obsesión de su marido por esa reliquia bíblica?

Hale no apreció sombra de ironía en sus preguntas. Es más, sabía que si no respondía de manera convincente, todo podría ir a peor.

—Me temo que su conversación fue más prosaica de lo que se imagina, señorita Watson —dijo al fin.

—¿Prosaica?

—Mi agente no tuvo tiempo para conversar a fondo con ella. Sufrió un pequeño... —Hale se esforzó por encontrar la palabra menos mala— contratiempo.

—¿Qué clase de contratiempo?

Los ojos de Jenkins brillaron.

—De momento sólo dispongo de detalles confusos —admitió a regañadientes—. Pero justo antes de reunirme con ustedes recibí una llamada del agente que enviamos a Santiago, el comandante Nicholas Allen, y sus noticias no son buenas.

—No lo entiendo —protestó Ellen.

—Eso es porque ustedes no saben que esta noche el coronel Allen intervino in extremis en un tiroteo que, al parecer, pretendía acabar con la vida de la señora Faber.

—¿Han intentado matar a Julia Álvarez?

—No se alarmen. Nadie salió herido. El caso es que ella quedó bajo la protección de nuestro hombre y..., bueno..., lo más acertado que puedo decirles es que, mientras conversaban, ambos fueron objeto de un ataque de clase EM. Allen quedó fuera de combate durante una hora y la mujer ha desaparecido. En estos momentos se ha cursado una orden para buscarla.

—¿Un ataque EM? ¿Electromagnético? —Tom Jenkins no salía de su asombro—. ¿En una zona urbana de España? ¿Está usted seguro? Eso es casi como acusar a los rusos de utilizar armas nucleares de baja potencia para asaltar un supermercado en New Hampshire.

—Entiendo que les parezca raro. El uso de armas electromagnéticas está restringido a campos de pruebas del Departamento de Defensa, pero varios países hostiles conocen sus rudimentos. De hecho, si usted echa un vistazo a Internet se llevará la impresión de que son de dominio público.

—No veo adónde quiere llevarnos, señor Hale —protestó Ellen, sin perderlo de vista.

—La NSA cree que un enemigo de los Estados Unidos está cocinando un guiso no autorizado a nuestras espaldas —farfulló—. Un gran guiso.

—¿Y violaría algún otro secreto si fuera un poco más específico sobre la identidad de ese enemigo fantasma, señor Hale? —ironizó Watson.

Aquel tipo bajito y desagradable se acarició la calva nervioso.

—Lo que voy a decirles no debe salir de aquí —advirtió, severo—. ¿Me han entendido?

—Claro —sonrió Ellen.

—Se lo explicaré de la forma más sencilla posible, señora. Mi agencia cree que alguien con capacidad para operar armas EM portátiles se interesó por Faber en Turquía y Armenia. El escenario que barajamos es que primero lo quitaron de la circulación. Y ahora han hecho lo mismo con su mujer.

—¿Y cree que eso tiene alguna relación con las «anomalías del Ararat»? —lo atajó Jenkins.

—No lo sabemos.

La mujer también lo presionó:

—Y, según la NSA, ese enemigo tan bien armado es... ¿el PKK? ¡No me joda!

Richard Hale, sudoroso, señaló entonces las carpetas con el emblema de la CIA que les había dejado sobre la mesa justo antes de empezar la reunión.

—Es todo lo que puedo entregarles por ahora —dijo—. Si echan un vistazo a esa documentación, encontrarán un informe completo sobre las circunstancias que rodearon la desaparición del agente Faber. Aunque parece poco probable que supieran que Faber fue uno de los nuestros, todo apunta a que fue obra del PKK.

—¿Quiere hacernos creer que un grupo de separatistas kurdos, que apenas tienen dinero para comprar balas para sus kalashnikovs, disponen de un arma de alta tecnología?

La reflexión de Jenkins lo acorraló un poco más.

—No deberíamos subestimarlos.

—¿Qué quiere decir exactamente?

—Quizá detrás del PKK se esconda alguien muy superior táctica y tecnológicamente.

—¿Quizá? ¿Lo suponen o tienen alguna prueba?

—Échenle un vistazo al informe —insistió—. Encontrarán un detalle que..., hum..., podría apoyar esa idea. Martin Faber fue secuestrado durante un monumental atasco de tráfico en la carretera que une Bazargan, en Armenia, con el asentamiento fronterizo de Gürbulak. Es un área montañosa de difícil acceso, salpicada de pequeñas aldeas, con la frontera cerrada oficialmente desde 1994 y que posee una densidad de población minúscula.

—¿Y?

—Nuestras fuentes subrayan que el día de su desaparición, sin causa aparente, un apagón total dejó sin energía a toda esa área.

—¿Un apagón total? —Los ojos azules del asesor presidencial relampaguearon a la luz del encendedor.

—No se trató de un simple corte del fluido eléctrico —matizó Hale—. El atasco de tráfico se produjo porque algo detuvo los motores de todos los vehículos en un radio de cuatro kilómetros. Y lo mismo sucedió con repetidores de telefonía móvil que cuentan incluso con baterías suplementarias para emergencias. Y lo que es aún más raro: también afectó a las telecomunicaciones vía satélite, las radios de policía, bomberos, hospitales y hasta la torre de control del aeródromo de Igdir, en territorio turco. Fue como si se hubiera abierto un paraguas electromagnético sobre un área de cincuenta kilómetros cuadrados que impidió el paso de todo suministro energético durante varias horas.

—Quiere decir algo parecido al «Efecto Rachel» —murmuró Ellen al oído de Hale—. Ha oído hablar de eso, ¿verdad?

Richard Hale se quedó estupefacto. Aquella gente sabía más de lo que había estimado.

—¿Conoce el Efecto Rachel? —masculló.

El término remitía a una vieja historia de la segunda guerra mundial. Se suponía que precisamente él debería estar más al corriente de ese episodio que ninguno de sus colegas. Hale había publicado años atrás un artículo sobre el tema en una revista de inteligencia. Según recordaba, en junio de 1936 Rachel Mussolini, esposa del dictador italiano, tenía previsto pasar unos días en Ostia, cerca de Roma, cuando su vehículo oficial se quedó sin potencia en medio de un colapso circulatorio de proporciones épicas. Su marido se lo había advertido medio en serio medio en broma poco antes de que dejara el palacio de gobierno: «No me extrañaría que te llevaras una gran sorpresa durante tu excursión de hoy, querida.» Y la tuvo. Ninguno de los esfuerzos del chófer por revivir el coche sirvió de nada. El parón duró casi una hora y afectó a todos los vehículos que circulaban en ese momento cerca de ella, hasta que en una sincronización inexplicable todos los motores se pusieron en marcha a la vez. Un informe posterior de Il Duce atribuyó el fenómeno a ciertos experimentos que en ese momento realizaba Guillermo Marconi en la zona. Y es que, al parecer, mientras el padre de la radio investigaba frecuencias de emisión de largo alcance había tropezado con una suerte de «rayo de la muerte» que Mussolini primero y la Administración Truman después quisieron monopolizar para uso militar. Se trataba de un simple ancho de banda capaz de interferir en cualquier motor de explosión, civil o militar, terrestre, aéreo o náutico. Entre los aliados se llegó a pensar que aquel «rayo» fue también el responsable de la muerte de cientos de animales de pequeño y mediano tamaño alrededor de la granja de Marconi. Animales cuyo oído más sensible que el humano recibió la señal, los desorientó y los mató de un derrame cerebral. De hecho, ese efecto colateral habría impresionado tanto a Marconi que detuvo en seco todas sus pruebas.

—El Efecto Rachel... —asintió Hale—. Hace años que nadie lo menciona, señora. Pero, ahora que lo dice, lo de Santiago de Compostela y el apagón de Bazargan podrían tener un origen parecido.

—Podrían... —repitió Watson—. Es una pena que nos sea de tan poca ayuda, señor Hale. No nos deja otra opción que investigar por nuestros medios. Y dé por seguro que el presidente no va a detenerse ante la opacidad de la NSA.

—Ni ante la de la Operación Elías —subrayó Jenkins.

41

Las primeras luces del día bañaron la enorme e irregular alfombra verde que se extendía hasta la desembocadura del río Tambre llenándola de hermosos brillos dorados. Sentada en el helicóptero de Artemi Dujok —un prototipo experimental clasificado llamado Sikorsky X4, según me explicó— distinguí las instalaciones de las dos centrales hidroeléctricas de Unión Fenosa y el perfil de los primeros bosques de pinos y carballos. Reconocí los puentes sobre la ría, las bateas para la cría de moluscos, las colinas moteadas de casas de piedra y hasta las espadañas de las parroquias de mi infancia. San Martín o San Martiño. Santa María. San Juan. Todas las piezas de aquel conjunto, sus sillares reverdecidos por el musgo, sombreados bajo los claroscuros de un cielo todavía encapotado, conferían al lugar esa singular atmósfera de confrontación entre lo rural y lo moderno que siempre me había fascinado.

—¿Se encuentra usted bien?

El armenio me sacó de aquellas cavilaciones colándose de nuevo a través de los auriculares.

—Sí, claro... Es que nunca había visto mi pueblo desde el aire.

—¿Ya se imagina a qué parte de Noia nos dirigimos?

—Bueno —dudé—. Usted es el experto en acertijos. El coronel Allen cree que el mensaje de Martin oculta una especie de indicación cifrada. Una alusión al lugar en el que escondió mi adamanta antes de irse.

—¿Nicholas Allen?

Dujok pronunció su nombre con desgana.

—Al parecer, él también conoce bien a Martin —dije, sabiendo que estaba provocándolo.

—Lo sé.

—¿Y usted ha descifrado ese mensaje? ¿Sabe qué quiso decir *de verdad* en ese vídeo?

Lo interrogué con la mirada.

—Ahora lo verá.

La apatía de Dujok se desvaneció en cuanto el piloto ralentizó la velocidad, como si buscara un buen lugar en el que tomar tierra.

—Le diré lo que vamos a hacer, señora —anunció—. Descenderemos en Noia, y yo buscaré la adamanta que Martin escondió aquí. En cuanto la tengamos en nuestro poder la activaremos. ¿Me ha entendido?

Un escalofrío me recorrió la espalda. Despertar la piedra no era algo que me complaciera hacer sin Martin o Sheila cerca. Sabía que una vez en funcionamiento, sus efectos eran impredecibles.

Pero Artemi Dujok estaba determinado a hacerlo.

—No es un capricho mío, señora Faber. La piedra nos dirá dónde está su hermana. Ya sabe, la adamanta que Martin mostró en el vídeo. Esas rocas actúan por resonancia y son capaces de comunicarse a miles de kilómetros de distancia gracias a sus emisiones de alta frecuencia.

—Lo mismo me dijo el coronel Allen.

—No tiene de qué preocuparse. Ni por él ni por la piedra.

Volvía a tener el estómago en un puño.

—Por cierto —cambió Dujok de tema como si hubiera detectado mi desasosiego y quisiera distraerme mientras su piloto hacía las últimas maniobras—: ¿conoce bien la leyenda de la fundación de Noia?

—¿Se refiere al cuento de que Noé desembarcó aquí después del Diluvio? ¡Oh, vamos! —reí nerviosa. El aparato empezaba a vibrar—. Lo tenía a usted por más cerebral. ¿No irá a creerse eso, verdad?

Sus bigotes se bambolearon arriba y abajo cuando el tren del Sikorsky rozó el suelo. Casi no me había dado cuenta de que habíamos descendido tanto. El piloto intentaba estacionar su máquina cerca del río, en una zona destinada a la reparación de botes de pesca, lejos de las líneas de alta tensión y de los árboles.

—Igual le decepciono si digo que sólo es un cuento para niños... —musité, mirando de reojo por la ventanilla—. Una leyenda, ya sabe. Una de esas historias inventadas en la Edad Media para darle nobleza a un lugar. Para hacerlo interesante.

—¡No estoy de acuerdo! —Aquel tipo acababa de accionar la apertura de la puerta eléctrica para saltar afuera—. Llevo estudiando cuentos como ése desde hace más de treinta años. Armenia, señora, es el país de Noé. Y todo lo que rodea su historia, el Diluvio y lo que la Biblia no dice sobre los orígenes de nuestra civilización, me interesa. Aunque esté en el otro extremo del mundo. Y a su marido también, por cierto.

—El interés por lo legendario es legítimo —dije.

Me sorprendió que sus hombres —incluso el piloto— abandonaran la nave como si estuvieran en una zona de guerra o algo así, saltando con los rotores aún en marcha.

—¿Sabe? —proseguí viéndolo poner los pies en tierra y alargándome sus manos para ayudarme a bajar—. A mí también me atraen esas historias. Influyen en el arte y en la imaginación de los pueblos. Pero, por prudencia, nunca me las tomaría al pie de la letra.

Dujok saltó entonces al suelo, invitándome a seguirlo.

—¡No las infravalore! —exclamó—. Piense que las leyendas son como las muñecas rusas: al abrirlas uno descubre que fueron gestadas a partir de otras más antiguas. Estudiarlas es como participar en la búsqueda de un tesoro. Cada una que diseccionas te conduce más cerca de la fuente original. De su verdadero ADN. Todas disfrazan algo real. Algo que contado de otra forma tal vez se hubiera olvidado hace milenios. Por eso, cuando llegas a la versión más antigua, descubres que es la que brinda la mejor información.

—¿Adónde quiere llevarme con ese razonamiento, señor Dujok?

—Martin y yo nos hicimos amigos discutiendo esta clase de relatos. ¿Recuerda cómo lo conoció usted?

—Bueno... Llegó a Noia haciendo el Camino de Santiago.

—Exacto. Pero no como un peregrino más. Estaba a la caza de historias primordiales como la de Noé.

—Sigue usted de broma —lo interrumpí—. El Camino fue la ruta que siguieron los peregrinos para llegar a la tumba del apóstol Santiago. ¡No tiene nada que ver con Noé!

Dujok no se molestó con mi insolencia.

—¿Ah, no? ¿Y por qué el escudo de su pueblo muestra un Arca? ¿Por qué el monte más alto que se divisa desde aquí se llama Aro? ¿Por qué lleva usted el símbolo de Noé en una medalla de plata?

Aquello parecía divertirle. Entonces, tomó su arma, dio instrucciones a sus hombres para que se cubriesen con una especie de guardapolvos negros parecidos al que vi en la catedral horas antes, y añadió:

—El Camino es mucho más antiguo que esa charada del apóstol que usted tiene en la cabeza. Se recorre desde hace al menos cuatro mil años.

—¿Charada, dice?

—¿Aún no se ha fijado? La presunta ruta de Santiago cubre un territorio sembrado de topónimos vinculados a Noé. No se trata sólo de Noia, sino de Noain en Navarra, Noja en Santander, Noenlles en La Coruña, el río Noallo en Orense... Sólo en el norte de España, y también algo más arriba, en Gran Bretaña y Francia, se encuentran nombres tan parecidos y se comparten leyendas gemelas. Hoy casi todo el mundo las ignora; ni siquiera las universidades le dan la importancia que merecen.

Me quedé perpleja.

—Pero usted sí lo hace, por lo que veo.

—Sí —me jaleó para que lo acompañase—. Y Martin también. De hecho, seguía ese «camino de Noé», que no de Santiago, cuando la conoció. Sabía que esos topónimos noéticos integraban una «ruta secreta» que conducía a un lugar específico, vinculado al Ararat turco.

—¿Aquí? ¿En Noia?

—Exacto. Si el camino de Santiago muere en la tumba del Apóstol, el camino noético desemboca...

—¿¿En la tumba de Noé??

42

Ellen Watson no encontró un lugar mejor para hacer aquella llamada. Abandonó la embajada de los Estados Unidos en Madrid por la puerta que daba a la calle Serrano y buscó un rincón discreto donde ponerse a salvo de miradas curiosas. A esa hora tan temprana aún no se había despertado el tráfico de la ciudad. El distrito de los comercios de lujo estaba casi vacío, apenas transitado por taxis libres y dos o tres camiones de reparto. Para la asesora del presidente, sin embargo, esa calma no era suficiente. Necesitaba accionar el teléfono satelital codificado que llevaba encima. Y hacerlo sin llamar la atención de nadie. La fea iglesia que los jesuitas tenían al otro lado de la calzada, abierta a los fieles que atenderían misa de siete en media hora, se le antojó perfecta.

Tal y como imaginó, el templo todavía estaba vacío. Taconeó hasta un rincón cerca de una ventana y, mirando a uno y otro lado, marcó los dieciséis dígitos de un número cifrado de Washington D. C.

La comunicación se estableció al segundo tono.

—Soy Ellen. Mi clave es Belzoni —dijo en voz baja.

El varón que respondió al otro lado lo hizo con afecto, pero sin disimular su preocupación.

—La mía, Jadoo. Esperaba tu llamada. ¿Tienes novedades?

Ellen se sintió aliviada al escuchar aquella voz.

—Más o menos, señor —dijo—. Usted estaba en lo cierto: aquí está pasando algo fuera de lo común. Anoche el servicio secreto fue a buscar a la esposa del ex agente de la NSA secuestrado en Turquía y, según su versión, durante su encuentro fueron atacados con armas electromagnéticas.

—¿Es eso posible?

—Por lo que nos han explicado, sí.

La línea enmudeció un segundo para después restablecerse con fluidez. Era el *spider* de seguridad que rastreaba cualquier posible pinchazo. No lo encontró.

—¿Crees que esa búsqueda está relacionada con la Operación Elías?

—Estoy segura, señor. Les ha sorprendido que nos presentáramos tan rápido para pedirles explicaciones.

—Aunque, por supuesto, no te habrán dicho nada...

—Como siempre. Argumentan que no tenemos el nivel de confidencialidad necesario para acceder al proyecto.

—Lo habitual. —Su tono sonó a resignación.

Ellen dudó si aquel momento era bueno para decir lo que llevaba pensando desde que supo del secuestro de Martin Faber, pero decidió arriesgarse. Sabía que era lanzar un órdago a su interlocutor. Uno que, si cuajaba, podría ayudarla a dar un importante giro a su misión, pero que si fallaba podría dejarla fuera.

—Nos queda una opción, señor —dijo al fin.

—¿Cuál?

—Que lo pida usted en persona.

—¿Cómo?

—Que solicite el acceso a los archivos de Elías, señor. Compréndalo. Usted es el único al que no podrán negárselo. —La muchacha tomó aire antes de proseguir—. Lamento tener que decirle esto, pero quizá sea el momento de arriesgarlo todo. El Proyecto Elías se ha reactivado ahora para perseguir una de esas piedras y, por primera vez en años, se han encontrado con problemas. De no haber sido secuestrado el señor Faber nunca nos hubiéramos enterado de esta operación. Por eso creo que deberíamos aprovechar este incidente para intervenir y hacerles ver que conocemos sus movimientos.

Después de soltar su retahíla, Ellen cruzó los dedos. Al otro lado de la línea su interlocutor masticaba sus palabras.

—Lo consideraré —titubeó la voz al fin—. Se lo prometo. ¿Qué dice Tom?

—Le ha extrañado que el delegado de la NSA en Madrid no haya mencionado las piedras siquiera. Porque eso es, sin duda, lo que han ido a pedirle a la mujer de Martin Faber. Al menos una de ellas.

El hombre que estaba al teléfono hizo otra pausa antes de hablar.

—Escucha bien lo que voy a decirte, Ellen. —Su tono, aunque dulce, era el de alguien acostumbrado a mandar—. Si Tom y tú recuperáis esa piedra antes que la NSA, conseguiríamos una posición de fuerza para presionarlos y aclarar qué está pasando. ¿Podrías encargarte de eso?

—Por supuesto, señor. Ya estamos en ello.

—Mientras lo hacéis, quizá dé el paso que me pides. Te tendré al corriente.

El rostro de Ellen Watson se iluminó.

—Señor.

—Ellen... —Esta vez, al pronunciar su nombre, su interlocutor pareció más solemne que de costumbre—: Sé que lo haréis bien.

La mujer reconoció aquel aplomo al instante. Su interlocutor sabía cómo hacer que su pecho se inflamase de patriotismo y que sus pies despegasen del suelo deseando cumplir con cualquier misión. La frase «Sé que lo haréis» implicaba, además, algo particularmente valioso para ella: podría disponer de los recursos que precisara para cumplir su tarea. Y se sintió afortunada por ello. Sólo un puñado de personas en todo el planeta gozaban del privilegio de bañarse a diario en semejante energía, de sentir a flor de piel la confianza plena del presidente de los Estados Unidos. Y ella, Ellen Elizabeth Watson, era una de ellas.

—Gracias, señor presidente. Si esa mujer aún tiene la piedra en su poder, se la haremos llegar a Washington enseguida.

43

Eran las seis y media de la mañana cuando Artemi Dujok, cubierto con un gabán negro bajo el que disimulaba un subfusil ligero y cromado, me dejó entrever al fin adónde nos dirigíamos. Al principio me resistí a creerlo. Ni él ni sus hombres habían dicho palabra sobre nuestro destino final. El armenio tampoco me había explicado cómo había deducido de una prueba de vida grabada en español —un idioma que no parecía hablar— el lugar en el que Martin había escondido mi adamanta. Pero cuando sus soldados y él me escoltaron más allá de la iglesia de San Martiño, casi no me quedaron dudas de la astucia de ambos. De Dujok, por guiar nuestros pasos hacia aquel punto. Y de Martin, por haberlo elegido como escondite... ¡si es que lo había hecho!

Cuando dejamos atrás el teatro de Noia, a punto de enfilar una de las tres carreteras que atraviesan el pueblo, la voz del señor Dujok se impuso a los crecientes graznidos de las gaviotas. Ellas eran el familiar sonido de aquel pueblo ribereño en el que tantas cosas buenas me habían pasado.

—Martin contaba que ustedes se conocieron en una iglesia muy especial.

Su comentario no me sorprendió. Había aceptado que aquel tipo estaba al corriente de cosas de mi vida privada que yo nunca había compartido con nadie, así que me limité a asentir.

—Fue en la iglesia de Santa María la Nueva. «A Nova», la llaman aquí, ¿verdad?

—En efecto —susurré.

Dios. Nos dirigíamos a *esa* iglesia.

—Martin me habló mucho de ella —continuó—. Fue la que más le impresionó de todo el Camino. Más incluso que la catedral de Santiago.

—¿Y no irá a decirme que es ahí donde está la tumba de Noé, verdad?

Dujok se detuvo.

—Oh, vamos. No se haga la tonta conmigo, señora Faber. Sé que Martin y usted se vieron en ella por primera vez. Que por aquel entonces trabajaba en su restauración y que usted le hizo de guía. Si existe o no una tumba de Noé en la iglesia de Santa María, usted debería saberlo mejor que nadie. ¿No le parece? Espero por su bien y por el de Martin que no juegue conmigo. No nos queda mucho tiempo.

—Pero ¡yo no conozco ninguna tumba de Noé en Santa María! —protesté.

—Eso está por ver. ¡Camine!

Sentí un nudo en el estómago. Una presión que me agrió la saliva y sepultó la poca alegría que había atesorado por saberme de vuelta en Noia. Durante dos o tres zancadas mantuve el paso de Dujok y sus tres jóvenes secuaces, pero antes de terminar la rúa do Curro y girar hacia Santa María a Nova, decidí que necesitaba alguna explicación más.

—Lo siento, señor Dujok —me planté en medio de la calle—, necesito que me aclare una cosa antes de entrar en esa iglesia.

El armenio se me acercó sorprendido.

—Está bien. ¿Qué desea saber?

—¿Cómo ha deducido del vídeo de Martin adónde teníamos que venir? Usted no habla español...

Touché.

Dujok cambió de expresión. Toda la rudeza que le habían dado las prisas se suavizó de repente, subiéndole los colores a aquellos pómulos morenos prácticamente ocultos tras sus bigotes. Incluso el contorno de sus ojos se arrugó cuando estalló en una carcajada.

—¿Ésa es su pregunta? —rió con ganas.

—Sí.

Dio entonces una orden a uno de los muchachos. El del tatuaje en la mejilla que me había encontrado en la catedral. Lo llamó Waasfi, y en su idioma le pidió que sacase algo de la pequeña mochila que llevaba a la espalda. Era un dispositivo electrónico con el logotipo de la manzana al dorso, idéntico al del coronel Allen. Tal vez el suyo. Negro, con bordes plateados y liso como una pizarra.

—Usted ya ha visto este documento antes —dijo sonriente, accionando el clip de vídeo que estaba en el escritorio de la consola—. Pero le ruego que lo examine otra vez. Se lo explicaré.

La imagen de Martin vestido de naranja, rodeado de sus secuestradores, emergió del fondo oscuro del aparato, ocupándolo todo. Tragué saliva. Su voz, aunque amortiguada, sonó con claridad:

«Julia —comenzó—. Tal vez no volvamos a vernos... Si no salgo de ésta, quiero que me recuerdes como el hombre feliz que encontró su complemento a tu lado... Si el tiempo dilapidas, todo se habrá perdido. Los descubrimientos que hicimos juntos. El mundo que se abrió ante nosotros. Todo. Lucha por mí. Usa tu don. Y ten presente que, aunque te persigan para robarte lo que es nuestro, la senda para el reencuentro siempre se te da visionada.»

Me quedé mirando la pantalla como una boba.

—¿Qué? —me zarandeó Dujok—. ¿No ha notado nada?

No supe qué decir.

—¿Notar? ¿Qué he de notar?

El armenio rogó que me centrara en las palabras de Martin y mientras me tendía unos auriculares para que las escuchara mejor, pidió algo que no sabía si sería capaz de hacer.

—Olvídese de la imagen. Escúchelo con toda la distancia que pueda y luego dígame si percibe algo extraño en las palabras de Martin. Lo que sea. Una palabra fuera de lugar. Una inflexión en la voz. ¡Todo importa!

Extrañada, me coloqué los cascos y escuché el mensaje por segunda vez con los ojos cerrados.

—¿Qué? ¿Lo ha notado ya? —me urgió expectante.

Dujok me miraba sonriente, como si la solución al problema fuera cosa de niños.

—No sé si es a lo que usted se refiere —dudé—, pero parece que hay un pequeño problema en el sonido del vídeo. En dos momentos, sube más de volumen, como si Martin alzara la voz.

—Exacto.

—¿Exacto? ¿Y eso qué significa?

Dujok guardó el iPad en la mochila del chico del tatuaje y me miró con una mueca de superioridad.

—¿Podría decirme las dos frases que su marido pronuncia en un tono mayor?

—¿En español?

—Oh, sí. Desde luego.

—Una es... —Hice memoria rápidamente—: «Si el tiempo dilapidas.» Otra, al final, «se te da visionada».

—Magnífico. Pues ahí lo tiene. ¿No se ha dado cuenta aún?

Miré a Dujok desconcertada. Aquel tipo debía de haberse vuelto loco. Ninguna de ellas enmascaraba ni de lejos una alusión a Santa María a Nova.

—Verá, señora Faber —dijo el armenio, como si al fin se apiadara de mi estupefacción—: su marido, como siglos antes su admirado John Dee, es un maestro en el arte de deslizar mensajes ocultos dentro del lenguaje vulgar. En la NSA lo entrenaron para hacerlo y, créame, fue de los mejores en su campo. Así que, cuando le pidieron que grabara este vídeo para atraer su atención, Martin recurrió a una técnica de encriptación tan sencilla como invisible para quien no la conozca. En la Edad Media la llamaron «cábala fonética». ¿Ha oído hablar de ella alguna vez?

Sacudí la cabeza, negándolo.

—Me lo temía —sonrió—. Como le digo, es muy fácil de detectar si se conoce. Se trata de una disciplina que tuvo su apogeo en Francia, donde el idioma hablado y el escrito no se corresponden de forma tan precisa como el español y permiten dobles interpretaciones. Si usted, pongamos por caso, dice en voz alta «*par la Savoie*» (por la Saboya), su interlocutor podría entender por error «*parla sa voix*» (habla su voz), que se pronuncia igual. Dee se valió de esa clase de trucos orales en algunas de sus conferencias por Europa, deslizando mensajes a los embajadores de Su Majestad Isabel I ante las narices de todo un auditorio. Martin se fascinó con esa habilidad y la cultivó en sus años de trabajo para la Agencia de Seguridad norteamericana, jugando con la sonoridad del inglés y del español.

—No tenía ni idea —susurré.

—Las homofonías, que es el nombre que reciben hoy este tipo de juegos, funcionan mejor, curiosamente, si no se conoce el idioma en el que se formulan. Si un español escucha «el tiempo dilapidas» —entonó Dujok con fuerte acento—, entenderá la frase en su sentido literal. Pero alguien que no hable castellano y esté acostumbrado a esos juegos, podría entender otra cosa. La *verdadera*.

—¿Y qué significa, según usted, «el tiempo dilapidas»?

—Exactamente el lugar al que vamos, señora —sonrió—. Santa María a Nova.

—No lo entiendo.

—Si no me equivoco, Santa María a Nova es conocida también como «el templo de las lápidas» —dijo en español—. «*El tiemplo di-lápidas.*»

«¿Y eso es la cábala fonética?», gruñí para mis adentros.

Me acordé de uno de esos juegos de niños en los que me entretenía en los recreos. Frases con doble sentido como «yo lo coloco y ella lo quita», que por arte de la puntuación, sonando igual, se convertían en «yo loco, loco, y ella loquita». O el famoso calambur con el que Quevedo insultó a la reina Mariana de Austria al mofarse de su cojera recitándole aquello de «entre el clavel blanco y la rosa roja, su majestad es-coja». Pero no repliqué. Y es que, en efecto, Santa María a Nova era una iglesia del siglo XIV que tenía una particularidad que la hacía única en el mundo: albergaba la mayor colección de lápidas funerarias antiguas de toda Europa. Y con razón se había ganado el sobrenombre de «el templo de las lápidas».

Si una de esas lápidas era la tumba que buscábamos, supuse que el armenio me ayudaría a encontrarla.

—Entonces dígame, señor Dujok, ¿qué significa «se te da visionada»? —lo abordé.

Una sonrisa oscura se dibujó en sus labios.

—Tenga paciencia. Ésa es precisamente la frase que nos conducirá a la sepultura adecuada.

44

Roger Castle estaba seguro de que alguien en la todopoderosa Agencia de Seguridad Nacional había estado jugando
al escondite con él desde que ocupó el Despacho Oval. No
es que hubiera tenido nunca una buena opinión de los servicios secretos; de hecho, en su última campaña electoral
abogó por recortar la suma de diez dígitos que costaban al
erario público, ganándose enemigos importantes en su
seno. Pero a esas alturas, y tras dos años a la cabeza del Ejecutivo, para Castle era evidente que los había subestimado.
Los votos no iban a bastarle para franquear sus puertas. Al
menos, no las del «gran secreto».

El gran secreto.

El término parecía sacado de un argumento desfasado
de Hollywood. De una de esas películas de serie B sobre
extraterrestres criogenizados en algún desierto del suroeste del país. Pero tras semejante etiqueta se escondía algo
muy serio. Tarde o temprano, en cualquiera de las altas
esferas de la vida pública del país, la dichosa frase emergía
dejando al presidente en una situación más que incómoda.
«Jamás he oído hablar de ello», mentía cuando le pregun-
taban por aquello. Y a Roger Castle le dolía hacerlo. Encarnaba la autoridad suprema en los Estados Unidos y, francamente, le reventaba no saber de qué demonios le hablaban.
Durante algún tiempo lo pasó por alto creyendo que debía
de tratarse de un chiste para consumo interno de la comu-

nidad de Inteligencia. «El gran secreto es que no hay secreto», quería creer. Pero en su fuero interno pasar algo por alto no implicaba olvidarlo.

Castle sabía mejor que nadie que aquélla era una historia demasiado vieja para ser ignorada.

La había oído por primera vez en un foro oficial, cuando todavía era gobernador de Nuevo México, durante una recepción con indios hopi en el Capitolio de Santa Fe. En aquellos días, a los nativos de las reservas del norte del estado les preocupaba que la meteorología estuviera cambiando. La lluvia escaseaba y el río Grande había perdido un quince por ciento de su caudal. «Todo anuncia la llegada de la Gran Catástrofe, señor», le dijeron. «Saber cuándo y cómo llegará y estar preparados para ello es el gran secreto —vociferó su portavoz, un anciano jefe indio de casi noventa años que obedecía al nombre tribal de Oso Blanco. Y añadió—: Los blancos nos ocultan desde hace tiempo los detalles del día grande y terrible.» «¿El día grande y terrible? —Sonrió entonces el honorable Castle, quitándole hierro al asunto—. ¡Yo creía que ése fue el del bombardeo de Hiroshima!»

Roger Castle no volvió a ocuparse del asunto hasta un mes más tarde. Ese día falleció su padre, William Castle II. De él lo había heredado todo: su fortuna, su inteligencia, su aspecto de John Wayne en *El Álamo* y, sobre todo, su descreimiento. Creer en algo que no se pudiera medir, pesar o convertir en dividendos era una pérdida inexcusable de tiempo.

Durante la guerra, William Castle II había formado parte del grupo de matemáticos y físicos teóricos del Instituto de Estudios Avanzados de Princeton que repasaron los cálculos del Proyecto Manhattan. Lo que casi nadie sabía es que al final de la guerra, una vez llevada a término la construcción de las primeras bombas atómicas, la mayoría de sus miembros siguió reuniéndose de forma discreta, haciéndose llamar «los jasones». Se convirtieron en una especie de empresa informal para la asesoría de los militares; idearon soluciones para Camboya y Vietnam, y pese al descrédito en el que cayeron entre los pacifistas, algunos como el padre de Castle supieron mantener a salvo su reputación académica.

Siendo niño, durante tres o cuatro veranos, Roger correteó entre aquellos sabios mientras despachaban sus aburridos asuntos. En las interminables sobremesas de su padre se discutió por primera vez de escudos antimisiles, de guerra electrónica, de Internet —aunque, por supuesto, nunca la llamaron así— y hasta del futuro espionaje satelital. Por eso, cuando William Castle II, en su lecho de muerte, pidió un minuto para conversar a solas con su hijo y le mencionó aquello del «día grande y terrible», Roger sufrió un impacto que ya nunca lo abandonaría.

—Hace poco, una delegación de indios hopi me habló de un grupo de sabios que guardaban esa fecha en secreto —le dijo, sin salir de su asombro.

—Éramos nosotros, hijo.

—Pero ¿tú crees en eso, papá? —le preguntó con los ojos llenos de lágrimas.

—Yo no creo. Soy científico, ¿recuerdas?

—¿Y entonces?

—Lo sé, hijo. Lo sé.

En su cama, consumido por un implacable cáncer de páncreas, el patriarca de los Castle le reveló algo más: que los servicios secretos trataban de determinar, bajo el paraguas de cierta Operación Elías, ese momento de nuestro futuro inmediato. Hacía mucho que su padre ya no participaba de las reuniones de los jasones pero estaba seguro de que ya existía un día D marcado en alguna parte. La NSA, la Agencia Nacional de Seguridad, coordinaba documentos de todos los organismos federales que le interesaban, desde la NASA a la NOAA, la Administración Nacional del Océano y la Atmósfera. Tantos años empeñados en examinar informes sísmicos, radiactivos, de niveles de rayos cósmicos o de electricidad en la atmósfera debían, en su opinión, haber determinado ya una fecha en el calendario.

—Pero esos bastardos, Roger, sólo rinden cuentas a la industria armamentística —dijo—. La democracia les importa un comino. Saben que una información precisa sobre el futuro del planeta les asegurará su pleno dominio. Por eso se la guardan. Ni siquiera pondrán al tanto al presidente. En tiempos de caos, la democracia que éste representa no valdrá nada.

—¿A ningún presidente? ¿No se lo han dicho a ninguno?

Su padre amagó una mueca de dolor.

—Ese proyecto es tan secreto que muy pocos han sabido de su existencia. Los presidentes vienen y van, hijo. Son políticos. Pero esa clase de gente se queda. Además, como ninguno les ha preguntado por él, tampoco han hecho nada para darlo a conocer. ¿Lo entiendes? Si algún día llegas arriba, tendrás que dar tú el paso y preguntar.

Ellen le había dicho exactamente lo mismo. Era un buen consejo. Y eso era lo que iba a hacer. Ahora estaba seguro.

«Es el momento de arriesgarlo todo», le había sugerido su fiel asesora.

Roger Castle, cuadragésimo quinto sucesor de George Washington, había oído hablar mucho de Elías. Sus fuentes eran intachables, estaba en la cúspide de su nación y dispuesto a llegar al fondo de aquel asunto.

«Ahora o nunca», pensó.

45

Fue un golpe seco. Metálico.

Amparados en los últimos minutos de oscuridad de la noche, el segundo de los hombres de Dujok —uno al que el armenio llamó Janos y que parecía mudo— actuó sin titubear. Aplicó algo parecido a un minúsculo soldador a la cerradura de la verja metálica de Santa María a Nova, y ésta cedió tras una brusca detonación. Sólo yo me asusté.

Como movidos por un resorte, los cinco penetramos en su perímetro ajardinado y recorrimos el pequeño sendero que nos separaba de la iglesia. La gravilla crepitó bajo las botas levantando un incómodo murmullo a nuestros pies. Entonces me di cuenta de cuán tensos estaban aquellos hombres. El buen humor de Dujok se había esfumado dando paso a una preocupación instintiva, animal, que detecté en el acto. Janos gruñó algo en armenio que fui incapaz de entender. Discutían sobre la bolsa de nylon que llevaban a cuestas. O eso creí. Pero la autoridad de Dujok terminó imponiéndose. Era evidente que aquellos hombres tenían miedo de algo. Habían desenfundado sus armas: cuatro subfusiles israelíes Uzi, con mira telescópica. En el cinto, uno de ellos llevaba una Sig-Sauer de repuesto y miraban a uno y otro lado, como si algo o alguien fuera a abalanzarse sobre nosotros.

Pero ¿quién iba a hacer semejante cosa?

Yo conocía Santa María a Nova como la palma de mi mano. Era una tranquilísima capilla ubicada en el centro de uno de esos pueblos en los que nunca pasa nada. La iglesia estaba rodeada de bloques de pisos y emplazada en el corazón de una parcela que todavía se utilizaba como camposanto. A su izquierda descansaban los muertos más antiguos. Sus tumbas de piedra aparecían comidas por la maleza. A su derecha, en cambio, las lápidas eran blancas, resplandecientes, y tenían flores a sus pies. Lo que unificaba ambos sectores eran las grandes lajas de granito que se apilaban en medio de todas ellas. Se trataba de vestigios de una época olvidada. Losas que cubrieron cuerpos de artesanos, canónigos y hasta de peregrinos que llevaban ya siglos descompuestos y que habían dado al lugar el macabro sobrenombre de «templo de las lápidas». O de las *laudas*, como dicen en gallego.

El lugar nunca me dio miedo. Pese a tanta tumba, nada allí resultaba amenazador. Nada en absoluto.

Sólo se respiraba paz.

—¿Por qué van armados, señor Dujok? —susurré en cuanto vi la oportunidad.

El armenio escuchó mi pregunta rígido, como si presintiera que algo fuera a ir mal. Noté que respondió de mala gana:

—¿Ya no recuerda lo que le pasó en Santiago, señora? —gruñó.

Los dos nos detuvimos en el pequeño porche que protegía la entrada al templo. Allí estaba la Adoración de los Magos que yo misma había limpiado. Gravitaba sobre la puerta, con sus estatuas de aspecto románico y el retrato del obispo Berenguel de Landoira, de rodillas, tosco, clavando sus ojos en ninguna parte. Janos ni siquiera levantó la vista para admirar el conjunto. Tenía otras cosas más apremiantes en que pensar. Su siguiente cerradura, sin ir más lejos. Ésta era antigua. De llave grande sobre portón de madera. Y le costó algo más forzarla con su —luego lo supe— pequeño láser de gas ionizado.

—¡Adelante! —ordenó Dujok al ceder el último obstáculo—. No tenemos tiempo que perder.

Al templo sólo entramos Dujok y yo. Janos, Haci —el piloto— y Waasfi se quedaron afuera, vigilando que nadie nos molestara. Una vez dentro, su voz grave comenzó a retumbar por todas partes.

—¿Y bien? ¿Dónde está la tumba más antigua?

—Hay centenares —me quejé vislumbrando las primeras losas sepulcrales debajo de mis pies—. ¡Nadie sabe cuál es la más antigua!

Dujok se acercó entonces a la caja de conmutadores que acababa de descubrir junto a la puerta y los accionó. El lugar se iluminó como por arte de magia. De repente su atmósfera se volvió cálida. Luces indirectas y modernos focos halógenos alumbraron la imponente colección de lápidas que se exhibía unos metros más allá. Gravitaban en vertical, suspendidas en estructuras de acero. Las había de todos los tamaños y formas: planchas pétreas con peregrinos ataviados de bordón, vara y vieiras; otras con signos indescifrables, parecidos a ojos o garras; o con tijeras, instrumentos de tejer, flechas y hasta sombreros. Pero ni una sola inscripción.

—Usted es la experta, señora —dijo echando un vistazo a su alrededor—. Martin se encontró aquí con usted hace cinco años y volvió hace un mes para esconder su talismán nupcial. ¿Dónde pudo haberlo dejado?

Inspeccioné la iglesia con detenimiento. Desde la última vez que la vi, su antigua nave se había convertido en una moderna sala de exposiciones. La encontraba muy cambiada. Lo esencial, claro, seguía en su sitio. El suelo, por ejemplo, estaba formado por casi medio millar de losas anónimas parecidas a las que se exhibían en sus expositores de pie. Habían sido adornadas con toscos bajorrelieves de martillos, anclas, suelas de zapato y utensilios que recordaban la profesión de los cuerpos que un día cubrieron. Y, por supuesto, no quedaba ni rastro de los bancos, confesionarios o altares que en su día jalonaban el templo.

—Bien —insistió el armenio—. ¿Por dónde empezamos, señora?

—Creo que es absurdo buscar una tumba milenaria en este lugar, señor Dujok. Las más viejas apenas tendrán setecientos años —dictaminé.

—¿Y si hace un poco de memoria? ¿Y si recuerda qué es lo que más llamó la atención a Martin cuando vino por primera vez?

Era una idea.

—No sé si eso nos ayudará.

—Inténtelo. No podemos irnos de aquí sin la adamanta. La necesitamos para encontrarle.

—De acuerdo —suspiré—. El día que conocí a Martin llegó como uno de esos tipos que parecen saberlo todo. Casi puedo verlo ahí enfrente. Entró por esa puerta —dije señalando el lado sur de la iglesia—. Había hecho a pie el trayecto desde Santiago hasta aquí porque decía que ninguna peregrinación era auténtica si no se dejaba atrás la catedral de Compostela y se pisaba este lugar.

—¿Dijo por qué?

—Bueno... No era el primero que llegaba a Noia con semejante idea. Muchos de los que recorren el Camino defienden que después de Santiago de Compostela todavía queda una etapa más. Un día extra de caminata que sólo acometen los auténticos iniciados. En realidad, el origen de esa costumbre es precristiano. Muy antiguo. Hay que alcanzar la costa y ver el Sol hundirse en el Oeste para comprender que ésta es la tierra del fin del mundo. La *terra dos mortos*. El *finis terrae* romano donde se acababa el suelo firme y empezaba el mar Tenebroso. En definitiva, el sitio desde donde gritar a los dioses implorando su protección era más fácil que en ningún otro punto del planeta.

—Que es justo la razón de ser de la adamanta...

—Sí —concedí—, tiene razón. Pero entonces yo no sabía nada de eso. Martin, además, traía sus propias ideas al respecto. Toda su obsesión era ir copiando en una pequeña libreta las marcas de cantero que encontraba en las paredes de la iglesia.

—¿Marcas? ¿Qué marcas?

—Como aquélla —dije señalando a uno de los arcos que sostenían el techo de la iglesia—. ¿La ve?

Era una especie de escuadra, simple, cincelada con toda precisión.

—De ésas hay cientos por todas partes —añadí.

—¿Y se interesó por algo más?

—Por muchas cosas... Por eso pidió hablar con una experta en la iglesia. Me tocó atenderlo a mí —sonreí—. Creo que le llamó mucho la atención descubrir que la tierra sobre la que se levantan estos muros se trajo desde Jerusalén. Le expliqué que los cruzados la habían cargado por toneladas para repartirla en los cimientos de Santa María y en el cementerio de ahí fuera.

Dujok abrió los ojos como platos.

—¿Ah, sí?

—Tiene una explicación, señor Dujok. Los noyeses creían que cuando llegara el Apocalipsis, el suelo sagrado de Jerusalén iba a ser el primero sobre el que descendería Jesucristo. Decían que quien se enterrara en él tenía garantizado su regreso de entre los muertos. Así que, como estaban seguros de que ésta era la última iglesia de la cristiandad antes de llegar a los acantilados del fin del mundo, la cimentaron con ella para hacerla todavía más santa.

—Hummm. Eso tiene otro sentido —masculló.

Me pareció no haber escuchado bien.

—¿Otro sentido? —lo interrogué—. ¿Qué cosa tiene otro sentido, señor Dujok?

El armenio cabeceó.

—La tierra de Jerusalén posee una composición mineralógica única, señora —dijo muy serio—. Sobre todo, la llamada montaña del Templo, donde se levanta la Cúpula de la Roca. Allí los niveles de hierro superan la media del entorno, lo que la convierte en un extraordinario conductor de electricidad. Eso explicaría, por ejemplo, la obsesión de los antiguos por descalzarse cuando pisaban suelo sagrado. De algún modo eran conscientes de que si no interferían en la corriente natural de la tierra, no había nada que temer. Pero si lo hacían, podrían morir fulminados.

—¿Lo dice en serio?

—Recuerde a aquellos que tocaron sin permiso el Arca de la Alianza...

«Oh, sí —pensé—. Sheila me habló de ellos.»

—Pero ¡eso es tanto como admitir que siglos antes de Volta ya se conocía la electricidad!

—Y se conocía, señora. Los antiguos egipcios galvanizaban piezas de metal gracias a pequeñas descargas de corriente. En el Museo Arqueológico de Bagdad se conservó, hasta la invasión americana, una vasija de casi dos mil años de antigüedad que servía para producirla en pequeñas cantidades. Incluso las adamantas la acumulan para desarrollar sus funciones. Hay que ser capaces de ver lo que hay de ciencia en las metáforas religiosas, ¿no le parece?

—Y eso es lo que Martin hacía, según usted. «Leer» esa clase de indicios, ¿no?

—¡Exacto! —sonrió—. Cuanto más retroceda en nuestro pasado, más sorpresas de ese tipo hallará. Los sumerios, por ejemplo, asfaltaron sus caminos. Esa costumbre se perdió hasta el siglo xx. Ese tipo de cosas fascinaban a Martin, así que no me extraña que ese dato sobre el suelo le llamara tanto la atención. Su marido sabía que hubo un tiempo en el que la humanidad gozó de avances impensables gracias a que tenía comunicación con sus dioses. Y sabía que ésta se producía siempre en lugares de fuerte carga eléctrica en el subsuelo. Por desgracia, aquel contacto se perdió y sólo nos quedaron unas pocas reliquias de aquel pasado que hemos olvidado cómo usar. Como las adamantas, que deberían activarse en enclaves preparados como éste.

Dujok se adentró unos pasos en el templo, antes de proseguir:

—¿Qué más cosas interesaron a Martin, señora?

—Bueno... Se quedó un buen rato deambulando solo por la iglesia. ¿Sabe? Me pareció un buen hombre desde que lo vi. Y como había llegado a la hora de comer, le di permiso para que viera todo a sus anchas mientras yo almorzaba... Sí recuerdo —añadí— que cuando regresé me lo encontré muy concentrado, haciendo un dibujo de nuestra tumba más famosa.

—¿Su tumba más famosa?

—Es esa de ahí —dije señalando un mausoleo en un estado razonable de conservación. Estaba formado por un sarcófago de piedra y una escultura de cuerpo entero a modo de tapa que descansaba a menos de tres metros de nosotros—. No se la he mostrado porque justo de ese conjunto conocemos todos los detalles. Y puedo jurarle que no corresponde a ningún Noé.

Dujok se aproximó a admirarla. Era un monumento funerario magnífico, de aspecto renacentista, protegido bajo uno de los arcosolios interiores de la iglesia. El sarcófago había sido decorado con meticulosidad con ángeles, blasones familiares e incluso un medallón de buen tamaño con un toro y una vaca paciendo bajo una fila de cipreses.

—¿De qué época es? Da la impresión de ser más moderna que el resto...

—Está en lo cierto, señor Dujok. El personaje esculpido en la tapa viste ropas del siglo XVI. El bonete alto, el almohadón, sus ropones largos y con pliegues son típicos de los comerciantes del Renacimiento.

—¿Y se sabe quién fue?

—Desde luego —concedí—. Conocemos su nombre y algo de su historia. Si se asoma a la parte superior, podrá leerlo usted mismo en la cinta que esculpieron sobre el almohadón. Dice Ioan d'Estivadas. Juan de Estivadas. Lo curioso es que está escrito al revés. Como en clave. ¿Lo ve?

—Sad-av-itse-d-na-oi. Io-an-d-Esti-va-das... —repitió Dujok pasando sus dedos por la inscripción.

El armenio se quedó un instante en silencio acariciando aquellas letras. Tuve la impresión de que estaba calculando algo. Tamborileó la inscripción. La miró de derecha a izquierda y a la inversa. Y hasta sopló sobre sus letras, levantando una pequeña nube de polvo. Para cuando terminó, Dujok lucía una mueca de satisfacción.

—Señora —carraspeó solemne—, ya sé exactamente qué quiso decirle su marido en la segunda pista de su mensaje.

46
—

El presidente tomó su decisión poco antes de la medianoche.

A esa hora, lejos de la vigilancia de la prensa, su vehículo oficial lo depositó frente a la sede de la NSA en Fort George Meade, a unos kilómetros al norte de la capital.

—Buenas noches, señor presidente.

Un funcionario de semblante serio le abrió la puerta de la limusina. Los cuatro gorilas del servicio secreto entraron primero. Su secretaria personal y su jefe de gabinete apretaron el paso tras POTUS —acrónimo de *President Of The United States*— en cuanto les comunicaron que todo estaba despejado. En sus carpetas el último informe remitido desde Madrid por sus asesores presagiaba tormenta.

—El director Owen ya está esperándole, señor presidente.

—Es un honor recibirle, señor presidente.

—Bienvenido a la NSA, señor presidente.

A cada nueva zancada dentro de aquel laberinto de despachos, salas de reuniones y habitaciones de alta seguridad, los saludos se iban dulcificando. Sólo Michael Owen, el afroamericano de mirada impenetrable y modales exquisitos que lo esperaba en la zona noble de la última planta, parecía contrariado por la visita.

Owen era el dóberman que protegía los secretos de la nación. Nunca estaba de buen humor. Sus subordinados creían que era porque no se resignaba a caminar con su pierna ortopédica por los pasillos de la Agencia, pero ésa no era la verdadera razón. No la de esa noche. Había tenido que quedarse despierto por culpa de uno de sus agentes destinados en España. Y ya sólo le faltaba que el presidente fuera a verlo a deshoras. «Por todos los santos —había estado murmurando mientras daba vueltas en círculo a su mesa—, ¿es que todos se han puesto de acuerdo?»

Cuando el presidente Castle tocó a su puerta, lo invitó a tomar asiento en uno de los sofás de su despacho, le sirvió un café bien cargado y se preparó para lo peor.

Castle pronunció sólo tres palabras. Las tres que lo obsesionaban.

«El gran secreto.»

Owen tragó saliva.

—Bien, Michael —arrancó sin probar el bebedizo—. Espero que tengas preparada la documentación que te pedí.

—Me ha dado sólo una hora, señor presidente.

—¡Más de lo que necesitas! Quiero saber en qué estado está la... ¿Cómo la llamáis? ¿Operación Elías? —La mirada de POTUS se alzó desafiante. El *New York Times* la había hecho famosa retratándola cada vez que saltaba una crisis—. ¿Tan difícil te resulta cumplir una orden directa? Pensé que tras los atentados en Chechenia quedó clara la actitud que esperaba de esta oficina.

—Señor, en ese tiempo apenas se puede...

—Verás, Michael —lo interrumpió con suavidad fingida—, llevo veinticinco meses en la Casa Blanca leyendo tus malditos informes diarios con asuntos de seguridad nacional. Todos son escrupulosos. Llegan a mi despacho a primera hora del día. Son sintéticos. Didácticos, incluso. Me has hablado de finanzas, de armamento nuclear, de terrorismo biológico y hasta de misiones tripuladas a la Luna, pero en ninguno he visto mencionada esa operación.

—No, pero...

—Director Owen —lo detuvo—, antes de mentir al presidente, debes saber que la Casa Blanca ha hecho sus deberes. Ayer envié dos asesores a España para investigar la desaparición de uno de tus antiguos agentes. Según mis informes, ese hombre participó en un operativo llamado Elías. —Castle paladeó la perplejidad que comenzaba a dibujarse en el rostro de su interlocutor—. A ese ciudadano lo han secuestrado en Turquía, así que imaginé que su esposa, que aún vive en Europa, podría darnos alguna información útil. Y qué curioso: tus hombres se nos han adelantado como perros hambrientos. Lo peor del caso —prosiguió— es que la NSA no me ha informado aún del secuestro de este ciudadano norteamericano. He tenido que averiguarlo por canales extraoficiales. Y hace menos de una hora se me ha informado de que la mujer de este agente también se ha volatilizado. ¿Qué demonios está ocurriendo, Michael? ¿Qué debería saber que todavía no me has contado?

El rostro del director Owen se endureció. Echó un vistazo fugaz a los dos acompañantes del presidente haciéndole notar que su presencia allí le resultaba incómoda.

—Entiendo. Quieres hablar sin testigos, ¿no es eso? —Castle captó su gesto.

—Si fuera posible, señor.

—No me gusta tener secretos con mi equipo, Michael. Lo sabes de sobra.

—Aunque no lo crea, a mí tampoco, señor. Pero este asunto lo requiere. —El director hizo una pausa—. Se lo ruego, señor presidente.

Roger Castle aceptó.

Cuando al cabo de un minuto se quedaron a solas, le sorprendió que el responsable de la mayor organización de inteligencia del planeta se levantara del sofá para tomar una gruesa Biblia de tapas rojas que había dejado poco antes sobre su mesa de trabajo.

—Debo pedirle una cosa más, señor.

Owen la colocó frente a POTUS y, en tono solemne, le solicitó algo que, sinceramente, no se esperaba.

—En virtud de su cargo, señor, le ruego que jure que no va a revelar a terceras personas ninguna de las informaciones que voy a confiarle.

Roger Castle lo miró atónito.

—¿Qué es esto, Michael? Ya hice un juramento al tomar posesión del cargo.

—Lo lamento, señor presidente. Puede que esto le parezca fuera de lugar, pero si hemos de hablar de la Operación Elías deberá someterse a sus propios protocolos. Algo anticuados, no se lo discutiré, pero protocolos al fin y al cabo.

—¿Anticuados?

—La operación por la que usted se interesa, señor, fue creada en tiempos del presidente Chester Arthur. Es la primera que puso en marcha nuestra nación y sólo se puede acceder a ella tras prestar un juramento especial.

—¿Chester Arthur? ¡Por todos los diablos! ¡De eso hace más de cien años!

Michael Owen asintió.

—Pocos hombres en su posición han solicitado acceso a Elías, señor. Puede parecerle desfasada, pero fue la que inauguró las operaciones a gran escala de nuestros servicios secretos; por eso goza de un estatus diferente. Hasta ahora se ha mantenido fuera del alcance de la Ley de Libertad de Información y son muy pocos los que siquiera conocen su existencia. Sólo Eisenhower en 1953 y George Bush padre en 1991 pidieron acceder a ella. Y ambos cumplieron con este trámite.

Owen aguardó a que Roger Castle decidiera qué hacer,

pero el imponente afroamericano insistió con la mirada fija en su Biblia:

—Es necesario, señor.

—¿Me convierte esto en cómplice de algo ilegal, Michael?

El director de la NSA, en pie, basculó el peso de una pierna a otra negando con la cabeza.

—Por supuesto que no.

De mala gana, el presidente colocó su mano sobre ella y juró mantener reservada la información que iba a recibir. Acto seguido, Owen le deslizó un documento en el que se le advertía sobre las consecuencias legales que tendría su perjurio y Roger Castle lo firmó.

—Espero que merezca la pena —murmuró al guardarse la pluma.

—Eso lo valorará usted, señor. Por cierto, ¿qué sabe del presidente Arthur?

La pregunta del director parecía pensada para romper la tensión entre ambos. Castle apreció la tregua y empleó una fracción de segundo en intentar recordar cuándo había oído hablar por última vez de él.

—Supongo que de Arthur conozco lo que todo el mundo —sonrió—. No puede decirse que haya sido uno de nuestros presidentes más populares. En Washington lo llamaban «el jefe elegante». Y, que yo sepa, a él le debo la suntuosa decoración de la Casa Blanca. Mi dormitorio lo diseñó Tiffany's por encargo suyo. ¡Y también el presupuesto para fiestas oficiales!

—Déjeme decirle que tras esa fachada se escondía un hombre menos frívolo de lo que usted cree, señor. Chester Arthur fue el quinto hijo de un predicador baptista irlandés del que heredó la pasión por la Biblia. Como supondrá, la suya fue una obsesión privada que se cuidó bien de no airear. Ni siquiera su esposa estaba al corriente. Quizás ignore que en los Archivos Nacionales se conservan sólo tres rollos microfilmados con sus notas personales, y tampoco en ellas dejó entrever esa devoción...

—¿Tres rollos?

Owen asintió:

—El resto de papeles los quemó él mismo antes de dejar la presidencia.

—Eran otros tiempos —suspiró—. ¿Te imaginas qué ocurriría si yo hiciese lo mismo? Continúa, por favor.

—Durante el mandato de Arthur hubo un pequeño detalle, casi anecdótico, que revela su verdadero carácter: creó la Oficina Naval de Inteligencia, el primer servicio secreto de nuestra nación. Arthur discutió con varios de sus almirantes la necesidad de encontrar las pruebas de algo que lo obsesionaba. ¿Se lo imagina?

El presidente negó con la cabeza.

—El Diluvio Universal, señor.

—Prosiga.

—Todo debe entenderse en el contexto de su época, presidente. Durante el segundo año del mandato de Arthur, quien fuera primer gobernador de Minnesota y miembro de su propio partido, Ignatius Donnelly, publicó un libro que fue muy aclamado: *Atlantis, the Antediluvian World*. Donnelly había pasado meses en la Biblioteca del Congreso buscando pruebas de que la Atlántida que mencionaba Platón en sus diálogos existió realmente y que, según él, fue destruida durante el Diluvio. De hecho, Donnelly todavía es considerado el hombre más culto que se ha sentado jamás en la Cámara de Representantes. No es de extrañar que la lectura de su obra por parte de otro erudito como Arthur le creara un gran desasosiego. E incluso que éste se multiplicara cuando las primeras noticias de la erupción del Krakatoa llegaron a la Casa Blanca. Imagíneselo: aquel volcán arrasó todo un archipiélago con una explosión diez mil veces más potente que la bomba de Hiroshima, creando olas de cuarenta metros de altura que barrieron decenas de poblaciones.

—¿Y eso ocurrió durante su presidencia?

—Así es. Por eso es comprensible que Arthur comisionara a la Marina para recabar información sobre el Diluvio y determinara si éste podría volver a repetirse tarde o temprano.

Castle continuó escrutando al director Owen con cierta desconfianza.

—Espero que todo eso sea cierto...

—Lo es, señor.

—Entonces —añadió en tono grave—, si el objetivo de aquella orden presidencial era estudiar el Diluvio, ¿por qué el presidente Arthur bautizó su operación con el nombre de Elías y no con el de Noé?

Owen sonrió. Aquel tipo conservaba intacto el fino instinto que lo había llevado al Despacho Oval.

—Aún no le he explicado algo importante, señor —respondió—. Lo que a Chester Arthur le preocupaba no era probar que el Diluvio de Noé tuvo lugar. Para él ese extremo estaba fuera de duda. Lo que quería saber era si algo así podría desencadenarse durante su mandato.

—¿Y tenía alguna razón para temer semejante cosa?

—En la Biblia, señor presidente, la existencia de un nuevo Diluvio, de uno posterior al de Noé, se deja entrever cuando Malaquías redacta las últimas palabras del Antiguo Testamento. Mire. Lea aquí.

Owen le tendió de nuevo la Biblia roja, esta vez abierta por el final del capítulo 3 de Malaquías:

He aquí que Yo os enviaré al profeta Elías
antes de que llegue el día de Yahvé, grande y terrible.

—¿Lo ve? «El día grande y terrible» está asociado al regreso de Elías. Una creencia, por cierto, que sigue viva entre los judíos que aún lo esperan cada Pascua, reservándole incluso un lugar en su mesa. Imagínese. Chester Arthur se obsesionó con todo eso. De ahí que el nombre de la operación se vinculase al profeta en tanto portador de la advertencia del apocalipsis futuro. Y puedo asegurarle que determinar ese día se convirtió en el objetivo prioritario de su administración. Para lograrlo implicó a la Marina pero también a científicos de muy diversas disciplinas dentro de un proyecto que ninguno de sus integrantes se ha atrevido a clausurar hasta hoy.

—Y... ¿lo han conseguido? —A Castle no se le había ocurrido pensar que aquella frase empleada por su padre moribundo pudiera haber salido de la Biblia—. ¿Han averiguado cuándo será el día?

—Digamos que, al final, todos esos cerebros llegaron a una conclusión un tanto singular.

—Sorpréndame.

—Releyendo los textos bíblicos, se dieron cuenta de que, tanto en el caso de Noé como en el de Elías, la información de la catástrofe no les llegó por su habilidad para observar la Naturaleza. De hecho, ninguno de ellos fue capaz de determinar la fecha del fin del mundo, sino que a ambos les fue revelada directamente desde una Instancia Superior. —Owen parpadeó algo nervioso—. Una Inteligencia Suprema. El Gran Arquitecto. Dios. ¿Lo entiende?

—Dios, claro —repitió Castle, incrédulo—. ¿Y bien?

—Creo que no lo capta, señor: el objetivo de la operación es conseguir abrir una vía de comunicación con Él para que nos prevenga de una situación parecida, si fuera el caso. Queremos contar con el mismo seguro de vida que Noé. Así de simple.

—¿Qué?

—La Operación Elías busca un canal para hablar con Dios, señor. Por eso la NSA se ocupa de ella. ¿O acaso no es nuestra misión proteger las comunicaciones del gobierno?

—Es una broma, ¿verdad? Me cuesta imaginar una especie de grupo de oración en la sede de la inteligencia militar de este país.

—No es un grupo de oración, señor presidente —lo corrigió Owen—. Es un grupo de comunicación.

Los ojos de Roger Castle casi se le salen de las órbitas.

—¿Quiere decir que desde hace más de cien años, primero desde la Oficina Naval de Inteligencia y luego desde la Agencia Nacional de Seguridad, ha existido un programa secreto e ininterrumpido para tratar de hablar *físicamente* con Dios?

—Todo esto es más racional de lo que parece, señor. Los del presidente Arthur fueron los años del espiritismo. Medio mundo creía que podía comunicarse con el más allá. Y si, como parecía, los avances en el campo de la electricidad y la telefonía iban a seguir creciendo exponencialmente, a nadie le resultaba inverosímil que un día u otro lográramos hablar con el otro lado. Hasta con el cielo, si fuera preciso.

Una sombra de consternación oscureció el rostro de POTUS:

—Dígame, Owen, ¿cuánto nos ha costado esto?

—Elías no tiene presupuesto asignado, señor. Si necesita alguna información o recursos para su trabajo, se piden a través de la agencia oportuna.

—¿Y por qué nadie ha clausurado esta locura aún, Michael? Porque eso es lo que es, ¿no?

Owen lo miró severo, se levantó del sillón y arrastró su pierna ortopédica hasta la ventana.

—Le recuerdo que también el Proyecto Apolo era una locura, señor. Y sin embargo logramos poner a doce americanos en la Luna. Si Elías no se ha cerrado aún es porque en este tiempo ha dado resultados interesantes.

—Es otra broma.

Por tercera vez en pocos minutos, el presidente no daba crédito a lo que estaba oyendo.

—La Operación Elías ha evolucionado mucho desde los tiempos de Chester Arthur, señor. Ahora existen iniciativas de búsqueda de inteligencias en el espacio, muy parecidas en su filosofía a la Operación Elías.

—Claro —concedió—. En 1882 no disponíamos de radiotelescopios...

—Por esa razón se creó un grupo dedicado a recoger aquí y allá las radios que sirvieron en el mundo antiguo para comunicarse con Dios, tratando de ponerlas en funcionamiento de nuevo. En ellas trabajan un grupo de sabios que se ha ido renovando desde entonces. Lo que hacen es ciencia pura. Pero sobre bases tan remotas y con resultados tan avanzados que si se hicieran públicos casi parecería magia.

—Un momento. ¿Ha dicho radios?

El asombro de Roger Castle no había tocado fondo.

—¿Recuerda las viejas radios de galena, señor?

—Mi abuelo tuvo una...

—Son radios primitivas que funcionaban gracias a una piedra sulfurosa con vetas de plomo. Por sí mismo, el mineral era capaz de detectar variaciones en el campo electromagnético circundante. No necesitaba pilas, se alimentaba de la energía de las propias ondas de radio, y su esquema de funcionamiento era más que simple. Dentro de su mecanismo de captación, y con una antena adecuada, una sola piedra podía llegar a demodular emisiones de onda media con facilidad.

—¿Y eso se conocía en tiempos de Noé?

—Creemos que sí, señor. De hecho, sabemos que nuestros antepasados usaron piedras para hablar con Dios. Fueron minerales modificados electromagnéticamente, capaces de interferir en frecuencias específicas de comunicación. Su existencia no pudo mantenerse en secreto por mucho tiempo. Todos los libros sagrados las mencionan: las Tablas de la Ley, la Kaaba, la piedra de Jacob, la del Destino escocesa, la «susurrante» del Oráculo de Delfos, la Lia Fail irlandesa... Incluso se conocían entre los aborígenes australianos. Las llamaban «piedras alma» o *churingas*.

«¡Piedras!»

Una chispa brilló en alguna sinapsis neuronal del presidente, recordándole la promesa que le había hecho Ellen Watson de hacerse con una de ellas.

—Muy bien, Michael. Escúcheme con atención. Quiero saberlo todo de este proyecto. Cuál es su programa. Quiénes lo integran. Qué pasos piensan dar para cumplir su objetivo. Y, también —añadió buscando su mirada junto a la ventana del despacho—, por qué han desaparecido dos personas vinculadas a esas piedras.

—No habrá problema con eso, señor. Aunque debo decirle que sus preguntas llegan en un momento muy delicado para la Operación Elías.

—¿A qué se refiere?

—Por primera vez en cien años nos ha salido un serio competidor.

—¿Qué?

—Alguien está utilizando sus conocimientos en la tecnología de los antiguos para abrir esa vía de comunicación antes que nosotros. Y ese alguien es quien ha hecho desaparecer a sus dos personas. Pero estamos ya tras ellos, señor.

—¿Y quién diablos está al frente de esto?

Owen se apartó de la ventana desde la que se veía el Washington Memorial aún iluminado, como una flecha de fuego en medio de la noche, y sostuvo la mirada de su presidente:

—Para responder a esa pregunta deberíamos dejar este edificio, señor. Supongo que su limusina sigue ahí fuera, ¿verdad?

—Claro.

—Si da la orden de que nos despejen la ruta, a esta hora podríamos llegar a la NRO en cuarenta minutos.

—¿A la Oficina Nacional de Reconocimiento? ¿Ahora? Owen asintió.

—Es importante que vea algo.

47

—«Se te da visionada.» «Juan de Estivadas.» «Sadavitsed Naoi.» ¿Es que no lo ve?

Sacudí la cabeza, sintiéndome fuera de juego. El armenio me miraba con sus ojos vivarachos, como si le costara admitir que nuestras lógicas fueran tan diferentes.

—¡Es un anagrama! —exclamó Dujok—. ¡Si está clarísimo!

—¿Está seguro?

—Totalmente. La frase que Martin le envió en el vídeo es un anagrama del nombre que figura en esta tumba. ¿No se da cuenta? Utilizó las mismas letras pero en un orden distinto. Martin no podía decirle a las claras dónde tenía que mirar para encontrar la piedra, pero le sugirió en clave que viniera a esta iglesia y que mirara en esta tumba. Su adamanta está aquí.

—Su aplomo me asombra.

—Conozco la mente de Martin, señora Faber. Se ha valido de uno de los sistemas de encriptación más viejos de la Humanidad. Si usted cambia el orden de las letras de ese nombre puede formar la frase que le ha enviado su marido con una precisión absoluta. ¿Recuerda cuáles fueron las últimas palabras de su marido?

—S... Sí, claro —tartamudeé—. «La senda para el reencuentro siempre se te da visionada.»

—Pues traducida como yo le propongo, su sentido resulta más que evidente: «La senda para el reencuentro», esto es, para que lo localice, «es Juan de Estivadas». ¿Lo entiende ya? «Juan de Estivadas» y «se te da visionada» se forman a partir de las mismas letras. Ni una más, ni una menos.

Me rasqué la cabeza algo perpleja.

—Lo que no entiendo, señor Dujok, es qué tiene que ver Estivadas con Noé.

—Eso tendría que preguntárselo yo. Antes dijo que lo sabía todo sobre él.

—Casi todo —precisé—. En Noia existe incluso una calle que lleva su nombre. Fue el antiguo bodeguero del pueblo. Nació en la época de los Reyes Católicos, justo antes del descubrimiento de América, y estuvo casado con una mujer de buena cuna que se llamaba María Oanes. Eso es lo más destacado de su biografía. Como comprenderá, un personaje que vivió en el siglo XVI no es un buen candidato a ocupar el lugar de Noé...

—¿Usted cree? —sonrió Dujok—. Piénselo. Si presta atención otra vez, todo está en los datos que acaba de darme.

—Sigo sin entenderle...

—Es muy fácil, señora. Es más que probable que el tal Estivadas no existiera nunca. Que fuera un símbolo. Su profesión de bodeguero se parece mucho a la de Noé, que fue cultivador de vides. Incluso el apellido de su esposa tiene claras resonancias antediluvianas. Los babilonios llamaban Oannes al dios Enki. ¿Conoce la *Epopeya de Gilgamesh*?

Me sobresalté.

—Pues claro —dije.

—Entonces no tengo que explicarle que Enki avisó al Noé mesopotámico, Utnapishtim, para que no pereciera bajo las aguas. Y, además —dijo golpeando la lápida—, aquí está escrito el nombre de pila de Estivadas, Juan, *Ioan*, al revés: Naoi. Noé. Definitivamente es el sepulcro que bus-cábamos.

Lo miré atónita, sin saber qué decir.

—¡Vamos, señora! —me jaleó—. Dígame, ¿qué hay dentro de esa tumba?

—Nada... que yo sepa. Cuando la trasladaron desde su emplazamiento original en la iglesia de San Martiño ya se encontraba vacía.

—Pues ahora es muy probable que contenga algo. ¿Me ayuda a mover la tapa?

Por una vez y sin que sirviera de precedente en un marxista como él, a Antonio Figueiras le hubiera gustado ser como san Martín de Porres para poder bilocarse. Estar en dos lugares a la vez le habría ahorrado la difícil decisión de elegir si rastrear al helicóptero que se había fugado delante de sus narices con el asesino de sus dos policías en la plaza del Obradoiro, o acudir a la casa de su amigo Marcelo Muñiz para que le aclarase qué había descubierto sobre las piedras de los Faber.

Su comisaría se había puesto ya al habla con el radar militar de la sierra de Barbanza, en la costa da Morte, para averiguar el plan de vuelo de la aeronave, así que mientras su equipo se hacía con esa información, él decidió acercarse a ver al joyero.

Justo detrás de la parroquia de Santa María Salomé, en un callejón estrecho en el que se aprietan una mercería, un hotel modesto y varios restaurantes ajenos al tumulto de peregrinos y turistas, se encontraba el piso de Marcelo. El joyero había reformado uno de los edificios más viejos de Santiago, convirtiéndolo en su museo particular. El lugar era de ensueño. Lleno de antigüedades, libros y recuerdos de viaje, sus estanterías parecían guardar respuestas para todo. Y eso era justo lo que Figueiras necesitaba. Respuestas. Las primeras estimaciones forenses habían confirmado sus peores temores: los casquillos hallados junto a los agentes asesinados se correspondían con los que la policía científica había recuperado en el interior de la catedral. Aquella conclusión, lejos de animarlo, lo había frustrado aún más. Si hubiera llegado un minuto antes a la plaza, sólo uno, hubiera detenido al asesino y quién sabe si salvado la vida de sus hombres.

—¿Y dices que huyó en un helicóptero? ¿Estás seguro?

Muñiz había preparado café y magdalenas disponiéndolas con exquisito orden en la mesa de su salón. Sentado en un extremo, en mangas de camisa pero pertrechado con su inseparable pajarita y su calva pulcramente afeitada, miraba al inspector estupefacto.

—Lo vi con mis propios ojos, Marcelo. Aquí está pasando algo gordo.

Figueiras parecía ido. Comparado con el aspecto impecable de Muñiz, daba la impresión de ser un vagabundo. Sus gafas apenas ocultaban el cansancio de una noche muy larga. Tenía los labios agrietados, la camisa hecha un mar de arrugas y el pelo sucio y revuelto.

—Bueno... Tal vez pueda ayudarte —dijo, sirviéndole una taza y alargándosela. El joyero dio un sorbo a su café ocultando una sonrisa de oreja a oreja antes de continuar—: Ya sé por qué esas piedras que importaron los Faber son tan valiosas.

El inspector levantó la mirada del brebaje y lo contempló expectante.

—Suéltalo de una vez, ¿quieres?

—La primera pista me la diste tú al hablarme de su declaración de aduanas. ¿Recuerdas? Empecé por ahí. Hice un par de consultas por Internet y di con algo curioso. Esas piedras, amigo, son extraterrestres.

—¡Vamos, hombre!

—Antonio, no bromeo —replicó Muñiz muy serio. Su mirada de bribón se había esfumado—. He rastreado su origen a partir del número de registro, y creo haber dado con algo. Antes de que los Faber las trajeran a España estuvieron un tiempo en manos del laboratorio de investigación mineralógica del Museo Británico. No hay informe con sus conclusiones. Una lástima. Pero en su base de datos encontré la fecha de entrada y de salida de las piedras y un detalle muy singular.

—Vamos, Marcelo... No tengo todo el día para esto.

Muñiz se atusó la pajarita y esbozó la mejor de sus sonrisas:

—El registro no dice que fuera Martin Faber quien confiara esas piedras al British, sino una compañía llamada The Betilum Company. TBC. ¿Te suena?

Figueiras, todavía algo adormilado, sacudió negativamente la cabeza.

—He buscado sus datos por toda la Red, y no he sido capaz de dar con ella. Es una especie de empresa fantasma. Sin embargo, cuando ya estaba a punto de rendirme, se me ocurrió algo...

—¿Qué?

Aunque Muñiz tenía cierta fama de genio informático, sus explicaciones empezaban a superar las expectativas del inspector.

—Anoche rastreé ese nombre en algunas de las páginas más comunes de compra de antigüedades. No encontré nada. En cambio, al echar un vistazo en las listas de clientes VIP que adquieren libros antiguos en subastas importantes, ¡bingo!, di con su pista.

—¿Qué pista? —repitió impaciente Figueiras.

—Esa empresa, The Betilum Company, lleva tiempo comprando libros muy raros por la Red. Libros caros. Todos vinculados con la magia, la astrología, evangelios apócrifos y ese tipo de cosas. El último fue *Monas Hieroglyphica*, un texto publicado en Holanda en 1564, en latín, de un tal Ioannes Dee, *Londinensis*.

—¿Y sabes de qué va?

—¡Eso es lo más interesante de todo! Es un tratado sobre un símbolo que, según su autor, bien utilizado podría garantizarte el control del Universo. El tal Dee sostenía que ese grafismo contenía los principios elementales de todo lo creado. Una especie de llave maestra con la que puede controlarse la Naturaleza a voluntad. En una palabra, ser como Dios.

—¿Un símbolo? —Muñiz era la segunda persona que le hablaba de símbolos esa madrugada.

—Claro. ¿Quieres verlo? Es éste.

Figueiras se sacó un pequeño bloc de notas del bolsillo y lo garabateó con más o menos acierto. No le pareció gran cosa.

—¿Te dice algo?

—Pues no.

—Tengo un dato más que te va a encantar, Antonio —continuó—: ese John Dee se hizo famoso por su manejo de piedras mágicas en tiempos de la reina Isabel, que es la época en la que fueron inventariadas las de los Faber. Las piedras de Dee eran oraculares, muy raras. Servían para ver el porvenir, hablar con los espíritus y cosas así... Y la mayoría tuvieron un origen meteórico. Por eso digo que son extraterrestres. Lo que yo creo —añadió excitado— es que ésas fueron precisamente las que se trajeron los Faber a España cuando decidieron mudarse.

—¿Estás seguro?

Marcelo apartó las tazas y la bollería de la mesa y extendió ante él unas fotocopias que parecían sacadas de un libro antiguo. Estaban escritas en latín. A Figueiras se le nubló la vista sólo con mirarlas.

—Echa un vistazo a esto. Son páginas del *Monas Hierogliphica* —anunció Muñiz excitado—. Un amigo de Los Ángeles me las ha escaneado hace un rato y me las ha enviado por correo electrónico. Mira. Aquí. En el prólogo de la obra que dirige al emperador Maximiliano de Habsburgo, un apasionado de la ciencia pero también de la magia, Dee explica que su símbolo es una especie de llave matemática para ponerse en contacto con los cielos. Viene a decir, con un lenguaje farragoso, que quien recupere los signos de una escritura ancestral y olvidada y disponga de «piedras de Adán» con las que tener una muestra de la materia divina podrá invocar a Dios y hablar con él.

—¿Piedras de Adán? ¿Qué diablos es eso?

—Piedras de Adán. Adamantas. Reciben muchos nombres, Antonio, pero siempre se las describe como minerales traídos del Paraíso. Esto es, rocas caídas a la Tierra y veneradas como objetos sagrados, a través de las cuales se podían ver cosas lejanas, como si fueran un televisor... Obviamente eran alguna clase de meteoritos que había que activar con su correspondiente ritual mágico. Mira —volvió a ordenarle, acercándolo a una de esas páginas—. Ahí lo dice bien claro: quien las posea «*aeream omnem et igneam regionem explorabit*», explorará toda región aérea e ígnea.

Figueiras buscó la frase con su índice.

—Y fíjate en lo que precede a la frase en cuestión. —Muñiz resoplaba a su espalda—. Son tres letras hebreas desdibujadas justo antes de la palabra «*lapide*», piedra.

—No entiendo hebreo —protestó.

—Son álef, dálet y mem. םדא. Las consonantes de Adán. «*Adam lapide*» significa piedras de Adán, adamantas, piedras del paraíso.

Primus Jpse abibit: Rarißimeque, pòst, Mortalium con-
spicietur oculis. Hæc, O Rex Optime, Vera est, toties de-
cantata (& sine Scelere) MAGORVM INVISIBI-
LITAS : Quæ (vt Posteri omnes fatebuntur Magi) nostræ est MONADIS concessa Theorijs. Expertißimus

11. MEDICVS, etiam ex eisdem, facillimè Hippocratis My-
sticam assequetur voluntatem, Sciet enim, QVID, CVI,
ADDENDVM ET AVFERENDVM sit : vt, ipsam
Artem sub maximo MONADIS nostræ Compendio, &
MEDICINAM ipsam contineri, Lubens deinde fateri

12. Velit. BERYLLISTICVS, hic, in Lamina Chrystal-
lina, omnia quæ sub cœlo LVNÆ, in Terra vel Aquis ver-
santur, exactißimè videre potest : & in Carbunculo siue
כוֹכֵב Lapide, Aëream omnem & Igneam Regionem ex-

13. plorabit. Et, si VOARCHADVMICO, nostræ Hieroglyphicæ MONADIS, Theoria vigesima prima, satis fa-
ciat, Jpsíque, VOARH BETH ADVMOTH, Specu-
landum ministret: Ad Indos vel Americos, non illi esse
Philosophandi gratia, peregrinandum, fatebitur.

14. Tᵉmque de ADEPTIVO genere, (quicquid vel
ARIOTON Ars subministrare, vel polliceri poßit; vel
viginti Annorum maximi Hermetis labores sunt assecuti)

An.1562. licet ad Parisienses, sua MONADE peculiari (Anagogi-
ca Apodixi illustratum) alias scripserimus: Vestræ tamen
Maiestati Regiæ constanter asserimus, ID OMNE, Analo-
gico nostræ MONADIS Hieroglyphicæ Opere, ita ad viuũ
exprimi, vt Similius aliud Exemplum, humano generi non
poßet

243

—¿Y tú crees que las piedras de los Faber son de esa clase? —susurró justo al tropezar con la sentencia que las mencionaba.

—De esa clase no. Son las mismas —concluyó—. Por cierto, ¿sabes qué significa *betilum*?

Figueiras negó con la cabeza mientras notaba una inquietante vibración en su bolsillo. Acababa de entrarle un mensaje al móvil.

—Lo suponía. —Sonrió Muñiz—. Es una palabra de origen bíblico, Antonio. Bet-El fue el lugar en el que Jacob tuvo su visión de la escalera que se comunicaba con el cielo. El patriarca la tuvo al quedarse dormido sobre una piedra negra. Una de estas adamantas. Su nombre significa «casa de Dios», y desde la Edad Media el término «betilo» se aplica a los meteoros con ciertas propiedades.

—¿Y cuánto vale uno así? —dijo abriendo la terminal y buscando aquel madrugador SMS.

Muñiz se maravilló de la ignorancia y poca sensibilidad de su amigo.

—Eso depende.

—¿Depende?

—Sí. De sus propiedades, su antigüedad, su currículo... Unas piedras con la historia de Dee detrás podrían costar una fortuna. Y si además te pueden abrir las puertas del cielo, ni te cuento.

—¿Tú crees que el cielo tiene puertas?

—Yo soy hombre de fe. No como tú...

Pero Antonio Figueiras ya no le prestaba atención. El mensaje entrante era una orden de su comisario. Había intentado llamarlo otra vez sin éxito, e irritado le daba aquella instrucción por escrito. Debía recoger a unos refuerzos «muy especiales» que estaban a punto de aterrizar en el aeropuerto de Lavacolla. Y de inmediato.

49

La cubierta del sarcófago de Juan de Estivadas estaba llena de cicatrices. El rostro de su propietario había sido desfigurado a cincel por algún desaprensivo y su caja presentaba un boquete en el costado que se había arreglado con cemento, de mala manera. Artemi Dujok repasó los daños con sus dedos, pero no dijo nada. Tampoco mencionó que dos de sus siete blasones habían desaparecido, debilitando su estructura hasta convertirla en una pieza que podría colapsarse con sólo empujarla.

—¡No se quede ahí parada! —me urgió Dujok al intuir mis dudas sobre la salud del monumento—. Sólo la desplazaremos unos centímetros. Echaremos un vistazo y la dejaremos como está.

—Tiene quinientos años... —murmuré.

—Se lo prometo. Nadie lo notará.

Nos situamos a los pies de Juan de Estivadas y nos aferramos a los dos extremos de su tapa. El primer intento no dio resultado. O la losa pesaba más de lo que parecía o, lo que era peor, al añadirle cemento la habían pegado al cajón. A la segunda arremetida, la losa cedió. Un ruido de rozamiento retumbó en la nave dejando a la vista un hueco negro y regular.

Aunque la caja desprendía un fuerte olor ácido, fui la primera en echarle un vistazo.

Lo que encontré me dejó perpleja.

Estaba vacía. Total y absolutamente vacía.

—Aquí no hay nada. —La decepción se notó hasta en la última sílaba.

—¿Está usted segura?

Dujok, que seguía de pie frente a mí, se sacó una linterna del bolsillo y rastreó el receptáculo con avidez. Sólo polvo y algunas telarañas brillaron en el fondo. Por dentro, el sepulcro presentaba un aspecto aún más deplorable que por fuera. En sus paredes había agujeros por todas partes, como si aquella caliza frágil y porosa se la hubieran comido los gusanos. Una capa de mugre gris y seca, de al menos un centímetro de grosor, cubría su base. Por suerte, gracias a la luz, Dujok descubrió algo que, de inmediato, nos llamó la atención: parecían marcas de arrastre. Eran recientes. De dedos. Partían del lado derecho e iban a morir al ángulo interior de la esquina donde me encontraba.

—¡Ahí la tiene! —gruñó él satisfecho, señalando ese vértice con su foco—. ¡Asómese! ¡Está justo ahí!

Enseguida hice lo que me pidió.

El armenio tenía razón: exactamente bajo mi vertical, un pequeño hatillo de tela protegía lo que bien podría ser mi adamanta. Alguien lo había anudado con un cordón dorado y colocado con esmero en un hueco en el que no pudiera verse por accidente.

Nerviosa, imaginé a Martin preparando esa bolsita con sus grandes manos y escondiéndola allí a hurtadillas. Quizá por eso la tomé entre las mías sin saber muy bien qué hacer con ella.

—¡Ábrala!

Desaté el cordón como pude y, temblando, me alejé unos pasos del sarcófago en busca de un lugar en el que contemplar su contenido con mejor luz. Al minuto, la tela había desvelado su secreto. Tal y como suponíamos allí estaba. Perfecta. Engastada en una anilla de plata para que pudiera llevarla al cuello.Iba a perderme en la ola de sensaciones y recuerdos que me traía aquel objeto cuando la voz áspera de Artemi Dujok tronó a mis espaldas:

—¿A qué espera? ¡Debemos activarla enseguida!

50

Roger Castle recordaba a la perfección cuándo le habían permitido hablar por primera vez en público sobre la National Reconnaissance Office. Fue en septiembre de 1992. Acababa de ser elegido senador por Nuevo México y esa oficina militar todavía era uno de los secretos mejor guardados del país. Aquel año, la deriva de la guerra del Golfo y la necesidad de dar una imagen de fortaleza al mundo obligaron al presidente Bush a reconocer su existencia abriendo una caja de Pandora cuyos rayos y truenos golpearon las tertulias de la mitad de las televisiones del planeta. Antes de su histórica decisión, los patriotas como Castle se limitaban a hacer bromas con lo único que sabían de ella: sus siglas. La llamaban NRO, *Not Referred to Openly*, «no citada expresamente», a sabiendas de que jamás tendrían acceso a su presupuesto, que entonces rondaba los seis mil millones de dólares anuales, ni mucho menos a sus objetivos.

Desde el final de la Era Bush, Castle soñaba con visitar sus instalaciones de alta tecnología y ponerlas a trabajar para los contribuyentes. «Los ojos y oídos de la nación en el espacio» estarían, en un futuro inmediato, al servicio de todos —entre ellos, de su equipo de asesores— y no sólo de los militares. El último POTUS sabía, pues, que estaba a punto de entrar en un dominio en el que no era popular.

Michael Owen y Roger Castle alcanzaron enseguida el cuartel general de la NRO en Chantilly, Virginia, oculto en un discreto edificio color salmón nada llamativo desde el exterior. Su pequeño cortejo de limusinas los depositó en el aparcamiento trasero y antes de que el reloj diera la una de la madrugada, ambos estaban acomodados en un despacho desde el que dominaban la sala de control de satélites. Allí se trabajaba veinticuatro horas al día, trescientos sesenta y cinco días al año.

—Mi nombre es Edgar Scott, señor presidente. Es un honor tenerlo con nosotros.

Castle estrechó la mano de un tipo trajeado, de unos cincuenta años, escondido tras unas gruesas gafas de pasta, al que seguramente habrían despertado veinte minutos antes sin darle siquiera tiempo a afeitarse. Era un funcionario menudo, de cabellos plateados arremolinados alrededor de un cráneo pulido, dientes amarillos y profundas arrugas en la frente. Con toda seguridad nunca se habría visto en una situación así; de pie, frente al hombre más poderoso de la Tierra, sin albergar la menor idea de por qué un incidente menor lo habría llevado a su despacho ¡en persona!

«¿O no fue menor?», barruntaba ahora tratando de leer cualquier señal en el impenetrable rostro de Michael Owen.

—El señor Scott —terció el director de la Agencia Nacional de Seguridad al presentarlos— es el director de la Oficina Nacional de Reconocimiento y el coordinador del equipo científico de la Operación Elías. Está al tanto de todos sus avances y responderá a sus cuestiones.

Castle lo examinó. Enseguida notó su perplejidad al sentirse impelido a hablar de una cuestión tabú. Pero Owen fue aún más lejos:

—Por favor, muéstrele al presidente lo que hace dos

horas, a las cinco y veintitrés, hora local de España, captó uno de nuestros «ojos».

—Con mucho gusto, director. —Scott, obediente, tomó el relevo de la conversación—. Ignoro lo familiarizado que está usted con nuestra tecnología de escaneo terrestre, señor presidente.

Castle le sonrió tratando de ser afable.

—Familiaríceme usted, Edgar.

—Disponemos de casi medio centenar de satélites orbitales con espejos y radiómetros de altísima resolución que dependen directamente de nosotros —dijo con indisimulado orgullo—. La NSA, la CIA, la Oficina de Inteligencia de la Fuerza Aérea, la NASA y la Marina usan nuestros datos a diario. Uno de sus componentes más apreciados es el detector de emisiones de energía electromagnética. Cualquiera de nuestros orbitadores es capaz de detectar variaciones, por mínimas que sean, en el campo EM del planeta. Seríamos capaces, por ejemplo, de determinar la temperatura de una sopa de cangrejo en el Comedor de Estado de la Casa Blanca y saber de qué está hecha. Bastaría con examinar las diferencias que el calor crea en el electromagnetismo circundante para obtener su composición química.

—¡Y yo que pensaba que construíamos satélites para poder leer el *Pravda* que Vladimir Putin abre cada mañana en su despacho! —bromeó Castle.

—También eso es posible, señor. Pero, con todos los respetos, es la menor de nuestras prioridades.

—Está bien, Edgar. En adelante sólo tomaré *vichyssoise* —bromeó—. Y dígame, ¿qué fue exactamente eso que captaron anoche en España?

—Nunca he visto nada igual, señor: un satélite de última generación, el *HMBB*, calibrado para dar la alerta ante cualquier actividad energética inusual en amplias áreas de Irán, Irak e India, nos alertó. Hacía un barrido rutinario a cuatrocientos kilómetros de altura mientras encontraba su posición definitiva sobre Oriente Medio, pero al sobrevolar el oeste de la península Ibérica detectó algo por accidente.

Edgar Scott sacó de un tubo negro unos papeles enrollados que desplegó sobre la mesa.

—Se lo explicaré paso a paso —continuó—. Lo que ve aquí es una imagen obtenida a cien mil pies del suelo hace unas cuarenta y ocho horas. Las manchas de luz que aprecia aquí y aquí —dijo señalando dos pequeñas áreas al norte de Portugal— corresponden a las ciudades de La Coruña y Vigo, en la costa occidental española. Fíjese en esta zona oscura de acá. Tierra adentro, a unos cuarenta kilómetros en línea recta del mar, se encuentra la ciudad de Santiago de Compostela. ¿La ve? Apenas son dos o tres puntos de luz en la negrura.

El presidente asintió.

—Ahora preste atención a esta otra toma recogida por el mismo satélite, esta noche poco antes del amanecer local.

Una segunda imagen, del mismo tamaño que la anterior, ocupó todo su interés. Todavía emanaba los vapores de alcohol de su reciente impresión.

—¿Por qué Santiago emite ahora una luz tan intensa? —preguntó al ver que la negrura de la imagen anterior se había desvanecido.

—Me alegro de que se haya fijado, señor. El *HMBB* dio la alarma al detectarlo. La duración del fenómeno fue de unos quince minutos, y concentró una potencia EM que no habíamos visto antes.

—¿Nadie más la ha detectado? ¿Los chinos? ¿Los rusos?

—No lo creo, señor. Si estuviéramos ante, pongamos por caso, una bomba de pulso magnético, toda la energía de la ciudad hubiera sido absorbida por la detonación y su brillo hubiera tenido una duración aún mayor. En ese supuesto hubiera llamado la atención de cualquier orbitador. Su acción, en cambio, se concentró en un área urbana muy limitada. Lo verá mejor en una toma ampliada de la zona —dijo Scott desplegando una imagen de mayor resolución, que permitía ver el perfil de algunas calles periféricas alumbradas por farolas—. Es aquí. La emisión EM dejó a oscuras un área de dos kilómetros cuadrados alrededor de este gran edificio de ahí.

Castle se asomó con curiosidad. Distinguió una silueta cruciforme de tono grisáceo.

—¿Qué es?

—Una catedral, señor presidente. La emisión se ha enviado desde esa zona, aunque no hemos podido determinar si desde su interior o desde alguna de las casas que la rodean.

El director de la NRO se aflojó la corbata, como si le costara soltar la frase que ya tenía en la punta de sus labios:

—Casi sobra decirlo, señor, pero ahí no hay laboratorios científicos, campos de pruebas militares ni ninguna instalación sospechosa de emitir un rayo de semejante potencia. Lo que nos desconcierta es...

—¿Es...?

—Es que, además, creemos que fue dirigido intencionadamente a la alta atmósfera.

—¿La alta atmósfera?

—Se lo explicaré, señor presidente —intervino Scott de nuevo—: alguien acaba de enviar una señal de alta energía al espacio profundo desde el noroeste de España. Y no sabemos ni quién ni cómo ni, por supuesto, qué contenía. Lo peor es que tampoco conocemos nada capaz de generar una potencia de emisión así. Nada... Salvo quizás alguna de las reliquias que la Operación Elías trata de controlar cada vez que emergen en algún punto del planeta.

—Lo más interesante, señor —añadió Owen—, es que la esposa del ex componente de Elías por el que usted preguntó en mi despacho estaba ahí en el momento de la emisión. Después desapareció.

—¿En serio?

—¿Entiende ahora por qué envié a uno de mis mejores hombres a hablar con ella? ¿Comprende la delicada situación en la que nos encontramos? —El rostro del director de la NSA se ensombreció—. Un emisor así no debería estar fuera de nuestro control.

Roger Castle se inclinó de nuevo sobre la imagen satelital que había recogido el haz electromagnético.

—¿Y su satélite no llegó a fotografiar a quien la secuestró? —preguntó al director Owen.

—No, señor. Pero es seguro que esta distorsión se produjo a la vez que el secuestro. ¿Le dice eso algo?

Castle negó con la cabeza.

—A mí sí —añadió sombrío—. Usted es un estratega, señor presidente. Sume los factores de esta ecuación: alguien no identificado ha capturado a un ex agente que trabajó para Elías; persigue a una familiar directa y sabe cómo utilizar las «piedras radio» poniendo en marcha una tecnología que nadie usa desde los tiempos bíblicos... ¿Qué pueden perseguir si no lo mismo que nosotros?

—¿Hablar con Dios...? —murmuró incrédulo.

—Señor, con su autorización, la Operación Elías todavía está a tiempo de ser la primera en descolgar ese teléfono. Déjelo en nuestras manos.

51

—¿Y cómo diablos activo la adamanta?

Dujok me miró como si fuera estúpida.

—Como la ha activado siempre, señora —respondió—. ¿No le enseñaron que las piedras se ponen en marcha gracias a ciertos tonos vibratorios? ¿No le dijo su marido que algunos sonidos modulados por la garganta humana son capaces de alterar la estructura de la materia?

El armenio, una vez más, tenía razón. Yo sabía aquello. Al menos en teoría, pero estaba tan nerviosa con todo lo que se había desencadenado en las últimas horas que mi cerebro había relegado las bondades de mi memoria a un segundo plano. Ansiosa por recuperar el dichoso talismán y salir corriendo con él en busca de Martin, seguramente había olvidado lo más importante: sin la invocación adecuada, sin vocalizar correctamente los ensalmos de John Dee que daban vida a sus joyas, las adamantas no pasarían de ser un vulgar mineral.

—En cuanto esa piedra funcione —auguró el armenio—, la que tiene Martin resonará por imitación. Es lo que filósofos naturales como Dee o Roger Bacon llamaban *speculum unitatis*, la unidad de los espejos, o los modernos físicos definen como entrelazamiento cuántico. Imagíneselo: dos partículas atómicas surgidas de una misma «madre» actúan siempre del mismo modo, no importa la distancia que las separe.

—¿Y así sabremos dónde se encuentra Martin? —pregunté incrédula.

—Exacto. Tenemos la tecnología necesaria para detectar cualquier emisión electromagnética del tipo que emitirá su piedra, se produzca donde se produzca. Si la adamanta de Martin reacciona como la suya, obtendremos sus coordenadas casi en tiempo real. Usted haga su trabajo. Yo me ocuparé de eso...

—¿Y si no se activa? —dije inquieta, ignorante de hasta dónde eran capaces de llegar los tentáculos de mi anfitrión—. ¿Y si nada funciona?

—Usted tiene el don, señora. Concéntrese en su adamanta y rece lo que sepa. Eso es todo.

No me dejó alternativa.

Temblorosa, tomé la adamanta entre ambas manos y la extraje de la anilla de plata que la convertía en un colgante. Artemi Dujok, mientras tanto, tomaba su teléfono móvil y tecleaba una dirección en su navegador de Internet. Dijo que necesitaba consultar la situación magnética del Sol de las últimas horas en la página de la Administración Nacional de los Océanos y la Atmósfera de los Estados Unidos, la NOAA. Yo sabía —por el trabajo de Martin como climatólogo— que su web difundía a tiempo real imágenes del Sol, midiendo sus emisiones de rayos X, trazando un mapa de auroras boreales previstas e informando de tormentas magnéticas y hasta de posibles apagones de radio provocados por sus explosiones de energía. Hasta hacía poco, los científicos habían desestimado sus efectos sobre el clima e incluso sobre la actividad sísmica de la Tierra, pero cada vez eran más los que empezaban a tenerla muy en cuenta. Dujok, en apariencia, se había sumado a esa lista.

Al ver la imagen del Sol en color verde moteada de manchas oscuras, el armenio se mostró satisfecho.

—Es un momento perfecto —dijo—. Nuestra atmósfera está empapada de viento solar, señora Faber. Tiene todo a favor para su ceremonia.

No quise pensar demasiado en lo que estaba a punto de hacer. Esa extraña combinación de alta tecnología y magia medieval me producía escalofríos. Prefería no saber qué estaba pasando ahí fuera y concentrarme sólo en la piedra que tenía delante. Acaricié la adamanta con las yemas de mis dedos y, con los ojos cerrados, la elevé al cielo. A continuación, borrando de mi mente toda inquietud o apremio, comencé a declamar las primeras palabras del libro de invocaciones del doctor Dee:

—*Ol sonf vors g, gohó Iad Balt, lansh calz vonpho...*

Nunca lo había hecho. Jamás se me permitió recitar esas palabras sin la presencia de mis instructores. Y aunque Sheila me había obligado a memorizarlas diciéndome que las guardara para una ocasión importante, el temor que me infundían fue siempre superior a la curiosidad. Al menos, hasta ese día.

Lo que no podía imaginar es que a la vez que esas palabras arcanas brotaban de mi garganta, el mundo, la iglesia de Santa María, su suelo de lápidas y hasta la presencia permanente de Artemi Dujok iban a desaparecer de mi vista.

Y lo hicieron. ¡Vaya si lo hicieron!

De repente, todo viró a negro.

Como si alguien ajeno a mí hubiera tomado el control.

52

«Algo no va bien».

Nicholas Allen había intentado abrir varias veces sus ojos sin conseguirlo. No sabía dónde estaba. Sus oídos parecían congestionados, había perdido el sentido del equilibrio y la enorme cicatriz de su frente le palpitaba con violencia. Si hubiera tenido que decir en qué posición se encontraba, hubiera dicho que colgado boca abajo, pero la sola idea de que así fuera se le antojó peregrina. Los ojos, sin embargo, no eran la única parte del cuerpo que no le respondía. Sus brazos y piernas estaban rígidos como estacas, y sentía una fuerte opresión en el pecho que lo forzaba a respirar en secuencias breves y extenuantes. Lo último que su cerebro recordaba con claridad era la conversación telefónica que había sostenido con Michael Owen desde una de las cuatro plazas que rodean la catedral de Santiago de Compostela. Le estaba informando de la desaparición de Julia Álvarez cuando la comunicación se interrumpió de repente.

Después, dedujo, debió de desplomarse... ¡por segunda vez!

Si no se equivocaba, todos ésos eran efectos secundarios comunes de algo que, por desgracia, el coronel Allen conocía muy de cerca.

Náuseas, hormigueos, sueño, pérdidas de consciencia... Todo encajaba.

—¡Señor Allen! ¡Señor Allen! —Una voz que al militar le sonó remota lo sacó de sus cábalas. Le hablaba en un inglés deficiente que sonaba como si estuviera al otro extremo de un tubo larguísimo—. Sé que me escucha... Ha sido usted ingresado en un área de cuidados intensivos del hospital Nuestra Señora de la Esperanza. Hoy es, emm, uno de noviembre. Su cuerpo no presenta heridas recientes visibles, pero ha sufrido varios ataques epilépticos. Está atado a una cama. Le ruego que no intente moverse. Ya hemos avisado a su embajada de dónde se encuentra.

«Al menos una buena noticia», pensó.

—El equipo médico cree que está fuera de peligro. Procure descansar, mientras tratamos de averiguar qué ha podido causarle estos trastornos.

«¡Yo lo sé! —quiso gritar—. ¡Son los efectos de una exposición a campos electromagnéticos de alta frecuencia!»

Pero sus cuerdas vocales tampoco le hicieron caso.

Era imposible que aquellos médicos supieran que su paciente había sido voluntario en un programa secreto del ejército norteamericano destinado a experimentar con campos electromagnéticos (más conocidos por las siglas EMF), y que conocía mejor que nadie sus consecuencias. Sabía que cualquier ser vivo que entrara en contacto con uno de cierta potencia vería sus órganos vitales afectados como ahora estaban los suyos. Las consecuencias de una exposición continuada habían sido documentadas en programas con un nivel de secretismo similar al del Proyecto Manhattan. Bajo el equívoco epígrafe de «interrelación biológica», en esos documentos del gobierno quedaba claro que las «heridas electromagnéticas» se cebaban sobre todo en oído y vista. La NSA y la Agencia de Proyectos Avanzados para la Defensa (DARPA) habían descubierto cómo dirigir esos campos contra sujetos seleccionados en medio de una multitud. También habían inventado «balas acústicas» que vibraban a ciento cuarenta y cinco decibelios y que podían disparar con cañones sónicos de alta precisión. Con ellas eran capaces de desvanecer —o de matar— a un sujeto elegido en medio de una manifestación sin que sus acompañantes notasen nada raro a su alrededor. Y lo que era más terrible: sin dejar rastro alguno de la causa de su muerte. Si la víctima no conseguía apartarse a tiempo de un disparo sónico, los huesos empezarían a temblarle y el cráneo se agitaría tanto que la presión sanguínea podría provocarle un derrame en cuestión de segundos. Y si tenías tu día de suerte y la dosis acústica no era letal, sólo recordarías un runrún parecido al que cualquiera podría escuchar debajo de un poste de alta tensión.

Un runrún como el que Nicholas Allen sentía.

Ahora la cuestión era determinar quién, además de su gobierno, estaba en posesión de un juguete de esas características. Y el coronel Allen tenía ya una idea.

«Tus viejos amigos han estado aquí», le había dicho al director de su agencia.

Sin embargo, había olvidado recordarle que él también conocía muy bien a esos «amigos». Se había cruzado con ellos hacía mucho tiempo, en una misión que no borraría de su mente mientras viviese.

Ocurrió en las montañas de Armenia. Cerca del maldito culo del mundo.

Y por alguna oscura razón, esas imágenes estaban aflorándole ahora a la memoria.

Oeste de Armenia,
11 de agosto de 1999

De pie frente a la catedral de Echmiadzin, la pomposa sede del «Vaticano armenio», Nick Allen creía haberlo previsto todo. En París eran las doce del mediodía y un impresionante eclipse total de Sol empezaba a oscurecer la mitad de Europa. A dieciséis grados de latitud norte, en cambio, el reloj marcaba las tres de la tarde, el Astro Rey estaba radiante, y no había cadena que no estuviera retransmitiendo en directo el evento astronómico en sus informativos. Todas habían sucumbido a los comentarios más apocalípticos del día. «El modisto Paco Rabanne ha profetizado para hoy que la estación espacial rusa *Mir* se desplomará sobre la capital francesa y causará al menos un millón de muertos», decía una. «Nostradamus llamó "rey del terror" a este eclipse en una de sus cuartetas proféticas.» En Narek TV, una rubia de bote sentada delante de un croma con la torre Eiffel de fondo preguntaba a su invitado: «¿Y tiene esto algo que ver con el Efecto 2000; ya sabe, el problema de programación que dicen que paralizará nuestros ordenadores en la próxima Nochevieja?» «Desde luego. ¡Todo está conectado! Lo que estamos viendo en París marca el principio de nuestro fin, señorita.»

El nuevo jefe de operaciones de Allen no podía haber elegido mejor momento para su misión. La catedral y sus alrededores estaban vacíos. Hasta los patriarcas más viejos estaban sentados frente a sus televisores.

Sin prisa, vestido de negro riguroso y con su fiel pistola de dieciséis balas al cinto, accedió al templo dejando atrás los iconos del maestro Hovnatanian. Sólo en ese rincón del mundo podían contemplarse sus famosos retratos de los apóstoles de Cristo. Por todas partes titilaban velas pidiendo favores y un fuerte olor a incienso lo impregnaba todo. Nada de eso lo impresionó. A un hombre como él, acostumbrado a operaciones de asalto, sólo le llamaba la atención que las medidas de seguridad de aquel lugar tuvieran un perfil tan bajo. Ni siquiera había cámaras de videovigilancia y, por supuesto, ni rastro de guardias armados o de detectores de metales. Se enfrentaba a gente confiada... Y eso, paradójicamente, lo inquietaba.

—¿Va todo bien, Nick?

Una suave vibración en su oído derecho le confirmó que Martin Faber, el responsable de la operación, cuidaba de él desde la furgoneta Lada que habían aparcado doscientos metros más allá. Martin había desembarcado en Ereván una semana antes para prepararlo todo. Llegó con un pliego de instrucciones muy preciso bajo el brazo y una impecable reputación como «computadora humana». No es que a Allen esa clase de perfiles le impactaran —él prefería los hombres de acción a los teóricos—, pero al menos sabía que no lo iba a dejar tirado.

—Todo bien. La catedral está vacía —respondió.

—Excelente. El satélite te recibe nítido. Los sensores térmicos te ubican junto al altar mayor. ¿Es correcto?

—Correcto.

—Por el color que desprendes en la termopantalla diría que pareces nervioso.

Su tono sonó jocoso.

—Maldita sea —farfulló Allen—. Estoy acalorado y este lugar es una nevera. No son los nervios... ¡Voy a pillar una jodida pulmonía en pleno mes de agosto!

—Vale, vale. El Ojo del Cielo confirma que el campo está despejado.

—Además —añadió a destiempo—, ¡no me gustan las iglesias!

Allen trató de silenciar sus pasos mientras los dirigía hacia la trasera del altar. A mano derecha, después de superar el retrato del supremo patriarca Grigor Lousavorich, accedió a la estancia que buscaba: el museo episcopal.

—Debes saber —susurró Faber— que esta catedral alberga algunas de las reliquias más antiguas de la cristiandad. Es una pena que no te gusten, Nick. La Iglesia cristiana de Armenia es más antigua incluso que la romana, y custodia piezas realmente valiosas.

—No me digas...

—Ya sé que no te interesa —suspiró Faber en su interfono—. Pero si vas a quedarte un tiempo en este país deberías saber que sus gentes fueron las primeras en abrazar el cristianismo en el siglo IV y que su...

—¿Podrías callarte de una vez? —chistó de repente al micrófono—. ¡Intento concentrarme, joder!

—¿Ya has llegado?

La pregunta molestó a Allen:

—Sí. ¿No lo ves por el satélite?

Hacía veinte segundos que Martin Faber luchaba con los dos monitores que recibían las señales termográficas del KH-11 dándoles golpecitos. Aunque a esa hora la Agencia Nacional de Seguridad lo había colocado justo sobre sus cabezas y la señal debía ser excelente, ambas pantallas habían virado a blanco.

—Debemos de tener algún problema con la antena —se excusó—. No te veo.

—No importa. Si me escuchas, es más que suficiente. Esto está muy tranquilo.

—De acuerdo. Descríbeme dónde estás.

Allen obedeció.

—He accedido al museo... —comenzó a susurrar—. No parece que esta gente reciba muchas visitas. Todo es gris, viejo, feo...

Dos segundos más tarde, prosiguió:

—Ahora tengo una vitrina de cristal frente a mí. Está en el centro de la habitación. Contiene libros abiertos y monedas. A los lados veo varios... No sé cómo describirlos, como pequeños botiquines colgados de las paredes.

—Son relicarios, Nick —lo interrumpió Martin, divertido—. Dirígete a la pared de la derecha. Lo que buscamos está en el centro del muro.

—¿Está colgado?

—Enseguida lo verás. Deberías de tenerlo ya delante.

—Delante..., en el centro... —repitió—, tengo dos de esos cofrecitos. Parecen antiguos.

—Acércate.

—Uno parece de oro. Rectangular. Del tamaño de un libro grande. Tiene un cristal engastado en la parte inferior y ángeles a su alrededor.

—Es el relicario de la Espina de Cristo —dijo Martin con una seguridad aplastante—. ¿Y el otro?

—¿La Espina de Cristo? ¿Bromeas?

—Nick. El otro —lo urgió—. ¿Lo ves?

—Espera un momento. Si has estado aquí antes, ¿por qué no has hecho tú el trabajo?

Martin ignoró la protesta. No podía decirle que había estado allí tres veces para ese mismo robo y que siempre había fracasado. Por eso había decidido encargárselo a un profesional.

—Centrémonos, Nick. Si lo que tienes delante —continuó— es una especie de sagrario con una terminación lobulada y una cruz de oro y piedras preciosas engastada sobre un fondo de madera, ya has llegado.

—Pues eso es exactamente lo que veo —respondió Allen—. ¿Qué es?

—Es madera petrificada del Arca de Noé.

—Je. Parece nuevecita...

—Te equivocas. Se cree que la encontró san Jacobo en el 678 de nuestra Era, durante una peregrinación al monte Ararat.

—¿Se peregrinaba al Ararat? —saltó—. Pero ¡si tiene cinco mil metros!

—Antes sí, aunque la mayoría no llegaban nunca a la cima. Esa montaña no es precisamente dócil. San Jacobo se durmió a mitad del camino, aunque dicen que para alentarle, Dios en persona le colocó una viga del Arca en el regazo.

—Ffff —silbó—. Pareces una enciclopedia.

—Sólo trato de documentar los objetivos.

—Pues lamento decirte que esto no es una viga; sólo una tablilla.

—¿La tienes en las manos?

—Afirmativo.

—Bueno... —titubeó—. Quizá la trocearon y la repartieron por la región. Saca tus herramientas y procede a extraerla. Te recuerdo que no nos interesa la madera, sino esa piedra con forma de riñón.

—¡Uh! ¿No quieres un trozo del Arca?

—No. Sólo la piedra.

—¿La negra?

—Exacto. Es una *heliogabalus* antigua, una «piedra del Sol». Sácala del molde con cuidado y sustitúyela por la réplica que llevas junto a tus herramientas.

El americano palpó el muro asegurándose de que la pieza no estaba conectada a alarma alguna. Tanteó también el relicario para ver si cedía, y cuando lo sopesó a su gusto extrajo de uno de sus bolsillos un punzón de relojero que procedió a clavar en el extremo superior de la anilla que abrazaba la joya. Al hacer palanca, aterrizó dócil en su mano. Allen se la guardó y a continuación vertió unas gotas de una solución adhesiva en el óculo vacío e insertó a presión la reproducción que Martin había traído desde Londres. Encajaba al milímetro. Nick sonrió. Pasarían meses antes de que alguien se diera cuenta del cambio.

—Ya está.

—Perfecto. —La voz de Martin Faber sonó triunfal—. Cuelga el relicario y sal de ahí.

—Oye... —La voz de Nick volvió a retumbar dentro de la furgoneta—. ¿Me vas a decir por qué no has hecho esto tú mismo? Aquí no necesitabas ayuda.

Pero esta vez Faber no respondió.

En realidad, no pudo.

Un monje de barbas largas había descorrido la puerta de su laboratorio móvil y lo apuntaba con un subfusil. Sin decir palabra, lo obligó a desconectar la radio, a dejar sus ordenadores y a caminar hacia la plaza desierta de la catedral con las manos sobre la cabeza. Tres sombras más cruzaron entonces los jardines de Santa Echmiadzin en dirección a la entrada principal. Iban a por Nick. Se apostaron junto a la tumba del patriarca Teg Aghexander y aguardaron a que el coronel Allen lo abandonase, ajeno por completo a su presencia. Aunque aquellos hombres vestían túnicas negras hasta los pies y grandes crucifijos colgando del cuello, actuaban como soldados profesionales.

Antes de que el coronel sospechara que algo iba mal, ya lo tenían encañonado y sin posibilidad de huir.

El individuo que parecía dirigir el contraataque dio un paso al frente.

—No es usted persona grata en Echmiadzin, coronel Allen —dijo en un inglés perfecto, en tono sarcástico, mientras una sonrisa siniestra emergía tras sus hermosos bigotes pajizos. La alzada de su interlocutor no pareció intimidarle lo más mínimo—. Le estábamos esperando.

—¿De veras?

—Oh, sí. Coronel Nicholas J. Allen. Nacido en agosto de 1951 en Lubbock, Texas. Graduado con honores. Trabaja para la Agencia Nacional de Seguridad en Armenia y ha venido a la capital sagrada del país en busca de algo que no es suyo. Ni de su tradición, ni de su incumbencia.

Los ojos del americano relampaguearon.

—¿Y quién demonios es usted?

—Un viejo enemigo de su país, coronel.

Nick no respondió.

—Los americanos se empeñan en ignorar qué clase de tierra es ésta —prosiguió—. Creen que por haber estudiado las páginas que el *CIA Factbook* dedica a Armenia ya saben suficiente de nuestra cultura. Dan lástima. Cuando ustedes no existían, nosotros disfrutábamos ya de cuatro mil años de civilización.

—¿Qué quiere?

Allen seguía con los brazos en alto, mirando hacia la plaza que se abría frente a él y sintiendo cómo el frío del templo iba desapareciendo poco a poco de su piel.

—¿Qué le han hecho a mi compañero? ¿Sabe a lo que se expone reteniéndonos?

—Vamos, coronel. No se preocupe. Su colega no nos molestará. —Sonrió cínico de nuevo—. Aunque si tanta prisa tiene de reunirse con él, bastará con que nos devuelva lo que ha robado. ¿Le parece buen trato?

—No sé de qué me habla.

—No se haga el tonto conmigo, coronel. —Ahora fueron los ojos de su interlocutor los que chispearon—. Ha venido hasta aquí para llevarse una de las glorias de esta nación. Otros lo han intentado antes que usted y lo pagaron con la vida. Lo sagrado, si no se sabe manejar, mata. ¿Tampoco se lo han dicho antes?

—Si se refiere a los relicarios, siguen ahí dentro...

El hombre de los bigotes chascó tres veces la lengua, negando con la cabeza.

—Los relicarios son lo de menos. Queremos la piedra que ha extraído de ellos, coronel. Es parte de la carga original del Arca de Noé y para nosotros tiene un valor incalculable.

—Uh... ¿De veras se cree eso del Arca?

—Desgraciado el que no cree en nada, decía Víctor Hugo —declamó—. Usted lo sabe tan bien como yo.

—Luego lo cree...

—Déjeme ponerle en situación, coronel. Tal vez así entienda lo que trato de decirle. ¿Sabe por qué los armenios llamamos Hayastán a nuestro país? Yo se lo diré: significa la «tierra de Hay», o de Haik, hijo de Togarma, nieto de Gomer, bisnieto de Jafet y tataranieto de Noé. Todos ellos repoblaron estas cumbres tras el Diluvio y asumieron la protección de sus reliquias. El Ararat, la montaña en la que encalló el Arca, está a sólo sesenta y cinco kilómetros de aquí. Mi pueblo fue instruido para custodiarla tanto a ella como a sus preciosos tesoros. Lo nuestro no es fe. Es la certeza absoluta de su existencia y la obligación de su cuidado.

—Y añadió severo—: Por otra parte, coronel, deberían haberle dicho que robar en Armenia una reliquia de Noé es una ofensa que se paga con la vida.

—Un momento. —Se inquietó—. Soy americano. No pueden...

El hombre rió. Los cañones de sus dos acompañantes se movieron inquietos, apuntándole al pecho y empujándolo hacia el exterior del recinto.

—¿Quiénes son ustedes? ¿Trabajan para la Iglesia armenia?

—Me llamo Artemi Dujok, coronel. Y Dios me ha concedido recursos ilimitados para proteger lo que es Suyo. Ahora, por favor, devuélvame la piedra.

El americano intuyó enseguida hacia dónde lo llevaban. Un poco más allá de los jardines de Santa Echmiadzin nacía un callejón estrecho que parecía desembocar en ninguna parte. El lugar era sombrío. Aun así, distinguió cómo dos de los hombres de Dujok obligaban a Martin Faber a arrodillarse cara al muro mientras le apuntaban con sus armas automáticas. «Van a ejecutarnos», pensó.

—¿Y bien? ¿Prefiere que se la quite por la fuerza, coronel?

La insistencia de Dujok iba a brindarle su oportunidad de salir de allí. O eso pensó. Al bajar los brazos para sacarse la piedra de sus bolsillos Allen rotó sobre su eje y le descargó un puñetazo en la mandíbula. El golpe fue seco y sonó a madera rota. Mientras Dujok se derrumbaba con cara de no comprender, sangrando a chorros por su nariz reventada, sintió una ráfaga de balas silbando junto a su cabeza. El coronel se echó a tierra. Basculó el peso de su enorme cuerpo sobre los brazos y aún tuvo tiempo de lanzar una patada al aire que alcanzó al primer escolta armado de Dujok a la altura de las rodillas.

El soldado dejó escapar un grito de dolor mientras el que tenía enfrente, todavía a la sombra de un fresco de san Poghos, liberó otra andanada que, por fortuna, sólo impactó contra el templo haciendo saltar astillas de sus puertas y desconchando los sillares próximos a la entrada.

—¡Detenedlo! —oyó mascullar a Dujok, que se frotaba la cara dolorido.

Allen recuperó el aliento como pudo mientras las sienes le palpitaban con fuerza. Lanzó otro puñetazo contra el pistolero al que había roto el menisco, levantándolo por las axilas y arrojándolo con fuerza contra su compañero, que bajó el arma por instinto.

Pero aquella escaramuza iba a durar poco.

Agotado el factor sorpresa, Dujok se sacó de la espalda un cuchillo de hoja recta que lanzó con todas sus fuerzas contra el rostro del coronel. El impacto fue indoloro, apenas una rozadura. Pero el filo le había seccionado la piel del cráneo, abriéndole la carne a la altura de la frente, dejándole el hueso a la vista y destapando un reguero de sangre densa e imparable que lo cegó.

Antes de que su instinto de supervivencia le hiciera echarse las manos a la herida, creyó ver algo que ya no olvidaría jamás: aquel tipo de grandes bigotes se había aferrado a una especie de gran escapulario que le colgaba del pecho y lo alzaba apuntándole directamente a la cabeza.

—Es usted más estúpido de lo que pensaba, coronel Allen. —Sorbió con fastidio su propia sangre.

Entonces, un zumbido sordo como el que provocarían un millón de insectos excitados a los que un mazo hubiera reventado su panal salió de aquella cajita negra estrechándolo en un abrazo aterrador. Fue la primera vez que las escuchó. Eran ondas de muy alta frecuencia.

53

Al abrir los ojos, noté que tenía una terrible jaqueca y que las náuseas se me habían instalado en la boca del estómago.

—¿Se encuentra bien, señora?

La cara de Artemi Dujok estaba inusitadamente cerca. Enseguida comprendí que me habían tumbado en el suelo de la iglesia de Santa María y que el armenio se había apresurado a atenderme. Su gesto, sin embargo, no era de apremio. Y eso me tranquilizó.

—¿Qué... qué ha pasado? —balbuceé.

—Felicidades. Ha logrado activar la adamanta —dijo con una sonrisa.

—¿De veras?

—Sí.

—De repente todo desapareció a mi alrededor —gimoteé—. Se volvió oscuro. Y pensé... pensé...

—Cálmese. No le ha pasado nada, señora. Tan sólo que, al exponerse a su fuerte campo electromagnético, se ha desvanecido. Suele ocurrir. En cuanto se incorpore y beba algo de líquido, se recuperará enseguida.

Pero no era mi salud lo que más me importaba en ese momento.

—¿Y ahora qué va a pasar? —pregunté.

—Muy fácil. Su piedra nos ayudará a cumplir con lo que todo fiel busca en un templo como éste —sentenció—. Hablar con Dios.

Mi mueca de disgusto no le pasó desapercibida.

—Pensé que a quien buscábamos era a Martin —protesté.

—Dios lo es todo, señora. Y eso incluye también a su marido. Por eso, gracias al don que duerme en su interior, le hemos enviado una señal.

—¿Una señal? —Palidecí—. ¿A Dios?

—Y a la piedra de Martin, naturalmente.

54

—¡Doctor Scott! ¡Tiene que ver esto de inmediato! ¡Aquí fuera hay unos idiotas que no me dejan pasar a verle!

El monitor del videoteléfono de sobremesa de Edward Scott se iluminó sin previo aviso, sobresaltando a los tres hombres que aún concentraban sus miradas sobre fotos satelitales del norte de España. Por obvias razones de seguridad, aquel despacho de la Oficina Nacional de Reconocimiento había sido blindado por cuatro agentes del servicio secreto que no dejaban acercarse a ningún empleado a menos de quince metros. Sin embargo no les había dado tiempo a suprimir ni a filtrar las comunicaciones internas entre esa estancia y el resto del edificio.

—¡El *HMBB* acaba de detectar una nueva emisión X! —gritó aquel tipo a la desesperada.

—¿Emisión X? —Michael Owen levantó la vista de la mesa con su cara convertida en un puro interrogante. El operario de la NRO había logrado acceder al sistema de transmisiones interno del edificio, dejando que su rostro redondo, enrojecido por la urgencia, brillara en el intercomunicador.

—Está bien, Mills —respondió tranquilo su director—. Ahora mismo salgo.

El máximo responsable de la Agencia Nacional de Seguridad torció el gesto:

—Un momento. ¿Qué demonios es una emisión X? ¿Y adónde se supone que va usted?

—Llamamos así a la señal detectada hace unas horas en Santiago. Si lo que acaban de encontrar es otra de esa clase y dura tan poco como la primera, será mejor que corramos a la sala de control para verla. Pueden acompañarme o esperar aquí sentados, lo que deseen.

—Si al presidente no le importa... —terció Owen.

Roger Castle ya se había puesto en pie y caminaba detrás de Scott.

—Vamos —los animó.

Los tres cruzaron la pasarela metálica que separaba la zona de administración y despachos del área técnica. Scott se identificó frente al lector de iris situado junto a una puerta blindada, y tras un leve zumbido penetraron en un salón presidido por una enorme pantalla de plasma. Las luces estaban amortiguadas y la habitación olía a café recién hecho. La noche se anunciaba larga. Alrededor de los paneles de control no habría más de una decena de personas, lo que hizo que el presidente se sintiera cómodo. Con suerte, ni se darían cuenta de su presencia.

Pero no tuvo tanta. El gordito que habían visto unos segundos antes por el videoteléfono se les acercó a toda prisa y se detuvo en seco al reconocer al presidente.

—¿Señor? —titubeó ante su fastidio.

—Éste es Jack Mills, señor, nuestro jefe de monitorización —intervino el doctor Scott, salvándole del apuro.

—¡Es un honor, señor presidente!

—Le ruego que baje la voz y guarde discreción —respondió Castle.

—¡Naturalmente, señor presidente!

En ese momento, la pantalla gigante mostraba un mapamundi sobre el que se adivinaban las órbitas numeradas y en colores de varios satélites geoestacionarios, y bajo ellas, sobre el mapa, diversos códigos que Owen y Roger Castle interpretaron como objetivos a rastrear desde sus posiciones.

—¿Dónde está la emisión X? —preguntó Castle a Mills.

—Rastreamos su señal desde hace unos seis minutos, señor. La verá mejor en los monitores pequeños.

Los cuatro se inclinaron sobre una de las consolas de la sala en la que se veía una imagen a tiempo real de la península Ibérica. Mills apartó los restos de su último tentempié y tecleó unos comandos en el teclado adjunto. La imagen comenzó a desplazarse con suavidad mientras la zona seleccionada se ampliaba poco a poco, con total definición.

—¿Otra vez Santiago? —preguntó Castle al ver hacia dónde se movían los cursores.

—No, señor presidente —masculló—. Ahora estamos recibiendo dos señales casi simultáneas. La primera la ha detectado el *HMBB* en la cornisa norte de España, en una localidad llamada Noia. A nuestra hora cinco y cuarenta y siete. Hace tres minutos.

—¿Noia?

—Se encuentra a unos cuarenta kilómetros al oeste de la señal anterior, señor.

—¿Y la segunda?

—Ha empezado veinte segundos más tarde. Otro de nuestros «ojos», el KH-19, acaba de situarla en las inmediaciones del monte Ararat. Acabamos de fijar sus coordenadas y se corresponden con un área cercana a la frontera entre Irán y Turquía.

—¿No es ahí donde fue secuestrado...?

—Muy cerca, señor presidente —lo atajó Owen, tratando de controlar una información que no deseaba dejar correr fuera de los cauces que él controlaba. Castle captó el gesto.

—¿Y usted sabe quién puede estar emitiendo esas señales?

La nueva pregunta del presidente hizo que Jack Mills se encogiera de hombros y esbozara media sonrisa de disculpa. Quería asignar nombre y rostro al enemigo de la Operación Elías, pero nadie se lo ponía fácil:

—No tenemos ni la menor idea, señor.

—¿Rusos? ¿Iraníes?...

—No lo sabemos, señor —insistió.

Roger Castle se giró entonces hacia el director de la Agencia Nacional de Seguridad y lo interrogó con severidad:

—Respóndame usted, señor Owen: ¿qué probabilidad existe de que esas anomalías las estén provocando alguna de esas piedras que busca su proyecto?

—Muy alta, señor.

—¿Y tenemos algún plan para recuperarlas?

—Por supuesto. El NRO se encuentra conectado a nuestro centro de datos y a la unidad de intervención rápida de la Marina. En este momento, si todo funciona de acuerdo con el protocolo, ya se habrá dado orden de rastrear la zona al comando que esté más cerca de ambas áreas geográficas.

Roger Castle se apartó con gesto preocupado del monitor y dirigiéndose hacia la puerta de entrada pidió a Michael Owen que se aproximara. Necesitaba preguntarle algo más; algo que le rondaba desde la última vez que habló por teléfono con su asesora Ellen Watson, que ahora estaba en Madrid, no demasiado lejos de la zona en la que acababa de detectarse aquel haz electromagnético.

—Michael, por culpa de esas piedras han desaparecido dos personas, y una es ciudadano estadounidense. Espero que consiga algo más que mover satélites en sus órbitas y no me traiga sólo fotos al Despacho Oval.

—Entendido, señor.

—Manténgame informado. En cuanto a ustedes —dijo elevando la voz y dirigiéndose a los dos científicos—, confío en que sabrán guardar en secreto esta visita. Debo hacer algunas llamadas.

55

—Ha hecho usted un buen trabajo, señora Faber —murmuró Artemi Dujok mientras se quitaba la mochila que cargaba a la espalda y abría su portátil en busca de una red a la que conectarse. Parecía más animado de lo que lo había visto hasta entonces. Había dejado su arma apoyada en el sarcófago de Juan de Estivadas y la adamanta justo sobre la tapa.

Brillaba.

—¿Sabe? Es admirable que su marido haya recurrido a una frase con tanto sentido como «se te da visionada» para hacernos llegar su mensaje. De algún modo —añadió— esa capacidad suya de visión es lo que ha hecho siempre tan especiales los contactos con estas piedras. Le ocurrió algo similar a su último propietario...

—¿John Dee?

El armenio estaba introduciendo unos comandos en su ordenador con frenesí, pero levantó la vista del monitor un segundo, para mirarme.

—¿John Dee? No. ¡Claro que no!

Esta vez fui yo la sorprendida.

—¿Ah, no?

—La última vez que la historia se fijó en sus piedras fue en 1827 —dijo regresando a su teclado—. Un joven norteamericano de Vermont, en Virginia, dijo haberse hecho con ellas. Con las dos. Aunque su historia presenta muchas similitudes con la de Dee. En el colmo de coincidencias con el sabio de la reina de Inglaterra, ese muchacho afirmó que fue una criatura angélica quien se las entregó. Y lo hizo junto a un libro de láminas de oro, escrito en un lenguaje extraño que consiguió traducir gracias a ellas.

—Nunca he oído hablar de nada parecido...

—Pues es extraño, señora Faber. Es un episodio muy famoso. Sobre todo en los Estados Unidos, la patria de su marido.

—¿Ah, sí?

—Tal vez si le digo el nombre del muchacho que recibió las piedras, caiga en la cuenta —añadió misterioso—: Joseph Smith.

—¿Joseph Smith?

—El fundador de los mormones —sonrió sin levantar la vista del ordenador—. O, para ser más preciso, de la Iglesia de Jesucristo de los Santos de los Últimos Días.

—¿En serio?

—Smith fue su fundador y profeta. Y antes de que aquel libro de páginas de oro desapareciese, hubo muchos testigos que lo vieron e incluso dieron fe de su existencia ante notario.

—¿Los mormones tienen que ver con las adamantas?

Lo cierto es que yo no sabía casi nada de los mormones. Había nacido en un país católico, así que todos los movimientos cristianos de nuevo cuño me quedaban un poco lejos. No obstante, al haber trabajado en restauración de arte sacro en muchas iglesias de Galicia, sabía que los mormones llevaban años microfilmando sus viejos libros de bautismo y defunción para atesorarlos en Utah antes del «fin de los días». Ellos creen —o eso me contaron los párrocos, tan asombrados como yo de esa obsesión suya por sus registros— que sólo aquellos cuyo árbol genealógico esté archivado en un búnker especial que han construido en Salt Lake City tendrán verdadera opción a la vida eterna.

—Smith no sólo se hizo con las adamantas, señora —precisó Dujok sacándome de mis cavilaciones—, sino que les devolvió el nombre por el que fueron conocidas en la Antigüedad. Cuando lo conozca, tal vez aprecie mejor su infinito valor.

—¿Más aún?

—Más —dijo—. Verá: entre las revelaciones que recibió Joseph Smith junto a las piedras estuvo la de que el patriarca Abraham fue uno de sus más insignes propietarios. Debió de heredarlas de los descendientes de Noé. Y las llamó Urim y Tumim.

—Urim y ¿qué...?

—Significa «luces» y «recipientes» en la antigua lengua hebrea, señora Faber. Por supuesto, el patriarca las usó con propósitos adivinatorios y de comunicación en Ur, cerca de la moderna ciudad de Nasiriya, en Irak, donde se han hallado también tablillas de arcilla del siglo XVII antes de Cristo con fragmentos de la *Epopeya de Gilgamesh*.

—Entonces Abraham tuvo esas piedras...

—Así es. La lista de personajes notables que han accedido a ellas hasta 1827 es impactante. Desde Moisés a Salomón, que las guardó junto a los tesoros del Templo, pasando por emperadores romanos, papas, reyes, financieros, políticos...

—¿Y qué fue de Smith?

—Enloqueció —respondió Dujok con gesto grave, concentrado ahora en las gráficas que surgían en la pantalla—. Asumió tanto su condición de último profeta enviado por Jesucristo para redimirnos que fundó su Iglesia y años más tarde murió linchado por sus enemigos en Illinois. En cuanto a Urim y Tumim, debieron de desaparecer en aquel tumulto. Jamás volvió a oírse hablar de ellas... Al menos, públicamente.

Dujok enarcó una ceja, como si tratara de subrayar el suspense de sus palabras.

—¿Públicamente? ¿Qué quiere decir?

—Tras cuatro décadas en paradero desconocido, bajo la administración de Chester Arthur se localizaron en el suroeste de los Estados Unidos. Estaban custodiadas por indios hopi, con los que Arthur negoció para quedárselas. Fue entonces, en los primeros laboratorios de la Marina, cuando se descubrió que tenían comportamientos que se escapaban a la materia conocida. Cambiaban de peso, de color o temperatura a la vez, como si se comunicasen o reaccionasen a señales externas.

—Y eso es lo que usted espera que suceda ahora, ¿no?

—No lo espero —dijo señalándome su ordenador—. Está sucediendo. ¡Mire aquí!

56

Bip. Bip. Biiip.

Tres nuevos mensajes emergieron seguidos en la Blackberry de Ellen Watson. La asistente del presidente los abrió cuando el avión en el que viajaba descendió hacia el aeropuerto de Lavacolla, a dieciséis kilómetros al este de Santiago de Compostela, y su antena se puso al alcance de los repetidores más cercanos. Los tres llevaban la marca de urgente.

El primero lo firmaba aquel memo de Richard Hale que tan mala impresión le había causado en Madrid. Contenía un documento de texto, una fotografía reciente de Julia Álvarez —«Éste es su objetivo. Cinco años casada con Martin Faber, ex NSA»— y un breve resumen de la conversación que había mantenido Nick Allen con ella antes de su desaparición en Santiago. «El inspector Antonio Figueiras les ayudará en todo lo que necesiten. Lleva el caso para la policía local», y añadía un número de teléfono móvil.

Ellen memorizó la información, echó un vistazo a la foto y cerró el documento con un solo golpe de pulgar. «Y tendré que hablar también con el coronel Allen», anotó.

El segundo, más críptico, procedía de su oficina en Washington. Le extrañó. Lo último que sabía de ella era que uno de sus colegas la había telefoneado poco antes dándole órdenes de que tomara el primer avión disponible hacia Galicia. «La piedra que buscamos ha sido detectada allí —afirmó—. Otra ha reaccionado a 5594 kilómetros al este, en territorio turco.» Pero ahora, por escrito, otro mensaje la apremiaba para que consultase las últimas imágenes obtenidas por el satélite *HMBB* sobre la ría de Noia y se centrase en la piedra que tenía más cerca. Tras un tecleo rápido, Ellen entró en la web de acceso restringido de la NRO y con su contraseña y código de funcionaria pudo husmear en su base de datos. Al examinarla comprendió la urgencia de la Casa Blanca. «Ten cuidado. Elías se ha puesto ya tras ella —leyó—. Estas imágenes han sido enviadas esta madrugada al *USS Texas*. No bajes la guardia.»

«¿El *USS Texas*? —saltó—. ¿Y cómo diablos han enviado un submarino tan rápido?»

En cuanto al tercer mensaje, resultó el más específico de todos. Procedía de un asesor científico del presidente e incluía una comparativa entre la información recogida por el *HMBB* y la de un satélite privado de siete años de antigüedad —un venerable anciano en términos de exploración espacial— llamado *GRACE* (*Gravity Recovery and Climate Experiment*). De su lectura se deducía una extraña conclusión: la intensidad del campo gravitatorio en la zona a la que se dirigían se había reducido un dos por ciento sin otra causa aparente que la emisión electromagnética detectada por el *HMBB*.

—¿Has visto esto, Tom?

Thomas Jenkins se distraía hojeando la prensa. El hombre de la corbata Saks a rayas levantó la vista de la página de deportes y echó un vistazo a la tabla que le mostraba Ellen. Sus datos no parecieron hacerle precisamente feliz.

—Me temo que tendremos que dividirnos —dijo—. En cuanto aterricemos, alquilarás un vehículo y te acercarás a Noia. Allí está la adamanta de Julia Álvarez. Hazte con ella.

—¿Y tú?

—Yo me reuniré con el coronel Allen y me lo llevaré a Turquía. Buscaré a Martin Faber y recuperaré su piedra. Nos veremos en Washington en tres días. Cuatro, si las cosas se ponen duras.

—¿Estás seguro?

—Completamente.

Mientras Jenkins se ponía su americana y se preparaba para el descenso, lanzó a su colaboradora otra de sus inoportunas preguntas. Volvía a ponerla a prueba.

—¿Sabías que Martin Faber es climatólogo? —dijo, mirándola de reojo.

—Sí —asintió—. Estudié su ficha cuando el presidente pidió que lo investigáramos.

—Un climatólogo, Ellen, tiene un perfil muy diferente al de un meteorólogo. Desde la óptica de la defensa nacional, es lógico que la NSA tenga en nómina a meteorólogos que evalúen si un día es bueno para lanzar un misil balístico o para hacer una prueba aérea en la alta atmósfera. Pero un climatólogo no predice nada a corto plazo. Estudia el clima en su conjunto y sus previsiones, si las hace, son imprecisas y a décadas vista. —Jenkins aguardó un instante a que su explicación calara en Ellen antes de espetarle la siguiente interrogante—: ¿Para qué crees que querrían a alguien así en sus filas?

Tom Jenkins nunca hablaba por hablar. Viajar con él era como moverse sobre un tablero de ajedrez. Te obligaba a estar atento hasta a sus menores movimientos y a mantener una actitud cuidadosa con todo lo que decías o hacías si no querías ser derribado. Ellen tuvo todo eso muy presente antes de responder.

—¿Y si el Proyecto Elías tuviera que ver, en el fondo, con el clima? —dijo—. No sería la primera vez que la NSA estudia cómo modificar el ecosistema de una región para desestabilizarla políticamente. Acuérdate del *High Fre-*

quency Active Auroral Research Program, HAARP, que estudia la ionosfera. Se concibió para determinar cómo le influye el magnetismo terrestre o el solar y poder provocar cambios atmosféricos a voluntad. En algunos manuales de inteligencia esos proyectos aparecen reseñados como las semillas de las armas del futuro. Más allá incluso de las termonucleares...

—Tiene sentido. Bien, Ellen —murmuró Jenkins apurando su taza de café, que entregó vacía a la azafata—. Si la NSA necesitara sólo información del tiempo le bastaría con acudir a la Estación Meteorológica Nacional y servirse los datos que precisara. Pero es evidente que el Proyecto Elías está por encima de eso. Y dime, entonces, ¿cómo encajas unas piedras viejas en esa preocupación? ¿Por qué crees que les interesan tanto? ¿Crees que pueden servir para modificar la climatología?

—De momento sabemos que emiten ondas EM capaces de salir al espacio, Tom —precisó—. Y ahora parece que pueden modificar la intensidad de la gravedad terrestre en las zonas del planeta en las que actúan. Esas piedras, desde luego, no son normales.

—¿Eso crees?

—Tal vez no sean piedras en el sentido estricto del término. Quizá sean un compuesto artificial creado en el pasado. Un cristal de la Atlántida. Un trozo de kriptonita... Qué sé yo.

El asesor del presidente rio la ocurrencia.

—¿Y qué tendrían que ver con el clima?

A Ellen no le gustaba que la cosiera a preguntas de aquel modo. Tom, sin embargo, era experto en exprimir cerebros ajenos. Su reputación en Washington era terrible. En la oficina de Castle decían que «el rubio de hielo» era capaz de poner a pensar a equipos enteros en la dirección y con la finura que necesitaba, para después disolverlos sin piedad, enfrentando a unos agentes con otros. Lo llamaban «la cizaña».

—Piedras y clima...

A su pesar, Ellen se concentró en el problema.

—Tal vez... Tal vez las ondas que emiten esos minerales sirvan para deshacer tormentas, o provocarlas, o quizá para alterar el grosor de la capa de ozono —dijo al fin—. En zonas sísmicas un cambio gravitatorio podría desencadenar un...

—¡Aguarda un momento!

La interrupción de Jenkins la sobresaltó.

—El presidente cree que Elías es un programa para prever catástrofes globales con una increíble precisión. —Su rostro se iluminó de repente, como si hubiera caído en la cuenta de algo que se les hubiera pasado por alto—. ¡No tiene sentido que todo se fundamente en una piedra que modifique el clima, Ellen! Sin embargo...

—¿Sin embargo?

—Si el proyecto fue diseñado para adelantarse a una catástrofe planetaria, un climatólogo sería una pieza fundamental, y el esfuerzo por hacerse con ella se justificaría a cualquier coste.

—Entonces, con todos mis respetos, no entiendo por qué un hombre como Martin Faber abandonaría un proyecto preferencial como ése.

Jenkins iba a responder cuando sintió el golpe seco que el avión dio al tomar tierra.

—Según la NSA —añadió en cuanto el ruido exterior se lo permitió—, Faber dejó su puesto al poco de ser enviado a Armenia, a finales de 1999.

—¿Y se sabe por qué?

—Existe una carta de dimisión algo oscura, en la que afirmó haber encontrado en ese país la fe verdadera. Al principio no le di importancia. La mayoría de las dimisiones en los servicios secretos están motivadas por asuntos de faldas o por conversiones religiosas. En ambos casos, los remordimientos no dejan vivir al agente y termina sucumbiendo. Pero ahora que he revisado el expediente de Martin Faber, he visto que en su caso había algo diferente. No encontré dudas morales. Más bien todo lo contrario: alegó que los practicantes de la religión más antigua del mundo le habían ofrecido respuestas a todas sus preguntas. Y por eso dejó la NSA.

—¿La religión... más antigua?

—En la Agencia aún recuerdan esa carta. Fue muy original. Para que te hagas una idea, la fechó en el año 6748 del calendario de su nueva religión. Que era exactamente, dijo, el tiempo que nos separaba del último Diluvio Universal.

—¿Cómo? —Los ojos de la mujer no parpadearon. Instintivamente echó mano a la estrella de David que colgaba de su cuello—. ¿Su calendario es más antiguo aún que el hebreo?

—Así es. ¿Has oído alguna vez hablar de los yezidís, Ellen?

57

A esa hora, en la pantalla del pequeño ordenador portátil de Dujok relampagueaba un mapamundi de colores intensos. La parte derecha del monitor estaba llena de cifras en tres colores que iban moviéndose a gran velocidad, mientras que en los extremos superior e inferior un cursor iba desplazándose marcando coordenadas geográficas y siglas que no era capaz de entender.

—Esta aplicación coordina toda una red de satélites de órbita baja, con instrumental para medir variaciones en el campo magnético terrestre —dijo el armenio, sin despegar la vista del gráfico—. Si se produce una alteración superior a los 0,7 gauss de intensidad, salta una alarma y la zona se marca en esta gráfica en color rojo. ¿Lo ve?

Me acerqué a la computadora para hacerme una idea, pero no comprendí gran cosa.

—Si ampliamos el área de la península Ibérica —dijo, tecleando unas órdenes rápidas—, verá que la desembocadura de la ría de Noia se ha teñido de rojo. Aquí la tiene.

—¿Eso lo ha hecho la piedra?

—No. Eso *lo está haciendo la piedra* —enfatizó—. Todavía está emitiendo la señal.

—¿Y ya ha encontrado la de Martin?

—El programa está procesando la información en este momento, señora Faber. Una señal gemela ha saltado a pocos kilómetros de la frontera entre Turquía e Irán, en el área de influencia del monte Ararat.

—¿Es ahí donde está ahora mi marido? —Tragué saliva.

—Probablemente.

—¿Y esta información —dudé si preguntar aquello o no— está al alcance de alguien más? ¿Del coronel Allen, por ejemplo?

—El coronel Allen, señora, es probable que esté muerto.

—¿Muerto?

—Cuando la rescatamos en Santiago liberamos una descarga de geoplasma de un tesla, casi diez mil gauss de intensidad, que fue lo que la dejó inconsciente. No es la primera vez que él la recibe. Y, créame, pocos organismos vivos pueden soportar varias de esas salvas sin colapsarse.

58
—

El paciente de la habitación 616 seguía sin reaccionar, aunque sus constantes vitales —temperatura corporal, pulso, frecuencia respiratoria y presión arterial— indicaban que se encontraba ya fuera de peligro. Las inyecciones de adrenalina todavía no habían conseguido despertarlo. Sus ojos indicaban que Nicholas Allen seguía sumergido en la fase REM de un sueño inusualmente prolongado. Quizá por ello, los médicos del hospital de Nuestra Señora de la Esperanza no parecían muy seguros sobre cómo evolucionaría en las próximas horas.

—Es posible que despierte en breve... —comentó el jefe de la Unidad de Cuidados Intensivos en la primera reunión de equipo, a eso de las seis de la mañana—, pero también que el coma colapse definitivamente su sistema nervioso y no se recupere.

—¿Podemos hacer algo por él? —preguntó otro.

—No mucho. En mi opinión, no deberíamos aplicarle ningún tratamiento hasta saber qué le ha pasado exactamente.

—Pero lleva varias horas inconsciente, doctor —replicó una de las enfermeras.

—Mi opinión es firme. Mientras siga estable, no intervendremos. Es mejor esperar a que despierte y averiguar qué lo ha llevado a ese estado.

Ninguno de aquellos facultativos podía imaginar, ni

por lo más remoto, que el cerebro de aquel gigante trabajaba en ese momento en la resolución del problema. De
hecho, sus circuitos neuronales pasaban revista a la última
vez que una fuerza sobrehumana como la que acababa de
postrarlo impactó contra su cuerpo.

La memoria celular de Allen lo recordaba bien.

Entre Armenia y Turquía.
11 de agosto de 1999

Todo ocurrió en las horas siguientes al robo frustrado
en la catedral de Santa Echmiadzin.

Herido en la frente, desarmado y puesto fuera de circulación por los gorilas de Artemi Dujok, Nick Allen fue sacado de la ciudad en un camión frigorífico y conducido clan-
destinamente al otro lado de la frontera con Turquía. Junto
a él habían maniatado al torpe de Martin Faber. Nadie podía quitarle de la cabeza que si no lo hubieran sorprendido
en su improvisado centro de control a las afueras del recinto santo, las cosas hubieran sido muy diferentes. Pero ¿de
qué iba a servir lamentarse? Lo único cierto era que, tendi-
do a su lado, el joven burócrata presentaba un aspecto mucho mejor que el suyo. Allen no le adivinó hematomas ni
heridas significativas, y aunque lo habían amordazado sólo
con cinta adhesiva, parecía asustado e incapaz de actuar.
Su propio caso, por desgracia, era bien distinto. Había perdido mucha sangre, se sentía demasiado débil para huir,
tenía los músculos de brazos y piernas agarrotados y era
consciente de que su supervivencia dependía de la energía
que ahorrase hasta que lo llevaran a un hospital. Si es que
lo hacían.

Durante siete interminables horas, sin agua ni aire lim-
pio, ninguno de los dos hizo ademán de comunicarse.

Aquel éxodo duró más de lo esperado. Si lo que buscaba el santón de Echmiadzin era ponérselo difícil a un eventual equipo de rescate de la NSA, lo estaba haciendo muy bien. De entrada, los habían alejado de la catedral conduciéndolos a una suerte de planicie inhóspita, en medio de la nada, que los estremeció nada más verla. Ya no estaban en la montañosa Armenia, sino en una plataforma infinita en la que el perfil de las cumbres de aquel país apenas era una sombra tras la que el Sol amenazaba con ponerse en cuestión de minutos.

Faber y él repararon enseguida en el edificio que se levantaba a apenas un centenar de metros de ellos. Situado al otro lado de una depresión enorme y oscura, pocos pasos más allá destacaba una especie de minarete de base circular, más ancho en su parte inferior que en su extremo superior, de factura antigua, que parecía un dedo apuntando al cielo. Había sido cubierto parcialmente por una torre de ladrillos de adobe, como si por alguna razón hubieran querido ocultar la estructura a miradas indiscretas.

—¿Dón... Dónde estamos? —balbució Nick. Su herida había dejado de sangrar.

—Esto es el Kurdistán libre, coronel —anunció solemne Artemi Dujok abriendo sus brazos hacia el abismo que los separaba de los edificios—. La tierra sagrada de los herederos de Noé.

Martin tragó aire.

Aquel tipo no les estaba mintiendo. Debían de haber recorrido casi cuatrocientos kilómetros hasta llegar a ese lugar. Desde su nueva posición, los picos nevados del vecino Ararat destellaban bajo las últimas luces de la tarde. Calculó que debían de encontrarse cerca de su cara sur, en algún punto equidistante entre las fronteras de Armenia, Turquía e Irán.

—¿Y qué hacemos aquí? —volvió a abrir la boca Allen

mientras pateaba con desgana el suelo, como si tratase de recuperar el tono muscular—. ¡No pueden retener a dos súbditos americanos!

El tipo de los grandes bigotes y sus hombres sonrieron de medio lado.

—Vaya. ¿No reconoce el lugar, coronel?

—Yo sí —los atajó Martin señalando al horizonte—. Aquello es Agri Daghi, «la montaña del dolor», en turco. O Urartu, «la puerta hacia arriba», en armenio.

—Muy bien, señor Faber. Hoy va a saber por qué los turcos la llaman así.

—¿Ése es su plan? —musitó—. ¿Van a abandonarnos ahí? ¿En la montaña? ¿Va a despeñarnos por alguno de esos barrancos?

—No, no. Nada de eso. —Dujok retomó aquella extraña sonrisa que nunca terminaba de caérsele del rostro—. Eso les daría una inmerecida oportunidad de escapar a su destino, señor Faber. Y queremos que les duela. Los yezidís, créame, hacemos las cosas a conciencia.

—¿Yezidís?

Por alguna razón, Martin se estremeció al oír aquel término. El joven enviado de la NSA se quedó mirándolo con gesto de sorpresa, mientras éste se adelantaba al borde del agujero y lo examinaba con inquietante satisfacción. Pese a estar en pleno mes de agosto, la caída del Sol empezaba a dejar paso a un viento frío del norte que no consoló a los prisioneros.

—¿Sabes quiénes son...? —le susurró Allen cuando Dujok se hubo apartado.

Martin, solícito, respondió enseguida:

—Desde luego —bisbiseó—. Mi padre me ha hablado mucho de ellos. Exploró estas regiones hace años y contaba cosas asombrosas de esta gente. Aquí los tienen por adoradores del diablo pero en realidad mantienen el único culto exclusivo a los ángeles que existe en el mundo. Los santones yezidís no se afeitan nunca los bigotes. Míralos. Creen en la reencarnación. No comen lechuga. Ni visten de azul. Se consideran los supervivientes legítimos de varios diluvios, y por tanto los únicos leales protectores de reliquias como la de Santa Echmiadzin.

—Fanáticos... —chistó Allen con fastidio.

—Pero no asesinos.

—¡Pues casi me matan en la catedral!

Martin Faber no supo qué replicar. De poco hubiera servido explicarle a un herido por cuchillo yezidí la fascinación que ejercía aquella gente en su familia. Los padres de Martin habían pasado años interesándose por su extraña teología y los consideraban pacíficos. Aunque quizá les cegaron los sutiles lazos que los unían con John Dee. Ambos —yezidíes y seguidores del mago inglés— aseguraban haber establecido comunicación con inteligencias superiores e incluso haber visto «libros» y «tablas celestiales» que les habrían permitido el acceso directo al Creador.

Y eso era justo lo que Martin, inspirado por su padre pero impulsado por el proyecto en el que militaba, había ido a buscar a Armenia.

—¿Sabe? —Artemi Dujok giró entonces sobre sus talones, interrumpiendo los cuchicheos de sus prisioneros. Su mirada estaba puesta en el joven Martin—. No debería extrañarme que haya heredado la ambición de su padre.

—¿Mi padre? —saltó—. ¿Lo conoce?

—Señor Faber, por favor. Su ingenuidad me conmueve. Conozco a todos y cada uno de los implicados en el Proyecto Elías. Hubo un tiempo en el que incluso yo trabajé para él. Antes incluso de que usted tuviera uso de razón. Sin embargo, lo dejé en cuanto conocí las verdaderas intenciones de su país.

—¿Trabajó para Elías?

Los ojos del armenio relampaguearon. Los de Martin también.

—Sí. Y, por lo que veo, todavía siguen dispuestos a conseguir el monopolio de las piedras a toda costa.

Nicholas Allen estaba aturdido. No lograba entender de qué estaban hablando aquellos tipos. ¿Conocían los yezidís a los padres de su compañero? ¿Qué diantres era ese Proyecto Elías? ¿Y por qué, de repente, tenía la impresión de que su agencia lo había metido en un avispero sin haber tenido la consideración de informarle siquiera de su existencia?

—Lo que no entiendo muy bien —terció Martin ajeno a los razonamientos de su mermado colega— es por qué nos ha traído aquí. A una de sus famosas torres...

Dujok se acercó a sus prisioneros con las manos a la espalda:

—Celebro que reconozca el lugar, Martin Faber. No esperaba menos de usted.

—He leído sobre ellas en los libros de William Seabrook. Y también en los de Gurdjieff.

«¿Torres? —La consternación de Allen iba en aumento—. ¿Gurdjieff? ¿Seabrook?»

—¿Y ha leído por casualidad lo que dicen de nosotros Pushkin o Lovecraft? —sonrió malévolo el armenio—. Quizá ya lo sepa, pero mi obligación es decirle que todos mienten. Gurdjieff, el místico más famoso de mi país, ni siquiera llegó a ver estas torres. Sin embargo, en Europa disfrutó de una popularidad inmerecida sólo porque publicaba sus panfletos en francés.

—Aunque William Seabrook sí descubrió su secreto, ¿no es cierto?

—Seabrook, sí —masculló.

—Fue un ocultista y reportero que trabajó para *The New York Times* a principios del siglo xx...

—Sé quién fue Seabrook, señor Faber. El primero que

publicó detalles sobre estas construcciones —lo atajó señalando la inmensa aguja de piedra oculta por estrechos tabiques de adobe y plástico—. El muy estúpido las llamó las «torres del mal» porque creía que irradiaban vibraciones con las que Satán dominaba el mundo. Pero cuando escribió sobre ellas, no pudo demostrar siquiera su existencia. La mayoría habían sido destruidas o en el mejor de los casos sepultadas bajo otras estructuras.

—Leí su *Adventures in Arabia* —asintió Martin, satisfecho de estar distrayendo a su verdugo—. Y eché en falta que diera sus ubicaciones exactas...

—Nunca las supo. Por eso no las dio. Ninguno de los *sheikhs* yezidís con los que habló en los años veinte se las hubiera revelado. Tuvo que contentarse con suponer que alguien muy preparado, en la noche de los tiempos, las distribuyó por todo el continente y que nosotros, de tarde en tarde, las visitamos para saber si aún funcionan.

—¿Y ésta es una de ellas?

—Así es —asintió el armenio—. Mi familia se vio obligada a ocultarla en tiempos de Seabrook por culpa de sus escritos. Su libro consiguió estigmatizar a nuestro pueblo al vincularnos al diablo y afirmar que esas torres estaban controladas por el mal.

—¿Y no lo están? ¿No son ustedes satanistas? —intervino Nick dubitativo, con voz cansada. Sus piernas empezaban a flaquearle y la respiración se le hacía cada vez más penosa. Empezaba a desear que aquello, fuera lo que fuese lo que les esperaba, terminara rápido.

—¡Claro que no!

—Y entonces, ¿por qué va a sacrificarnos? —Tosió. El coronel empeoraba. La fiebre había empapado por completo su frente herida. Aquel sudor frío que no presagiaba nada bueno—. ¿No hacen eso los adoradores del mal? ¿Sacrificar humanos?

Dujok dejó de dar vueltas alrededor de sus prisioneros para inclinarse sobre el texano.

—Lo interesante del caso, coronel —susurró—, es que no voy a ser yo quien los ejecute. No quiero mancharme las manos con su sangre. Por suerte, al robar una reliquia sagrada, ustedes dos se han hecho merecedores de una ordalía. ¿Sabe qué es eso?

Nick Allen no tenía ni la más remota idea. Jamás había oído esa palabra. Y Dujok, que lo imaginaba, no tardó en aclarárselo:

—Es un juicio de Dios, coronel —siseó—. Justicia pura impartida por el Todopoderoso. Una sentencia implacable. Instantánea. Exacta. Él será quien decida su suerte. ¿Le parece bien?

—Está loco...

Otro soplo del viento helado del norte, reflejo quizá de la tormenta que se estaba gestando a la altura del pico menor del Ararat, dio por terminada su conversación.

—No hay tiempo que perder. —El armenio se irguió desoyendo el desprecio de su prisionero.

A un gesto suyo, dos hombres los empujaron más cerca del borde de aquel cráter oscuro. El corte en la roca era feroz: bajo sus botas se abría una sima vertical, un hueco horadado como a cincel que, al sentirlo cerca, los bañó con un inesperado bofetón de aire caliente. ¿Pensaba Dujok arrojarlos allí? ¿En eso consistía la ordalía?

Faber conocía bien aquel término.

Fue acuñado por la Santa Inquisición en la vieja Europa y se refería a aquellos juicios contra brujas y herejes en los que se renunciaba al proceso habitual forzando a los reos a demostrar su inocencia venciendo a las llamas o flotando con manos y pies atados ante un grupo de eclesiásticos. Él no creía que los fueran a lanzar al vacío. La ordalía debía darles una pequeña oportunidad de defenderse. Y un precipicio como aquél no parecía que fuera a concedérsela.

—¿Qué va a hacer con nosotros, Dujok? —preguntó Martin inquieto al notar que el suelo se terminaba ya bajo sus botas.

—Vamos a poner a prueba su fe, señores.

El armenio había tomado la pequeña reliquia de Echmiadzin entre las manos y la sostenía sobre su cabeza. Aquel riñón de piedra destellaba casi como si fuera un diamante. Su luz debía de ser propia porque la oscuridad ya se había hecho la dueña del lugar y no había nada que pudiera provocar aquellos brillos.

—¿Sabe ya por qué llaman a estas reliquias piedras del Sol, señor Faber?

Martin no se esperaba aquella pregunta. Sin bajar su pieza de las manos, Dujok siguió hablando:

—Las *heliogabalus* son minerales especiales que sólo reaccionan a ciertos estímulos del Astro Rey. Hace sólo unas horas un eclipse de Sol total ha ensombrecido una latitud cercana a la nuestra, haciendo visible parte de su corona de plasma. Aunque no lo hayan notado, esa energía ha impactado contra la tierra y ha hecho que las siete torres de los ángeles que quedan en el mundo se hayan activado durante unas horas. Si una de estas piedras se encuentra en sus inmediaciones recibirá esa energía y podrá desencadenar una interesante reacción.

—¿Qué reacción?

—Nosotros la llamamos la Gloria de Dios, señor Faber —sonrió—. La Biblia hebrea la llama *kabod*. Es el brillo del Padre Eterno. El mismo fuego que Moisés contempló en el Sinaí. Aquel que quemaba la zarza pero no la consumía y que hizo posible que el Inefable hablara a través de ella... En realidad, es nuestro canal más antiguo para hablar con Dios. Sólo que a ustedes, si no tienen el don necesario para recibir esa luz, los matará.

—John Dee vio ese fuego y no murió —replicó Martin desafiante.

—Fue una excepción. Usó a videntes con el don y le confiaron ensalmos que lo protegieron.

—En ese caso —sonrió Faber, recordando sus años de estudio de las fórmulas mágicas de Dee—, estoy deseando ver esa Gloria.

El rostro del maestro yezidí brilló malévolo tras la piedra.

—Entonces, señores, sea.

59

39° 25' 34" N.
44° 24' 19" E.

Los guarismos relampaguearon en un extremo del monitor, iluminando el rostro del armenio.

—Ya lo tenemos —exclamó, sin importarle el tiempo que llevaba sentado en el suelo de piedra de Santa María a Nova, con el trasero rígido y frío.

Artemi Dujok tenía la cabeza en otras cosas. Tal vez su mayor preocupación fuera que yo no descubriera la impostura hacia la que me estaba abocando. Pero, ingenua, no podía ni imaginar lo que me esperaba.

Concentrado, introdujo de inmediato esas coordenadas en el programa cartográfico de acceso libre de Google, y aguardó a que la bola del mundo dejara de girar sobre su eje para aproximarse a su objetivo.

Los dos contuvimos la respiración. Esperábamos que los datos suministrados por los satélites nos pusieran, al fin, tras la pista de Martin. Las imágenes sobre las que se había programado esa aplicación nos darían, en segundos, una idea aproximada del punto en el que se encontraban él y la segunda adamanta.

El movimiento del mapa enseguida dejó atrás Europa, acelerándose rumbo al este. Cruzó los Balcanes, Grecia, y dos segundos más tarde se centraba sobre un punto de intersección entre las fronteras de Armenia, Irán y Turquía. A 39 grados latitud norte la velocidad del mapa comenzó a disminuir y la superficie a agrandarse en la pantalla.

Cuando se detuvo por completo, la imagen resultante fue más que desoladora:

—¿Es... eso? —pregunté incrédula. Dujok asintió.

Lo que aparecía ante nuestros ojos era un terreno plano, de color ocre, sin un solo árbol; una superficie monótona, pedregosa e infinita que apenas se interrumpía por un racimo de miserables casuchas desparramadas sobre suaves lomas deforestadas.

—Este programa no da coordenadas exactas al cien por cien —se excusó Dujok, mientras desplazaba la imagen arriba y abajo—. Exploraremos los alrededores para ver si encontramos algo de interés.

El paisaje se deslizó obediente bajo el cursor ofreciéndonos un panorama cada vez más desalentador. El único camino de la imagen aparecía cruzado por rodadas de vehículos de gran cilindrada, quizá camiones pesados, y se extendía a ambos lados del cercanísimo puesto fronterizo de Gurbulak. Era un campo liso. Sin accidentes orográficos destacables ni poblaciones o asentamientos que fueran de interés. Por fin, a apenas un kilómetro de una miserable aldea llamada Hallaç, dentro de una zona militar vallada, vimos algo curioso. Quizá lo único anacrónico del lugar: el tejado nuevo, impecable, de una mansión enorme, y una pista de tierra batida que podría servir para el aterrizaje de pequeñas avionetas. A un lado, escrito en caracteres grandes y alargados, alguien había trazado un nombre sólo discernible desde el aire: *Turkiye*. Turquía. Y en la cabecera de pista, un centenar de metros más al sur, el perfil de un edificio o instalación había sido borrado deliberadamente de la toma satelital.

Yo sabía que esos «borrados» en el software de Google Earth eran habituales. Cuando traté de utilizar el programa para estudiar la orientación de algunas iglesias cristianas en la ciudad vieja de Jerusalén, me encontré que toda ella estaba clasificada por «razones de seguridad» y no había manera ni de consultar su mapa urbano. Y lo mismo ocurría con instalaciones militares sensibles en Gibraltar, Cuba, China y tantos otros lugares. Pero ¿qué podría querer esconder nadie en Hallaç?

Al mover el cursor hacia el final de la pista, encontramos otra sorpresa. Era aún más extraña que la zona censurada si cabe: un boquete redondo, regular, un pozo enorme —de unos cuarenta metros de diámetro— abierto en aquel suelo miserable.

Dujok detuvo el cursor sobre él y comenzó a ampliarlo.

—¿Qué es eso? —pregunté.

No me hizo caso. Vi que tomaba nota de los datos periféricos que le ofrecía el programa. Altura: 4 746 pies. 39° 25' 14" norte. 44° 24' 06" este. Y calculó algo más: su distancia a los picos gemelos del Ararat. Estaban muy cerca. A unos treinta kilómetros a vuelo de pájaro.

Después, absorto, comenzó a girar la imagen para verla desde todos los ángulos posibles.

—¿Qué es? —insistí.

Dujok no lograba despegar la vista de aquella peculiar herida geológica. Parecía que hubiese caído un misil justo en ese punto, dejando un boquete descomunal de un perímetro geométrico muy preciso.

Él sonrió.

—Su marido está ahí —sentenció con aplomo.

60

Nick Allen llevaba años sin encontrar las palabras exactas para describir qué le sucedió en aquel agujero cercano al Ararat en el verano de 1999. Lo único que pudo decir en su informe para la Agencia fue que una especie de turbina colosal, una esfera del tamaño de un edificio de seis plantas, emergió del fondo de un cráter, dando vueltas sobre sí misma y quedándose ingrávida a pocos metros de la torre picuda y del grupo.

En un primer momento, el vendaval que levantó aquella cosa le hizo creer que se trataba de un avión de despegue vertical. Pero la verdad es que no era ni remotamente parecido. El vocabulario de Allen no disponía de un nombre para aquello. Y menos aún cuando lo tuvo cerca y comprobó que estaba hecho de una sustancia que no parecía metálica. Aquel tubo —o lo que diablos fuera— parecía una especie de cordón umbilical hecho de paredes acuosas y deslumbrantes. Y por si fuera poco, emitía una gama de frecuencias acústicas y cromáticas que alteraron profundamente sus sentidos.

La vista fue la primera que comenzó a suministrarle impulsos erróneos. Las siluetas de los guerrilleros yezidís que los habían encañonado aquella noche en la frontera turco-armenia se volvieron sinuosas de repente, y hasta los rasgos afilados de su propio rostro comenzaron a diluirse como la mantequilla derretida.

«No es verdad —se repitió Allen una y otra vez para mantener la calma—. No está ocurriendo. Es una alucinación.» Pero la boca se le secó de golpe, dándole la impresión de que su lengua se había soldado al paladar.

En cuanto al oído, todo lo que alcanzó a escuchar fueron los ecos de las frases lanzadas en su lengua natal por sus captores.

—¡He aquí la Gloria de Dios! —Escuchó en la lejanía, sofocado por los chirridos de aquella cosa.

—¡La Gloria! —coreaban los demás.

Allen hizo entonces lo imposible por echarse a tierra. Su enorme cuerpo había perdido la noción de gravedad. Sabía que estaba al borde del abismo y que un paso en falso podría despeñarlo. Por eso, aunque le costó un esfuerzo enorme descubrir hacia dónde debía dejarse caer, buscó el suelo con todas sus ansias. Aquello flotaba a pocos palmos de su cabeza. Se había desplazado sobre la posición que ocupaban Martin y él girando a una velocidad endiablada y absorbiendo piedras y matorrales del lugar a su paso. Si no hacían algo, pronto los devoraría también a ellos.

Entonces vio desplomarse a uno de los milicianos.

Y a Dujok convertirse en una fina línea horizontal en algún punto de su campo de visión.

Y mientras su mundo se evaporaba, aquel enorme globo alargado que gravitaba en su vertical comenzó a iluminar los alrededores como si el día hubiera vuelto a ellos.

Pero la Gloria de Dios, por alguna extraña razón, no lo mató.

Es más, al sobrepasar su posición todavía pudo escuchar cómo Martin Faber increpaba a aquella cosa. Lo hizo con palabras extrañas. Ininteligibles para él. Vocablos que el viento arrastró por toda la planicie mientras engullía a su compañero y a él lo dejaba a un lado, como si no le sirviera para nada.

Ya no lo volvería a ver más. Por eso ahora que sabía que estaba vivo y que los satélites de su gobierno lo habían localizado en el otro extremo del continente, tenía una poderosa razón para vivir.

Necesitaba hablar con Martin. Aunque sólo fuera una vez. Y preguntarle qué le ocurrió en el vientre de aquel engendro.

—¿Lo dice en serio? ¿Ahí está mi marido... justo ahora?

Artemi Dujok no se dejó presionar por mi desesperación. Contemplaba absorto el suelo yermo del noroeste de
Turquía a través de la pantalla de su portátil, como si las
imágenes pudieran decirle a él algo que nadie más en el
mundo podría comprender.

—Hay algo que debo decirle, señora Faber...

Su frase sonó lapidaria.

Por un instante me temí lo peor. Sus ojos no se movían.
Por eso, cuando completó su mensaje sentí un profundo
alivio.

—Yo conozco ese lugar —añadió meditabundo—. Estuve con su marido ahí mismo hace años.

—¿De veras?

—Sí —murmuró con un ligero temblor en los labios—.
Allí me convertí en su *sheikh*. Su maestro. Si sus secuestradores lo han llevado a ese lugar es porque saben más de las
piedras de lo que suponíamos.

—¿Cuánto más?

—Mucho —dijo seco—. Prepárese. Nos vamos.

Cerca de Noia, a sólo tres millas náuticas de la ensenada de A Barquiña, nombrada así en recuerdo del legendario encallamiento del barco de Noé en la ría vecina, el *Sirena de Lalín*, un pesquero de diecisiete metros de eslora, trataba de reparar en ese momento su destartalado Caterpillar de cuatrocientos caballos. La mar gruesa había gripado el motor principal e inundado el auxiliar, dejando a la tripulación de once hombres varada frente a la costa viguesa con su carga de lampreas y bacalao echándose a perder. A esa hora, nada funcionaba a bordo. El jefe de máquinas, un orondo gallego de Muxía famoso por untarse la calva con aceite de oliva para hacerla resplandecer, había pedido que desconectaran el transformador de corriente, y con ello el radar, el sónar, la radio y hasta el horno microondas, para poder así trabajar sin riesgos en las tripas de la nave.

Fue él quien notó la primera turbulencia.

Su brevísima ventaja la obtuvo al estar tumbado a esa hora justo sobre la quilla del *Sirena*. Tenía la oreja derecha apoyada contra la madera para averiguar si la hélice respondía a sus ajustes cuando escuchó aquellos tres golpes sordos, muy seguidos. Y cerca. Muy cerca.

Tump. Tump. Tump.

Tito —así lo llamaban— no tuvo tiempo de reaccionar. Tras los impactos, vio algo que no pudo entender:

una inmensa aguja atravesaba el suelo a medio metro de él, desgarrando el casco a su paso y abriendo una vía de agua que lo caló hasta los huesos. La incisión sonó como una sábana que se rasgara al paso de un cuchillo de carnicero. El rostro redondo y rojo del oficial de máquinas palideció. Pero la brecha no se detuvo. Zigzagueó como una culebra por la bodega sin que el pobre Tito llegara a verla. La espuma de mar y la fuerza del agua eran tan impetuosas que antes de que lograra ponerse en pie para alcanzar la escalera de ascenso a cubierta, el *Sirena* lo arrastró hacia el fondo, expulsándolo al abismo como si fuera un pedazo de mierda.

La conmoción llegó a cabina a la vez que el desdichado marinero echaba sus últimas bocanadas y la mar abrasaba su garganta. Los tres compañeros que estaban tomándose unas cervezas junto al capitán se tambalearon en sus sillas y cayeron como monigotes. Un poco más abajo, en la zona de cabinas, el ángulo hacia el que comenzaba a escorarse la nave había abierto todos los armarios, lanzando ropa y enseres contra las paredes de madera. Tristán, el responsable de armar las redes, tropezó con un baúl, cayó de bruces y se partió el cuello contra el quicio de una puerta. No le dolió. Por desgracia, no ocurrió lo mismo con los otros dos mozos, hermanos de Padrón, que encontraron su fatal destino al caerse a la bodega de carga y ser aplastados por los palés que iban a usar para desembarcar la pesca del día.

En total, cuatro muertos y siete contusionados en seis segundos y medio.

Hasta horas más tarde, cuando Salvamento Marítimo decidió dar el alta al resto de los marineros del *Sirena de Lalín* en el hospital Nuestra Señora de la Esperanza de Santiago, no supieron qué o quién los había atacado. Y aun así, cuando conocieron los detalles del siniestro, fue de labios de un capitán de Marina que los obligó a firmar un contrato de confidencialidad si querían cobrar una indemnización y recibir un barco nuevo, de casco metálico, a cuenta del Estado.

—O firman todos, o ninguno recibirá un euro —dijo, como si ellos tuvieran la culpa de algo.

Y es que el misterioso tritón que los había ensartado como a una sardina era el mástil fotónico de alto secreto de un monstruo de ciento quince metros de largo con nombre propio. Un submarino nuclear de la novísima clase Virginia, bautizado como *USS Texas*, y al que el Departamento de Defensa de Estados Unidos había dado la orden de acercarse a las costas de Vigo, en aguas de la OTAN, para una maniobra de rescate de la que ni siquiera su almirante llegaría nunca a tener los detalles exactos.

Cuando todo ocurrió, en el interior del *Texas* las luces rojas de alarma saltaron nada más rozar al *Sirena de Lalín*. Pero ya era tarde.

—Es inexplicable, señor —se hacía cruces el responsable del sónar tridimensional de a bordo—. Ningún sensor ha detectado nada. Debemos de haber sufrido algún tipo de contramedidas electrónicas.

—¿Y afectará eso a nuestra operación en tierra?

La pregunta del capitán estaba cargada de urgencia.

—No, señor. El desembarco puede hacerse ahora mismo si quiere. Ni el sistema de comunicación ni las compuertas se han visto afectadas.

—Excelente —suspiró—. Ordénelo.

Ocho minutos después de aquella conversación, la tripulación del *Sirena de Lalín* flotaba a la deriva sobre los restos de su barco mientras contemplaba atónita cómo parte de la cubierta del *USS Texas* se abría con un zumbido sordo, dejando al descubierto una lancha motorizada a la que saltaron seis hombres armados con fusiles de combate

compactos M4A1, lanzagranadas, cascos y viseras electrónicas. Ninguno se detuvo a echarles un vistazo compasivo.
Abordaron su vehículo rápido y se perdieron a toda prisa
rumbo a la costa española dejando atrás imprecaciones e
insultos en un idioma que no entendían.

63

Artemi Dujok abandonó por un momento la nave de Santa María a Nova para dar algunas instrucciones a los hombres que hacían guardia en el exterior. No me hizo falta entender su idioma para imaginar qué les estaba ordenando: que recogieran sus armas, avisaran al helicóptero y prepararan nuestro regreso. El trabajo en Noia había concluido.

Por fortuna, la operación había sido limpia, fructífera y breve. No habíamos causado daño alguno al recinto histórico —salvo el forzamiento de dos cerraduras perfectamente reparables— y había quedado patente que cargar con aquellas armas había sido un exceso por su parte. Sobre todo, teniendo en cuenta el fatal diagnóstico que Dujok dio para el único «enemigo» que podría habernos interceptado: el coronel Allen.

Sé que parecerá extraño, pero en ese instante me sentí en paz por primera vez en horas. Estaba agotada por la tensión. Las carreras, los nervios y no saber nada de Martin habían consumido casi todas mis fuerzas. Y ahora que el panorama comenzaba a clarear, mi mente empezaba a suministrarme las primeras endorfinas de complacencia.

En medio de esa súbita felicidad, oír a Dujok definirse como maestro de Martin me recordó algo que ocurrió años atrás. En Londres. Justo en aquel tiempo excitante que siguió a nuestro matrimonio y que estuvo lleno de tantas confidencias. Una de las pocas que Martin me confió sobre su pasado estuvo relacionada, precisamente, con algo que le ocurrió en una explanada del norte de Turquía, no muy lejana al lugar al que pronto nos dirigiríamos. El suceso tuvo lugar el día en el que conoció a su *sheikh* particular, una palabra de origen árabe que quiere decir «tutor» o «sabio», y que sólo ahora empezaba a comprender.

Aquella amistad se inició la única vez que Martin fue llevado en contra de su voluntad a un paraje inhóspito, y el mismo día en el que perdió a un compañero de viaje. Su colega —decía— era un tipo duro, resistente, que se volatilizó delante de sus ojos, en medio de una tormenta de montaña. «Ya sabes —me dijo—, una de esas borrascas bruscas que sólo se producen en altura y que siempre traen desgracias.» De hecho, si su colega murió entonces o no siempre fue una incógnita para él. «Aquella tempestad, *chérie*, no fue normal.» Martin dijo que se les presentó sin avisar; tenía el aspecto de una pared gris, casi sólida, que emergió de las profundidades de la tierra y que ascendió hasta situarse junto a ellos. Mi marido me la describió con el horror dibujado en el rostro. Habían pasado muchos años desde el incidente, pero todavía tenía pesadillas con aquel mar de polvo y piedras que se izó contra ellos. Temblaba con sólo evocarlo. Ese día, me explicó, por primera vez el mundo se volvió incomprensible para él. Extraño. «Como en las tormentas magnéticas de las películas de ciencia ficción», dijo.

Entonces soltó su «secreto».

Me contó que en medio de aquel caos, unos brazos rígidos, de acero, lo elevaron por las axilas y lo zarandearon sin miramientos. No había visto máquinas en los alrededores ni nada que justificara algo así. E insistió en que aquello no fue un sueño o una alucinación. Que llegó a vislumbrar incluso al propietario de aquellas extremidades. Las guiaba un rostro inhumano, geométrico, de ojos rojos y sin expresión, que de algún modo lo estaba incitando a luchar.

«Como Jacob y el ángel, ¿recuerdas?», añadió. Pero a Martin no le quedaban fuerzas para resistir. Desorientado y entumecido, reptó hasta el borde de un precipicio intentando huir de su atacante. No lo consiguió. Y en vez de escapar de la tormenta y de aquella especie de monstruo mecánico, se arrastró hacia él por error. Cuando quiso corregir su decisión ya era demasiado tarde: se había metido en una suerte de cueva eléctrica. Flotaba en medio de ninguna parte entre chispas y relámpagos que zigzagueaban a su alrededor.

El relato de Martin se detuvo ahí. Creo que le asustaba tener que dar más detalles. O tal vez no los recordaba. De hecho, las pocas veces que le saqué el tema después de su primera confesión, siempre se aferraba a una misma idea. Que salvó la vida gracias al factor omnipresente en su vida: John Dee. Ni que decir tiene que estaba obsesionado con él. Y lo entiendo, por lo que ahora referiré.

En la guarida del monstruo, acaso en su vientre, un pequeño detalle le hizo pensar en el mago de Mortlake. Antes de caer inconsciente, Martin fue arrastrado por aquel torbellino hasta un saliente de roca al que se aferró con todas sus fuerzas. Y grabado en él, creyó adivinar un símbolo que enseguida le resultó familiar: ⅂. Descubrir aquella cifra de Dee en una roca tan cerca del Ararat lo ayudó a recordar un ensalmo aprendido de su tía Sheila. Uno de los empleados por el mago para conjurar tormentas.

Martin lo había repetido tantas veces que, aunque exhausto, logró reunir la fuerza necesaria para pronunciarlo de nuevo:

«*Dooaip Qaal, zacar, od zamram obelisong*» —vociferó con toda su alma.

Sus palabras fueron arrastradas por el viento y sofocadas como si nunca hubieran salido de su boca. Entonces, cuando estaba a punto de repetirlas de nuevo, algo cambió.

Fue como si las chispas que lo rodeaban dudaran un segundo de su propósito.

«Dooaip Qaal, zacar, od zamram obelisong!» —repitió animado.

Y lo hizo una vez más.

Tras la tercera repetición, sus palabras provocaron una reacción perceptible. Fue como si aquella especie de «ábrete, Sésamo» hubiera accionado un interruptor y todo cesara como lo hacen las pesadillas. Salvo que en esta ocasión todo había sido real. Su cuerpo estaba herido, presentaba quemaduras de diversa consideración y apenas le quedaban fuerzas para respirar. Cuando vio que el campo eléctrico que lo había apresado ya no estaba, se desplomó.

Martin contaba asombrado que un hombre lo recogió al poco de aquel suceso y que lo cuidó en su casa durante ocho largas semanas. Estaba tan sorprendido de que un extranjero hubiera sobrevivido al ataque del «Guardián de la Tierra» que concluyó que había sido llevado a sus tierras por la Divina Providencia. «Si has vencido al monstruo, como Gilgamesh venció a los leones de acero, es porque tienes la sangre fuerte», le dijo.

Aquel hombre humilde y dadivoso resultó ser el mismo que lo había forzado a ir hasta allí. Desprovisto de su ferocidad inicial, su enemigo se convirtió en un pozo de sabiduría y bondad. Le habló mucho de aquellos misteriosos guardianes y de cómo habían sido dejados allí, dormidos, invisibles, para proteger un viejo tesoro. También le enseñó a invocar los elementos y a dominar el miedo. «A ser como Enoc —decía—, que fue arrebatado por el torbellino y consiguió, pese a todo, vencerlo y regresar a casa.»

Martin siempre me habló de él con afecto, casi como si fuera de la familia. Lo llamaba «el *sheikh*».

Ahora acababa de averiguar que su otro nombre era Artemi Dujok.

64

Antonio Figueiras llegó al aeropuerto al tiempo que el vuelo regular que traía sus refuerzos no solicitados tomaba tierra en Lavacolla. Estaba nervioso. No había pegado ojo en toda la noche y las noticias del ejército sobre el paradero del helicóptero no eran nada halagüeñas. Decían que los radares habían sufrido varios colapsos esa madrugada y habían sido incapaces de registrar ciertas operaciones de proximidad.

Ahora, merodeando por la terminal de llegadas con un ejemplar manoseado de *La Voz de Galicia* bajo el brazo, hacía tiempo para esperar a aquellos tipos. Dos estadounidenses interesados por el caso —¡dos más!— que el comisario principal le había encargado atender personalmente.

—¿Inspector Figueiras?

Una voz de mujer le sacó de sus cavilaciones. Al girarse casi se cayó de la impresión. Era una muchacha joven, morena, de curvas proporcionadas, vestida con unos pantalones ajustados y americana negra de Armani, provista de una cartera de ejecutivo, que le tendía la mano en ademán de saludo. Y qué mano. Una palma suave. De dedos largos y manicura francesa que se deslizó como la seda en su áspera pezuña.

—Soy... yo —tartamudeó en un inglés aceptable—. Y usted debe ser...

—Ellen Watson, de la Oficina Ejecutiva del Presidente de los Estados Unidos.

—¿De la Oficina del Presidente?

Ella sonrió. Era muy consciente del efecto que causaba esa presentación.

—Y éste es Tom Jenkins, mi compañero —añadió, señalando a un tipo rubio, de ademanes fríos—. Asesor de Inteligencia. Espero que se lleven bien. Van a tener cosas que hacer juntos.

«¿Ah, sí?»

Tras los formalismos oportunos, Figueiras los guió hasta el aparcamiento. La hermosa Ellen se perdió rumbo a los mostradores de alquiler de vehículos donde se hizo con una moto de gran cilindrada con todo su equipamiento, mientras que el tipo estirado que la acompañaba se quedó junto a él.

«Mala suerte», maldijo para sus adentros.

A Figueiras, el americano no le pareció precisamente un tipo hablador. Se sentó en el asiento del copiloto de su Peugeot, se abrochó el cinturón de seguridad y se limitó a pedirle que lo llevara a ver al coronel Allen. No necesitó ni un segundo más para darse cuenta de que no iba a sonsacarle nada del caso si no lo abordaba directamente. Y es que aquella gente —como ocurría siempre que trabajaban con servicios de seguridad extranjeros— iba a la suya. Esto es, a pedirlo todo y a dar lo menos posible a cambio.

—Es un caso complicado, ¿no es cierto? —comentó con aire distraído el inspector mientras sorteaba la estrecha carretera del aeropuerto, rumbo a la ciudad. Estaba amaneciendo y el perfil de Santiago auguraba un día más despejado de nubes que el anterior—. Esta noche han muerto dos de mis hombres cuando vigilaban un vehículo aéreo que se dio a la fuga desde la plaza de la catedral. Un vehículo... extranjero. ¿Sabe usted algo de eso?

—¿Fue ése el vehículo en el que se llevaron a Julia Álvarez?

—Eso creo, sí.

El americano sonrió enigmático sin añadir nada.

—¿Qué le hace tanta gracia, señor Jenkins?

—Que hoy va a ser su día de suerte, inspector —dijo sacando su teléfono móvil del bolsillo—. En este momento, lo que usted busca se encuentra estacionado cerca de estas coordenadas —leyó—: 42° 47' latitud norte. 8° 53' longitud oeste.

Figueiras se encogió de hombros.

—No entiendo mucho de mapas.

—No importa. Corresponden a un pueblo llamado Noia, inspector —dijo Jenkins, como si no tuviera demasiado interés en ampliar detalles—. Nuestros satélites tienen localizada allí a Julia Álvarez. Pero no se preocupe. No dejaremos que la saquen del país.

—¿Y cómo piensa impedirlo? Ustedes sólo son dos...

Jenkins volvió a esbozar aquella mueca de suficiencia en su rostro delgado y pálido.

—¿Adónde cree que va mi compañera con tanta prisa?

—¿A... Noia?

Jenkins asintió.

—Una vez allí, si necesita refuerzos, sabrá cómo pedirlos. Contamos con usted para eso, ¿verdad?

El inspector se puso nervioso, dando un volantazo.

—¡Esos hombres han asesinado a dos policías, señor Jenkins! Deberíamos avisar a comisaría y enviar a mis hombres. ¡No puede dejar sola a una mujer frente a esos tipos!

El americano lo tomó del brazo, manteniéndoselo pegado al volante.

—Siga conduciendo, inspector, y no haga tonterías —lo increpó—. Éste es un caso que sobrepasa sus límites. Déjenos actuar a nuestro modo y yo me encargaré personalmente de entregarle a sus asesinos.

—¿A su modo? —La expresión de Figueiras no pudo

ser más estúpida. Enderezó el volante y volvió a dar gas al motor.

—Tenemos más medios desplegados en este caso de los que se imagina. Para nosotros, la seguridad de Julia Álvarez y de su marido es tan importante como para usted. ¿Me ha entendido?

—Entonces, señor Jenkins, pienso convertirme en su sombra —dijo sacudiéndose la garra de su acompañante de encima y dando otro golpe al volante que hizo temblar el vehículo—. Esos dos policías muertos eran amigos míos.

—Estoy de su parte, inspector. Puede quedarse conmigo el tiempo que desee —sonrió flemático el norteamericano—. Pero ahora, si es tan amable, me gustaría entrevistarme de una pieza con el coronel Nicholas Allen. No pierda de vista la carretera.

Figueiras se ajustó las gafas, en un gesto instintivo, y pisó el acelerador.

—Muy bien. Llegaremos en cinco minutos —dijo.

65

Fuera de la iglesia de Santa María a Nova, algo malo estaba pasando.

Una décima de segundo antes de ver cómo su compañero Janos caía de bruces al suelo y se rompía la nariz, Waasfi, el joven de confianza de Artemi Dujok, sintió que un suspiro le rozaba la cara. Fue una sensación peculiar, como si el aire se rasgara al paso de un mosquito con un motor de reacción en el culo.

Su adrenalina se desbordó: «¡Nos disparan!»

Cuando varias esquirlas de piedra saltaron de las lápidas de mármol que protegían su espalda, ya no tuvo ninguna duda. Les estaban atacando.

Chac, chac, chac.

Tres tiros silenciosos más zumbaron a su espalda, mientras un punto rojo láser saltaba de tumba en tumba.

Janos se encontraba a cinco metros de él; le sangraban el rostro y el brazo izquierdo, y se retorcía de dolor junto al objeto al que los armenios se habían referido todo el tiempo como *Amrak*. «La caja.» Aquella cosa era una pieza del tamaño aproximado de un tablero de ajedrez que todos habían jurado defender con la vida.

Minutos antes de entrar en Santa María a Nova, Artemi Dujok había ordenado a sus hombres que procedieran a destaparla no muy lejos del acceso al templo. Si la adamanta que buscaban estaba allí, la caja podría activarla. El *sheikh* sabía que una de las torres secretas de su clan había sido levantada en ese lugar en la noche de los tiempos. En el *finis terrae* de los antiguos. Y también que sus guerrilleros sabrían cómo manejar ese caudal energético oculto. Debían destapar la caja y orientarla al muro norte, justo debajo de la hornacina de cierto Pedro Alonso de Pont. Pero Janos cuestionó la idea. Aquel hombre era un mercenario experto en el manejo de sustancias químicas y bacteriológicas, adiestrado en los campos de Sadam antes de que descubrieran que su madre era kurda y su padre un sacerdote yezidí, y no había dejado de lamentar que el plan de Dujok era una locura. Temía que si por alguna circunstancia la caja estallaba o entraba en ebullición como esa noche en Santiago, se llevaría por delante a todo el que estuviera a menos de diez metros a la redonda. Y eso significaba que ninguno de ellos saldría vivo de allí.

Waasfi lo contempló sin compasión. El destino, pensó, estaba vengándose de su pecadora resistencia.

Con calma, retiró el seguro a su subfusil mientras le ajustaba una sofisticada mirilla electrónica de infrarrojos. Sabía que su maestro estaba haciendo algo importante dentro de la iglesia y que de la impecabilidad de su trabajo dependía su éxito. Por eso, tal y como le habían enseñado, evaluó su posición antes siquiera de acariciar el gatillo.

Cuando vio a Janos arrastrarse hacia un lugar seguro dejando un reguero de sangre, supo que su compañero no iba a poder defenderse. El rastro acuoso que le manaba debajo del brazo indicaba que tenía un pulmón perforado. Dujok, por descontado, tampoco podría ayudarlo hasta que no saliera del templo. Y Haci, su segundo hombre, estaba en ese momento fuera de su campo visual. Se había instalado en un mirador junto a los nichos de entrada al camposanto.

Tal vez ya estuviera muerto.

¿Qué otra cosa podría salir mal?

Ah, sí. *Amrak.*

Momentos antes del tiroteo, la caja había tenido una reacción singular. A regañadientes, Janos había retirado su tapa de plomo dejando que el aire acariciara su contenido. Entonces le echó una ojeada. Lo que vio le resultó indefinible: era una superficie rugosa, negra, llena de grumos y protuberancias unidas como por trazos de una vieja escritura que no se parecían a nada de lo que hubiera visto antes. Por si fuera poco, en cuanto aquella cosa entró en contacto con la húmeda atmósfera de Noia, comenzó a virar de color. La «plancha» se tornó rojiza e inició una secuencia de chirridos quejumbrosos que lo sumió en el desconcierto.

«Pero ¿qué demonios...?»

Waasfi le ordenó por el intercomunicador que la depositase junto a la tumba marcada y se olvidara de ella.

Y vaya si se iba a olvidar.

Un proyectil del calibre treinta le golpeó por la espalda, tumbándolo de bruces. El impacto fue tan brutal que Janos sintió que su corazón se paró durante tres segundos, dejándolo sin aliento.

Fue entonces cuando Waasfi vio correr al agresor sobre el perímetro de piedra reverdecida que cerraba el cementerio. Iba armado con un arma de asalto. Parecía bien entrenado. Y zigzagueaba siguiendo técnicas de evasión que le resultaron familiares. «¿Un SEAL?» El armenio no movió un músculo. Se quedó tieso como un árbol, aguardando a distinguir su objetivo con nitidez. Por desgracia, cuando eso ocurrió el intruso también lo había visto a él.

No tuvo opción. Waasfi apretó el gatillo y dejó que el trueno de sus seis balas por segundo empotrara a aquel tipo contra las lápidas. Muerto.

Ni siquiera lo celebró. Otro sonido inconfundible —botas pisando gravilla a su espalda— atrajeron una segunda ráfaga de fuego. Y esta vez, un nuevo cuervo armado con el equipo de asalto de la Marina de los Estados Unidos cayó sobre el terreno.

Dos.

La adrenalina del armenio le corría ya por todo el cuerpo.

De repente se acordó de Haci. Aunque sus asaltantes usaban silenciadores, debía de haber oído sus disparos. Aquel lugar era un anfiteatro de hormigón. La parcela sobre la que se alzaba Santa María a Nova estaba rodeada de viviendas, casi todas más altas que su espadaña, y que la habían encajonado sin remedio. Una palmada allí retumbaría por todas partes. «Lo han abatido. Seguro», concluyó. Y su mente saltó a otra cosa. Recordó que los equipos de asalto norteamericanos nunca actuaban en parejas. Necesitaban un mínimo de seis hombres.

—¡Bajen las armas y abandonen sus posiciones con los brazos en alto!

Una voz amplificada por un megáfono, que hablaba en inglés, le sacó de dudas.

—¡Les tenemos rodeados! —añadió.

Waasfi se tiró al suelo, pero no respondió. Avanzó reptando un par de metros hasta un viejo cruceiro protegido por una cubierta de piedra y se atrincheró tras él. Sabía que aquello podía pasar. Si identificaba desde dónde le hablaban, tal vez tuviera alguna oportunidad.

Vio a un tercer soldado dirigirse hacia la puerta de Santa María a Nova, donde Dujok y Julia Álvarez aún permanecían ajenos a todo aquello. El *sheikh* y la *vidente* estaban en otra cosa. Por eso Waasfi no se lo pensó. Lo colocó en su punto de mira y con un disparo certero le reventó el casco, abriéndole una brecha letal en el hueso parietal del cráneo. Al ver caer al tercer hombre, el armenio dio gracias a Dios y a su tío por haberlo provisto de munición de casquillo duro capaz de atravesar un blindaje de grosor medio. Eran las balas más caras del mercado, pero un precioso seguro de vida si no sabes a qué enemigo has de enfrentarte.

—¡Ríndanse y abandonen sus posiciones! —La última orden de la voz se confundió con su disparo de precisión—. Si no deponen las armas, abriremos fuego pesa...

«¿Fuego pesado?»

Los ojos de Waasfi se entrecerraron.

«¿Tienen artillería?»

No había terminado de formularse la segunda pregunta cuando cinco proyectiles se estrellaron con saña a tres centímetros de él, haciendo añicos parte de una vieja inscripción latina. «Tiran a matar.» El armenio forcejeó con la correa de su Uzi cubierta de polvo de mármol, pero logró echarse a tierra justo cuando una nueva andanada hizo saltar por los aires la piedra en la que había tenido apoyada la cabeza.

Al caer hacia atrás Waasfi vio a su verdugo.

Era un tipo enorme, vestido de negro, que lo seguía con su puntero luminoso.

Una nueva bala golpeó el suelo junto a su rodilla. Y otra. Y otra más. Aquel bastardo con el rostro oculto por un pasamontañas lo tenía a su merced y parecía dispuesto a divertirse.

—Reza. —La orden sonó macabra a través de su pasamontañas.

—¿Qué?

—Reza lo que sepas, cabrón.

Waasfi se acordó entonces de Melek Taus, el ángel protector de su clan, y se aferró a la culata de su arma para, al menos, morir como un héroe. Su último pensamiento fue para su tío. El hombre que lo había convertido en lo que era. *Sheikh* Artemi Dujok.

Pero el gigante no disparó.

Un proyectil amigo cruzó de este a oeste el cementerio. Sobrevoló su tapia y se estrelló justo contra la nuez del soldado. El quejido que produjo al desgarrar sus cuerdas vocales impresionó a Waasfi.

«¡Alabado sea Dios!»

Haci, que se había deslizado a rastras desde su posición hasta el acceso al patio principal del cementerio, acababa de salvarle la vida.

«Cuatro», sumó.

—¿Todo bien? —Lo oyó gritar desde su posición.

—¡Todo bien!

El guerrillero se levantó eufórico e hizo una señal a su compañero para que se reunieran junto a la pared norte de la iglesia. Debían poner a *Amrak* a buen recaudo. Haci, un tipo menudo, de ojos saltones y entrenado durante años en la frontera entre Armenia y Turquía, salvó enseguida la distancia que lo separaba de su objetivo. Allí, Janos todavía luchaba por sobreponerse. Abrazado a la caja, reptaba hacia la puerta de la iglesia. Tumbado entre sepulcros de piedra concentraba sus últimas fuerzas en las piernas para seguir empujando aquello y ponerlo a salvo. Todavía temía que explotara.

—¡Es su última oportunidad! —El armenio herido oyó de nuevo la voz metálica amplificada que estaba fuera de su campo de visión. Esta vez, sin embargo, le pareció más distante—. Entreguen el emisor y les dejaremos con vida. Tienen cinco segundos antes de que abramos fuego a discreción.

«¿El emisor?» Janos bufó para sus adentros, exhausto. «¿Eso es para ellos esta maldita cosa?»

—Cinco... cuatro...

El interlocutor había iniciado una cuenta atrás.

—Tres...

Waasfi y Haci apuntaban a uno y otro lado, nerviosos,

incapaces de determinar el lugar desde el que les estaban hablando.

—Dos...

La voz alargó imperceptiblemente su cuenta atrás. Pero no la detuvo.

—Uno...

Al segundo, el guerrillero sintió que el mundo se hundía a sus espaldas. Una pequeña nube de humo silbó justo detrás de él, mientras algo enorme y caliente pasó rozándole la cabeza, penetrando hasta el interior de Santa María a Nova. Aunque Janos tuvo reflejos para llevarse las manos a los oídos, la explosión le reventó los tímpanos. «Pero ¿no querían la caja?» Janos no había terminado de recuperarse cuando varias ráfagas de ametralladora zumbaron sobre él. Intuyó que debían de ser sus compañeros peinando el lugar. Pero el alivio le duró poco, porque cuando aún tanteaba con su brazo sano el lugar al que habría ido a parar *Amrak*, unas manos grandes lo tomaron por las axilas y lo arrastraron hacia el interior del templo.

—¡Debemos salir de aquí! —Oyó gritar a Waasfi—. ¡Enseguida!

66

Hubo una explosión.

Y a continuación, un ruido y un temblor infernales seguidos de olor a polvo y chamusquina.

Fue como si el ángel del Apocalipsis me hubiese golpeado la espalda con su trompeta de oro, lanzándome de bruces al ordenador de Dujok y estampándome contra el sarcófago de Juan de Estivadas. «¡Dios!» Por una fracción de segundo tuve la impresión de ser empujada por un huracán. Primero me estrelló contra la piedra, haciéndome rebotar contra ella al tiempo que me magullaba rodillas, antebrazos y frente, y luego me dejaba caer a plomo en algún lugar del centro de la iglesia.

Al sentir el último impacto creí romperme por dentro. El dolor y el sabor agridulce de la sangre en mi boca me hicieron maldecir no haber perdido la conciencia. Fue raro. Un golpe así debería haberme dejado fuera de juego, pero en lugar de aletargarme, todos mis sentidos se pusieron de punta. La onda expansiva me despabiló. De repente todo empezó a darme vueltas alrededor. Estaba tumbada boca arriba, con mi ropa hecha jirones y una de mis botas perdida un par de metros más allá.

Durante unos instantes no me moví. El cuerpo había dejado de enviar señales de emergencia al cerebro, que parecía, poco a poco, recuperarse del aturdimiento. Entonces, una densa humareda se extendió por toda Santa María a Nova. Gravitó amenazadora sobre mí y, antes de que me diera cuenta, se dejó caer cubriéndome por completo. Grandes volutas de polvo, humo y fragmentos de sílice se infiltraron en mis pulmones obligándome a toser con virulencia y multiplicando mi dolor.

—¿Se encuentra bien, señora?

Artemi Dujok emergió de repente entre la niebla; tambaleándose y dando brazadas para disiparla.

—¡Julia! ¡Responda!

Con el rostro tiznado y la expresión tensa, se inclinó para examinarme. Me echó un vistazo con ojo clínico, y cuando se cercioró de que mi aspecto no era del todo malo, dijo algo que procesé con cierto retardo:

—Tenemos que salir de aquí. —Tiró de mí con esfuerzo. Fue incapaz de alzarme—. ¿No lo entiende?

—¿Quiere hu... ir?

Entonces añadió:

—Sé por dónde... Levántese.

Al segundo intento, logró ponerme en pie.

Me froté los ojos en un esfuerzo vano por librarme del humo mientras Dujok me empujaba hacia la pared contra la que había estado apoyado el sarcófago un minuto antes.

«Se-te-da-visionada» se había hecho añicos.

Seguía atontada.

—¡Vamos! ¡Sígame!

Yo sabía que en esa dirección no había salida, que el armenio me estaba arrastrando hacia un muro de piedra de seis metros de altura imposible de sortear. Pero, aun así, caminé tras él. Lo que no esperaba era tropezarme con un bulto que casi me hizo caer de bruces. Cuando reconocí que se trataba de uno de sus hombres, empecé a tomar conciencia de la situación. Aquél era el tipo de la cabeza rapada. Había estado todo el tiempo tumbado a mi lado, encogido sobre sí mismo, conteniendo una herida en su costado por la que sangraba aparatosamente.

—¡No se detenga! —me urgió Dujok.

—¿Y éste?

—Janos sabe lo que tiene que hacer. ¡Usted corra!

Mientras el armenio se desvanecía humo adentro, mi cerebro necesitó un segundo más para procesar lo que había ocurrido: una bomba —o alguna clase de artefacto explosivo similar— había estallado dentro de la iglesia y reventado un buen número de losas del pavimento. El temible enemigo del que no había querido hablarme Artemi Dujok debía de habernos localizado. Y el desastre causado por su ataque era desolador. *Laudas* de mil años habían saltado por los aires llenando de escombros toda la nave. La fuerza de la explosión se había llevado incluso la más oriental de ellas, una muy vieja, algo más oscura que el resto, que hasta ese momento había servido de base al monumento del cosechero. Aquella piedra se había colapsado dejando a la intemperie seis o siete escalones sucios y estrechos que descendían al subsuelo.

Al principio creí que eran imaginaciones mías. Un efecto secundario del trance. Santa María a Nova carecía de cripta.

Pero estaba en un error. El armenio bajaba resuelto por ellos y me hacía señas para que lo imitara.

—¡Espere! —Manoteé, tratando de apartar el polvo de mi vista.

Lo seguí por la angostura dando gracias a Dios por aquel milagro.

Las escaleras terminaban frente a una pared que dejaba escaso margen de maniobra. Descubrí que la única salida que ofrecían era una suerte de gatera de sólo cuatro o cinco palmos de altura, practicada en la base del muro, que Dujok había cruzado ya.

—¿A qué espera? —Lo oí gritar al otro lado.

Pensé en hacer caso omiso a sus órdenes cuando sentí pasos a mis espaldas. Pasos firmes. De soldado. Retumbaban en la planta principal de la iglesia. Si eran de quienes habían atacado el templo o tenían algo que ver con los ladrones de piedras de los que me había advertido Martin, lo mejor sería seguir al armenio.

Salté al interior del túnel justo cuando el trueno de otro disparo llegó desde la planta superior.

«Santo Dios. ¡Janos!»

Con el corazón en un puño, segura de que a Janos acababan de matarlo, mi trayecto por los infiernos se me hizo breve. El túnel —más bien los restos de un antiguo desagüe— desembocaba a apenas treinta metros de allí, en dirección oeste, justo bajo la calle Escultor Ferreiro, y se unía a otro más amplio que sin duda formaba parte del alcantarillado del pueblo. La escasa luz diurna que entraba por uno de los sumideros del techo me ayudó a situarme: aquella cloaca de piedra tallada, antiquísima, apestaba a orín y huevos podridos, pero nos alejaría del templo.

—¿Qué ha pasado? —grité a Dujok mientras me ponía en pie de nuevo y me sacudía la ropa, buscando en vano la bota que había perdido. Los efectos de mi «viaje» aún no habían desaparecido del todo. Tenía una desagradable sensación de mareo gravitando en el estómago y la impresión de que podría desplomarme en cualquier momento.

—Nos han encontrado —dijo muy serio.

—¿El coronel Allen?

—O los suyos, ¿qué importa? —gruñó tirando de mí—. El caso es que vienen a por usted... y a por esto.

El armenio sostenía mi piedra en su mano izquierda. Aún destellaban luces en su interior. Rescoldos de una energía que se resistía a consumirse.

—Sólo dígame una cosa... —Tragué saliva, embargada por aquella visión—. Lo encontraremos, ¿verdad?

—¿A Martin? ¡Desde luego! Ahora ya sabemos dónde está. A un paso del Ararat. Siento no tener tiempo para explicárselo mejor, pero debemos alejarnos de aquí cuanto antes.

—No... No puede dejarme así, señor Dujok! ¡Ni siquiera sé si ha hecho usted o no esa maldita llamada con la piedra! —Me sorprendí gritando aquella locura, siguiéndolo medio descalza por un pavimento pringoso y resbaladizo.

—Cállese y camine, señora Faber.

Qué torpe fui. En lugar de bajar la cabeza y reunir fuerzas para seguir sus pasos, una ola incontrolada de pánico se apoderó de mí. Di tres zancadas, cuatro a lo sumo, antes de que el corazón terminara por desbocárseme. Estaba histérica. Taquicárdica, más bien. Incapaz de pensar con serenidad y casi a punto de vomitar de la angustia.

—¿Callarme? —Mi tono de voz se elevó muy por encima del suyo, rebotando por la cloaca que se abría ante nosotros—. ¿Cómo quiere que me calle? ¡Casi nos matan por su culpa! ¿No lo ha visto? ¡Casi nos matan!

—Cierre la boca.

—¡No quiero! —repliqué al punto.

Dujok apretó mi mano hasta hacerme daño, sin detenerse.

—¿Es que no ve que nos siguen?

—¡Quiero irme de aquí! —Me revolví, agitando el brazo que aún tenía libre—. ¡Déjeme salir!

—¡No se detenga! —me urgió.

—Ni lo sue...

Entonces, casi a tientas, sin saber lo que hacía, me zafé de él justo al borde de una pequeña rampa descendente, haciéndole perder el equilibrio. Aferrado aún a la piedra, el armenio hizo un extraño quiebro para no caer de bruces al canal de agua que discurría a nuestros pies. Aun así no pudo evitar desplomarse de rodillas contra el pavimento.

El golpe fue seco. Su arma chocó con estruendo contra el suelo y se escurrió pendiente abajo.

Por un instante, los ojos de aquel hombre chispearon de ira.

Una furia incandescente, súbita, que me dejó helada.

Y durante unos segundos, Artemi Dujok me miró con una expresión feroz, como si fuera a arrancarme la cabeza. Sin embargo, contra toda lógica, mientras se incorporaba y se frotaba los meniscos, aquel gesto se deshizo. Temblé. Mi guía había alzado su rostro enmarcado por aquellos grandes bigotes dejando en suspenso cualquier movimiento, igual que lo haría un perro de caza al olisquear la cercanía de una presa.

—¿Se ha dado cuenta? —susurró.

Su prudencia sobrevenida me desconcertó. No supe qué decir.

—¿No lo nota? —insistió con la mirada perdida en el tramo de galería que acabábamos de dejar atrás—. ¡No se oye nada!

—Nada... —repetí.

—Han dejado de seguirnos.

El armenio tenía razón. Mudos, aguardamos a que algún ruido delatara la presencia de nuestros atacantes en la cloaca. Sólo alcanzamos a distinguir el suave murmullo de las aguas lamiendo el suelo que pisábamos, pero aquellos ochenta o noventa segundos de quietud tuvieron un efecto balsámico en ambos. La calma y el frescor del lugar consiguieron apaciguar nuestros ánimos. Aunque me dolía la mano y el pulso todavía golpeaba con fuerza mis sienes, la respiración había comenzado a acompasárseme y los músculos empezaban a tonificarse de nuevo. De repente, la amenaza latía lejana.

—Debemos salir de aquí... —rompió el silencio Dujok, ya en pie.

Resoplé.

—No tiene de qué preocuparse, señora Faber. Todo saldrá bien.

Muy a lo lejos, por encima de las bóvedas de piedra que nos cubrían, seguramente más allá de la iglesia de Santa María a Nova, el ulular de varias sirenas me convenció para ponerme en marcha.

—¿Sabe? —dijo Dujok conciliador, mientras retomaba el paso, bastante más tranquilo—. Ha hecho usted el trabajo de Jacob.

—¿De Jacob? ¿Qué Jacob?

El armenio sonrió.

—El patriarca bíblico, señora. Jacob fue un hombre de vida sorprendente. Compró la primogenitura de su familia a su hermano Esaú. Se peleó con un ángel de carne y hueso al que incluso llegó a herir en una pierna. Pero, sobre todo, pasó a la Historia porque gracias a una adamanta como la suya tuvo una visión extraordinaria camino de la Tierra Prometida.

—¿Con una adamanta? —Mientras trataba de no perder el ritmo de sus zancadas, en realidad me preguntaba cómo podía aquel hombre pensar en la Biblia en un momento como aquél.

—Un día se quedó dormido sobre ella y lo que soñó lo dejó estupefacto —prosiguió—: de repente, los cielos se abrieron y el sorprendido Jacob contempló cómo una escalera ígnea se desplegó a unos pasos de él. Al poco, una turba de criaturas comenzó a descender y ascender por sus peldaños, ajenos a su presencia. Sin saber muy bien cómo, Jacob había atraído a los Mensajeros de Dios y, con su piedra, les había abierto una vía de descenso a la Tierra.

—¿Qué intenta decirme con eso, señor Dujok? —Aspiré aire—. ¿Eso es lo que ha hecho usted con mi adamanta? ¿Abrir una escalera al cielo?

Artemi Dujok sonrió por primera vez en mucho tiempo:

—Usted lo ha dicho. No yo.

Un ruido lejano, súbito, como si un muro se hubiera venido abajo en la iglesia que habíamos dejado atrás, nos hizo apretar el paso.

—¿Y quién espera que descienda ahora por ella?

—Ángeles. Seres de luz. Los mensajeros de los que hablan todas las religiones, señora Faber. Cuando lleguen, nos ayudarán a vencer el apocalipsis al que estamos abocados.

—¿De veras cree eso?

—No sólo lo creo yo, señora. —Tiró de mi brazo dirigiéndome a un claro que se abría unos metros a nuestra izquierda, al final de una encrucijada de galerías—. También Martin.

Aguardé un segundo antes de decir nada. Dudé si hacerlo, pero me animé:

—Ahora que lo menciona, todavía no le he preguntado si usted sabe por qué lo han secuestrado...

Dujok no titubeó.

—Por la misma razón por la que nos persiguen a nosotros, señora. Quieren sus piedras para abrir ese portal invisible al que se refieren todas las religiones del planeta, ese que existe entre su mundo y el nuestro, y así ser los primeros en poder hablar con Dios. Y, si es posible, los únicos.

—¿Y con las piedras les basta?

—No. También necesitan la tabla que las hace funcionar.

El armenio se detuvo entonces junto a una escala corroída por el óxido que ascendía hasta el techo de aquella galería. Terminaba en un boquete redondo, perfecto, por el que se asomaba el inconfundible perfil de Waasfi. Debía de hacer un buen rato que nos esperaba.

—¿La tabla? ¿Qué tabla?

—Suba. Rápido —ordenó—. Diré a mis hombres que se la muestren. Hoy se ha ganado verla.

67

La puerta de la habitación 616, en la planta de cuidados intensivos del hospital Nuestra Señora de la Esperanza, se abrió sin que nadie se anunciara. Nicholas Allen aguardaba hambriento la llegada del desayuno, así que al oír cómo ésta se deslizaba se incorporó animoso. Lo que vio, sin embargo, le quitó las ganas de comer. «Otra vez ese tipo», torció el gesto al reconocer a Antonio Figueiras caminando con paso distraído hacia su cama acompañado de otro hombre al que no había visto jamás. Ambos parecían resueltos a hablar con él, pero esa urgencia era más evidente si cabe en el desconocido.

—*Mister Allen...* —se arrancó el inspector en su inglés de medio pelo, con su cara de calavera y su gabardina hecha unos zorros—, un compatriota suyo ha venido a visitarlo.

El coronel, todavía con el gotero tirándole de un brazo, movió la cabeza hacia el recién llegado.

—Si es de la funeraria —murmuró—, dígale que saldré de ésta. Tendrá que buscarse a otro.

Tom Jenkins apretó los dientes, simulando una sonrisa.

—Excelente. Me alegra que conserve su sentido del humor, coronel —dijo—. Eso augura una pronta recuperación.

—No lo conozco, ¿verdad?

—Trabajo en la Oficina del Presidente de los Estados Unidos. He venido a pedirle algo en su nombre.

—¿Uh? ¿La Oficina del Presidente? —silbó—. Sí que ha sido usted rápido...

—Verá, coronel: en nuestra embajada en Madrid me informaron de que usted y Julia Álvarez fueron atacados con alguna clase de arma electromagnética hará unas ocho horas. ¿Podría confirmármelo? ¿Es eso cierto?

Allen miró a aquel tipo con una indisimulada desconfianza. Había tenido su «accidente» en el cumplimiento de una misión reservada y debía medir hasta qué punto podía hablar de ciertas cosas con perfectos desconocidos.

—¿Quién le dijo eso?

—El responsable de inteligencia de la embajada, Richard Hale.

—Oh, sí. Rick. —Se relajó—. Supongo que el director Owen lo puso al corriente de mi caso.

A Tom no le pasó desapercibida la cara de sorpresa del inspector Figueiras. Su limitado nivel de inglés lo dejaba fuera de los matices de la conversación, pero no lo suficiente como para no darse cuenta de la importancia de lo que estaban hablando. Figueiras no había relacionado aún los apagones de la noche anterior con la presencia de un fuerte emisor electromagnético en el centro de Santiago. No sabía muy bien a qué se referían exactamente, aunque lo intuía.

—Y dígame, coronel —prosiguió Jenkins—, ¿tiene usted la menor idea de quién ha podido atacarlos?

—Desde luego que sí. Ya se lo dije al jefe Owen. Pero si quiere saber más... —tosió—, tendrá que esperar a que redacte mi informe definitivo.

—Un informe para el Proyecto Elías que nunca nos dejarán ver, ¿no es eso?

Allen no respondió.

—Verá: es urgente que encontremos a la mujer que estaba con usted anoche, coronel —replicó Jenkins—. No podemos perder el tiempo en cuestiones burocráticas.

—¿Urgente? ¿Y para qué necesita el presidente a esa mujer?

Tom se inclinó sobre él, susurrándole algo al oído que cuando Figueiras alcanzó a escucharlo, casi le hizo dar un salto:

—Usted lo sabe tan bien como nosotros. Necesita su piedra. El presidente quiere el control total de esta situación. Y lo quiere ya.

La reacción de Allen a aquella confidencia fue aún más explícita que la suya. Su languidez se esfumó de repente, al tiempo que se retrepaba sobre sus almohadones con los ojos abiertos como dos soles.

—No sé qué sabrá usted de Elías —protestó—, pero el proyecto tiene la máxima prioridad. No puede obligarme a decirle nada sin una orden de mi superior. ¡Nada! ¿Lo ha entendido?

Tom lo miró inmisericorde.

—No importa lo que diga ahora, coronel. Usted colaborará...

El asesor del presidente pronunció aquellas palabras mirando a Figueiras, que tenía los ojos abiertos como platos. La mención de Jenkins en susurros a una «piedra», *stone*, le hizo recordar su última conversación con el joyero Muñiz.

—... Haga lo que quiera —prosiguió él—. Encontraremos a la mujer con nuestros medios y usted y sus mandos quedarán como aquellos antipatriotas que ignoraron las órdenes directas de su presidente. Piénselo.

Nick Allen se removió en su cama, incómodo.

—¿Puedo... hacerle una pregunta, coronel? —titubeó entonces el español.

Antonio Figueiras sentía que tenía su pequeña oportunidad para saber algo más de aquel enredo. Allen lo miró con hastío.

—¿Conoce las siglas TBC? ¿Qué sabe usted de The Betilum Company? —disparó vocalizando aquel nombre como buenamente pudo.

Su pregunta extrañó a Tom Jenkins todavía más que al militar.

—¿Dónde diablos ha oído usted eso...?

—Respóndame, se lo ruego —insistió. .

El coronel lo miró desconcertado.

—Es una compañía encubierta del proyecto de la Agencia para la que trabajo, inspector. Comprenda que no pueda hablarle de eso. Es información reservada.

—¿Y sabe por qué esa compañía se ha dedicado a comprar primeras ediciones y manuscritos de un tal... —sin amilanarse, Figueiras echó un ojo al bloc de notas que llevaba encima— John Dee?

El militar se sintió acorralado. No era fácil encontrar el rastro de algo así. Dee —lo sabían todos en la estructura de Elías— era la obsesión particular de Martin Faber. Incluso la de su padre. El climatólogo había estado bajo el control de su progenitor hasta que ambos se alejaron de la NSA y la Agencia retomó las riendas del proyecto, confiándole al coronel Allen su parte operativa. Sus últimos movimientos habían sido, en efecto, la adquisición de tratados de magia vinculados al mago isabelino para intentar comprender qué buscaban exactamente los Faber en ese personaje.

—Necesitábamos... —Nick dudó—, queríamos descifrar un signo que vimos en unas fotos antiguas. En un material secreto del que no puedo decir nada.

—¿Unas fotos? —Tom intervino de repente—. En Madrid nos hablaron de unas viejas imágenes del monte Ararat que Martin Faber pidió a la CIA poco antes de dimitir. ¿Son ésas?

—Tal vez —rezongó ahora con evidente desgana. Si había pretendido dar una pista a Figueiras que lo condujera a un callejón sin salida, aquel tipo de la Oficina del Presidente le había echado a perder su estrategia.

—¿Tal vez, dice?

—¿Y el símbolo que investigaba? —insistió Figueiras más animado, tendiéndole su cuaderno—. ¿Era éste?

Nicholas Allen se inclinó sobre la página garabateada con evidente hastío. Al reconocerlo, el gesto adusto del militar se arrugó. Tomó el cuaderno de manos del policía preguntándose hasta dónde podría hablar. Aquel diseño figuraba, en efecto, en la portada de un libro de John Dee impreso en 1564. Eso no era un secreto. Y Figueiras, seguramente, ya debía de saberlo.

—Justo ése, sí —admitió, devolviéndole el dibujo al minuto.

—¿Y qué relación tiene con las piedras, coronel? —lo atajó el norteamericano. Figueiras lo miró con fastidio. Él había tenido la educación de no inmiscuirse en su interrogatorio.

Pero Allen volvió la cara hacia la ventana de su habitación, tratando de evitarlos a ambos.

—¿Sabe? No importa que no hable ahora, coronel —añadió Tom Jenkins, poniéndole una mano encima de sus piernas—. Lo hará pronto. Sabemos dónde se encuentran las dos adamantas en este momento. Nuestros satélites las han localizado. Y también tenemos información de hacia dónde se dirigen Julia Álvarez y sus secuestradores. ¿Y sabe otra cosa? Voy a pedirle que me acompañe. Usted va a venirse conmigo a Turquía. Ahora.

—¿A Turquía? —se revolvió—. ¡Estoy hospitalizado!

—Yo también podría ir con ustedes. —Figueiras se postuló con entusiasmo, pero Jenkins evitó el lance dirigiéndose de nuevo al militar:

—Usted ya ha estado antes en el lugar donde van a reunirse las piedras, habla su idioma y conoce a ambos desaparecidos. Le exijo que ayude al presidente de su país.

—¿Y si no lo hago?

—Si no me acompaña, coronel, yo mismo me ocuparé de que no salga de aquí... nunca.

68

—¿Qué es esa tabla exactamente?

Waasfi sonrió dejando que la serpiente que llevaba tatuada en la mejilla se encogiera como asustada. No creo que entendiese ni una palabra de lo que dije, pero por mi actitud supo que le estaba hablando de la reliquia que protegía en su bolsa de nylon. La explosión casi no le había afectado. Sus ropas no estaban desgarradas ni quemadas y su aspecto general era bastante aceptable.

—¿La ta-bla? —repitió fijándose en mi aspecto desaliñado, y señalando luego a su tesoro—. ¿*Amrak?*

Asentí.

—Es una reliquia de la época de John Dee, señora Faber —terció Dujok a mi espalda—. En realidad, él la llamó mesa de invocación.

Mientras el *sheikh* Dujok abandonaba el subsuelo y se sacudía el polvo de ropa y botas, el muchacho del tatuaje dejó que le echara un vistazo.

Al principio creí que la bolsa estaba vacía. Su fondo era de color oscuro, rugoso, y no pensé ni por un momento que «eso» fuera la dichosa reliquia de Dee. Pero al fijarme mejor, y gracias a que la luz del día cada vez clareaba más, me di cuenta del error. Claro que había algo ahí dentro. Era un cuadrado color carbón que presentaba delicadas inscripciones en la superficie. Estaba muy deteriorado por el paso del tiempo. Hendiduras y protuberancias se repartían por doquier distorsionando unos dibujos —tal vez algún tipo de escritura—, a cuál más extraño.

—Tras la desaparición del Arca de la Alianza, casi mil años antes del nacimiento de Cristo, Dios no volvió a dar instrucciones sobre cómo construir ningún otro artefacto sagrado hasta que diseñó el que ahora tiene ante sus ojos.

Dujok se había acercado a nosotros tranquilo, como si nada hubiera pasado y tuviera la situación bajo control.

—¿Y usted cree que fue Dios quien...?

—Fue el arcángel Uriel —sonrió—. O eso explicó John Dee en su libro *De Heptarchia Mystica*. Uriel se le manifestó como una criatura de cabeza tan brillante como el Sol, larga cabellera, con una cuerda atada a lo largo del cuerpo y una luz deslumbrante en la mano izquierda. Le entregó unas piedras con las que poder hacer conjuros y después le fue dando las indicaciones para dar forma a esa tabla o mesa de invocación.

—Y esto fue lo que rescató en Biddlestone, ¿me equivoco?

—En absoluto. Éste es el objeto que Martin descubrió y que quiso activar el día de su boda. Desde entonces no ha dejado nunca de dar señales de vida.

—¿Qué clase de señales?

—Por ejemplo, mantiene una temperatura constante de dieciocho grados centígrados. Ninguna piedra hace eso.

—No parece un detalle importante.

—Todos los detalles lo son.

—Entonces, ¿tiene una idea de por qué los ángeles le dieron algo así a Dee?

El armenio se acercó a mí con ademán paternalista.

—Es una buena pregunta. Martin y yo nos la formulábamos a menudo, y al final llegamos a una conclusión un tanto estremecedora. Verá: Dee pasó sus últimos años de vida obsesionado con lo que él llamaba el Libro de la Naturaleza. Creía que el Universo entero podía leerse como si fueran las páginas de un grimorio. Creía incluso que podía manipularse a voluntad si se conocía qué palabras intercalar aquí y allá; si se dominaba la lengua con la que fue escrita la Creación. El caso es que los ángeles que lo visitaron parecían muy nerviosos cuando le confiaron esta tabla. Por alguna razón, les urgía que Dee consiguiera comprender de una vez por todas ese lenguaje secreto, esa «cábala» que le permitiera modificar la obra de Dios. Debió de ser como intentar enseñar genética a un niño de once años. Fracasaron. Entonces le amenazaron con la llegada de cambios terribles en el clima, desastres sin par, si no lograba aprender el manejo de la tabla y del idioma que la activaba... pero murió sin conseguirlo.

—¿Y los desastres?

—Se produjeron, señora —suspiró—. Se produjeron.

—¿En serio?

—Pocos años después de su muerte, hacia 1650, Europa vivió uno de los peores momentos medioambientales de los últimos nueve mil años. Las temperaturas descendieron tanto que se perdieron cosechas enteras. Miles de familias perecieron de hambre, enfermedad y frío. Y hoy sabemos por qué. Todo fue culpa del Sol —prosiguió—. La actividad magnética del Astro Rey alcanzó mínimos históricos. En los libros de astronomía se conoce a esos años como los del «mínimo de Maunder», y sus terribles efectos se alargaron hasta principios del siglo XVIII. Creo que eso fue lo que los ángeles quisieron advertir a Dee y él no supo interpretar.

—¿Y usted? ¿Cree que sabrá hacerlo mejor que él?

—Bueno... —sonrió—. Si esas criaturas volvieran a establecer comunicación a través de las piedras, estoy seguro de que lo haríamos mucho mejor. A diferencia de lo que ocurría en la época de Dee, o en la de Moisés, nuestra civilización ya dispone de un lenguaje científico y podríamos interpretar con más rigor sus avisos. Por eso estas piedras deben estar en nuestro poder, y no en manos de quienes sólo especularían con ellas y aprovecharían las comunicaciones angélicas para Dios sabe qué oscuros propósitos.

—Entonces, ¿no hacen esto por fe ni por deseo de poder?

—Nosotros no, señora. Lo hacemos por pura supervivencia. Hemos aprendido que los ángeles sólo hablan a través de la tabla y las adamantas si tienen algo muy serio de lo que advertirnos. Y este momento no es una excepción. De eso estoy seguro.

69

Cuando el Cadillac blindado del presidente de los Estados Unidos accedió al aparcamiento de la Casa Blanca, una luna llena gris y magnífica plateaba los principales monumentos del Mall. La sombra del obelisco levantado en memoria de George Washington empezaba a alargarse hacia los jardines de su residencia oficial como una lanza afilada. Castle lo consideró un mal presagio. Y con ese ánimo holló las alfombras del Despacho Oval calculando qué haría si los hombres de Owen se adelantaban a sus observadores en España y conseguían hacerse con la piedra que había creado las alteraciones detectadas por la NRO. ¿Podría fiarse de lo que le dijera el director de la Agencia Nacional de Seguridad? ¿Y con quién podría consultar sus dudas después de jurar que no haría uso de la información del Proyecto Elías?

Nunca se había sentido tan solo.

Sobre todo ahora.

Estaba seguro de que ni el vicepresidente ni ningún otro miembro de su equipo entenderían que gastara ni un minuto de su tiempo en satisfacer lo que, desde fuera, podría malinterpretarse como una curiosidad personal. Pero no lo era.

«Al menos Elías existe», se concedió.

Y con infinita nostalgia, a aquella idea enseguida le siguió otra: «Papá estaba en lo cierto.»

Casi había olvidado la cena que siguió a la lejana recepción de los hopi en el Capitolio de Santa Fe. Era curioso cómo funcionaba la memoria. Una nota musical, una fragancia o un sabor podían trasportarlo a tiempos en los que no reparaba desde hacía lustros. Esta vez el estímulo fue una palabra. Un nombre propio, para ser exactos. Chester Arthur. La última vez que oyó hablar de él fue precisamente a los indios hopi. Y pese a que no tenía frescos los pequeños detalles de la conversación, recordaba muy bien sus líneas maestras. Oso Blanco, un tipo grueso, de mirada felina y rostro surcado por las profundas arrugas que da una vida llena de decisiones difíciles, repetía una y otra vez que en 1882 Arthur firmó la orden ejecutiva por la que sus antepasados recibieron los dos millones y medio de acres de tierra en el corazón de Arizona que hoy forman su impresionante reserva. «Pero fue un regalo envenenado —rezongó—. Hasta ese momento, todo el mundo perseguía a mi tribu: los colonos nos odiaban y los misioneros católicos no cesaban de presionarnos para convertirnos a su fe. La promesa de una tierra propia, independiente, llegó como llovida del cielo.» «¿Y dónde está el veneno?» Castle le hizo la pregunta clave encogiéndose de hombros. Sabía que el presidente Arthur fue un hombre sensible con las minorías étnicas que quiso sacar a los nativos americanos de Nuevo México y Nevada para agruparlos en una zona neutral a salvo de los pillajes. Pero Oso Blanco se resistió a aceptar ese punto.

El viejo jefe indio tenía ochenta y cinco años el día de su visita a Santa Fe y una historia que contar a un hombre blanco influyente antes de morir. Castle fue el elegido.

—¿Sabe una cosa, gobernador? —dijo—. Me enternecen los esfuerzos que hacen los políticos por proteger a sus votantes.

—¿Por qué lo dice? ¿No le ha gustado la recepción?

—Oh, sí —sonrió—. No es por eso. Pensaba en que si supiera lo que dicen nuestros ancestros sobre el destino que espera a la Humanidad, tal vez usted no se tomaría tantas molestias y pasaría más tiempo con su familia.

—¿Quiere que me jubile ya? —bromeó.

—No. Quiero que se prepare. Las profecías lo dicen muy claro.

—¿Las profecías? ¿Las de su pueblo? —Castle se dejó servir el café—. ¿Y qué dicen?

—Que estamos en la recta final del cuarto mundo, gobernador. Nosotros, tal vez nuestros hijos, veremos la desaparición de esta civilización.

—¿El cuarto mundo? Yo sólo conozco éste...

El anciano sonrió con benevolencia.

—De los dos primeros sabemos bien poca cosa, señor. Entonces el hombre aún no existía y no vio las erupciones y corrimientos de tierra que cerraron el primer ciclo del planeta. Y por suerte tampoco sufrió los hielos del segundo. Pero del tercero aprendimos mucho... Ése sí lo padecimos.

—¿De veras?

—El tercero fue destruido por una gigantesca inundación.

—¡Ah! ¡El Diluvio Universal!

El anciano asintió.

—Ustedes los cristianos lo llaman así. Aunque siempre se olvidan de lo que ocurrió antes de la catástrofe. Los hopi no. Nuestros ancianos todavía pronuncian el nombre de la capital del mundo antiguo. El Washington del tiempo se llamó Kasskara, gobernador. Se levantó sobre una tierra en medio del océano que se hundió tras la crecida de las aguas.

—También conozco el mito.

—Todos lo conocen —lo atajó el anciano—. La cuestión es: ¿se lo creen?

345

Oso Blanco prosiguió:

—Los ciudadanos de Kasskara fueron los últimos que tuvieron el privilegio de ver, tocar y conversar con los antiguos dioses. Ellos los llamaban katchinas, los «altos y respetados sabios», y de ellos recibieron inmensos conocimientos. Durante milenios, fueron los verdaderos dueños de la Tierra. Disponían de máquinas voladoras; eran capaces de comunicarse a distancia, de provocar la lluvia o la sequía, y hasta de destruir un país en una sola noche. Cuando el presidente Arthur supo de su existencia y vio que Kasskara se parecía tanto a la Atlántida, reconoció a los hopi como los depositarios de un conocimiento que le interesaba y nos propuso cambiárselo por la propiedad de nuestras tierras. Por eso dije que su cesión estaba envenenada, gobernador.

Oso Blanco hizo caso omiso a la mirada incrédula de Castle y de su esposa. Si entonces hubiera sabido de la fascinación que Chester Arthur sintió por la Atlántida y por el «gran secreto», le hubiera prestado más atención.

—Con todos sus avances, su ciencia y su maravillosa tecnología —continuó hablando el hopi—, los katchinas fueron incapaces de detener aquel diluvio. Por eso, cuando comprendieron que la catástrofe era inevitable, decidieron salvar a algunos humanos. A esos supervivientes los adiestraron para recibir un regalo que, si se usaba con prudencia, podría sernos de una gran utilidad en el futuro, cuando llegara el final del siguiente mundo y ellos no estuvieran cerca para ayudarnos.

—¿Una canoa salvavidas...?

—Una piedra sagrada, gobernador —lo atajó, muy serio—. O, para serle más preciso, una pequeña serie de ellas que se repartieron por los cuatro confines de la Tierra, ocultándose en lugares sacratísimos.

—Una piedra no parece un gran regalo.

—No juzgue a la ligera. Aquí, a Nuevo México y Arizona, se trajo una muy poderosa. Fue tallada por los katchinas y depositada en un lugar secreto al que sólo el jefe de cada clan accede cada cierto tiempo. Se la visita para comprobar si tiene algo que decirnos. Algo malo. El presidente Arthur supo de su existencia gracias a un antepasado mío y la consultó en varias ocasiones. Yo la vi por última vez en 1990. Y debo decirle que sigue escondida en su estado, gobernador.

—¿Y a usted le ha hablado alguna vez? —sonrió, perplejo ante las supersticiones indias.

—Se lo diré: hasta esta misma semana creí que moriría sin oírla. En el fondo, que eso ocurriera era un alivio. Prefería que fuera mi sucesor quien tuviera esa responsabilidad... Pero algo, señor, acaba de suceder.

Castle dejó su café sobre la mesa.

—Cuénteme.

—Gobernador, la falta de lluvias de los últimos años y el desecado de fuentes y ríos en nuestra reserva me obligaron a regresar hace un par de días a su escondite. Y esta vez, tras tres mil años de silencio, la piedra ha hablado.

—¿En serio?

—No estoy loco. —El rostro del indio se había ensombrecido—. Tómelo o déjelo, pero su parlamento anuncia que el fin del cuarto mundo llegará en breve. Tal vez dentro de pocos años. Mis antepasados juraron lealtad al gobierno de los Estados Unidos cuando firmaron los acuerdos con el presidente Arthur, y recurro a usted en virtud de ellos. Sé que el gobernador puede informar a la Casa Blanca antes de que todo se desencadene. Y debe hacerlo cuanto antes. Es más, antes de actuar, ¡debería usted hablar con la piedra! Eso le daría argumentos ante los incrédulos.

70

Al sargento mayor Jerome Odenwald le tembló el pulso de
rabia cuando la mirilla telescópica de su lanzacohetes M72
se posó sobre su objetivo. Los hijos de puta que habían
matado a cuatro de sus compañeros y contusionado a un
quinto merecían un escarmiento. Por culpa suya pronto se
enfrentaría a un tribunal militar, tendría que dar explicaciones sobre por qué un «fuego no especializado» había
reducido su unidad al mínimo, y a santo de qué habían
convertido el centro de un pequeño pueblo de la costa
norte española, en pleno territorio OTAN, en un campo
de batalla con riesgo para la población civil. Tendría suerte
si no terminaba ante un consejo de guerra.

Odenwald estaba furioso. Su euforia al saltarle la tapa
de los sesos al tipo que se había encontrado malherido a la
entrada de la iglesia ya se había evaporado. Ahora comprendía que matarlo había sido un error. Debió dispararle
en el estómago y dejarlo que se desangrara como un cerdo
hasta que los calambres terminaran con él. Aunque eso
tampoco hubiera resuelto las preguntas que ahora lo ator-
mentaban. ¿De dónde habría sacado aquel desgraciado el
armamento de precisión que llevaba encima? ¿Y en qué
campo de criminales se habría entrenado?

Odenwald sólo estaba seguro de una cosa: los tipos que
tenía en línea de fuego en ese instante no eran unos terroristas cualesquiera. O, al menos, no la clase de hombres

«de bajo perfil agresivo» que les habían ordenado neutralizar en el Cuartel General.

El soldado apagó la radio para que nada lo distrajera y se concentró en lo que aparecía en su visor.

—Os tengo —susurró.

Tres varones y una mujer —Dujok, Waasfi, Haci y Julia Álvarez— acababan de emerger por la boca de una alcantarilla, muy cerca de los soportales del teatro Noela. El SEAL los reconoció enseguida. Huían del caos que se había formado calle abajo, donde una nube de vehículos policiales y medicalizados aún trataban de hacerse una idea de lo ocurrido.

Aquellos tipos estaban de suerte. Cuando el sargento mayor iba a abrir fuego contra ellos, se dio cuenta de algo: a pesar de los evidentes signos de fatiga que mostraba el grupo, conversaban absortos alrededor de un objeto que emergía de una bolsa oscura que descansaba sobre el asfalto.

«¡La caja!»

Las pupilas del tirador se dilataron. Eso era exactamente lo que su unidad había recibido la orden de recuperar.

Jerome Odenwald apartó el dedo del gatillo y tanteó el tronco de su arma en busca de otro de sus sofisticados juguetes: el *whisper detector*, una especie de oreja electrónica direccional incorporada al visor de su arma y conectada vía *bluetooth* a los auriculares que llevaba ocultos bajo su gorro de lana. Bien dirigido, el sensor podía amplificar cualquier conversación que se desarrollara dentro de un radio de ciento cincuenta metros. Su objetivo estaba dentro de ese área. Lo activó y, sin que ninguno lo sospechara, se puso a la escucha.

—... Señora Faber... —La voz grave de Artemi Dujok, que a Odenwald le pareció de porte militar, sonó en sus cascos con total nitidez—: Está ante el emisor de radio más antiguo del mundo. Tiene cuatro mil años y funciona casi como el primer día.

«Cuatro mil años.» Odenwald ajustó el volumen.

—Martin y yo invertimos mucho tiempo en encontrarla —continuó Dujok—. Finalmente, su marido descubrió su paradero al descifrar una de las tablas con nombres angélicos que Dee dejó escritas antes de morir.

—¿Y dice que con esto puede hablarse con Dios? —titubeó la muchacha sin perder de vista el contenido de la bolsa.

—Una leyenda dice que san Jeremías la usó para atender la Palabra de Dios y escribir el libro de profecías que se incorporó a la Biblia. A través de esta piedra supo de los tiempos nefastos que caerían sobre Jerusalén, la llegada de Nabucodonosor y el exilio en Babilonia. Por eso, y para evitar que algo tan preciado cayese en manos paganas, Jeremías se lo llevó tan lejos como pudo, escondiéndolo en las islas Británicas.

Julia arqueó las cejas.

—Hasta que terminó en Biddlestone...

—Así es. Ahora sabemos que este objeto sólo actúa cuando detecta el campo de energía de una adamanta en ciertos días «especiales» y haya alguien como Jeremías que actúe de catalizador. Usted, sin saberlo, ya la ha hecho funcionar dos veces, señora. Es más de lo que habíamos logrado con ninguna otra persona.

Odenwald había escuchado bastante. Estaba seguro de que la reliquia que le habían ordenado recuperar estaba a sus pies. Era más de lo que necesitaba. Si no erraba el tiro —y no había una sola razón para hacerlo—, a aquellos cuatro indeseables les quedaban tres segundos de vida antes de que *Amrak* pasara, al fin, a sus manos.

Su expediente no estaba definitivamente arruinado, después de todo.

71

Pese a los puños y asientos calefactables de su moto BMW K1200 de alquiler, Ellen Watson no logró quitarse de encima el frío horrible que le presionaba las articulaciones. Su instinto le había hecho optar por un vehículo ligero y veloz como aquél. Sabía que no tenía tiempo que perder si quería alcanzar a Julia Álvarez y a sus secuestradores antes de que abandonaran Noia. Y el dichoso pueblo de pescadores estaba a casi cuarenta kilómetros de Santiago. Situado al final de un valle brumoso y húmedo, a Noia se tardaba casi una hora. La maldita autopista que debía unir ambos puntos llevaba años esperando a que la terminasen y salvo que se dispusiese de una montura rápida, el viaje podía ser interminable.

Ellen acertó de pleno.

Apenas faltaban veinte minutos para las nueve cuando sus ciento diez caballos ronronearon al encarar la calle Juan de Estivadas. Si la ascendía llegaría enseguida al centro histórico del pueblo. Su corazón empezó a latirle con fuerza. El GPS conectado por *bluetooth* a los auriculares de su casco de fibra de vidrio rosa indicaban los metros que le quedaban para llegar. Sólo le extrañó que, pese a la hora, los comercios y las aceras estuvieran completamente vacíos.

«¿Qué pasa? ¿Nadie sale?»

Al volver una esquina y encarar la última cuesta que la separaba de las coordenadas fijadas, adivinó la primera silueta humana. No percibió nada raro en ella. Se trataba de un varón joven, vestido con prendas negras ajustadas —quizás otro motorista—, que estaba ligeramente reclinado sobre el capó de una furgoneta de reparto. Descansando tal vez. Pero fue al segundo siguiente cuando se alarmó. Aquel hombre llevaba puestas unas Eagle-1, unas gafas de cristales de policarbonato especiales para tiradores de élite del ejército norteamericano que ella conocía muy bien. Aquello era todo un OOPART. Un *Out-of-Place-Artifact*. Un objeto fuera de lugar. En una fracción de segundo distinguió que su gorro de lana le tapaba buena parte de sus facciones y que un cable negro se le metía en la camisa hacia algún tipo de intercomunicador.

«¡Por todos los diablos!»

Ellen frenó en seco su máquina, la calzó y se lanzó como una loca hacia uno de sus maleteros laterales. Su corazón había escalado hasta la garganta.

«¡Va a disparar! —se alarmó—. ¡Debo detenerlo!»

En efecto. Aquel pajarraco tranquilo acababa de levantar el tubo verde de su lanzacohetes y apuntaba directamente hacia un punto del fondo de la calle. Un punto —calculó Watson— que debía de coincidir casi exactamente con el que marcaba la información de su satélite.

«¡Debo detenerlo!», se repitió.

Antes de que aquel tipo terminara de ajustar su mirilla al objetivo, Ellen lo encañonó:

—¡Alto! ¡Levante las manos! —gritó.

El hombre no se inmutó siquiera. Sin moverse de su posición, agitó levemente el tubo de su arma y palpó el gatillo para accionarla. Ni se lo pensó. En la fracción de segundo siguiente, dos disparos de la Beretta de aleación que había sacado de su portaequipajes rompieron el silencio del pueblo. Tump. Tump. Sólo entonces, nerviosa perdida, se quitó el casco, respiró hondo aquella mezcla de pólvora y brisa marina que había quedado flotando a su alrededor, y descubrió a quién acababa de abatir: un hombre de complexión musculosa, vestido con el uniforme oscuro de ataque nocturno de los SEAL, cuya sangre empapaba ahora unos adoquines de sabía Dios cuántos siglos de antigüedad.

«¡Mierda! ¡Es un marine!»

Sus dos tiros lo habían alcanzado de pleno. Uno, el más aparatoso, a la altura del cuello, atravesándolo de lado a lado. Otro, junto al riñón y los pulmones, letal.

Calle abajo, justo donde moría la calzada en la que se encontraba, otras cuatro siluetas —las únicas que logró distinguir en toda la zona— se afanaban en poner a salvo una bolsa de viaje negra mientras tomaban claramente posiciones para defenderse. Tres eran varones e iban armados. La cuarta era una mujer con el pelo color zanahoria. Creyó reconocerla por las fotos que había visto en Madrid. ¡Era Julia Álvarez! Y sus dos tiros, como se temía, no les habían pasado desapercibidos.

Ellen Watson, adiestrada para tomar decisiones vitales en tiempo récord, calculaba ahora cómo se enfrentaría a unos hombres que —según las estimaciones que había escuchado horas antes en la embajada— poseían un sofisticado armamento electromagnético y habían secuestrado primero a Martin Faber y luego a su esposa.

Me puse a temblar como una mocosa.

No bien habíamos acabado con la pesadilla de la explosión en Santa María a Nova, dos disparos sonaron a unos metros de nosotros. Los reconocí enseguida: detonaciones secas, fuertes, que precedieron al desplome de un tipo vestido con ropas oscuras, oculto tras un furgón.

—*Anvrep kragoj!* —gritó Waasfi a mis espaldas.

—¡Tirador! —tradujo Dujok alarmado—. ¡Al suelo!

Pero, para mi sorpresa, no se referían al motorista que estaba en pie en medio de la calle, con un arma corta humeándole en las manos. No. Lo que les asustó de veras fue el tipo que éste acababa de abatir.

—¡Póngase a cubierto! ¡Rápido! —me urgió Dujok.

Tiritando, me acurruqué detrás de un coche azul.

—¿Q... qué... pasa ahora? —balbuceé.

Fue el *sheikh* armenio quien, enfadado y fuera de sí, aferrado a su temible subfusil, escupió:

—¡No lo sé, señora! ¡No-lo-sé!

A nueve mil kilómetros de distancia de la costa gallega, una supercomputadora de la Oficina Nacional de Reconocimiento recogía y analizaba todas y cada una de las informaciones que el satélite *HMBB* grababa desde el espacio.

—¡Por todos los santos! ¿Y ahora quién ha disparado a S23?

S23 era el nombre en clave del sargento Odenwald. Una gota de sudor nervioso se escurrió por la frente oscura de Michael Owen, que había decidido quedarse frente a los monitores de la sala de control para seguir la evolución de la dichosa emisión electromagnética. «Por suerte, el presidente no ha visto esto», pensó. El icono que figuraba bajo el nombre clave del soldado había virado a rojo. Estaba muerto. Las noticias que llegaban a tiempo real desde la costa norte de España no podían ser más catastróficas. El capitán del *USS Texas*, fuera de sí, acababa de cerrar una videoconferencia con él, furioso por no haber conseguido una autorización especial para desembarcar un nuevo contingente de hombres en la ría de Noia. Owen no había querido arriesgarse. «Tendría que darle demasiadas explicaciones a Castle», razonó.

A su lado, sobrecogido, Edgar Scott se quitaba las gafas para enjugarse los ojos con un pañuelo de tela.

—Señor. —El director del NRO parecía agotado. No le había sido fácil mantener el tipo ante el presidente de la nación sin darle la información comprometedora que solicitaba—: No quisiera parecerle inoportuno pero ¿no cree que debió compartir con Castle *todo* lo que sabemos?

—¿Qué quiere decir con *todo*?

—Le recuerdo que esa fuente magnética —dijo señalando otro indicador en el gran monitor de la sala— no ha sido la única que hemos detectado en las últimas horas. De hecho, otros puntos han registrado emisiones parecidas, aunque de menor intensidad. Jerusalén. Arizona. El caso de Noyon, en Francia, la pasada madrugada, fue importante.

—Y ya está bajo control, Scott. No vamos a dejar que se desate otra crisis de las catedrales como la de 1999, ¿verdad?

El director del NRO no parecía estar muy seguro.

—Eso fue hace mucho tiempo, señor...

Lo que Owen llamaba la crisis de las catedrales le traía recuerdos funestos. Aquel año, al tiempo que Nicholas Allen y Martin Faber trataban de hacerse con una roca magnética de la familia de las adamantas en Echmiadzin, un científico del Centro Nacional de Estudios Espaciales de Toulouse descubría, mientras procesaba imágenes de un satélite de la serie ERS, seis emisiones de «categoría X» procedentes del subsuelo de otros tantos templos góticos del norte de Francia. Del «gótico temprano», recordó. El caso es que aquel ingeniero, un tipo afable llamado Michel Temoin, tropezó con sus superiores por culpa de un hallazgo fortuito similar a lo que ahora estaban detectando sus equipos. Ninguno quiso entonces investigar el asunto y el ingeniero terminó haciendo averiguaciones por cuenta propia que resultaron de lo más incómodas. Nadie lo avisó de que el caso estaba relacionado con un proyecto de alto secreto que estudiaba esa clase de fuentes energéticas anómalas. Fue en Amiens, en la misma fachada de uno de los templos afectados, donde aquel ingeniero recuperó una piedra que jamás debió ver sin permiso del Proyecto Elías, poniéndolos en un serio aprieto. Nadie quería que algo tan delicado, que podía generar tanta curiosidad científica, histórica y política, acabara siendo de dominio público. Por fortuna para Elías, en 1999 las señales del cambio climático aún eran escasas y la prensa pasó por alto esas emisiones. Pero ahora la situación era distinta. Si un nuevo científico independiente lograba relacionar la activación de todas esas antiguas balizas de piedra con la proximidad de un evento geológico severo —eufemismo para una catástrofe global—, podrían tener problemas. Y muy serios.

—¡Eso no puede ocurrir! —lo atajó Owen con displicencia—. Lo de 1999 nos pilló a todos por sorpresa. Las emisiones se produjeron justo después de ciertas anomalías en la corona solar potenciadas por el eclipse de agosto sobre Francia. El que predijo Nostradamus, ¿recuerda? Lo de Noyon, aun siendo en la misma zona, podría ser algo puntual. Descubrimos la emisión. Enviamos un equipo. Y la piedra magnética que alguien enterró en la cripta de su catedral está ya en nuestro poder. Asunto cerrado.

—¿Y va a poder hacer lo mismo con esto? —dijo señalando la pantalla en la que el *HMBB* volcaba sus barridos de la costa septentrional española.

Una última información acababa de ser procesada por el satélite. Owen la interpretó estupefacto.

—No es posible...

Edgar Scott se apresuró a contradecirlo:

—Sí lo es, señor.

El ordenador acababa de triangular la posición del tirador que había acabado con la vida de S23. En el lugar estimado el satélite había filmado el perfil de una persona enfundada en un mono de motorista blanco y gris, que ya había renderizado y pasado por el filtro de identidades de la Agencia Nacional de Seguridad. Una foto, un nombre y una ubicación bastaron para dejar a Michael Owen derrumbado en su butaca.

«Ellen Leonor Watson.»

«Oficina del Presidente, Casa Blanca. Washington D. C.»

74

Estaba muerta de miedo. Aun así, la curiosidad terminó
por vencer al temor y me asomé a la calle en la que había
oído los disparos. Habían pasado dos minutos desde que
tronara el último. Nadie había vuelto a apretar el gatillo.
Era una buena señal.

Entonces la vi.

El motorista era una mujer que descendía por la cuesta
del teatro Noela con los brazos en alto. Daba pasos muy
lentos. Estaba sola.

—¡He tirado mi arma! —gritó en un inglés perfecto,
que rebotó en las paredes de piedra de su derredor—. ¡No
disparen! ¡Trabajo para la Oficina del Presidente de los Estados Unidos! ¡Sólo quiero hablar con Julia Álvarez!

Al oír mi nombre di un respingo.

¿Había dicho que trabajaba para el presidente de los
Estados Unidos?

—Mantenga los brazos en alto y no haga ningún movimiento brusco —la amenazó Dujok, enseñando la boca de
su arma por encima del capó tras el que se había parapetado—. ¿Lo ha entendido?

La mujer asintió.

El *sheikh* quiso saber si yo conocía a esa mujer, pero lo
negué. No la había visto en mi vida. Era una chica morena,
atractiva, que no hubiera borrado tan fácilmente de la memoria si me la hubiera cruzado en alguna parte.

—¡Puedo serles de ayuda! —gritó otra vez—. ¡Sé dónde está Martin Faber! Tengo sus coordenadas. Sólo quiero estar segura de que la señora Faber se encuentra bien y sigue con ustedes la piedra que buscan los agentes del Proyecto Elías.

—¿Qué sabe usted de eso? —reaccionó Dujok.

Ellen sonrió. Había dado en el clavo.

—Soy asesora del presidente, señor. Sé que ese proyecto no está autorizado por él. Si ustedes tienen problemas con ellos, nosotros también.

Esta vez fue Dujok quien sonrió. Tuve la impresión de que acababa de ocurrírsele algo. De un brinco abandonó su parapeto y se encaminó hacia la joven con el cañón apuntando al suelo:

—¿Y si yo le cuento lo que el presidente necesita saber de Elías? —dijo—. ¿Usted nos garantizaría su protección hasta completar nuestra misión?

—¿Misión? ¿Qué misión?

—Llegar a Turquía, rescatar a Martin Faber y poner a buen recaudo las adamantas. Eso es todo.

—¿Me llevarán con ustedes?

—Si es lo que quiere, adelante.

Ellen le extendió la mano. Era su mejor baza para estar cerca de las piedras.

—Trato hecho, señor. ¿Con quién tengo el gusto de colaborar?

—Con Artemi Ivanovich Dujok. *Baba sheikh* de la muy respetable y antigua fe de Malak Taus. Somos yezidís.

—He oído hablar de su religión...

—Pues ahora nos conocerá mejor. ¡Vámonos de aquí!

75

«¿Quién tiene derecho a llamar a Dios?»

El cerebro de Roger Castle echaba humo mientras marcaba los diez dígitos del teléfono de Nuevo México con el que deseaba comunicarse de inmediato. Había solicitado a su secretario una línea segura y quince minutos sin interrupciones para resolver un asunto personal.

«¿Y qué podría decirle un simple humano que le resultara de interés?»

Acomodado en su sillón, con la mirada perdida en los jardines de la Casa Blanca, la línea encontró tono de inmediato. Al tercer timbrazo alguien levantó el auricular.

—¿Andrew? ¿Eres tú?

Andrew Bollinger figuraba en la agenda privada del presidente desde hacía más de dos décadas. Lucía en sus primeras páginas, en el apartado «astrónomos». De hecho, ambos fueron compañeros de colegio y hasta jugaron en el mismo equipo de baloncesto. Desde que se conocieron en el curso de 1982, Castle tuvo muy presente que aquel sureño de rasgos orgullosos se convertiría en un auténtico genio de las matemáticas y la física. Como así había sido. Bollinger era uno de esos tipos que, con suerte y fondos suficientes, ayudaría a su país a poner un hombre en Marte. Cualquiera que los hubiera visto en aquellos años paseando por el campus de Albuquerque habría apostado por Bollinger como el joven con más futuro. Y así había sido hasta que él entró en política. Su amigo obtuvo el doctorado en Astrofísica a los veintitrés y tras la lectura de su tesis no tardó en lograr la dirección de las veintisiete antenas del Very Large Array Telescope de Socorro. Bajo su mando, el VLA se había convertido en un lugar famoso. Estaba de moda desde que apareciera en la película *Contact*, de Jodie Foster, aunque sus antenas jamás hubieran buscado señales de radio extraterrestres. En cuanto a sus proyectos, ya no sólo los financiaban filántropos y empresas de comunicación, sino también las hordas de curiosos que compraban sus camisetas o participaban en sus visitas guiadas. Todos acudían atraídos como moscas por lo que el VLA inspiraba: la escucha de «sonidos» del espacio profundo, de quásares, supernovas, de las frecuencias de radio naturales que emiten las estrellas, e incluso la recepción de mensajes de la sonda *Voyager 2* desde más allá de Neptuno.

Con razón, a Castle no se le había pasado por la cabeza un candidato mejor para responder a las preguntas que empezaban a amontonársele.

—¿Andrew? ¿Andrew Bollinger? —El presidente insistió. Hacer una llamada directa a un civil, aunque éste fuera un viejo amigo, le producía cierta excitación.

Al segundo, una voz masculina respondió:

—Dios mío, ¿Roger? ¡Roger! ¿Qué ocurre?

—¡Bravo! —exclamó—. Es una suerte que aún recuerdes a los colegas.

—¡Como para no hacerlo! ¡Te veo todos los días en las noticias! —rió nervioso—. ¿Cuánto hace que no hablamos? ¿Cuatro años? ¿Cinco, tal vez?

—Demasiado, lo sé. Y bien que lo siento, Andy.

—Dime, ¿qué puedo hacer por mi presidente? ¿No será una emergencia nacional?

A Andrew le gustaba bromear. Pasaba demasiado tiempo solo frente a sus ordenadores y el que empleaba en el «contacto humano» trataba de aderezarlo con ciertas dosis de humor.

—Verás. Necesito preguntarte algo.

—Adelante, presidente. Debe de ser muy importante para que me llames en persona.

—Lo es. ¿Recuerdas a Oso Blanco?

La línea se quedó muda por un instante.

—¿Oso Blanco? ¿El jefe hopi?

—Ese mismo.

—¡Claro que lo recuerdo! Sobre todo después de aquella excursión surrealista que hicimos los tres a su reserva... o donde diablos fuese. ¿No irás a decirme que ha resucitado? Porque ya murió, ¿no es cierto?

—Sí. Hace años. Sin embargo, quería pedirte que hiciéramos memoria juntos de aquella excursión. ¿Puedes?

Cómo olvidar la radiante tarde de primavera que pasaron al sur de Carlsbad persiguiendo algo tan absurdo como una piedra parlante.

Oso Blanco los había citado a las cinco en punto en un cruce de la Interestatal 62 con la 285, cerca de la frontera mexicana, para mostrarles su reliquia más sagrada. El entonces aún gobernador Roger Castle había aceptado la invitación poniendo sólo una condición al encuentro: quería que lo acompañase un científico de su confianza. Uno que lo ayudase a juzgar lo que vieran. Si algo había aprendido en su carrera política era a apoyarse en expertos. Ellos eran el mejor seguro de vida de los políticos. Los únicos que lo salvarían de cometer errores ante sus votantes y los tipos perfectos a los que echarles la culpa si algo salía mal.

El anciano hopi no puso inconveniente, pero aprovechó para pedirle otra cosa en justa compensación: su amigo y él viajarían con los ojos vendados hasta el lugar y no hablarían de aquella visita con nadie. Ni antes ni después.

Aceptó.

Llegado el mes de marzo, con las oficinas del estado funcionando a medio gas por culpa de la Semana Santa católica, Castle y Bollinger se pusieron en manos de los hopi. El lunes 13 el gobernador dejó una escueta nota prendida en su agenda, indicando sólo el lugar de recogida y un mensaje medio en broma medio en serio a su ayudante para que, si pasaban veinticuatro horas sin saber de él, avisaran a la Guardia Nacional.

Por suerte, no fue necesario. Hubieran tenido muchos problemas para localizarlos, en especial porque cambiaron hasta tres veces de vehículo y la mayor parte del tiempo circularon por caminos privados, pistas de tierra alejadas de las carreteras principales, y no pagaron nada con tarjeta de crédito. Primero fue un sedán negro, después una furgoneta y más tarde un viejo pero robusto todoterreno que se las vio con un largo trayecto campo a través. En ningún momento Oso Blanco y su gente dejaron de recordarles que no debían ver adónde se dirigían. «Es un lugar sagrado. El hombre blanco no es bienvenido», insistieron. Ellos no lo cuestionaron. Pero cuando los depositaron en el escondite de la dichosa piedra parlante habían dado tantas vueltas que ni en un millón de años les hubiera sido posible marcar aquel lugar en un mapa.

Supusieron que estaban en una especie de mina. Una gruta oscura y fresca iluminada por un equipo electrógeno, que desembocaba en una sala grande.

—No tienen nada que temer —dijo Oso Blanco, adivinando sus recelos.

—Su piedra... —susurró el gobernador, incrédulo—, ¿está aquí?

—Así es —asintió complaciente—. La tiene delante de usted, señor.

Uno de sus acompañantes iluminó algo que brilló un metro más allá.

Era una especie de cristal del tamaño de un cuarto de dólar. Tenía los bordes irregulares, sin vetas visibles. Era opaco, brillante como la obsidiana, y daba la impresión de haber sido arrancado no hacía mucho de una roca mayor. Como una lasca de sílex. Ni siquiera la habían protegido en una urna. De hecho, los nativos la habían depositado sobre un fino lecho de hojas secas, colocándola en lo que parecía el centro de un anfiteatro natural. A Bollinger y a Castle les llamó la atención descubrir un grupo de cinco muchachos que yacía a su alrededor. Estaban muy quietos. Tanto que parecían estatuas. Habían apoyado sus cabezas unos palmos bajo la piedra y entonaban un canto monótono, triste, apenas perceptible.

—¿Qué hace esa gente? —preguntó el astrofísico, intrigado.

Oso Blanco hizo una señal para que se acercaran. Y al hacerlo, algo los desconcertó aún más. No eran los muchachos quienes cantaban. ¡Era la roca! Su melodía, explicó el anciano, actuaba como una onda portadora modulada a intervalos regulares por algún mecanismo invisible.

—Son jóvenes con dones especiales, señor Bollinger —aclaró Oso Blanco—. Sólo están escuchando a la piedra. Si su canto experimentara la más leve variación, me avisarían.

Andrew se quedó impactado. «La naturaleza no hace eso», pensó.

—¿Qué? ¿Me cree ahora, gobernador? —Oso Blanco estaba pletórico—. La piedra lleva hablándonos así más de una semana.

«¿Hablándoles?»

El astrofísico se acercó curioso a aquella especie de lasca. Sorteó a los escuchas y acercó poco a poco su índice hasta tocarla. Luego, con la aquiescencia del jefe indio, se la acercó a los labios. Todos lo dejaron hacer. También aquella cosa, que siguió «cantando» ajena a su presencia. Los hopi no se opusieron a que sus huéspedes la tomaran entre las manos, la sopesaran, la midieran e incluso la golpearan con los nudillos o se la acercaran al rostro. Su examen —en no pocos momentos, rudo— se prolongó durante casi media hora. Y en todo ese tiempo, el zumbido no dejó de escucharse ni un segundo. Por más que la escrutaron y agitaron, ningún detalle los hizo cambiar de idea sobre su naturaleza inerte y compacta. No era una máquina. Carecía de fuente de alimentación o de altavoces. No era tampoco un hongo, un fragmento de metal ni nada que pudiese emitir una señal. Y sin embargo lo hacía.

Sentados junto al venerable Oso Blanco fuera ya de aquel lugar, tuvieron ocasión de parlamentar un buen rato sobre lo que habían visto. Fue una conversación distendida que se extendió durante casi dos horas y que les aportó más dudas que certezas.

—Esa señal es la conversación que la piedra mantiene con la tierra de los dioses —dijo el anciano en un momento dado.

—¿Y usted la entiende?

El viejo hopi contempló a Bollinger como si se apiadara de su ignorancia.

—Por supuesto. Todos los de mi estirpe la entendemos.

—¿Y qué dice?

—Habla del día del fin.

—¿En serio? ¿Da una fecha? —saltó Castle.

—Así es, gobernador. Una y otra vez. Pero no utiliza el tipo de calendario al que ustedes están acostumbrados. En la vastedad del Universo el tiempo no se mide con arreglo a las órbitas que completa la Tierra alrededor de nuestra pequeña estrella. Debe comprenderlo.

—¿Y qué tiempo da?

—El tiempo del Sol, señor.

—Dios Santo, Roger. ¡Han pasado más de veinte años de aquello! —protestó enérgico Andrew Bollinger al otro lado del teléfono—. ¡Casi prefiero ni acordarme!

—¿Nunca volviste a ocuparte de aquello? Pero ¿qué clase de científico eres?

Bollinger no rio el sarcasmo de su amigo:

—Todo lo que concluí, Roger, es que aquellos días el Sol decidió bombardearnos con una bonita tormenta electromagnética. Fue una especie de huracán *Katrina* de plasma. Quizá tú no lo recuerdes, pero yo tengo grabada a fuego esa fecha. El 13 de marzo de 1989 pasaron muchas cosas raras en América. En San Francisco las puertas automáticas de la mayoría de los garajes de los suburbios empezaron a subir y bajar solas, como en una escena de *Poltergeist*. La mitad de nuestros satélites se desprogramó, y hasta el trasbordador espacial *Discovery* tuvo que abortar su regreso a la Tierra al volverse locos los indicadores de sus tanques de hidrógeno. ¿Y sabes qué fue lo peor?

Castle había enmudecido.

—Que la red eléctrica de Quebec se colapsó por completo. ¡21 500 megavatios se fueron al carajo durante noventa segundos! ¡Y sin venir a cuento! La mitad de Canadá estuvo nueve horas sin electricidad y se tardaron meses en reparar las averías que causó aquello. Cuando me enteré del desastre al regreso de nuestra excursión, hasta me pareció normal que aquella piedra cantara.

—Nunca me hablaste de eso.

—Jamás me preguntaste, Roger. Volviste a tus asuntos

enseguida y no nos vimos en mucho tiempo. Estabas muy ocupado.

El presidente pasó por alto el sutil reproche de su amigo.

—El caso es que ahora tengo gente detrás de piedras como las de Oso Blanco —dijo—. Piedras que emiten señales y que podrían sernos útiles en la predicción de catástrofes de ese tipo. Mi equipo sabe que esas señales aumentan su potencia de manera exponencial y pueden llegar a alcanzar el espacio exterior, pero no sabemos qué significa ese comportamiento.

El astrofísico no dijo nada.

—No sé qué pensarás de todo esto, Andy —continuó Castle—, pero te diré lo que me sugiere a mí. ¿Y si aquella maldita piedra fuera... —titubeó— una especie de emisora para alertar a una civilización extraterrestre de algo? Podría haber detectado algún cambio en el magnetismo terrestre y haberse puesto a emitir para avisarlos, como si fuera una baliza de socorro o algo así... ¿Tiene eso algún sentido para ti?

—¿Bromeas? ¿Sabes qué condiciones extremas debe reunir una señal para escapar de nuestra atmósfera y alcanzar un punto lejano del Universo? Además —gruñó—, si eso ocurriera, si la dichosa piedra de Oso Blanco, o cualquier otra, enviara señales al espacio profundo, nuestra red de antenas y satélites la habría detectado.

—Nuestros satélites espía lo han hecho.

—¿Qué?

—Algo está saliendo de nuestro planeta, y no lo estamos enviando nosotros, Andy. Lo que necesito saber es adónde se dirige esa señal. ¿Podrías ayudarme con eso?

—Claro. —El tono de Bollinger no sonó muy convencido—. Pero no parece fácil, Roger.

—No te he dicho que lo sea.

—Aunque consiguiera determinar el rumbo de esa señal y averiguar su destino, ahí fuera hay al menos un millar de planetas extrasolares a los que podría dirigirse. Hemos inventariado colosos del tamaño de Júpiter, de estructura gaseosa, demasiado cercanos a sus estrellas para albergar vida y tener una civilización capaz de escuchar una señal procedente de la Tierra. Pero también...

Andrew Bollinger titubeó.

—Bueno... También manejamos un cálculo conservador que cifra en unos cuarenta mil los sistemas planetarios «tipo Sol» a menos de cien años luz de nosotros. Ya sabes, planetas que orbitan alrededor de una estrella del tipo M, ni muy grande ni muy débil. Y aunque estadísticamente sólo cinco de cada cien reúnen condiciones de habitabilidad similares a la Tierra, eso significa que en este barrio cósmico hay al menos dos mil lugares con posibilidades reales de acoger a alguien que podría escuchar tu señal.

—¿Tantos?

—Quizá haya más —admitió Bollinger—. Por eso tu pregunta tiene una respuesta tan compleja.

—¿Lo crees posible o no?

—¿Que haya gente ahí fuera escuchando la señal que emiten unas piedras?

—Voy a enviarte los datos de esas señales, Andy. Tú averigua lo que puedas. ¿Vale?

—Claro, presidente.

76

Cuando los tres rotores del insecto de acero de Artemi Dujok comenzaron a silbar de nuevo sobre nuestras cabezas, sentí un profundo alivio. Habíamos desandado nuestros pasos hasta la playa y encontrado nuestro helicóptero justo donde lo dejamos. Era una buena señal. Pero, sobre todo, no habíamos vuelto a tropezarnos con ninguno de los soldados que casi acaban con nosotros en la iglesia de las lápidas. Ahora, aferrada a mi adamanta, empezaba a ver la luz al final del túnel por primera vez en mucho tiempo. Dujok, seguro de sí, me prometió que era cuestión de horas —un día tal vez— que volviera a estar junto a Martin. Y que antes de que me diera cuenta, aquella pesadilla habría terminado.

—¿Y si sus secuestradores son superiores a nosotros? —murmuré desconfiada.

—Para eso la tenemos a ella —sonrió como si aquel extremo no le preocupara.

Ella era, claro, Ellen Watson.

La motorista no tenía el aspecto de ser el arma secreta que necesitábamos en un momento como aquél. Me pareció más bien una muchacha altiva, temeraria, capaz de cualquier cosa para conseguir sus objetivos. Pero, francamente, dudaba de que ella sola sirviera para contener a un grupo de terroristas armados hasta los dientes.

—Usted debe de ser Julia Álvarez, ¿verdad?

Sus ojos oscuros relampaguearon al encontrarme en el

tráfago del helicóptero. Cuando me abroché el cinturón de seguridad y me ajusté los auriculares, Watson había escogido el asiento de enfrente y no me quitaba la mirada de encima.

—Así es —respondí lacónica.

—Me alegra haberla encontrado.

—Dígame —la atajé—: ¿es cierto que usted sabe dónde está mi marido?

—Desde luego —asintió—. Aunque contrastaré mis coordenadas con el señor Dujok en cuanto estemos en el aire, creo que ambos tenemos la misma información. Su marido se encuentra en la frontera nororiental de Turquía. ¿Lleva usted su adamanta encima?

Al menos, no podía negarse que aquella mujer iba directa al grano.

—Sí, claro.

—¿Y puedo...? ¿Puedo verla?

Watson formuló su petición con cierta ansiedad. Se la tendí mientras la aeronave comenzaba a elevar sus patines de la arena.

—Es... simple y hermosa —murmuró, mientras la acariciaba sobre la palma de su mano. La roca volvía a estar apagada.

—Y muy potente, Ellen. Podría fulminarla si no sabe manejarla...

—Es extraño, ¿verdad? —nos interrumpió Dujok, más tranquilo al ver que su pájaro se elevaba sin contratiempos sobre la ría—. Que por una piedra así haya tanta gente capaz de matar y de morir...

Ellen se giró hacia él.

—Como ustedes, por ejemplo.

—O su presidente.

El armenio dijo aquello sin conceder demasiada importancia a su nueva pasajera. Levantó uno de los asientos desocupados que tenía frente a él y descubrió una pequeña cámara refrigerada de la que sacó varias botellas de agua mineral y unos sándwiches fríos que repartió para nuestro alborozo. Yo particularmente estaba desfallecida. Llevaba toda la noche sin pegar ojo y el estrés del ataque a Santa María a Nova, aunque me mantenía aceptablemente en guardia, me había abierto un apetito voraz. Mientras le hincaba el diente a un emparedado de cangrejo y lechuga, fui escuchando cómo Dujok y la motorista iban enfrascándose aún más en su discusión.

—Veamos —retomó ella—, ¿desde cuándo sabe usted que existe un proyecto en los Estados Unidos para hacerse con su control?

Dujok la miró con asombro.

—Desde que el padre de Martin llegara a Armenia buscándola, señorita. De eso hace muchos años...

—¿El padre de Martin? ¿Bill Faber? —El segundo bocado a mi sándwich casi se me atraganta.

—William L. Faber. Exacto. ¿Conoce bien a su suegro, señora?

Sentí una punzada en el estómago.

—La verdad —tragué—, es que nunca lo he visto. Incluso el día en el que confiaba conocerle, en Biddlestone, no se presentó a nuestra boda.

—¡No sabe lo que me hubiera extrañado verlo allí! —rió el armenio—. Es una persona muy huidiza, ¿sabe? Llegó a mi país en 1950, poco después de que el Pentágono hubiera obtenido sus primeras fotos de una supuesta Arca de Noé en el monte Ararat con sus aviones de reconocimiento. Se presentó ante mi comunidad como un jovencísimo peregrino. Le contó a todo el mundo que estaba allí en busca de una piedra sagrada que llamaba chintamani. Todos creyeron que era una especie de hippie cuando dijo que había recorrido el Himalaya tras ella, sin resultado, y que finalmente se había convencido de que la piedra podría haber ido a parar a nuestras montañas. Y cuando ya se había ganado el afecto de mi pueblo, desaparecería durante largas temporadas sin que nadie supiera a dónde iba ni qué hacía.

—¿Recorrió toda Asia en busca de una piedra? —pregunté—. ¿Y quién pagaba todo aquello?

—Ahora sé que fue el Proyecto Elías, señora. Pero entonces nadie tenía ni idea de su existencia. De hecho, Bill contó que supo de la existencia de esa roca sagrada gracias a un súbdito ruso, un pintor de cierto renombre entonces llamado Nicolás Roerich, que la pintó como un venerable instrumento de comunicación con los cielos. Roerich llegó incluso más allá, llegando a afirmar que quien la poseyera dispondría de la llave para entrar en Shambhala.

—¿Shambhala?

—Es un viejo y extendido mito asiático, señora Faber. Shambhala es un reino oculto en el que habita la hermandad de sabios que rige, en secreto, los destinos de nuestra especie. Un Paraíso terrenal inaccesible para los impuros y de un poder inimaginable.

—Pero el Tíbet queda muy lejos del Ararat, señor Dujok... —protestó Ellen Watson.

—No para un mito como éste, señorita. Aquella chintamani o como quiera que la llamase tenía muchas cosas en común con nuestras adamantas. Los seguidores de Roerich decían que cuando chintamani se oscurecía, tenía el poder de atraer nubes sobre ella. Creían que cada vez que se hacía pesada anunciaba un derramamiento de sangre. Y no era infrecuente que aparecieran signos sobre ella justo antes de sucesos importantes.

Artemi Dujok tragó saliva antes de proseguir:

—En el sur de Asia todavía creen que chintamani llegó a la Tierra a lomos de un caballo volador, y suelen representarla así en los templos budistas más importantes. En esos cuadros, la piedra presenta el aspecto de una protuberancia bulbosa que brilla dentro de un cofre y que se desplaza sobre un equino. ¡Signo evidente de que es una roca que ha viajado por todas partes! Bill Faber, por supuesto, conocía la historia del caballo *Lung-ta* y nos la trajo cuando yo apenas era un adolescente.

—¿Y le habló de Elías?

Dujok sonrió.

—Oh, sí. Al final hablamos de todo. Bill y yo nos hicimos muy amigos. Pasó varios años en Armenia y terminó invitándome a estudiar en los Estados Unidos y a sumarme a su proyecto.

—¿Y encontraron lo que buscaba?

—Más o menos. Al ganarse la confianza de los *sheikhs* de mi poblado, le contaron que en el monte Ararat se escondía la fuente de todas esas piedras. Su chintamani, le dijeron, debió de salir del Arca de Noé al acabar el Diluvio. Entonces vinieron los rusos. Armenia era una provincia pobre para el Politburó soviético, pero en Moscú se enteraron de que había un «capitalista blanco» en la región y vinieron a por él. Logró escaparse, pero los rusos aprovecharon para contaminarnos con su propaganda. Nos dijeron que Faber trabajaba para un proyecto secreto del enemigo que sólo quería robarnos minerales de gran valor estratégico. Y dijeron también algo más: que el padre de su presidente actual, señorita Watson, los apoyaba.

—¿El padre de Roger Castle conoció el Proyecto Elías? ¿Está usted seguro?

—Completamente. William Castle II estuvo al corriente del secreto y trabajó para él. Bill Faber también. Y Martin, a su vez, heredó esa tarea hasta que me conoció. Curioso círculo, ¿no le parece?

—Desde luego.

—Pregúntese, señorita Watson, por qué su presidente está tan interesado en Elías. Creo que lo que le he contado resuelve esa duda.

—Le preguntaré, no le quepa duda.

—Y, de paso —dijo tendiéndole un teléfono satelital mientras estudiaba su reacción—, averigüe también de dónde salieron los hombres que nos han atacado. ¿Los envió él?

Watson lo miró de hito en hito:

—Eso puedo decírselo ya, señor.

—¿De veras?

—Esos hombres son SEALS. Llegaron en un submarino clase Virginia que en estos momentos navega en la zona de la ría, a pocas millas de aquí.

—Será una broma, supongo.

—En absoluto. Es Elías el que ha enviado ese submarino. De eso no tengo duda. Y no creo que el presidente sepa nada.

Dujok palideció de repente, como si aquella última frase ocultara algo terrible.

—Entonces, ¡haga esa llamada!

De un golpe cerró la nevera que había descubierto bajo el asiento y se puso muy rígido. Dio un par de órdenes en armenio a su piloto y después clavó su intensa mirada en la norteamericana.

—¿A qué espera? —le gritó—. Si ahí abajo está el monstruo que usted dice, todavía tardaremos cinco minutos en estar fuera del alcance de su potencia de fuego. ¡Llame ya, por Dios!

77

Las cosas se estaban poniendo feas para Michael Owen. Si no actuaba con prudencia, los sabuesos del presidente iban a interceptar las adamantas antes que él, comprometiendo el fin último de su operación. Por si eso fuera poco, las detecciones de otras «emisiones X» en varios puntos del globo —como si fueran un eco de la señal emitida por las piedras de los Faber— no auguraban nada bueno. Algo estaba cambiando en el geomagnetismo del planeta. Tal vez se tratara de un aviso. Una señal de la llegada del «día grande y terrible». Pero ¿estaba su país preparado para eso? ¿Lo estaba la Agencia que dirigía?

Lo cierto es que no.

Que él supiera, sólo existía un precedente conocido de ese momento. Durante años, su preocupación por documentar el único «día grande y terrible» del que hablaban todas las crónicas antiguas había sido máxima. En eso, seguía la obsesión de sus predecesores desde el mismísimo Chester Arthur. Lo decepcionante era que todo lo aprendido, todas las pruebas acumuladas cabían holgadamente en un sobre. Un cartapacio que Owen había pedido examinar por enésima vez en la tranquilidad de su despacho acorazado en Fort Meade, Maryland, y al que recurría siempre que su trabajo llegaba a un callejón sin salida. «Para entender el fin, antes hay que comprender el principio», se dijo.

Pero al cruzar el umbral de su oficina y sentir todo el poder que podía desplegar desde aquellas cuatro paredes, algo lo distrajo.

«Las noticias que nos llegan del departamento del Oise, al noreste de París, son desconcertantes...»

Su enorme televisor de pantalla plana se encendió elevando el volumen lo suficiente para captar su atención.

Owen dejó caer su chaqueta sobre uno de sus sofás Chester y escuchó. Aquel despacho estaba provisto de un sistema de escaneo multibanda de noticias que cuando detectaba algo de interés, lo grababa y se lo hacía ver en cuanto certificaba su presencia en la habitación. Aquella mañana su secretaria, sabiendo que había pasado la noche en la Oficina Nacional de Reconocimiento vigilando anomalías magnéticas, programó esa aplicación informática para recoger cuanto tuviera que ver con el asunto.

Al iluminarse el plasma, la presentadora del informativo de las siete de C-SPAN comenzó a dar la información internacional. La cara más conocida del canal por cable de Capitol Hill, Lisa Hartmann, parecía más preocupada que de costumbre.

—¿Qué está ocurriendo en Francia, Jack?

El anguloso rostro de Jack Austin, el corresponsal de la cadena en el país europeo, pasó a primer plano. Owen lo escrutó con curiosidad.

—Aquí pasan unos minutos de las nueve de la mañana y la pequeña ciudad de Noyon, capital de la Picardía, sigue sin comprender la razón de esta emergencia. Sus veinte mil vecinos llevan sin luz desde anoche. La compañía EDF, Électricité De France, no da explicaciones sobre una falta de suministro que afecta incluso al tráfico ferroviario o a los hospitales y que empieza a generar ya cierta incertidumbre entre la población.

—¿Hay miedo? ¿Creen que podamos estar ante un sabotaje terrorista?

—En ese extremo las autoridades policiales han sido muy claras. El apagón no obedece a causas técnicas conocidas. La razón debe de estar en otro lugar, pero no en un ataque. Durante la noche han examinado cada una de las subestaciones de este departamento y todas se encuentran en perfectas condiciones. Ni siquiera las heladas de estos días las han afectado.

—¿Y con qué causas especulan los expertos? —insistió Lisa Hartmann desde el plató de Washington.

—Una comisión de estudio está reunida en estos momentos analizando el problema. Aquí todos cruzan los dedos para que el apagón no se extienda a ciudades cercanas, más pobladas, como Amiens...

El director de la NSA miró su reloj y comprobó que esa información había sido emitida hacía sólo seis minutos.

«¿Ha empezado ya?»

Owen se sacudió esa idea de la cabeza. «Si fuera una tormenta magnética nuestros satélites se hubieran visto afectados», se dijo. Apagó el televisor y se concentró en lo que había venido a hacer. Necesitaba abrir el sobre que acababan de enviarle del archivo y examinarlo con la mente lo más clara posible.

Se acercó a un aparador disimulado tras su escritorio. Se sirvió un café, lo cargó de azúcar de caña y se puso manos a la obra.

Le reconfortaba saber qué iba a encontrarse: un puñado de fotografías antiguas impresas en un papel que ya no se fabricaba y documentos manuscritos, algunos de hacía casi un siglo. Los había pedido al archivo acorazado de la NSA horas antes, cuando su hombre de confianza en España, Richard Hale, le habló por teléfono del interés que había mostrado por ellas Martin Faber antes de abandonar la Agencia.

«Martin Faber —masculló—. ¿Qué querías ver tú aquí?»

Los recuerdos que Owen había asociado con los años a esos papeles eran casi todos gratos. Viejos amigos como George Carver, experto en seguridad de la CIA fallecido de un ataque cardiaco en 1994, habían dedicado sus últimos meses de vida a rastrear aquella quimera del Arca de Noé, convenciéndolo de su existencia y de la necesidad de tenerla bajo permanente observación. Para él no había dudas de que teníamos mucho que aprender del «día grande y terrible» en el que la Humanidad ya pereció una vez si queríamos superar otra situación de esa envergadura.

Aquel Carver fue un tipo de principios. Se había interesado por la cuestión después de escuchar a un profesor de la Universidad de Richmond que, siendo cadete en West Point, oyó hablar a sus oficiales de un satélite de la CIA que había fotografiado el Arca de Noé por casualidad, sobrevolando el monte Ararat. Carver hizo algunas comprobaciones en Langley y descubrió, para su sorpresa, que esa historia no era un bulo. En septiembre de 1973, en efecto, uno de los tres orbitadores de la serie KH-11 inmortalizó algo extrañísimo: de los bordes de un glaciar en deshielo, en la cara noreste de la cumbre mayor del Ararat, asomaban tres enormes vigas curvas, de madera, como las que formarían parte del casco de un viejo barco. ¿Y qué otro barco podría encontrarse en esa cumbre sino la dichosa Arca?

Carver consultó su hallazgo con todo el mundo. Hizo preguntas. Elevó peticiones documentales y hasta convenció a algunos representantes del Senado para ir hasta el fondo del caso. Por desgracia, su enfermedad lo detuvo en seco. Tras su muerte, su amigo, el profesor, redobló los esfuerzos por sacar a la luz el dossier del Arca y no se detuvo hasta que consiguió la desclasificación de buena parte del material gráfico relativo a la «anomalía del Ararat». Eso ocurrió en 1995. Ni que decir tiene que el tema no tardó ni veinticuatro horas en alcanzar las páginas de *The New York Times* y convertirse en el chascarrillo que corrió de boca en boca por toda la comunidad de Inteligencia.

Entre las secuencias desclasificadas no sólo se entregaron tomas del KH-11, sino imágenes obtenidas por aviones espía U2 e incluso por los heroicos satélites Corona. Todas estaban fechadas entre 1959 y 1960 y demostraban que aquella maldita cosa con el aspecto de un gran cajón de madera existía. Y que se dejaba ver sólo cuando sus caprichosos hielos querían.

Pero no había sido únicamente eso lo que Martin Faber solicitó a los archivos de Langley.

Lo que él pidió formaba parte de un dossier más reducido, no desclasificado, del que unos pocos miembros de Elías conocían su existencia. Y justo ése era el archivo que estaba ahora en su mesa.

Michael Owen lo acarició nostálgico.

Ya tenía una idea de lo que Faber buscaba; de lo que lo había llevado a huir al Ararat antes de su secuestro, e incluso de lo que Dujok quería. Todo era lo mismo. Sólo esperaba que aquello que estaban detectando sus satélites no tuviera que ver con ello.

78

—¿Ya?

La conversación telefónica de Ellen Watson fue tan breve, tan aséptica, que pensé que no había logrado comunicarse con su interlocutor. Supongo que se me hacía extraño que una jovencita como aquélla pudiera marcar un número y hablar con el hombre más poderoso del planeta.

—¿Y bien? —la abordó Dujok impaciente—. ¿Qué ha dicho?

Los ojos aguamarina de Ellen se oscurecieron.

—El presidente se ocupará personalmente de que el *USS Texas* no nos moleste.

—¿Eso es todo?

—Me preguntó hacia dónde nos dirigíamos y si pensábamos hacerlo en helicóptero.

—¿Y qué le ha respondido? —insistió.

—Que nuestro objetivo está cerca de Turquía, en el lugar donde se ha detectado la señal de la última adamanta, y que no tenía ni la más remota idea de cómo llegaríamos a la zona. ¿Lo sabe usted?

La sombra de la soberbia iluminó el rostro del armenio.

—Este aparato tiene una autonomía de vuelo de once horas —nos anunció—. Puede alcanzar una velocidad de seiscientos kilómetros por hora, así que nos bastarán siete u ocho para llegar a destino sin tener que hacer ninguna escala. ¿Podría ocuparse usted de que nos autoricen un plan de vuelo?

—Desde luego. ¿Necesita las coordenadas de la «emisión X» que hemos triangulado en Washington?

—No será necesario —sonrió algo más tranquilo, palmeando el ordenador en el que habíamos visto el «eco» de mi adamanta—. La señal que nos han dado las nuestras procede de uno de sus satélites. Nos fiamos de ustedes.

79

En el puente de mando del submarino más moderno de la flota de los Estados Unidos cundía la desesperación. Dos de los tres grandes monitores que servían de panel de comunicaciones entre el «vientre de la ballena» y el exterior habían recibido las imágenes satélite en las que se veía a su unidad de asalto caer bajo el fuego enemigo. Todos a bordo estaban consternados. El *HMBB* había captado el preciso momento en el que un vehículo no identificado entró en la zona de combate y decidió la suerte del sargento Odenwald, certificando el fracaso de la misión. Y para empeorar todavía más las cosas, el capitán de la nave había interrumpido de malas maneras su conferencia con el director de la NSA cuando le ordenó que se quedara de brazos cruzados.

Ahora se le abría un nuevo frente.

—Capitán, aquí sónar.

La imagen del oficial responsable de los equipos de detección apareció en el tercer monitor junto a una gráfica que reproducía la costa de la ría de Muros y las embarcaciones que a esa hora la transitaban. El capitán Jack Foyle acercó la nariz al plasma para verlo mejor.

—¿Qué ocurre, sónar?

—Una detección sospechosa, señor. Un helicóptero sin número de serie y con el transpondedor desconectado ha abandonado Noia hace unos minutos. Vuela rumbo noroeste.

—¿Y bien?

—Acabamos de cruzar su posición con las coordenadas que da el satélite a la anomalía. Señor —el tono del oficial se volvió sombrío—: la «caja» va a bordo. La lectura electromagnética no deja lugar a dudas.

—¿A cuánta distancia se encuentran de nosotros?

—A menos de diez millas.

La enorme torre de acero, su sofisticada antena de captación de señales y parte del lomo del *USS Texas* despuntaban sobre las aguas del Atlántico. Por muy rápida que fuera su navegación, les iba a resultar imposible interceptar aquel pájaro.

—¿Quiere que lo derribemos, señor?

La pregunta de uno de los oficiales que acompañaban a Jack Foyle se adelantó a sus pensamientos. Era un joven contramaestre recién salido de la Academia que seguía sin pestañear las evoluciones del caso en el puente de mando.

—Nuestras órdenes son recuperar esa caja intacta, soldado. Si abrimos fuego contra ellos la perderíamos. Además, ¿ha pensado qué implicaciones tendría que nos cobrásemos más víctimas en un país aliado? Las del pesquero de esta mañana ya han sido suficientes...

El contramaestre no replicó.

—Sónar, ¿sabemos si el helicóptero mantiene su rumbo?

La nueva pregunta del capitán los devolvió a los monitores.

—De momento van costeando en dirección a La Coruña, señor.

—¿La Coruña?

—Es una ciudad de tamaño medio al norte de nuestra posición.

—¿Dispone de aeropuerto?

El oficial titubeó. Se dirigió hacia su monitor y tecleó

varias instrucciones en la computadora antes de responder.

—Así es, señor.

—Comunicaciones —dijo el capitán Foley, virando sobre sí mismo y clavando sus ojos en una mujer morena que sostenía un teléfono inalámbrico en las manos—. Llame a la NSA y pídales que bloqueen ese aeropuerto y que den la alerta a las autoridades locales para que controlen estaciones de tren y autobuses. Enviaremos enseguida un equipo al lugar.

En vez de regresar a su puesto de control y acatar la orden, la militar dio un paso al frente tendiéndole el auricular:

—Señor, tiene una llamada.

—¡Que espere! —gruñó.

—Lo siento, señor. —La mujer estaba rígida, pálida—. Ésta no puede hacerlo.

80

Haci era un magnífico piloto. Para sacarnos de allí había maniobrado su helicóptero lejos de las líneas de alta tensión y por debajo del alcance de los radares militares. Sabía que su vuelo no estaba registrado ni contaba con la autorización del espacio aéreo español y que la mejor opción para pasar desapercibidos a las autoridades militares locales era intentar moverse sin ser detectado. Por eso, antes de que nos diéramos cuenta, dejamos de costear y encaramos nuestro pájaro de metal hacia el noreste, sobrevolando pazos y aldeas del interior de Galicia mientras saboreábamos las primeras bocanadas de libertad. No dejaba de sorprenderme que un sentimiento así pudiera brotar con tanta espontaneidad. Visto desde fuera, mi panorama no era precisamente halagüeño. No había pegado ojo en toda la noche. Me habían disparado dos veces. Tenía aún contusiones en el cuello y en los músculos de las piernas y había estado sólo a un paso de la muerte, tal vez incluso dentro de ella. Y todo —o casi todo— por culpa del individuo que ahora dirigía nuestra expedición.

Aun así, saberme rumbo a Martin, al fin, me hacía enterrar cualquier reproche y sentir un creciente agradecimiento hacia Artemi Dujok y sus hombres.

«Un síndrome de Estocolmo de libro —me dije—. Pero ¡qué más da!»

Estábamos relajados, contemplando el paisaje que se extendía bajo nuestros pies, cuando uno de los paneles de la cabina de mando se encendió, soltando una cadena intermitente de silbidos.

—Maestro —dijo Haci en inglés—. Hemos sido localizados por un haz de radar.

—¿Puedes deshacerte de él?

—Lo intentaré.

El Sikorsky X4 descendió otra vez hasta rozar las copas de los eucaliptos. La máquina zumbó como un abejorro sobre caminos y pequeñas construcciones, pero el panel se mantuvo en rojo.

—¿A cuánto estamos de la costa? —preguntó Dujok.

—A unos tres kilómetros, maestro.

—Bien... —Dujok cruzó sus manos pensativo—. Señorita Watson, ahora sabremos si ha merecido la pena aceptarla en este viaje. Si su jefe da la orden a tiempo, podremos salir de ésta. Si no, es más que probable que nos disparen en los próximos segundos. Lo sabe, ¿verdad?

—Confío en mi presidente, señor Dujok —dijo Ellen, sosteniéndole la mirada—. Nos ayudará.

—Eso espero.

81

—¿Hablo con el capitán Jack Foyle?

La voz que crepitaba al otro lado del auricular le resultó familiar al oficial de mayor rango del *USS Texas*. Le habían transferido aquella llamada a un pequeño receptor de la sala de mando. Ni por un segundo le pasó desapercibido el halo de superioridad que desprendía el hombre que preguntaba por él.

—Capitán Foyle al habla, señor. ¿Con quién tengo el...?

—Soy el presidente Castle, oficial.

El marino se quedó mudo.

—Sé quién le ha enviado a la costa española —dijo sin rodeos el presidente, sin sombra alguna de reproche—. Aunque la Agencia Nacional de Seguridad haya tenido sus razones para hacerlo, le ordeno que revoque sus instrucciones de inmediato.

—Señor, yo...

—Usted es un soldado, capitán Foyle. Cumple órdenes y lo entiendo. No se le amonestará por ello.

—No es eso, señor. —El tono del militar había virado a neutro—. Hemos hecho una incursión en tierra y hemos perdido cuatro hombres.

—¿Una incursión en suelo español?

—Así es, señor.

Durante unos segundos Castle no dijo nada. Luego prosiguió:

—¿Y dónde están sus cuerpos? ¿Los lleva a bordo?

—No, señor. Supongo que a estas horas nuestra embajada trabaja en su repatriación. Están en manos de las autoridades locales. Los cuatro fueron repelidos por fuego enemigo durante una escaramuza urbana.

—¿Fuego enemigo? —El tono de incredulidad del presidente había dado paso al de preocupación—. ¿Dónde?

—En Noia, señor. Una pequeña población de la costa oeste.

Castle guardó silencio de nuevo. Había sido muy cerca de allí, a bordo de un helicóptero, desde donde le había telefoneado Ellen Watson.

—¿Y ha habido muertes de civiles, capitán?

—No que yo sepa, señor. Pero hemos causado cuantiosos daños a un edificio histórico.

—Está bien, capitán —resopló—. Debe saber que las circunstancias que han propiciado su misión han cambiado por completo. Necesito que haga tres cosas por su país.

—¿Tres, señor?

—La primera, que abandone desde este mismo momento cualquier acción de combate o interceptación, sea del tipo que sea. No está autorizado a causar ni una sola baja más. ¿Comprende? Sé —añadió— que una aeronave ha despegado de Noia hace sólo unos minutos. Seguramente ya la habrán detectado. En ella viaja personal de mi oficina en misión especial. Ellos me han informado de su presencia en aguas jurisdiccionales españolas. Déjelos marchar.

—Señor... No quiero contradecirlo, pero fueron ocupantes de ese helicóptero quienes abrieron fuego contra nuestros soldados.

—Limítese a obedecer órdenes, capitán —lo atajó Castle, severo—. La segunda cosa que le pido es que se ponga en contacto con el almirante de la Sexta Flota para recibir su nuevo destino y redactar el informe de lo ocurrido. Dé cuenta a los familiares de las víctimas y asegúrese de su pronta repatriación. Después, abandone el área en la que se encuentra.

—¿Y la tercera, señor?

—Quiero que responda a la pregunta que voy a hacerle, capitán. Y le ruego que sea totalmente sincero conmigo.

—Claro, señor.

—¿Qué se supone que debía hacer usted exactamente en Noia?

Jack Foyle dudó un segundo. El director de la NSA le había ordenado no revelar, bajo ninguna circunstancia, el contenido del mensaje cifrado en el que se especificaba su misión. Pero ¿no responder a su comandante en jefe era una «circunstancia»?

—Señor —Foyle tomó su decisión con rapidez—, nuestras órdenes eran hacernos con una fuente de energía electromagnética móvil muy poderosa y llevarla de regreso a Estados Unidos para su estudio.

—¿Sólo eso?

—No. Debíamos capturar con vida a una civil, Julia Álvarez, y neutralizar a sus acompañantes.

—¿Le dijeron por qué?

—Sí, señor. Parece que esos tipos planean un atentado a escala global. Uno de una potencia inconcebible utilizando armas electromagnéticas.

82

Tres minutos más tarde, la señal roja del panel de mandos del Sirkovsky se había apagado por completo. Haci y yo fuimos los primeros en darnos cuenta.

—Los hemos perdido, maestro —informó el piloto.

Artemi Dujok enarcó una ceja, incrédulo.

—¿Está seguro?

—Totalmente. El haz de radar ya no nos sigue.

El *sheikh* se giró ufano hacia Ellen Watson.

—Gracias, señorita Watson. Nos ha brindado un servicio excelente.

—Y ahora que le he demostrado mi voluntad de cooperación —aprovechó ella, disimulando su alivio—, ¿me contará todo lo que quiero saber sobre el Proyecto Elías?

Me fijé en la expresión de Dujok. El armenio le debía una explicación a su huésped y confiaba en que se la diera sin darme de lado.

—¿No prefiere relajarse y dormir unas horas antes de llegar a nuestro destino?

—Habrá tiempo para eso. Ahora me gustaría conocer qué sabe usted de ese programa secreto.

—Muy bien —asintió—. Se lo ha ganado. Tenemos varias horas de vuelo por delante. No veo por qué razón no habría de compartir con usted todo lo que sé.

Ellen sintió que había llegado su momento.

—Verá, señorita: hasta donde conozco, el Proyecto

Elías es una vieja iniciativa de los servicios secretos de su país. Quizás una de las más antiguas, porque implica la seguridad colectiva de su nación. Naturalmente, en las últimas décadas ha pasado por fases más activas que otras. Nosotros, los yezidís, supimos de su existencia hace mucho tiempo. Fue, como les he dicho, gracias al suegro de la señora Faber, a las advertencias de los rusos y también por culpa de unas viejas fotos del monte Ararat. Fueron tomadas poco después de estallar la Revolución bolchevique en Moscú, durante una expedición en la que participaron porteadores de nuestra religión. Desde entonces, nadie que las haya visto ha vivido lo suficiente para contarlo. Pero en ellas descansa la verdad última de lo que persigue ese proyecto...

83
—

La primera era una foto vieja. Casi una antigüedad.

Michael Owen la sacó del sobre y la acarició con veneración. Sabía que había sido obtenida por las tropas del zar Nicolás II en el verano de 1917 en algún lugar indeterminado de la frontera turco-rusa. Mostraba a un grupo de hombres de aspecto sucio. Parecían cansados, muertos de frío, estaban vestidos con sus uniformes de paño y lucían barba de varios días. Tres de ellos posaban en posición de firmes ante lo que parecía una casa en ruinas recién sepultada por una avalancha. Un terremoto, tal vez. La impresión, sin embargo, no podía ser más equívoca.

Owen sabía lo que había costado que aquella imagen estuviera en sus archivos. Los servicios secretos habían pagado con sangre su llegada a Washington. Lo hicieron cuatro décadas después de que, por circunstancias, cayera en manos de los bolcheviques. Ellos la querían. Aún más, la necesitaban más que a su propia revolución. Y no era difícil comprender por qué.

Si se fijaba mejor y lograba sortear el granulado de la imagen, la casa que se veía tras los soldados se antojaba algo extraña. Tenía tres pisos y daba la impresión de que su fachada se había derrumbado hacía poco. Curiosamente, en los niveles que habían quedado a la intemperie no se apreciaban los enseres propios de una vivienda. Allí no había muebles, ni ropas, ni trozos de vigas o ladrillos. Lo que quedaba a la vista eran unas habitaciones oscuras. Y si uno prestaba atención, adivinaba varios pequeños habitáculos, situados unos al lado de otros, que se perdían hacia dentro en una secuencia infinita.

Al emparentarla con las otras que contenía el dossier, el puzle se hacía al fin inteligible. Una segunda foto, obtenida a unos trescientos metros de la extraña casa, probablemente desde un barranco situado justo encima, parecía tener la clave. La vivienda era en realidad la parte visible de una estructura alargada, rectangular, atrapada en un inmenso glaciar que en algún momento la había partido en dos dejando sus tripas al aire. En el reverso, escrito en ruso con caracteres muy cuidados, podía leerse:

Expedición Romanov. Julio de 1917
Arca de Noé

Durante años los especialistas habían especulado con la existencia de aquellas instantáneas. Todos los libros sobre el Arca las han mencionado sin reproducirlas. Hablaban de una misión de exploración en la frontera turca encargada por Nicolás II poco antes de los disturbios que terminaron con él y con su familia, pero carecían de pruebas. Todas estaban allí. Contaban la historia del centenar de soldados, ingenieros, fotógrafos y dibujantes que tuvieron la mala fortuna de caer en manos de los enemigos del zar al descender de la montaña y ser acusados de alta traición. La mayoría fueron fusilados cerca de Ereván y los pocos que consiguieron escapar con vida no hablaron nunca de lo que vieron en la cima. Para un régimen ateo, la aparición de una reliquia bíblica era pura dinamita. El propio «padre de la revolución» las ocultó entre sus papeles, resistiéndose a destruirlas por la mezcla de fascinación y repugnancia que le provocaban. Es más, al parecer envió varios equipos de zapadores para que volasen el arca, pero éstos —menos avezados y resistentes que los soldados imperiales— fueron incapaces de dar con aquella especie de trasatlántico varado en medio de ninguna parte.

Tal vez fue cosa de Dios.

Después, claro, vino lo del robo.

En 1956 un agente doble consiguió acceso a los archivos del camarada León Trotsky y se tropezó con las tomas. Consiguió sustraerlas y vendérselas en Berlín a un representante de la Embajada de los Estados Unidos. Sin embargo, el día de la entrega, él y su comprador fueron interceptados en el sector oeste de la ciudad y acribillados a balazos por la Stasi, la policía secreta de Alemania oriental. Dos días más tarde, un capitán de frontera sin escrúpulos y un millón de dólares de por medio obraron el milagro de llevarlas a su destino. El Proyecto Elías las había conseguido aun a costa de perder a uno de sus espías más eficaces.

Cuando eso ocurrió, Michael Owen era un niño. Por eso no le dolía verlas.

La que más le llamaba la atención era la última de la serie. Había sido obtenida en la parte superior de la «casa», en una zona intacta que parecía haber sido sellada herméticamente. Allí no se veía ninguna habitación, sino una pared veteada en tonos oscuros, sobre la que estaba apoyado un tipo con las cejas y los bigotes escarchados. Que el hombre era ruso no hacía falta jurarlo. Tenía una de esas miradas de cosaco, desdibujada por el vodka, que parecían decir «Atrévete a llegar aquí, capullo». Fue su favorita desde la primera vez que la vio. Sobre todo por una razón: uno de los índices enguantados del soldado señalaba unas marcas esculpidas en el muro. Parecían iniciales grabadas en piedra. Sólo eran visibles cuatro, aunque en la imagen se intuía que había lugar para más. Un poco más abajo despuntaba una suerte de monigote que Michael Owen conocía bien. En el siglo XVI alguien lo había llamado *Monas Hiero-gliphica*. Lo curioso es que ninguna de esas letras o diseños eran hebreos. Si aquello, como parecía, era el Arca de Noé, el patriarca bíblico no había marcado su nao con el alfabeto de su pueblo, sino con otro desconocido.

Aquéllos eran los mismos glifos que había confiado tiempo atrás al mejor analista del proyecto, William L. Faber. Todo lo que le había dicho es que estaban emparentados con un alfabeto extraño que en el Renacimiento fue llamado «enoquiano» y que se canalizó al completo, en tiempos de Isabel de Inglaterra, por un grupo reducidísimo de médiums. Su hipótesis de trabajo defendía que quien lograra articular la pronunciación exacta de esas letras —y no había otra opción para hacerlo que estudiar la lengua enoquiana— conseguiría activar las adamantas y dominar su mecanismo emisor.

Todo indicaba que Faber estaba a punto de lograrlo pero, por desgracia, se hallaba también en paradero desconocido.

En Turquía.

Probablemente buscando a su hijo.

84

Fue una corazonada.

De repente Andrew Bollinger, sepultado entre latas de Coca-Cola y vasitos de café con los posos petrificados, vio claro por dónde empezar a estudiar el problema que le había planteado su viejo amigo Roger Castle. Había impreso el correo de la Casa Blanca en el que había recibido los datos de las dos señales surgidas en España y Turquía, pero hasta ese momento no le habían dicho nada. Nada de nada.

Todo cambió en un segundo. Se le encendió la luz. ¿Cómo no se había dado cuenta antes? En realidad, no estaba viendo dos emisiones idénticas. La primera, sin ir más lejos, no irradiaba desde un punto fijo; la segunda sí. La primera, además, se movía en ese momento siguiendo un vector direccional que parecía llevarla al encuentro de la segunda. Por supuesto, no se trataba de buscar un mensaje extraterrestre en esas trazas magnéticas, sino de localizar hacia dónde estaban siendo dirigidas ambas emisiones. Y su objetivo no parecía ser, en modo alguno, un planeta lejano.

Eso fue lo que le dio la idea.

Solícito, Andrew Bollinger telefoneó al jefe de antenas del telescopio VLA desde su despacho en el centro de operaciones del complejo y le pidió que concentrara toda su potencia de escucha en un segmento específico del espacio radioeléctrico. Sería cuestión de media hora. Una, a lo sumo. Debía aislar cualquier señal de cierta intensidad de naturaleza electromagnética que estuviera atravesando en ese momento la ionosfera modulando la frecuencia de 1 420 megahercios, a una longitud de onda de 21 centímetros.

—Empezaremos por... —consultó su monitor— acercarnos todo lo posible al área 39° 25' N. 44° 24' E.

Bollinger tuvo que repetir su orden dos veces.

—Y recuerde —advirtió al jefe de antenas—: no quiero las señales que se reciban en esa área y frecuencia, sino las que se emitan. ¿Lo ha comprendido?

—¿En *esa* frecuencia?

El escepticismo de su técnico, que lo escuchó como si su jefe hubiera perdido un tornillo, consiguió irritarlo. Lawrence Gómez, un ingeniero de cincuenta y seis años que había visto ya de todo, no se explicaba que nadie pudiera estar emitiendo a 1 420 MHz. Y mucho menos que una señal de ese tipo pudiera interesar tanto a Bollinger, por lo general apático en cuanto a perseguir LGM se refería. Los *Little Green Men* se la traían al fresco.

—Limítese a darme los resultados —ordenó Bollinger—. Y hágalo rápido.

Nueve minutos más tarde, las veintiocho antenas de doscientas treinta toneladas cada una del VLA giraban como una sola hacia el este, apuntando en ángulo al horizonte oriental. Entonces, la red computacional hizo una operación poco común al fijar la región circundante a la Tierra que estaba dejando escapar la señal captada por los satélites de la Agencia Nacional de Seguridad. Para asombro del doctor Gómez, el sistema halló enseguida lo que buscaba. Durante los siguientes diecinueve minutos, y desde el mismo momento en que sintonizaron la frecuencia, una potente señal de mil vatios se coló en su analizador de espectros. Obediente, la computadora la registró. Era una emisión singular. No había duda. Pero el cerebro electrónico hizo algo más: calculó la dirección a la que estaba enfocada.

El técnico ladeó la cabeza.

—No puede ser.

Gómez repitió la operación de nuevo. Orientó las antenas. Calibró el ordenador. Ubicó el rebote residual de la señal en la capa Heaviside de la ionosfera por segunda vez y analizó su rumbo. Pero el resultado siguió siendo el mismo: era una señal potentísima, de origen desconocido y sin apenas pérdida energética. Ya no había margen para la duda. Aquella especie de chorro electromagnético estaba apuntando directamente... al Sol.

—¿Al Sol? ¿Está usted seguro?

La cara bronceada de Bollinger al recibir la llamada de su ingeniero palideció.

—Le están enviando una señal modulada en la frecuencia del hidrógeno, doctor Bollinger. De eso no hay duda. Y lo más curioso es que el Sol parece responder con una emisión de características similares. Si no supiera que es imposible, diría que están conversando.

Andrew Bollinger sintió un escalofrío.

—¿Ha logrado averiguar si es una señal secuenciada?

—¿Se refiere a si puede ser inteligente?

—Sí.

—No, señor. Eso llevará más tiempo.

El director del VLA se quedó un minuto con la mirada perdida en el póster del Sistema Solar que tenía colgado delante de su despacho. Un enorme globo rojo situado a la izquierda llenaba la mitad de la imagen. El artista lo había representado con enormes llamaradas de helio saltando al espacio y lamiendo la superficie de un minúsculo e indefenso Mercurio. «El Sol contiene el noventa y ocho por ciento de la materia del Sistema Solar», rezaba la frase impresa justo debajo. A Bollinger esa afirmación le parecía ahora una amenaza.

Era extraño. Afuera, en el campus del Instituto de Minería y Tecnología de Socorro, estaba a punto de entrar el invierno. Había llovido más que de costumbre aquel otoño y Bollinger, como todos, anhelaba que el Sol se asomara por compasión para retrasar la llegada de los fríos.

De repente, había dejado de desearlo.

Se sentó frente a su ordenador y redactó un correo electrónico para dos destinatarios. «Ojalá me equivoque», pensó. En Colorado Springs, el Escuadrón Meteorológico número 50 de la Fuerza Aérea tenía toda una división dedicada al clima espacial. Y en Greenbelt, Maryland, no muy lejos de la Casa Blanca, el Goddard Space Flight Center también. Si se hubiera producido alguna clase de alteración en el comportamiento del Astro Rey en las últimas horas, cualquiera de ellos la habría detectado ya. Sólo sus científicos podrían tranquilizarlo. La primera y única ocasión en la que él había visto a una piedra «hablar» fue poco antes de la gran tormenta solar de 1989. Aquella que dejó a oscuras Quebec y produjo pérdidas en satélites y redes eléctricas por valor de varios miles de millones de dólares. Incluso el accidente del petrolero *Exxon Valdez*, que derramó treinta y siete mil toneladas de combustible en Alaska, pudo haberlo provocado un fallo de su sistema de navegación a resultas de las erupciones del Sol. Si, según el presidente, otras piedras estaban «hablando» ahora, no era para tomárselo a broma.

Él sabía que cada vez que el Sol estornuda, lanza al espacio billones de toneladas de plasma. A una velocidad de 900 kilómetros por segundo —unos dos millones de millas por hora—, su carga podría tardar de dos a tres días en impactar con la Tierra. Era mejor estar preparado.

«Urgente —tecleó—. ¿Han detectado alguna EMC en las últimas horas?»

Aquellas tres siglas lo sumieron en una profunda inquietud. Eyección de Masa Coronal. La peor de las reacciones que podría sufrir la estrella más cercana a nuestro mundo.

Ya sólo le quedaba esperar.

85

La cabeza iba a estallarme.

Tras siete horas y cuarenta minutos de vuelo —y de soportar el zumbido monocorde de las aspas, los pitidos de aviso cada vez que atravesábamos una zona de vigilancia de radar o las conversaciones mecánicas autorizándonos a entrar en los espacios aéreos de Francia, Italia y Grecia—, me sentía como si me hubiera quedado atrapada en una montaña rusa. Apenas había podido dormir. Estaba cansada de soportar giros, requiebros y turbulencias, y mi resistencia física amenazaba con extinguirse de un momento a otro. Por suerte alcanzamos nuestro objetivo en el extremo nororiental de Turquía antes de que eso sucediera. El aparato aterrizó en algún lugar no identificado casi sin que me diera cuenta de lo que hacía. Yo tenía la espalda destrozada. Mis neuronas no eran capaces de procesar un bit de información más y mi único anhelo era dormir en una cama como Dios manda.

Quizá por eso Artemi Dujok retrocedió sobre sus pasos y me propinó un buen golpe en el hombro para que reaccionara.

—¡Camine! ¡Ya falta poco! —me alentó.

Ya era noche cerrada en Turquía. Una noche negra, fría y tachonada de estrellas. Habíamos descendido con los motores del Sirkovsky en «modo silenciador» unos minutos antes, a apenas trescientos metros de nuestro objetivo, y ahora, protegidos por el mutismo y la soledad infinita de aquel páramo, nos proponíamos asaltarlo. Yo caminaba como una zombi, a la cola del grupo, arrastrando los pies de mala manera, ajena a las rachas del viento gélido y seco que me cruzaban la cara.

No quería dar un paso más. Y menos hacia ese punto que Dujok había descubierto en su ordenador y que tenía el aspecto de un cráter sin fondo.

Asustaba.

Pese a mi aturdimiento, tenía bien presente el dichoso agujero y cómo apareció en su pantalla, en Noia, cuando trianguló la posición de la adamanta de Martin. Fue él quien me explicó que su nombre geográfico era cráter de Hallaç. Pero saberme ahora tan cerca de sus bordes afilados, a oscuras, y pese a las gafas de visión nocturna y las prendas de abrigo que nos había facilitado el armenio, me llenaba de inquietud. Razones no me faltaban. Esa depresión debía de tener unos cuarenta metros de caída vertical. Era un hoyo perfecto de paredes vitrificadas por el calor. Una trampa sólo accesible a un buen equipo de escalada que yo no veía por ninguna parte. Así pues, ¿cómo demonios íbamos a descender ahí sin dejarnos la piel por el camino?

—Si vamos al cráter, yo no... —susurré a Dujok, preparándome para lo peor.

—No vamos al cráter, señora, sino al edificio que está junto a él. La señal de Martin partió de ahí.

Su aplomo me provocó un escalofrío.

—¿De... ese edificio?

La nueva perspectiva tampoco me sedujo. A unos cien metros de donde nos encontrábamos, descendiendo por una suave ladera, se levantaba un inmueble fortificado de tamaño considerable que daba la impresión de llevar abandonado algún tiempo. Pese a la falta de luz, en sus paredes se apreciaban erosiones que me parecieron impactos de bala. Yo no era una experta en eso, pero me había encontrado con marcas parecidas durante mis restauraciones. La guerra civil había dejado como un colador a muchas parroquias de Galicia.

—¿Y qué haremos si los secuestradores de Martin están esperándonos ahí dentro? —le susurré, apretando el paso a su lado.

—Déjelos de nuestra cuenta, señora Faber. No serán un problema —dijo Dujok.

—¿Ah, no?

—No —me calló con aplomo.

El armenio, sus dos hombres armados, Ellen Watson y yo no tardamos en alcanzar su fachada. En realidad no se trataba de un único recinto. La casona principal estaba integrada en un grupo de edificios menores también con aspecto de abandonados. Sus tres estructuras más destacadas daban al conjunto cierto aspecto de granja. Pero no lo era. La mayor, una casa de dos plantas y tejado a dos aguas, disponía incluso de un pequeño minarete. A sus pies se extendía un patio que ejercía las veces de aparcamiento, y enfrentado a él otro edificio anexo —el mismo que en las tomas satelitales aparecía censurado con una mancha blanca— se alzaba orgulloso mostrando un aspecto ciertamente inusual.

Grandes planchas de acero cubrían de mala forma una especie de torre hecha de una sola pieza. No pude fijarme bien en ella pero presentaba el aspecto de un colmillo gigante que se hubiera clavado al suelo, dejando subterránea la mayor parte de su estructura. Carecía de ventanas, adornos o cualquier otro tipo de elemento superfluo. Y pese a que irradiaba una inequívoca sensación de antigüedad, tenía a la vez un extraño toque vanguardista.

—¡Vamos! —me apremió Dujok al verme tan absorta.

—¿Qué es eso? —lo increpé.

—Una antena.

—¿De veras?

—Una antena de señales de alta frecuencia, señora. ¡No se detenga, por favor!

—Pero parece muy antigua... —protesté.

—¡Y lo es!

Caminamos entonces hasta la puerta principal de la casa de mayor tamaño. Los cinco nos apostamos a ambos lados de sus jambas esperando una señal de nuestro líder. El portón, una enorme plancha de madera reforzada con clavos y forja, estaba abierta de par en par, aunque seguíamos sin oír ni ver nada sospechoso. Ellen Watson, que estaba desarmada como yo, protestó.

—¿Vamos a entrar ahí, sin más?

Dujok asintió.

—Sí. Y ustedes lo harán primero —dijo, mirándonos a las dos.

—¿Nosotras?

—No me parece una buena idea...

—No es una idea —gruñó entonces Dujok—. Es una orden.

Y diciendo aquello, levantó el cañón de su uzi apuntándome al estómago.

86

Ni Dante hubiera podido imaginar un infierno peor que aquél.

Una llamarada de cien mil kilómetros de longitud cargada de plasma hirviendo a cinco mil ochocientos grados centígrados se elevó solemne sobre la superficie de la corteza solar. Las dos sondas STEREO que la NASA había puesto en órbita heliocéntrica para vigilar cualquier alteración en el Astro Rey, llamadas *Ahead* y *Behind* por su posición relativa respecto a su objetivo, fueron las primeras en detectar la anomalía. Ambas funcionaban como un par de ojos gigantes y proporcionaban imágenes tridimensionales de cualquier cosa que sucediera en su superficie. Aun así, al no estar orientadas para interceptar señales dirigidas al Sol —¿quién iba a hacer semejante cosa?—, no captaron el tremendo haz magnético que había impactado poco antes, en las cercanías de la mancha 13057.

Hasta treinta segundos antes, la zona de sombra de 13057 apenas tenía el tamaño de la Tierra. Su intenso campo magnético se vio entonces alterado por ese tren de señales y pronto comenzó a mutar, absorbiendo las manchas 12966 y 13102. De forma automática, y sin que ningún operador en el Goddard Space Flight Center de Maryland interviniera, las STEREO comenzaron a grabar movimientos en el magma solar y a transmitir las primeras informaciones a sus bases. A su procesador de dos millones de dólares le bastaron unos segundos para señalar a 13 057 como la responsable de la explosión. Su perfil ovoide había desaparecido de sus lecturas ultravioletas, dejando en su lugar aquel monstruo abrasador que se desplazaba sobre la rugosa superficie del Sol a casi trescientos kilómetros por segundo.

Lo que vino a continuación terminó de romper todas las escalas de actividad solar conocidas.

La ola de plasma se dejó caer contra la fotosfera de forma parecida a como lo haría un tronco sobre un lago de aguas calmas. Salvo que, en esta ocasión, el perímetro de las ondas concéntricas que provocó superaba el millón de kilómetros. Un tsunami magnético y de gas a una temperatura inconcebible que arrastraba todo lo que encontraba a su paso. Entonces, un rugido sordo recorrió el astro antes de que, como en un dominó de proporciones hercúleas, la siguiente pieza entrara en acción. Quintillones de partículas de alta energía, sobre todo protones, recibieron la bofetada del gas, se aceleraron y salieron despedidas más allá de la heliosfera. Las seguía el más brutal carrusel radiactivo que jamás hubieran visto las STEREO.

Con aquella detección, el programa *Solar Terrestrial Relations Observatory* iba a pasar definitivamente a la historia.

Pero entonces las cámaras ultravioletas de *Ahead* captaron algo más.

Como si fueran los dedos largos y retorcidos de un Nosferatu cósmico, una corriente magnética de al menos cuarenta mil kilómetros de extensión se disparó en pos de la marea de protones. Se movían como el rabo de una lagartija, sacudiéndose a derecha e izquierda según la corriente generada por sus polos. Al tiempo, sobre la superficie de nuestra estrella se abrían y cerraban colosales agujeros de un tamaño que quintuplicaba el diámetro terrestre. Parecían bocas hambrientas. Fauces diabólicas dispuestas a devorarlo todo.

En ocho minutos toda aquella radiación llegaría a la Tierra como una súbita bofetada de calor. Sería sólo un aviso de lo que vendría después.

Entre dieciocho y treinta y seis horas más tarde —si se cumplían los cálculos— sería el turno de la lluvia de plasma. Las mediciones de STEREO iban a determinar en un segundo qué zona del planeta recibiría su impacto. Estaban ante la mayor Eyección de Masa Coronal del Sol detectada jamás. Una erupción de clase X23. Y sus consecuencias eran imposibles de prever.

Justo cuando la STEREO *Behind* envió su pronóstico sobre el lugar en el que se precipitaría el tsunami magnético, llegó la pregunta del director del gran radiotelescopio de Socorro: «Urgente. ¿Han detectado alguna EMC en las últimas horas?»

Pero en el Goddard Space Flight Center se les había cruzado otra emergencia. Ya tenían las coordenadas del choque del plasma.

Había que avisar a las autoridades turcas de inmediato.

87

Los primeros pasos dentro de la casa fueron vacilantes.

No era para menos. No había luz eléctrica, el suelo estaba sembrado de escombros y mis piernas temblaban de miedo. No acertaba a entender por qué Artemi Dujok —el amigo de Martin, el hombre que se había jugado la vida por protegerme y llevarme hasta allí— me amenazaba ahora con su arma y me miraba como si fuese su peor enemiga. Ellen Watson, a mi lado, también estaba desconcertada. Tenía a Haci pegado a su espalda, con el cañón de su ametralladora clavado en los riñones y conminándola a obedecer a su líder sin rechistar. Pero todo aquello, por absurdo que pareciera, debía de tener un sentido para el armenio. Dujok no era un fanático. Nunca me lo pareció. Sentía el impulso de disculparlo de algún modo. Por eso me agarré a la observación de que su cara no mostraba tensión sino euforia. Me costaba creer que fuera a hacernos algo malo.

En silencio, el armenio nos guió por aquel laberinto de pasillos, escaleras y habitaciones que se abrían frente a nosotras, conduciéndonos hasta una habitación del piso inferior que —esta vez sí— disponía de corriente eléctrica. Al principio, la luz dañó mis ojos. Alcé las manos para protegerlos de la única bombilla que colgaba del techo y las mantuve allí unos segundos. Fue Haci quien, firme, me dio un toque con su arma en la espalda.

—¡Iu-lia Al-vrez! —dijo con rudeza.

Entonces los abrí.

La impresión fue tan enorme como inesperada. Y es que, pese a estar en el otro extremo del mundo, en un lugar que no podía imaginar más lejos de mi pequeño universo, reconocí aquella estancia.

Y Ellen también.

Roté sobre mis talones para exigir una explicación a Dujok, pero, con un gesto amenazador que de repente enmarcó sus facciones, éste me pidió que mirara de nuevo al frente.

—Aún le queda mucho por ver —murmuró.

No tenía duda alguna: aquellas paredes desconchadas y cubiertas de mugre que tenía delante, esos grafitis que asomaban entre los fragmentos de yeso que aún no se habían venido abajo, la mesa desvencijada y hasta la pobre bombilla que gravitaba sobre nosotros eran las mismas que aparecían en el vídeo del secuestro de Martin. ¡Se había grabado allí! ¡En esa sala de apenas quince metros cuadrados!

Mil preguntas comenzaban a pedirme paso.

—Vaya, vaya, vaya... Al fin has llegado. Odio las esperas. —Una voz familiar entró de repente por la puerta que acabábamos de cruzar. Tuve la sensación inmediata de que se dirigía a mí. Hablaba un inglés con impecable acento británico, pausado, como si le complaciera encontrarse con aquel grupo de personas en sus dominios—. Todos aguardábamos impacientes tu visita, cariño.

«¿Cariño?»

Una certeza fugaz relampagueó en mi mente. Era absurda, pero sólo había una forma de comprobarla.

Dios.

Al darme la vuelta de nuevo casi perdí el habla de la impresión.

—¿Daniel...? ¿Daniel Knight?

Plantado a unos pasos de mí, un tipo rubicundo, enfundado en un grueso anorak y botas de montaña, con el rostro oculto tras una barba rojiza que lo hacía parecer más fiero de lo que era, me observaba con una extraña complacencia.

—Me alegra que recuerdes nuestra amistad. Han pasado cinco años desde la última vez que nos vimos, cielo. Cinco años sin que te dignaras a telefonearme una sola vez.

—¿Os... os conocéis? —titubeó Ellen Watson.

Asentí.

—Este hombre estuvo en mi boda —dije muy seria—. Es un viejo amigo de mi marido.

—Y también algo más, cariño.

—Sí... Es verdad —le sonreí de mala gana—. Me instruyó en el manejo de las adamantas.

Aunque Daniel Knight iba desarmado irradiaba la inequívoca impresión de ser quien manejaba la situación. No lograba hacerme una idea, ni siquiera remota, de qué diablos estaba haciendo allí un ratón de biblioteca como él, ni tampoco por qué todavía no le había dado la orden a Dujok para que dejara de encañonarnos.

—¿Y Martin? —lo interrogué severa—. ¿Sabes dónde está?

—Cariño —dijo acercándoseme y poniéndome su índice en los labios—, deberías mostrar algo más de alegría al verme. A fin de cuentas voy a ayudarte a cerrar el círculo. Ha llegado el momento de que conozcas las respuestas a todas tus preguntas.

—Pero ¿y Martin? ¿Sabes dónde está? —insistí.

—Tu marido se encuentra perfectamente. De hecho, también él lleva un tiempo esperándote. ¿Quieres un poco de té?

—¿¿Té??

—Sería bueno que te hidratases, cariño. Y tu amiga

411

también —añadió mirando a Ellen—. El trabajo que tienes por delante no te va a dejar mucho margen para beber.

—¿Trabajo? ¿Qué trabajo?

—Vamos, Julia. —Daniel movió suavemente su cabeza, como si me reprendiera por algo que yo debería saber—. Uno que te redimirá porque forma parte de tu destino, lo quieras o no.

—No sé de qué me hablas.

—¿Ah, no? —sonrió—. Te refrescaré la memoria. Cuando Martin te dejó en Santiago para hacer su viaje a Turquía, le respondiste que no le ayudarías más con sus «brujerías». Dijiste brujerías, ¿recuerdas? Y también que no querías volver a oír hablar de sus piedras, ni de John Dee, ni de sus apocalipsis... nunca más. Te empecinaste en apartarte de tu camino. De la misión para la que te había preparado tu vida. Por suerte para ti, estos viejos amigos y yo vamos a devolverte a ella...

—¡Le dije que hiciera con ella lo que quisiera! —protesté—. ¡Y que no me arrastrara una vez más a sus obsesiones! Eso fue todo. —Me revolví—. ¿Está Martin detrás de esto? ¡Dime!

—No son obsesiones, cariño.

—Además —mi estado de nervios no me dejaba parar de hablar— no entiendo qué tiene que ver eso con su secuestro... ¡No entiendo nada!

—¿Secuestro? —El rostro redondo y peludo de Daniel se iluminó—. ¡Por favor! Eres una mujer inteligente. Piensa en lo que te ha pasado en estas últimas semanas. Primero Martin escondió tu adamanta en un lugar seguro porque le negaste tu colaboración. Luego se concentró en sus investigaciones, viniéndose hasta aquí. Y sin embargo, querida, tú sabías tan bien como él que tu presencia en Turquía, a su lado, sería imprescindible más tarde o más temprano. ¿Me equivoco?

Una ola de calor me subió a las mejillas, sofocándome.

—No sé adónde quieres llegar, Daniel...

—Julia, Julia —dijo aún más beatífico. Las arrugas que se le formaron alrededor de sus ojos aumentaron su extraño magnetismo—. Te casaste con un hombre que necesitaba una persona como tú para cumplir una tarea superior, una misión que estaba por encima incluso de vuestro matrimonio. Martin pasó años buscando una mujer con el don de la visión. Alguien que lo ayudara, que nos ayudara a sublimar su trabajo con las piedras y pudiera establecer contacto con las jerarquías angélicas.

—Como hiciera John Dee con sus médiums —rezongué de mala gana—. Conozco la cantinela.

—Así es, Julia.

A Daniel le tembló imperceptiblemente el pulso al servirme un poco de té del recipiente de metal que había sobre la mesa. Mi cerebro no apreció el gesto. Luchaba por encajar las cosas absurdas que se habían cruzado en mi camino en las últimas horas.

—Entonces..., entonces —intervino Ellen, todavía en pie junto a mí—, ¿ha montado usted lo del secuestro para atraer a Julia hasta este lugar?

El ocultista sonrió.

—Es una manera de verlo, señora Watson.

—Pero ¿por qué? —salté.

—Si Martin te hubiera rogado que lo acompañaras por las buenas al Ararat y que trajeras tu adamanta para una última ceremonia, no hubieras aceptado, ¿verdad?

Vacilé un segundo. Había algo en aquella última frase que consiguió inquietarme de veras. Una insinuación velada que confirmaba sin género de dudas que Martin estaba detrás de aquello. Pero ¿por qué no daba la cara?

Mis pulmones inspiraron con ansiedad otra dosis del aire frío y húmedo que llenaba aquel cuarto.

—Necesitábamos una motivación poderosa que te trajera hasta nosotros. Y rápido —prosiguió Daniel—. Tú no lo sabes aún, Julia, pero existen motivos cósmicos muy poderosos para activar justo ahora las adamantas. Precisábamos contar con tu presencia por las buenas o por las malas y este plan se nos antojó el menos intimidatorio para ti.

—El menos intimidatorio, ya...

—Sé que amas a Martin. Y el amor es una debilidad muy humana. Por eso hemos apelado a tu buen corazón. ¡Y aquí estás! ¡Justo a tiempo!

—Maldito seas, Daniel —susurré—. Casi me matan por vuestra culpa.

El ocultista sorbió un trago de su taza que retumbó por todo el cuarto. Ellen, a mi lado, le regaló una mirada de desprecio que Knight le sostuvo.

—Lo siento de veras —se excusó sin retirársela—. No estaba previsto que los responsables del Proyecto Elías interceptaran nuestro vídeo y mucho menos que decidieran ir también a por ti. Por fortuna —añadió palmeando la espalda de Dujok, que aún seguía apuntándonos—, te enviamos unos ángeles de la guarda para velar por tu seguridad.

—¿Y ahora qué? ¿Qué piensas hacer conmigo? ¿Obligarme a participar otra vez en vuestros juegos?

Knight dio otro tiento al té antes de responder.

—Esta vez ya no se trata de un juego, cariño —dijo—. Cada cierto tiempo, la atmósfera y el suelo de este planeta reciben una sobredosis de magnetismo solar, convirtiendo a nuestro mundo en una especie de faro cósmico por unas horas. En el observatorio de Greenwich llevo años compilando información sobre esos momentos. Son muy raros. Apenas uno o dos por siglo. Y breves. Pero mientras la mayoría de mis colegas se limitan a elaborar gráficas a título estadístico, yo me he dedicado a comparar esos datos con ciertas situaciones históricas. Me di cuenta de que si se saben aprovechar esas fuerzas y se canalizan a través de los instrumentos necesarios, es posible enviar mensajes a esferas de la existencia que ni imaginas que existen y recibir ayuda de ellas.

Los ojos de mi interlocutor se entrecerraron, misteriosos.

—John Dee logró su contacto angélico porque sus primeros intentos de comunicación coincidieron con una de las mayores tormentas solares de la Historia. El Sol enloqueció a finales de mayo de 1581. El 25 de aquel mes se produjo su mayor pico de actividad cuando gigantescas auroras boreales se dejaron ver por debajo del trópico de cáncer. Nunca antes el campo magnético de la Tierra había experimentado una deformación de ese calado por culpa de una emisión energética. Ahora sabemos que a la hora en que eso sucedió, John Dee rezaba en su capilla particular de Mortlake. Un ruido lo hizo acercarse a la ventana. Tal vez fue el crepitar de la aurora. Nunca lo sabremos. Pero lo cierto es que, estupefacto, distinguió una especie de niño-ángel de piel refulgente que flotaba ante él, a unos tres metros del suelo. Abrió la ventana, lo tocó con la punta de sus dedos y éste le hizo entrega de unas piedras que, en adelante, el mago usaría para sus invocaciones. Dee tenía cincuenta y cuatro años. Un anciano para su época. Y no estaba para fantasías. De hecho, gracias a un médium que contrató después, y usando esas piedras, se consumó una conexión que hacía al menos cuatro mil años que nadie lograba establecer. Lo importante —carraspeó, tragando saliva y dejando a un lado su taza— es que esas circunstancias cósmicas están a punto de repetirse. Una nueva tormenta solar está en camino... y tú tienes el don de activar las piedras. ¿Qué más podemos pedir?

Quería llorar. Gritarle a la cara que no me interesaban sus experimentos. Que ya había tenido suficiente siendo su conejillo de Indias en Londres, y que todo eso había pasado ya. Pero contuve mis instintos. Si Daniel —a quien hasta ese momento consideraba un intelectual inofensivo— era capaz de urdir todo aquello, quizá fuera mejor no airarlo.

—Lo que no entiendo —dije al fin, ahogando mi rabia— es esa obsesión vuestra por conectaros con los ángeles. Ni tampoco la de esta gente —dije señalando a Artemi Dujok, que seguía nuestra conversación sin pestañear.

—Eso es porque no dispones aún de cierta información sobre nosotros.

—¿Información? ¿Qué información?

—Querida: los yezidís y mi familia pertenecemos a una vieja dinastía angélica. ¿Aún no te has dado cuenta?

—¡Oh, vamos!

Hubiera jurado que Daniel paladeó con deleite mi estupor. Se atusó las barbas con ambas manos e, inclinando su enorme cuerpo sobre mí, acercó sus ojos claros a los míos. Nunca había tenido a Daniel tan cerca, aunque eso no bastaba para explicar la profunda turbación que sentí al notar su mirada.

—Descendemos de una estirpe caída en desgracia que sólo busca reconectarse con sus orígenes y salir de este mundo. —Aquellas palabras sonaron solemnes; sin atisbo de engaño o doble intención. Hablaba muy serio—. Mi familia se quedó atrapada en este mundo hace miles de años. Tal y como cuenta el Libro de Enoc, aquí nos mezclamos con los humanos y aquí hemos convivido con vosotros. Sin embargo, pese a las generaciones transcurridas desde aquel tiempo antediluviano, jamás hemos perdido la noción de quiénes somos ni de dónde venimos.

Daniel inspiró profundamente antes de continuar:

—Así pues, eso que tú llamas obsesión para nosotros es un proyecto. Un viejo anhelo vital.

No repliqué. No me atreví.

Y Ellen tampoco.

—Y como habrás supuesto ya —continuó—, Dee fue también uno de nosotros; tal vez el que llevó más lejos nuestro deseo de regresar a casa. Pero desde su muerte en 1608 no hemos avanzado mucho en la dirección que nos marcó.

—Debe de ser una broma... —resopló la norteamericana, tan atónita o más que yo.

—No lo es, señorita. Pregúntele a los yezidís. —Algo en la gestualidad de Daniel me intimidó cuando señaló a Dujok—. Fue hace unos años cuando descubrimos que ellos también eran descendientes de los mismos ángeles que poblaron la Tierra hace diez mil años. Sobrevivieron al Diluvio igual que nuestros antepasados, pero a diferencia de nuestro clan, supieron proteger mejor sus orígenes. Fue un auténtico hallazgo saber que manejaban fuerzas que nosotros habíamos perdido de vista hacía siglos. Y lo hacen gracias a que todavía son fieles a la tierra en la que todo empezó. Aquí, en estas montañas, descansa el último vestigio de ese mundo antediluviano. La última pieza de la tecnología angélica intacta que queda en la Tierra y que podría ayudarnos a retomar contacto con nuestro hogar.

Me quedé con la boca abierta.

—El Arca de Noé, supongo...

—Así es. Dios dio las instrucciones a Noé para hacer su embarcación, pero nuestros antepasados fueron los que supervisaron su entera construcción.

—¿Y ese cráter de ahí fuera? —volvió a irrumpir Ellen—. ¿También es consecuencia de esa tecnología?

Daniel sonrió. Creo que le divertía el tono inquisitivo y ácido de Ellen.

—El cráter de Hallaç es de donde salieron las piedras que sirvieron de base a esa tecnología —respondió—. Fueron algo así como el sílice de los modernos ordenadores. Por eso los yezidís lo protegen desde hace generaciones, impidiendo que sus rocas sagradas, con propiedades transmisoras, caigan en manos inapropiadas.

Miré a Dujok de reojo.

—¿Ángeles? ¿Yezidís? ¿Ustedes? Pero ¿qué clase de locura es ésta? ¿No irá a creerles, verdad, Julia? —bufó Ellen Watson, incapaz de contener su frustración—. ¡Es lo más ridículo que he escuchado en mi vida!

—Le aseguro que no miento, agente Watson —respondió Daniel impasible, como si no le importara lo que aquella mujer pensara de él y sólo hablara para que el mensaje fuera calando en mí—. Una parte de la humanidad, créalo o no, desciende de seres que se mezclaron con los humanos en la noche de los tiempos. Somos de carne y hueso. Compartimos ADN con ustedes, pero no somos estrictamente humanos.

—¡Eso desde luego! —Ellen dijo aquello ofendida—. ¿Cómo han podido engañar así a Julia? ¿Cómo su propio marido se ha atrevido a...?

—Ya dije que esta misión está por encima de su matrimonio. Quizás ustedes no lo comprendan, pero nuestra especie tiene un sentido de la ética algo más pragmático que el suyo. Puede que seamos más fríos, que nuestra razón prevalezca sobre los sentimientos, pero sin duda eso nos hace más eficaces. Y más fuertes.

—¿Su especie? ¿Qué especie? —La americana tenía los ojos inyectados de rabia. La dejé desahogarse—. ¡Nunca he oído hablar de ustedes!

—Seguro que sí, agente —replicó Daniel sin inmutarse—. Todas las tradiciones sagradas hablan de nosotros y explican cómo fuimos condenados a establecernos en este mundo por culpa de nuestros mestizajes con los humanos. Somos hijos de exiliados. Apestados. Ustedes mismos nos señalaron como la causa de sus males cuando todo lo que hicimos fue impulsar su genética para acercarla a la nuestra, e inventaron mitos como el de Lucifer, Toth, Hermes, Enki o Prometeo para describirnos. Por un lado, os fascinan esos personajes que trajeron el conocimiento al mundo, pero por otro os aterroriza que tarde o temprano quieran cobrarse sus favores de algún modo. Por eso nos habéis demonizado. En el pasado se nos persiguió acusándonos de todo tipo de aberraciones. Hemos sido tachados de herejes, magos, brujas e incluso vampiros. Y si muchos, tradicionalmente, nos hemos refugiado en las ciencias ocultas es porque fue en ellas donde nuestros antepasados consiguieron disfrazar el conocimiento que se trajeron de su lugar de origen. Eso explica por qué nuestra presencia en la Historia es intermitente. Estábamos obligados a proteger esa información hasta que pudiéramos comprenderla de nuevo y utilizarla para llamar a casa y pedir permiso para regresar...

—¿Y ya la habéis descifrado? —indagué, desconfiada.

—Sí, Julia —sonrió—. Gracias a Martin, a su padre, a Dee, a místicos como Emmanuel Swendemborg, William Blake o tantos otros hemos comprendido al fin la «antigua ciencia» y sabemos cómo usarla para hacer nuestra llamada.

—¿Y quién se supone que va a venir a por ustedes? —chilló Ellen—. ¿Una escuadrilla de ángeles alados? ¿Extraterrestres a bordo de un platillo volante?

Daniel levantó una mano, pidiéndole que se tranquilizara.

—No, agente Watson. Nada de eso. Contra lo que la gente piensa, los ángeles no tenemos alas. Ya lo dice la Biblia, ¿sabe? Abraham, Tobías o Jacob, por ejemplo, se encontraron con nosotros cara a cara y nos describieron como lo que realmente somos: hombres y mujeres de un lugar lejano, dotados de una psique más despierta que la vuestra. Tenemos otra sensibilidad. Podemos sintonizar con toda criatura viva y comprenderla sin tener que hablar con ella o ponerla bajo un microscopio. Podemos oír y ver partes del espectro electromagnético que vosotros no podéis. Pero no mucho más...

Sacudí la cabeza, más incrédula que nunca. A Daniel no pareció importarle.

—Y esa psique es, Julia, la que nos permite admirar a humanos como tú —dijo—. Tú, curiosamente, posees un don que nosotros hemos perdido. Un gen que se malogró en la rama principal de los ángeles pero que, al mezclarse con el ADN humano, quedó latente en vuestro código genético. Ese gen sublime os da la capacidad de comunicaros con lo trascendente y emerge en uno de cada millón de individuos por mecanismos genéticos difíciles de comprender.

—¿Y los ángeles lo perdieron? ¿Olvidaron cómo hablar con Dios? —Ellen estaba cada vez más ácida.

—Hace muchas generaciones, sí. Aunque por suerte os transmitimos antes esa capacidad. Fue cuando los hijos de Dios tomaron a las hijas de los hombres. ¿Le suena eso? Por eso algunos de vosotros —añadió clavándome sus profundos ojos claros—, de tanto en tanto, la desarrolláis. Y por eso buscamos a esos humanos con anhelo. De algún modo, ellos son la única esperanza que tenemos de reconectarnos con nuestros orígenes.

—Una extraña historia —dije.

—Lo sé —confirmó Daniel—. ¿Comprendes ahora por qué Martin se alegró tanto cuando te encontró, Julia? Pensó que había dado con la llave que nos abriría de nuevo la puerta al cielo.

—¿Y dónde está él ahora?

Daniel miró de reojo a Dujok. Éste seguía en pie, junto a mí, con su uzi en las manos, atento a cualquier movimiento. El armenio parecía aguardar la misma respuesta que yo.

—Está en la montaña —dijo al fin—. Preparándose para hacer esa llamada... Esperándote.

88

La Oficina Ejecutiva del Presidente de los Estados Unidos (EOP) es un organismo que se subestima a menudo. Integrado por personal de confianza de la máxima autoridad de la nación, se subdivide en unidades que se encargan de conectar al presidente con temas tan dispares como el medioambiente, el Tesoro o la seguridad interna de la Casa Blanca. En contadas ocasiones su cabeza da instrucciones directas a uno de sus empleados sin el conocimiento expreso del asistente del presidente, pero cuando lo hace concede un alto honor al elegido.

Tom Jenkins había paladeado varias veces esa rara ambrosía en el último año y medio. Él era de los pocos que tenían el teléfono cifrado personal del presidente y su autorización expresa para llamarlo en cualquier momento del día. No más de una decena de personas —entre ellas la primera dama, su hija o Ellen Watson— gozaban de ese privilegio, y Tom trataba de no abusar de él.

Justo después de su encuentro con el coronel Allen en su habitación del hospital de Santiago de Compostela, Jenkins quemó uno de sus cartuchos telefoneando a Roger Castle.

—No quiero abrumarlo con los pequeños detalles del caso, señor —se excusó Jenkins—, pero necesito que alguien presione a la Agencia Nacional de Seguridad para que ese tipo colabore con nosotros.

A Roger Castle la llamada le sorprendió en una cena

con embajadores europeos, en el salón Rojo de su residencia oficial. El presidente había salvado ya el culo a Ellen —que, gracias a Dios, estaba ahora vigilando de cerca a Julia y sus secuestradores— pero si quería que aquella operación siguiera siendo secreta, sabía que debía intervenir de nuevo y hacer lo que Tom le había pedido.

—No se preocupe, Jenkins. Yo me encargaré.

—Gracias, señor presidente... —El tono de voz de su «asesor de hielo» flojeó un instante—. Tal vez no sea necesario que le diga esto, pero Ellen y yo pensamos que ha dado usted un gran paso implicándose en este asunto. Los días del Proyecto Elías están contados.

Castle no respondió.

Minutos más tarde, en cuanto tuvo ocasión de ausentarse del banquete y telefonear a Michael Owen, tanteó el asunto.

—Supongo que estarás informado de lo que le ha ocurrido al hombre que enviaste a España por la adamanta, ¿verdad?

El imperturbable director de la NSA supo al instante que Castle estaba cercándolo. Acababa de leer el informe preliminar que Nicholas Allen le había enviado por correo electrónico cifrado desde su hospital y sabía también del fracaso del *USS Texas* y las contraórdenes que había recibido del presidente. Era, pues, consciente de que las cosas no le estaban yendo demasiado bien.

—Estoy al corriente de todo, señor. Hemos sufrido el segundo ataque con armas electromagnéticas en zona civil desde el secuestro de Martin. La situación es preocupante...

—Te llamo para proponerte algo, Michael. Quiero que lo consideres con atención. Quizá sepas ya que tengo dos hombres en el caso, que han localizado las piedras y a los terroristas que buscas. Disponemos de información del rumbo que han tomado y la podría compartir con tu gente si colaboras conmigo.

—También yo tengo esa información, presidente. Los satélites que usted consulta están bajo mi administración —respondió seco.

—No lo entiendes, Michael. Nos enfrentamos a un enemigo común. Yo quiero esas piedras tanto como tú, y sé que el Proyecto Elías sabe de ellas más que cualquiera. Lo que te propongo es que unamos esfuerzos para recuperarlas. Si tú me ayudas, yo te ayudo.

—¿Unirse frente al enemigo común? ¿Como Reagan y Gorbachov en Ginebra?

Castle sonrió. Recordaba bien aquel episodio. La guerra fría entre Moscú y Washington atravesaba su momento más delicado. Era el otoño de 1987 y su predecesor, Ronald Reagan, tenía delante un texto para pactar la reducción de sus arsenales nucleares que no sabía si su homónimo soviético firmaría. Entonces soltó una de aquellas frases ocurrentes que pasarían a la historia: «Muchas veces pienso que nuestras diferencias se desvanecerían rápidamente si sufriéramos una invasión extraterrestre. ¿Acaso no hay una fuerza alienígena ya entre nosotros?»

—Exacto —asintió Castle—, como Reagan y Gorbachov.

—Muy bien, presidente. Usted está dentro de Elías desde nuestro encuentro de esta mañana. No tengo razón alguna para despreciar su colaboración. ¿Qué desea hacer?

—Póngase en contacto con su hombre en España y exíjale que siga las órdenes de mi gente. Quiero que persigan esas dichosas piedras hasta su escondite final y que las recuperen para nosotros.

—¿Desea que me haga cargo de la logística? Mi hombre dispone de un avión privado a su disposición que podría llevarlos hasta Turquía.

—Es más de lo que esperaba. Gracias, Michael.

—Bien —acató Owen en tono neutro—. Y para que no le quepan dudas de mi voluntad de cooperación, señor presidente, déjeme compartir con usted las últimas noticias.

El presidente se cambió el auricular de oído.

—¿Qué noticias?

—No son halagüeñas, señor.

—Últimamente ninguna lo es —lamentó.

—Verá: acabamos de detectar una explosión electromagnética colosal por encima del ecuador del Sol. Aún no sabemos si está relacionada con las emisiones X que interceptamos en la Tierra, pero si se confirma que su onda expansiva se dirige hacia nosotros, va a ser como si nos reventaran una bomba de pulso en las narices.

—¿Una bomba?

Castle recordó lo que le dijo el capitán del submarino cuando habló con él. Mencionó un atentado a escala global. El gran temor de Owen.

—Así es, señor. ¿Por qué cree que Elías quiere tener esas piedras bajo control? Además de ser una radio sobrenatural, mal empleadas podrían provocar una catástrofe.

89

—¿Ángeles? Pero ¿se ha creído usted una sola palabra de esa jerigonza?

Ellen liberó toda su tensión en cuanto Daniel dio orden de que nos condujeran a una habitación sin ventanas para que pasáramos allí la noche. Tenía los ojos enrojecidos y aspecto de muy cansada.

—La verdad, no sé qué pensar... —susurré, mientras comprobaba el estado ruinoso de nuestras camas. Dos jergones de trapo sobre sendos somieres corroídos por la humedad.

—¿Que no sabe qué pensar? —me gritó—. ¡Los ángeles no existen, señora Faber! ¿Es que no se da cuenta? Esta gente ha dado con una fuente de energía poderosa y tratan de esconderla disfrazándola de una mitología trasnochada. Si usted les concede sólo un resquicio de confianza, seguirán engañándola. Y lo peor: se saldrán con la suya, distrayéndonos ese conocimiento.

—¿Qué quiere decir?

—¿Conoce usted la frase de Arthur C. Clarke? «Cualquier tecnología superior es indistinguible de la magia.» Creo que define muy bien la situación a la que nos enfrentamos.

—Ahora lo entiendo. —Abrí los ojos—. Estados Unidos está interesado en las piedras porque cree que son parte de una tecnología superior. ¿Es eso?

—Si Artemi Dujok nos dijo la verdad, un proyecto secreto dentro de mi propio gobierno ha estado intentando analizar esa tecnología desde hace más de un siglo. Mi presidente lo ha descubierto y quiere que se haga la luz sobre este asunto tanto como usted. Estamos en el mismo lado, Julia.

—Sólo que mi marido y yo somos peones prescindibles.

—Nadie ha dicho eso. Martin Faber es ciudadano norteamericano.

—Está bien... Debemos calmarnos. Hemos acumulado mucha tensión.

Ellen se sentó en el camastro.

—Sí. Tiene razón.

—Mañana por la mañana saldremos hacia la montaña. En busca de Martin. Entonces se aclarará todo —suspiré—. Dígame una cosa: ¿tan importantes son para su país unas piedras antiguas con algunas capacidades eléctricas?

—Son mucho más que eso y usted lo sabe.

—¿Y tienen una idea sobre el origen de esa tecnología?

Ellen se reclinó sobre el colchón, clavando su vista en el techo.

—Se me ocurren varias hipótesis. Que sean los restos de una tecnología prehistórica que perdimos tras alguna catástrofe climática, que fuera un legado dejado aquí por una humanidad de otro planeta, un fragmento de una tecnología del futuro traído por error a nuestro tiempo...

—¡Y no cree usted en los ángeles! Me sorprende, Ellen.

—Ángeles, fantasmas, dioses, espíritus... Todos son términos que disfrazan nuestra ignorancia. Si pudiéramos llevar esa bombilla de ahí a la época de María Tudor —dijo señalando al techo que miraba—, nos acusarían de brujería por haber creado una roca incandescente.

—John Dee pasó por eso.,.. —susurré—. Tal vez tenga razón.

—¿Ha oído hablar alguna vez de los «cultos cargo», señora Faber?

Negué con la cabeza.

—Fue algo que sucedió al final de la segunda guerra mundial, en islas de Nueva Guinea que no habían tenido apenas contacto con el hombre blanco. Nuestro ejército estaba preparando el frente contra Japón, así que decidimos cortar sus suministros y disponer de bases desde donde poder atacarlos. Pero no quiero cansarla con una historia tan vieja, Julia...

—Oh, no, no. Prosiga, por favor —insistí.

Ellen inspiró hondo.

—Está bien. Comenzamos a instalarlas en atolones del Pacífico sur. Imagínese el impacto sobre los nativos: de repente, miles de hombres salidos de ninguna parte, pertrechados de bastones de fuego y pájaros metálicos, tomaron los bosques cercanos a sus aldeas y los esquilmaron para acondicionarlos como instalaciones militares. En su ingenuidad, creyeron que éramos dioses y que teníamos poder infinito sobre la naturaleza.

—¿Y por qué lo llamaron culto cargo?

—Porque al ver cómo esos dioses dejaban caer del cielo más y más contenedores con la palabra «cargo» impresa en ellos, creyeron que habíamos decidido abrir las compuertas del paraíso para compartir nuestras riquezas con ellos. De hecho, nacieron entonces varias religiones que todavía se resisten a desaparecer.

—¿En serio?

—Así es. Y todo fue fruto del contacto con una «tecnología superior» que ellos creyeron mágica. ¿Ve adónde quiero ir a parar?

—Lo único que veo es que usted prefiere una visión materialista de las cosas a una religiosa.

—Desde luego. Y tenga la certeza de que será esa visión la que nos sacará de aquí. No los ángeles.

—¿Qué quiere decir?

—Llevamos varias horas en Hallaç, señora Faber. A estas alturas, nuestros satélites habrán triangulado ya la posición de las reliquias de Dee. No creo que estemos solas por mucho tiempo.

90

Aún no había caído la tarde en Santiago de Compostela, a casi seis mil kilómetros al oeste de Hallaç, cuando el inspector Antonio Figueiras tenía ya la certeza absoluta de que lo habían engañado. El americano que le prometió noticias sobre los asesinos de sus hombres se había volatilizado. Ingenuo, Figueiras le creyó cuando dijo que se llevaba al espía que había iniciado el tiroteo en la catedral para concluir su investigación. Y también cuando, amparado en sus impresionantes credenciales, su traje caro y su envolvente aroma a *aftershave*, Tom Jenkins le juró que ni Julia Álvarez ni ellos saldrían de España sin consultárselo antes.

Ahora, a la vista de las evidencias, se sabía ninguneado.

Una llamada de la oficina de la Policía Nacional del aeropuerto de Lavacolla le había puesto al corriente de que sus norteamericanos habían embarcado en un flamante LearJet 45 —el mismo con el que Nicholas Allen había aterrizado en Santiago— y abandonado el país sólo una hora después de sus promesas. Habían conseguido un plan de vuelo preferencial con escala en Estambul, permisos para desplazarse hasta el aeropuerto de Kars y un tanque lleno de combustible cedido por el Ministerio de Defensa español.

Cuando se enteró de todo eso ya era demasiado tarde. Si la información del aeropuerto era correcta, Jenkins y Allen llevaban al menos tres horas en su destino y en ese tiempo tampoco había recibido ni un simple mensaje de texto suyo. Nada.

Así, pues, estaban las cosas para él: su testigo principal se había esfumado tras pasar por Noia. Sus refuerzos norteamericanos también. Y las noticias que goteaban a cada rato desde ese municipio de apenas quince mil habitantes en la costa da Morte no podían ser peores. Confirmaban que el helicóptero de los asesinos aterrizó muy temprano a las afueras del pueblo y dejó otro reguero de sangre a su paso.

En Noia no se hablaba de otra cosa. Sus ocupantes habían protagonizado una batalla campal contra soldados norteamericanos, dejando cuatro cadáveres más para los forenses así como cuantiosos daños patrimoniales.

Sin nadie a quien interrogar, Figueiras decidió regresar al lugar donde había empezado su pesadilla. Se le ocurrió que, si conseguía cierta complicidad con el deán de la catedral, tal vez pudiera encontrar algún que otro detalle del que tirar mientras llegaba la llamada del americano.

Por eso, a las nueve menos cuarto de la noche ambos hombres se encontraron frente a la Puerta Santa del templo. No era una reunión secreta —no tenían nada que ocultar—, pero nadie los vio.

—Hábleme de ese signo que ha aparecido en la catedral, padre.

Figueiras hizo su pregunta a bocajarro en cuanto distinguió la silueta del padre Benigno Fornés bajo la luz macilenta de las farolas santiaguesas. Ya no llovía y el frío avanzaba posiciones en el termómetro. Al verlo de pie, en plena plaza, tiritando, casi se apiadó de aquel anciano de setenta y un años, de espalda torcida, con el que no recordaba haber cruzado nunca una palabra amable. Casi. Porque antes de que sacara sus manos del gabán, el policía soltó la ráfaga de interrogantes que había estado acumulando en las últimas horas.

—¿Todavía cree que es una especie de señal del fin del mundo? ¿Cómo la llamó usted anoche? ¿Una marca de los ángeles del Apocalipsis?

Benigno Fornés tragó saliva. Frunció sus arrugas mirándolo con desconfianza y mientras soltaba una vaharada de resignación, le tendió la mano con desgana:

—Llega tarde —gruñó.

El deán tenía aspecto cansado y, la verdad, no estaba de humor para debatir de angelología con un comunista.

—Usted no cree en nada, comisario. Es ateo. Un hombre sin esperanza. ¿Para qué voy a gastar lengua en darle nociones de fe?

—No es la fe lo que me ha hecho llamarlo, padre —sonrió Figueiras, cínico—. Me conformaría con averiguar por qué después del tiroteo de anoche, y de que apareciera esa especie de pintada en la catedral, fue secuestrada Julia Álvarez.

La mirada del deán se oscureció.

—¿Secuestrada? ¿Julia?

—Eso he dicho, padre.

—No... No sabía nada, comisario —tartamudeó—. Pensé que hoy no había venido a trabajar porque ustedes todavía la estaban interrogando.

Figueiras no le regaló ningún detalle. El asunto estaba bajo secreto de sumario, así que decidió ir al grano:

—¿Recuerda el helicóptero que vimos de madrugada?

—Cómo olvidarlo —asintió el sacerdote.

—Creemos que pertenece a un grupo terrorista.

El deán lo miró desconcertado. ETA, la organización terrorista vasca, había puesto algunas bombas en Santiago en el pasado, pero por lo que él sabía nunca habían tenido acceso a esa clase de medios.

—Se trata de unos fanáticos con tentáculos internacionales, padre —precisó Figueiras comprendiendo su ambigüedad—. Se la han llevado a Turquía. Lo más probable es que hayan sido los mismos que secuestraron a su marido.

—¡Ah! ¿Es que también han secuestrado a Martin?

Las palabras del deán sonaron apesadumbradas y sinceras.

—Sí. ¿Se le ocurre por qué?

Fornés, gallego de pura cepa, rumió su respuesta. No se le escapaba que, pese a todo, su interlocutor podía ponerle en un aprieto si decía algo inconveniente.

—¿Y a usted? —resopló—. ¿Qué se le ocurre? ¿Es que cree que su secuestro tiene algo que ver con la señal?

—O quizá con su trabajo en el Pórtico. No lo sé. Tal vez usted haya visto algo sospechoso en los últimos días. Alguna actitud extraña de la señora Faber en el trabajo. Cualquier cosa. Su perspicacia podría sernos de alguna ayuda —sonrió—. Al menos a ella.

Los dos hombres caminaron hasta buscar refugio dentro de la catedral. Alcanzaron una de sus puertas de servicio, que Fornés abrió con diligencia con una gran llave de hierro, y penetraron pasillo adentro caminando sobre un pavimento de piedra que retumbó bajo sus suelas. El anciano se desplazaba a pasos pequeños, abriendo una tras otra viejas puertas decoradas con imágenes del apóstol Santiago.

—¿Qué puede decirme de los hombres que se han llevado a Julia, inspector? Usted sabe que le tengo mucho aprecio a esa muchacha...

—No mucho, la verdad. Sólo que medio mundo los busca.

—¿Ah, sí?

—Los Estados Unidos están investigando el caso.

—Es lógico... —barruntó Fornés mientras abría la última puerta, con un espléndido Santiago Matamoros repartiendo mandobles en la batalla de Clavijo—. Martin es norteamericano.

Don Benigno buscó entonces el interruptor de la luz de aquella habitación y se arrastró detrás de una gran mesa de roble para tomar asiento.

—¿Y nada más? ¿No tiene nada más que decir de esos tipos?

Figueiras se sintió intimidado por primera vez. El deán había colocado sus manos sobre la mesa, como si esperase que le entregara alguna cosa.

—En realidad, sí —aceptó—. Parece que han desaparecido por culpa de unas piedras. No son joyas, pero parece que tienen cierto valor. Además, están relacionadas de un modo u otro con un símbolo más.

—¿Otro símbolo, inspector?

—Ajá. Y como usted es un experto en estas materias —prosiguió Figueiras—. Tal vez si le echara un vistazo podría indicarme por dónde seguir.

—¿Puedo verlo?

—Claro.

Figueiras hurgó en su gabardina tratando de localizar algo. De uno de sus bolsillos sacó un cuaderno de notas que abrió justo por el dibujo que había copiado en casa del joyero Muñiz y se lo tendió. Era aquella especie de garabato con cuernos de luna y patas en forma de tres tumbado.

—¿Sabe qué puede significar, padre?

El deán agarró el cuaderno y lo escrutó con severidad.

—Mmmm. Parece un signo lapidario —murmuró. Sus ojos escrutaban el diseño con avidez.

—Un signo lapidario, claro...

Un eco de decepción asomó a la frase del inspector. Fornés no lo tuvo en cuenta.

—Los signos lapidarios son marcas antiguas, de origen incierto, inspector —prosiguió—. Seguramente son prehistóricas y pueden tener entre cuatro y diez mil años de antigüedad. Galicia está llena de ellas. Quizá sea la región de Europa donde más haya. Cuando se encuentran en rocas en medio del campo se las llaman petroglifos, pero si las descubren en iglesias como ésta, se clasifican como marcas de cantero. Las más famosas son las de Noia. ¿Las conoce?

—¿Noia? —El sobresalto de Figueiras no pasó desapercibido al deán.

—Allí se conserva la colección de lápidas medievales inscritas más importante del mundo. En muchas aparecen signos como ése. Acérquese. Se lo mostraré.

Fornés se inclinó entonces hacia una estantería cerrada por dos puertas huecas de madera. Tomó una pequeña llave del manojo que llevaba colgado a la cintura y la abrió. Pronto, un tomo enorme lleno de grabados antiguos cayó sobre su escritorio.

—Aunque nadie sabe con exactitud si son letras, ideogramas o representaciones esquemáticas de alguna cosa, es significativo que esta clase de marcas nunca hayan aparecido en edificios civiles —dijo mientras hojeaba el tomo—. Eso demuestra que se trata de iconos sagrados de algún tipo, aunque lo de la iglesia de Santa María de Noia excede todos los cánones, créame. Mire.

Del tomo que había elegido el deán, enseguida emergieron un mar de curiosos diseños. Parecían monigotes trazados a partir de toscas cruces y círculos. Justo como el de Dee. El inspector los examinó, seguro de que aquello quería decir algo, aunque no fuera capaz de descifrar el qué.

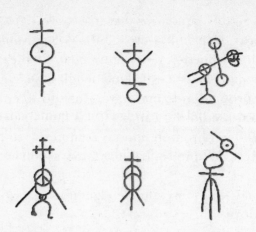

—¿Y se sabe para qué servían estas cosas? —murmuró absorto, hojeando las páginas posteriores y anteriores, también llenas de garabatos similares.

—No. Nadie lo ha explicado aún de forma convincente, inspector. Cada historiador tiene su teoría, y yo, claro, también la mía.

—¿De veras? ¿Y cuál es la suya?

—Estos signos complejos de ahí, como el círculo con el punto en el centro que se repite una y otra vez, están vinculados a familias. Podrían ser una especie de escudos heráldicos primitivos. Algo parecido a los hierros para marcar ganado cuyo origen volvería a llevarnos a la prehistoria.

—Eso es algo vago.

—Tiene razón. Pero no hay mucho más que decir.

—¿Y el que le he mostrado? —titubeó—. ¿Sabe a qué familia podría pertenecer? ¿O de qué época es?

Figueiras lo miró con cierta ansiedad mientras cerraba su libro.

—Creo que ya sé adónde quiere ir a parar con sus preguntas, inspector. Pero me temo que por ese camino sólo va a llegar a un callejón sin salida.

—Pero ¿lo reconoce o no? —insistió.

—El signo que tanto le interesa es una reelaboración del más antiguo que se conserva en Noia. Una rareza absoluta. Y, por tanto, del que menos cosas sabemos. Por si le sirve de algo, allí creen que representa al patriarca Noé.

—¿A Noé?

Las arrugas del deán volvieron a enmarcar su mirada escrutadora.

—¿Sabe? Ahora que lo pienso, quizá tenga usted ahí la razón por la que se han llevado al matrimonio Faber a Turquía.

—¿La razón? ¿Qué razón?

El padre Fornés desesperó. Aquel tipo era estúpido de veras.

—¿No le enseñaron en el colegio que Noé encalló su célebre arca en la montaña más alta de Turquía? ¿No ha oído nunca hablar del monte Ararat, inspector?

—Nunca me gustaron las clases de religión, padre.

91

Las previsiones de Daniel Knight se cumplieron a rajatabla.

Tal y como había anunciado, acudió a despertarnos poco antes del amanecer. Muy amable, nos pidió que vistiéramos las ropas de escalada que había preparado para nosotras y nos citó al cabo de media hora para el desayuno. Ellen y yo le obedecimos sin chistar. Todavía adormiladas tras la charla en nuestra improvisada celda sobre los cultos cargo y la naturaleza de los ángeles, nos enfundamos unos gruesos monos térmicos —con fibra de plomo, decía una etiqueta—, calcetines de lana tupidos y unas pesadas botas de montaña, y lo seguimos.

Más animadas, Ellen y yo tomamos algo de fruta con yogur, queso, miel y frutos secos. Y enseguida, aún a oscuras, despabiladas por las primeras rachas de aire helado del día, fuimos custodiadas hasta el Sirkovsky por un grupo de hombres que no habíamos visto antes. Todos eran tipos rudos, de caras curtidas, cabezas cubiertas por turbantes escarchados y vestidos con galabeyas de tela vieja. Caminaban con sus AK-47 al hombro y, por lo que intuimos, no hablaban ni una palabra de inglés.

—¡Dense prisa, señoras! —nos urgió Artemi Dujok desde la puerta del helicóptero—. ¡Hoy va a ser un gran día!

Lo miré con displicencia. Todavía me costaba admitir que el maestro de Martin me hubiera engañado de aquel modo para llevarme hasta allí.

El armenio parecía feliz. En su universo todo debía de estar en orden. Tenía la adamanta, la mesa de invocación... y me tenía a su merced, a cientos de kilómetros de cualquier lugar en el que pudiera pedir ayuda.

Nuestro vuelo fue corto.

Apenas a una treintena de kilómetros del cráter de Hallaç se levantaba el último campamento base antes de la cumbre del Gran Ararat. Estaba a cuatro mil doscientos metros, sepultado bajo un manto de nieve en el que apenas sobresalían las puntas afiladas de cientos de rocas basálticas. Dujok, mucho más relajado que la tarde anterior, nos hizo ver que con el helicóptero nos habíamos ahorrado al menos dos días de ascenso, además de no tener que calzar los crampones a partir de los dos mil metros ni soportar las rachas de viento, lluvia y nieve pulverizada que hubieran convertido en un tormento nuestro ascenso en esa época del año.

—Desde aquí, el camino hasta el arca no es demasiado difícil —prometió para tranquilizarnos. No lo consiguió.

Situado en una ladera más o menos plana del Ararat, el campamento base era la imagen misma de la soledad. Bajo las primeras luces del día emergieron los perfiles de media docena de pequeñas tiendas iglú de campaña y una estructura mayor, a modo de tipi, que debía servir para almacenar agua y alimentos. El caos creado por nuestros rotores hizo que todo aquello se zarandease.

—¿Saben que muchos kurdos aún creen que es imposible escalar esta montaña? —murmuró Daniel a través de nuestros auriculares. Estaba risueño. Con ganas de hablar.

—No me extraña —dije con desgana. Él ni se inmutó.

—Creen que el Ararat fue tocado por el dedo de Dios y que nadie puede profanar el tesoro sagrado que cobija —añadió mientras nos repartía unas pastillas de Diamox para el mal de altura—. Aquí conviene tener esas cosas en cuenta y no ofender a la montaña, ¿saben? Nosotros la estamos abordando por su cara sur, la más amable. La norte es un cañón inexpugnable. Lo llaman Garganta de Ahora, o de Arghuri, que significa «la plantación de la vid», pese a que nada crece ahí abajo desde hace miles de años. Para que se hagan una idea, este sector del Ararat es más abrupto aún que el cañón del Colorado y en tiempos fue un volcán...

Una sombra de preocupación me hizo apartar la cara de la ventanilla. Estaba distraída viendo cómo nuestras hélices levantaban un torbellino de nieve en polvo alrededor del campamento, pero aquello me alarmó. Levanté la vista hacia su cumbre despejada, amenazada ya por las primeras nubes de tormenta de la jornada.

—Y... ¿sigue activo?

—Oh, no, no... —Daniel sacudió la cabeza—. Lleva siglos sin dar señales de vida. Seguramente cuando llegó Noé ya estaba «fuera de servicio».

—Mejor... —bufó Ellen.

—En unas faldas tan frágiles como éstas —matizó—, cualquier erupción hubiera destruido todo vestigio del Arca. Hubiera sido terrible.

—Aunque hubo un terremoto en 1840 que a punto estuvo de hacerlo —gritó Dujok desde la cabina.

—¿Terremoto? Entonces, ¿es una zona sísmica?

—¡Lo es! La capacidad destructiva de aquel sismo fue comparable a la erupción del Santa Helena. Se llevó por delante varios pueblos de la región, mató a dos mil personas y arrasó el monasterio de San Jacobo, donde se guardaban las reliquias más importantes de la nave de Noé. Hasta esa época, lo crean o no, existieron peregrinaciones esporádicas para ver el Arca. Todavía se conservan los diarios de muchos de los fieles que la contemplaron y rezaron a sus pies.

—¿De veras?

—Oh, sí —confirmó Daniel—. Todo el mundo aquí conoce esas historias o ha oído hablar de las piedras santas que llevaba a bordo. A cualquiera que le pregunte, le hablará de los grandes hombres que mandaron expediciones para apoderarse de esos tesoros después de la catástrofe. Napoleón III, Nicolás II, el vizconde James Bryce, la CIA. La lista es interminable. Pero nadie les dirá que muchas de las adamantas que han recorrido el mundo, entre ellas las Urim y Tumim de Salomón, se sacaron de aquí sin permiso de nuestro pueblo.

—¿Del Arca?

—Del Arca, señora Faber.

No dejaba de llamarme la atención que ni Dujok ni Daniel dudaran de que en esas cumbres de nieves eternas descansaba un barco milenario. Un objeto colosal que, según la Biblia, tendría trescientos codos de largo por cincuenta de ancho y treinta de largo, con una capacidad aproximada de cuarenta y dos mil metros cúbicos y que fue ensamblado según unos planos que contravenían las más elementales técnicas navales de la prehistoria. Debía de tener el aspecto de un enorme cajón. Y por más que me esforzara, no lograba imaginarme algo de la envergadura del *Titanic* encallado a casi cinco mil metros de altura.

Si siempre me había costado creer aquella historia —la atribuyeran a Noé, a Utnapishtim o a Atrahasis—, ahora las dudas me laceraban. Como tantas personas en Occidente, también yo crecí coloreando arcas de Noé en el colegio o soñando despierta cada vez que la prensa anunciaba su descubrimiento. En los ochenta, siendo muy pequeña, seguí sin pestañear las expediciones de Jim Irwin al Ararat. Las monjas de mi colegio nos hablaban de sus avances y hasta recuerdo que nos pidieron que rezáramos por aquel intrépido astronauta metido a arqueólogo. Irwin fue, en efecto, uno de los doce americanos que habían puesto el pie en la Luna con las *Apolo*, y si él decía que el Arca existía una mocosa no iba a ser quien lo pusiera en duda. Mi sentido crítico estaba entonces adormilado, y sólo comenzó a despertar el día que le oí decir en la radio que su búsqueda tenía más de místico que de científico. Para él, afirmaba, tan importante como haber visto a un hombre caminar sobre la Luna era demostrar que Dios lo había hecho milenios antes sobre la Tierra.

Al final, Irwin fracasó. Jamás llegó a ver el Arca. Y con su decepción me arrastró al escepticismo.

De hecho, todos los descubrimientos que se anunciaron después por televisión, ocupando grandes titulares y declaraciones altisonantes, terminaron en acusaciones de fraude o bajo sospecha. Si el arca seguía todavía en la cima del Ararat nadie había logrado verla aún.

¿O no era así?

Algo me decía que estaba a punto de salir de dudas.

Eran las nueve y media de la mañana cuando Daniel y Artemi Dujok decidieron que había llegado el momento de iniciar el ascenso hacia el Arca.

Creo que desde el principio supe que la montaña no iba a ser lo peor de la travesía. Nuestros verdaderos enemigos serían la niebla, la nieve helada y brillante que se extendía a nuestros pies y, sobre todo, la falta evidente de aclimatación. Cualquier montañero con experiencia sabe lo necesario que es un periodo de descanso a cierta altura para que los pulmones se acostumbren a la falta de oxígeno y de presión atmosférica. Un tiempo que nosotras no íbamos a tener y que eché en falta en cuanto noté que la cuerda que nos habíamos atado a la cintura como medida elemental de seguridad tiró de mí hacia arriba.

Dujok encabezó la marcha al tiempo que mi ritmo cardiaco se disparaba.

El armenio caminaba con determinación, seguro del rumbo, sosteniendo una vara larga con la que medía el espesor de la nieve que iba pisando y con el convencimiento que sólo podía tener alguien que ya hubiera transitado antes por aquel camino. Verlo allí callado, absorto, con la mirada fija en el blanco fantasmal que teníamos por horizonte, me recordó otra vez lo estúpida que había sido. Aquel tipo me había arrastrado hasta allí haciéndome creer que juntos habíamos descubierto la pista para reunirnos con mi marido. ¡Qué necia había sido! Y qué extraña angustia se aferraba ahora a mi pecho, al saber que Martin era capaz de todo, incluso de poner en riesgo mi vida para satisfacer sus extrañas obsesiones.

Martin.

¿Cómo reaccionaría cuando lo viese? ¿Daría por fin la cara? ¿Me aclararía el sentido último de todo aquello? ¿Y cómo?

Detrás del armenio, asfixiada, caminaba Ellen. Llevaba un rato lamentándose de un fuerte dolor de cabeza, pero nadie la atendió. La seguía Waasfi, y justo por detrás de mí, Daniel y Haci cerraban la comitiva tirando de una especie de trineo de aluminio cargado con equipos y provisiones. Caminábamos a paso lento, hollando las huellas que Dujok iba marcando en la nieve. Pese a las tiranteces de la noche anterior y mis crecientes dudas, los ánimos no eran malos del todo. A mi espalda, por ejemplo, el ocultista resoplaba por el esfuerzo y seguía sin parar de parlotear. Estaba feliz como un niño.

—... La etimología de los topónimos de esta zona confirma que esta montaña, y no otra, fue el lugar del desembarco de Noé —decía, ahogado por la altura—. En la cara norte, antes de llegar al gran barranco, hay un poblado

que se llama Masher. Significa «el día del Juicio Final».
—Una bocanada de aire frío le hizo carraspear—. En el
lado armenio, la capital se llama Ereván, que dicen que fue
la primera expresión que pronunció Noé al descender del
arca y fijarse en esas tierras. «¡*Erevats!*» ¡Ahí está! Y muy
cerca se levanta la aldea de Sharnakh, que significa «poblado de Noé». O Tabriz, «el barco». Todo es así en cien kilómetros a la redonda...

Yo estaba más concentrada en dónde ponía los pies
que en escuchar aquel torrente inútil de información.

Avanzábamos a una velocidad cada vez más desespe-
rante, de caracol, tratando de evitar las ventiscas de nieve y
los taludes, pero también con la prudencia que nos impo-
nían Daniel Knight y Ellen Watson, que se revelaron más
torpes de lo que nadie en el grupo esperaba. Por eso, cuando al final de la tercera hora los seis nos detuvimos ante
una enorme pared de roca, sentí un profundo alivio. El
muro era impresionante. Estaba surcado por cicatrices casi
verticales, a veces cruzadas en forma de aspa, que el viento
lamía con avidez, haciendo que susurrasen. Las nubes bajas nos impedían ver dónde terminaba, haciéndonos sentir
como hormigas al pie de un rascacielos. Todos comprendi-
mos que se encontraba al final de lo que asemejaba una ola
petrificada, y Dujok enseguida nos explicó que aquello estaba en el extremo de un gigantesco glaciar.

—Hemos llegado —anunció.

—¿De... veras? —jadeó Ellen.

Dujok clavó su bastón en el hielo y echó un vistazo al
GPS que llevaba encima.

—Sí —respondió lacónico. Sus voces retumbaron en
aquella soledad.

—¿Ah, sí? —El corto horizonte que se abría ante nosotros no podía ser más decepcionante. Me impacienté—: ¿Y
dónde está?

—Enseguida la verá.

—El Arca no —protesté—. Martin.

Dujok no replicó. Se atusó los bigotes helados como si quisiera que recuperaran su antigua forma, y desatándose del grupo tomó una linterna para dirigirse hacia el farallón que teníamos delante.

—¿Adónde va? —gruñó Ellen a mi espalda.

—¡A responder sus preguntas, señoras! —replicó al fin, y se perdió niebla adentro.

Poco podía imaginar entonces que unos ojos ajenos al grupo estaban siguiendo aquella maniobra con unos prismáticos militares de infrarrojos.

92

—Es la entrada a una cueva de hielo... No hay duda.

El diagnóstico de Nicholas Allen, con los anteojos todavía pegados a las mejillas, no tranquilizó nada a Tom Jenkins. Tenía la mandíbula congelada y se sentía francamente incómodo dentro de su ropa térmica. Aunque los equipos que habían alquilado en Dogubayazit eran de los mejores —forros polares North Face, gafas de protección ultravioleta, guantes Marmot—, el ascenso a marchas forzadas hasta la cumbre lo había dejado derrengado y con una deprimente sensación de derrota en el cuerpo. Su desánimo tenía mucho que ver con la pérdida de señal de sus teléfonos móviles —ningún aparato electrónico parecía funcionar en las inmediaciones del Ararat—, así que el coronel Allen decidió no hacerle demasiado caso. Al militar le preocupaba más que las autoridades les hubieran confiscado las armas y que les hubieran puesto dos guías para no perderlos de vista. «Compréndanlo —les explicaron en el último puesto de control de la policía turca—, el Ararat sigue siendo una zona sensible. Tenemos presencia militar en toda el área. Si ocurriese algo durante su ascenso, nuestros soldados estarían a su lado para socorrerlos antes de que se dieran cuenta.»

—¿Se han parado ante una cueva? —rezongó Tom, ajeno a esas cábalas.

—Y por su actitud, diría que se disponen a entrar... —añadió él.

—¿Cuántos hombres ve, coronel?

—Distingo cinco. Seis tal vez. Algunos llevan pistolas. Veo uno, dos subfusiles. Espero que no se les ocurra disparar. Provocarían una avalancha...

—¿Reconoce a alguien?

Nick se estiró en la nieve todo lo que pudo, fijando bien las lentes. El escaso calor que transpiraban aquellos cuerpos no hacía fácil su identificación.

—No. Pero apostaría a que la que acaba de entrar es Julia Álvarez. Son ellos, sin duda. A ningún loco se le ocurriría subir aquí en noviembre.

Luego de una pausa, añadió:

—¿Se ha fijado en la forma que tiene esa zona de la cumbre? La parte alta parece la cubierta de un edificio...

—¿Qué quiere decir, coronel?

—Que tal vez eso sea el Arca. En las fotos clasificadas que tenemos en Elías se aprecia algo parecido. Una protuberancia geométrica dentro de una masa de hielo que apenas emerge en los veranos cálidos. Lo lógico —añadió— es que para acceder a esa estructura haya que internarse dentro del glaciar.

—¿El Arca de Noé? ¿Creen que se dirigen al Arca de Noé?

—Es lo único que tiene sentido. —Se encogió de hombros y le pasó los prismáticos—. ¿Qué otra cosa podrían buscar aquí?

Jenkins se llevó las lentes al rostro y aumentó su potencia al máximo:

—Pues el dichoso barco debe de ser una atracción en toda regla, coronel, porque ya han entrado todos.

—Perfecto. Es el momento de tomar posiciones. ¿Me acompaña?

93

Me acerqué a la grieta con el corazón en un puño, exhalando nubes de vaho cortas y densas. Debía de ser cerca ya del mediodía porque mi estómago rugía pidiendo alimento.

Sólo cuando la tuve a unos centímetros del rostro comprendí su función. La hendidura era lo suficientemente holgada como para dejar pasar a un adulto de buen tamaño bajo los carámbanos, así que, como antes hiciera Dujok, me deslicé cuidando de no tocar ninguno y clavé los crampones en el suelo helado para asegurar mi equilibrio.

Lo primero que me sorprendió fue que hubiera claridad en un lugar tan angosto. La explicación llegó de inmediato. Aquella grieta que discurría hacia el corazón del glaciar se estaba derritiendo y el hielo era de una textura tan fina que dispersaba los rayos de sol como el difusor de un flash. Aun así, el exceso de luz no logró quitarme de la cabeza que estaba en un lugar peligroso. Sus paredes eran quebradizas. Y eso no era una buena señal. Aquélla no era la clase de hielo sólido que debería de haber en el interior de una lengua de hielo milenaria. Aceleré el paso. Atraída por el rumor que emergía de lo más hondo de la montaña, avancé hasta su desembocadura.

Tres siluetas me esperaban al final del túnel. La primera era Artemi Dujok, que se había desembarazado de su mochila y me tendía los brazos para ayudarme a vencer el gran escalón en el que moría el pasillo. Las otras dos, en cambio, no logré identificarlas.

—Querida —urgió la más próxima. Sostenía una linterna que me obligó a achicar los ojos—. ¡Cuánto tiempo sin verte!

El corazón me dio un vuelco. Aunque tardé en asociarlo a una imagen, hubiera reconocido aquel acento entre un millón. ¿Cómo no se me había ocurrido pensar que Sheila Graham estaría cerca cuando Daniel apareció en Hallaç?

—¡Sheila!

—Pues claro, jovencita. ¿Quién si no? —rió bajando su lámpara.

La vieja «guardiana del Grial» estaba espléndida. No me fijé en que su media melena había desaparecido bajo un grueso gorro de lana. Su eterna coquetería despuntaba en su boca de carmín rojo perfecta y sus pestañas recién estiradas. Era como si el frío la embelleciera.

—Supongo, querida —dijo después de estamparme un par de besos—, que no conoces aún a William, ¿verdad?

Entonces, la tercera silueta dio un paso adelante. Se apoyaba en un bastón y cojeaba mientras hacía esfuerzos por erguir su figura en un gesto que intuí galante. Tenía el rostro níveo, barba cuidada y pómulos que parecían saltársele de la cara. No. No lo había visto en mi vida. Y, sin embargo, cuando nuestras miradas se encontraron, me saludó como si yo fuera una cara que le trajera buenos recuerdos.

—Estás espléndida, Julia —susurró.

Me impresionó encontrarme allá arriba a un anciano que rondaría los ochenta. Aunque el Ararat no parecía una montaña para alpinistas experimentados, tampoco era propia para un hombre de esa edad. Él, sin embargo, no parecía sentirse fuera de lugar. Más bien al contrario. Vestía ropas térmicas como las del resto y una vistosa bufanda verde manzana que le cubría el cuello y realzaba su porte aristocrático. Hablaba con fluidez, como si no le importara que el oxígeno escaseara a esa cota, y sus movimientos eran gráciles.

—Ahora compruebo que todo lo que he oído decir de ti era cierto... —añadió con asombro, sin quitarme el ojo de encima—. Muy cierto.

—Es William Faber, querida —precisó Sheila al percibir mi desconcierto—. Tu suegro.

«¿Bill Faber?»

Tardé un segundo en asimilar el dato.

«¿El hombre que no quiso acudir a mi boda?»

Un aluvión de imágenes funestas empezó a emerger de mis recuerdos, bombeando oleadas de sangre a mis sienes.

«¿El padre que nunca telefoneaba a su hijo para interesarse por él?» «¿El mismo que se marchó a los Estados Unidos a trabajar, encargando a Sheila y Daniel que investigaran las piedras de John Dee?»

«¿Y qué hacía allí?»

El viejo William dio un par de golpes al suelo con su cayado. Se adelantó hasta donde me encontraba y me estrechó ambas manos con una fuerza y un calor que me sorprendieron. Su presencia imponía. Tenía que reconocer que, incluso con todas mis prevenciones, irradiaba algo especial. Una especie de majestad, como esos pantocrátores medievales que juzgan el mundo desde sus tímpanos de piedra, situándose más allá del bien y del mal. Supongo que a esa impresión contribuyó que Bill me sacara casi una cabeza de altura y que, aunque tenía la espalda encorvada y las huellas de la edad a flor de piel, su cutis estuviera bronceado y sin manchas. Era un tipo atractivo. Magnético.

—Entonces, usted debe de ser también uno de esos ángeles... —murmuré.

William Faber rió.

—Quiero que veas algo, querida Julia. He estado esperando este momento muchos años para mostrártelo...

Renqueando, pero de un humor excelente, el anciano me condujo hasta la parte más profunda del glaciar. Era una cavidad alejada de la embocadura del pasillo de hielo, de paredes de diez metros de alzada que se estrechaban hacia un óculo que daba a cielo abierto y hacia donde se perdía un zumbido que me resultó familiar. Sólo una de sus paredes no estaba congelada. Parecía más bien un saliente de roca de aspecto geométrico, impecable, de color oscuro, frente al que se extendían varias mesas metálicas plegables con toda suerte de equipos electrónicos encima.

«¿Un laboratorio? ¿A cinco mil metros?»

Tragué saliva.

En aquella especie de sima la temperatura era algo más cálida que en el resto de las galerías. Distinguí varios ordenadores —de ahí el runrún amigo—, un barómetro digital, un termógrafo, un sensor sísmico, otro de gravedad, una torre de almacenamiento de datos, un equipo de comunicación vía satélite conectado a una antena de aspecto tubular y, sobre todo, una mesa de mezclas con terminaciones en una red de altavoces que descansaban frente a la roca y cuyo propósito no acertaba a imaginar. Dos grandes columnas de PVC y acero bombeaban calor al conjunto, mientras un generador del tamaño de un frigorífico le suministraba corriente.

Miré a Bill Faber con cara de asombro.

—Esto es en lo que ha estado trabajando Martin desde que llegó a Turquía, querida —dijo.

—¿Esto? ¿Y qué es exactamente?

—Esa pared —respondió levantando su bastón al frente y dando unos golpecitos al muro— es parte del puente de mando del famoso barco de Noé, Julia. Lleva cuatro milenios esperando por nosotros, conservada entre capas de hielo a cuarenta grados bajo cero.

Bill dejó que su revelación calase poco a poco. Luego añadió:

—Es un milagro que se conserve en tan buen estado. Las nieves perpetuas han ido petrificando su estructura, transformando la celulosa original en lo que tenemos aquí: una madera dura como una roca. O, mejor, una roca con vago aspecto de madera.

—El Arca... —silabeé. Aunque la tenía delante, me costaba creer que lo fuera.

—El interior está sellado, querida —precisó—. No hay forma de acceder a él sin utilizar cargas explosivas, pero hacerlo sería un suicidio. La onda expansiva nos sepultaría bajo toneladas de hielo y rocas antes de que pudiéramos darnos la vuelta para buscar la salida.

Traté de hacerme una idea de las dimensiones de aquel lienzo. En realidad, apenas era un segmento de unos seis o siete metros de largo, que nacía y moría en los dos taludes de tierra que le caían a los lados.

—Hemos tardado décadas en localizarla —prosiguió Bill Faber—. Los últimos que llegaron aquí fueron los rusos. La descubrieron en el verano de 1917, y fue gracias a que las altas temperaturas de aquel año fundieron parte del glaciar en el que nos encontramos. Entonces los soldados del zar hicieron el descubrimiento que más nos interesa. Algo que ha resultado vital para nuestro propósito: una inscripción.

Noté cómo los músculos de la cara se me tensaban.

—¿Qué clase de inscripción, señor Faber?

El anciano zarandeó su bastón en el aire y se desplazó hacia su derecha. Fueron cinco pasos nada más. Los suficientes para alcanzar la parte del casco de la embarcación más erosionada. Allí, sobre lo que parecía el perfil de una puerta sellada quién sabe cuándo, se adivinaba el contorno de cuatro caracteres extraños. Era difícil reparar en ellos si alguien no te decía dónde mirar. Su color no se distinguía del resto del muro y tampoco el ángulo en el que la luz del Sol incidía sobre ellos contribuía a darles un relieve excesivo.

Llevada por la curiosidad, me incliné para examinarlos de cerca. Pude recorrerlos con la yema de mi dedo índice.

$$Z\ M\ 2\ M$$

—¿Los reconoces?

No respondí.

—Dicen que es así como se escribe el nombre original de Dios —sonrió—. Y que revelará todo su poder cuando alguien lo pronuncie correctamente. Martin cree que esas letras son como una especie de llave. Un timbre que si lo accionamos bien podría abrirnos paso a su interior.

—¿Y qué esperan encontrar dentro?

—Una metáfora.

Despegué la vista del muro para pedir más explicaciones.

—Un símbolo, Julia —insistió—. Queremos la escala que vio Jacob para poder regresar con ella al lugar que nos corresponde. Eso es todo.

—¿Y cómo se supone que es la escala?

—Seguramente se trata de alguna clase de singularidad electromagnética que se activa invocando esas letras. Su frecuencia acústica debe ponerla en marcha como si fuera una contraseña, un interruptor de la luz. Pero todo depende de su exacta pronunciación. De su sonido y de que las adamantas potencien su señal.

—¡Y para eso te necesitamos!

Aquella última exclamación no fue pronunciada por el anciano Faber. Rebotó en las paredes de la cueva, encogiéndome el estómago. La voz cayó sobre nosotros desde la parte alta del muro, obligándome, por instinto, a mirar hacia arriba. Allí, suspendido a unos tres metros de altura, cerca de la parte externa del glaciar, lo vi.

—¡¡Martin!!

Un nudo se me instaló en la garganta. Vestido con un mono impermeable rojo y un jersey de cuello vuelto blanco, Martin trataba de componer su mejor sonrisa al tiempo que se aferraba a una cuerda y dejaba correr su arnés por ella.

—¡Julia! ¡Ya estás aquí!

Antes de que recobrara el aliento, sus brazos me alzaban por el aire, zarandeándome con entusiasmo.

—Martin..., yo... —Traté de soltarme—. Necesito una explicación...

—¡Y la tendrás, *chérie*!

Aquel Martin no se parecía en nada al del vídeo. Estaba exultante, lleno de fuerza y energía. Ni en su rostro ni en sus manos aprecié los rastros de cautiverio que había visto en la grabación.

—Espero que me perdones —murmuró inclinándose sobre mi oído, y depositándome con suavidad en tierra—. ¡Te necesitaba para este momento! ¡Y has venido!

Un torrente de emociones encontradas ascendió hasta mi pecho. Era un magma incandescente que, a la mínima, explotaría. Inspiré aire. Contuve las primeras lágrimas mientras me esforzaba por conservar la calma. Las facciones angulosas y los rizos dorados del hombre al que le había jurado fidelidad eterna no me lo pusieron fácil. Dios. Era él quien me había traicionado. ¡Y seguía pidiéndome que lo ayudara!

—Yo... —balbuceé—. Yo no sé quién eres, Martin. ¡No lo sé! —solté al fin. La presión del pecho apenas se alivió.

Martin inclinó su rostro hacia mí, ajeno a las miradas que nos rodeaban.

—He intentado decírtelo desde el día en que te conocí, pero siempre temí serte más explícito.

—No te creo.

—Lo harás, *chérie*. Aunque carezcas del don de la fe, tienes otros y terminarás entendiéndolo todo.

Martin alargó su mano hacia mí, deslizándola entre mis cabellos y me acarició la base del cráneo.

—Es curioso, ¿sabes? Pese a todas las maravillas que hemos visto juntos, todavía sigues debatiéndote entre creer y no creer. Entre la razón y la fe. Destierra tus dudas, Julia. Ahora más que nunca necesito que creas en ti y que me ayudes a salvarnos.

—¿A salvaros?

Los profundos ojos azules de Martin se clavaron en los míos. Destilaban una emoción que nunca había apreciado en ellos. Un brillo extraño. Hubiera jurado que era miedo. Durante un instante fui capaz de percibir su terror. De aspirarlo incluso.

—*Chérie*, en estos momentos una colosal masa de plasma solar se dirige hacia nosotros. Impactará contra esta parte del planeta dentro de unas horas y provocará la mayor catástrofe geológica desde los tiempos de Noé. Sólo que esta vez, Julia, no disponemos de un refugio. No hay otra Arca ni ningún Dios que haya venido a avisarnos...

Noté que Martin dudaba, buscando las mejores palabras para continuar.

—Cuando esa nube invisible penetre en la atmósfera y llegue al suelo —prosiguió—, afectará al equilibrio del núcleo de la Tierra y provocará movimientos sísmicos, destruirá nuestra red eléctrica, provocará efectos imprevisibles en el ADN de las especies más expuestas y hará que volcanes inactivos como éste entren en erupción oscureciendo el cielo durante meses. Es el día grande y terrible del que habla la Biblia.

El espanto que traslucían sus palabras me turbó. Mis uñas se clavaron en la capa impermeable de su mono rojo, como si buscaran su carne.

—Y... ¿no hay modo de evitarlo?

Bill Faber dio un golpe seco en el suelo con su bastón. A su lado Sheila, Daniel y Dujok permanecían callados. Sólo Ellen se removía incómoda.

—Hay una —gruñó el viejo Faber—. ¡Active las piedras y ayúdenos a llamar a Dios!

—¿Llamar a Dios? ¿Para qué?

—Dios es otra metáfora, Julia —dijo Martin—. El símbolo de una fuerza todopoderosa que impregna el Universo entero y que si se alinease con nosotros podría ayudarnos a compensar los efectos energéticos de la lluvia de plasma solar.

—Pero ¡yo no sé cómo llamarlo!

Entonces el anciano frunció su entrecejo, regalándome un gesto duro.

—Es como rezar, querida. ¿O es que también ha olvidado eso?

94

Una de las líneas de emergencia del teléfono del Despacho Oval se iluminó justo cuando Roger Castle se disponía a descolgarlo. El presidente pretendía comunicarse con el director de la Agencia Nacional de Seguridad. Los primeros datos captados por las sondas STEREO ya estaban sobre su escritorio, pidiéndole a gritos que tomara una decisión. «STEREO —rezaba el correo electrónico enviado desde la sala de control del Centro Espacial Goddard— ha calculado el punto de impacto de una primera ráfaga de dos mil millones de toneladas de protones de alta energía sobre el hemisferio norte. Se producirá en un área de quince millones de hectáreas entre Turquía y las repúblicas caucásicas. El impacto lo sentiremos en las próximas cuarenta y ocho a setenta y dos horas. —Y añadía—: Nuestra recomendación es que se informe a través de Naciones Unidas y el mando supremo de la OTAN de la necesidad de desconectar todos los sistemas eléctricos y de telecomunicaciones de la región hasta que cese la tormenta de protones. Y también que se mantenga a nuestros satélites lo más lejos posible de esa área de influencia.»

—¿Sí? —Descolgó el auricular de mala gana.

—Soy Bollinger, presidente.

—¡Andy! —La nube que se había instalado en la mirada de Roger Castle se disipó—. Santo Dios. ¿Has leído el comunicado del centro Goddard?

—Por eso te llamaba. Esa erupción no es como las demás. Ha sido provocada, presidente.

Un silencio de plomo enmudeció la línea.

—Sé de lo que hablo —prosiguió—. Mis equipos encontraron la huella electromagnética de tus dichosas piedras y han descubierto que las emisiones X que habéis captado tenían un destinatario: el Sol.

—¿Estás seguro?

—Completamente. No eran señales para un planeta lejano. Además, no te hablo del Sol como una abstracción. Esas señales apuntaban a un punto ubicado a sesenta grados oeste de longitud solar. La mancha 13057. Justo la que acaba de estallar.

El presidente guardó otro prudente silencio. Intuía que su amigo no había terminado sus explicaciones.

—Pero te llamo —añadió— porque creo que los cálculos del Goddard sobre esa erupción y su tiempo de llegada a la Tierra están equivocados.

—¿A qué te refieres?

—Las STEREO han estimado que la erupción solar ha sido de clase X23. ¡Clase X23! No hay precedentes para eso.

—¿X23?

—Las erupciones solares se clasifican en ligeras, de clase C; medianas, de clase M; y fuertes, de clase X. La que en 1989 dejó a oscuras la mitad de Canadá era de clase X19, y es la más alta que tenemos clasificada hasta el momento. ¡Ésta le saca cuatro puntos! Y, créeme, lo que puede provocar va más allá de unas bonitas auroras boreales a la altura de Florida o unos cuantos millones de nuevos cánceres de piel...

—¿Qué quieres decir?

—He hecho algunas averiguaciones, Roger. He consultado los archivos del Escuadrón Meteorológico de la Fuerza Aérea en Colorado y hablado con varios colegas climatólogos, y me han recordado algo importante. —El tono de Bollinger se hizo más sombrío—: En 2005, cuando se produjo el último gran pico de actividad del Sol, las tormentas de principios de ese año nos golpearon lateralmente y provocaron el calentamiento de la corriente del Golfo que desembocó en los peores huracanes del siglo. ¿Recuerdas el *Katrina*?

El presidente se aferró al teléfono sin decir nada.

—Aquello lo desencadenó una sola mancha solar. Ahora estamos razonablemente seguros de que fue la 720. He repasado los datos de aquella anomalía magnética, que alcanzó el tamaño de Júpiter y fue de clase X7, y las noticias no son buenas.

—No te entiendo...

—¿Cuánto tiempo te han dicho que tardará la tormenta de protones en llegar a la Tierra?

—De dos a tres días.

Andrew resopló en el auricular.

—Eso es lo estándar, en efecto. Pero en 2005, por causas que todavía desconocemos, la erupción de 720 sólo tardó media hora en alcanzarnos. ¡Treinta minutos! En vez de viajar a una velocidad de entre mil y dos mil kilómetros por segundo, aquella cosa lo hizo a setenta y cinco mil. A una fracción de la velocidad de la luz. Dios, Roger. Esa masa podría estar a punto de golpearnos... ¡ahora!

—Sabemos que, de momento, no impactará contra los Estados Unidos —replicó sin rastro de alivio en su voz—. Lo hará en territorio de un país aliado.

—Déjame adivinarlo, Roger: ¿Turquía?

—Sí...

—Eso es porque la Eyección de Masa Coronal está siguiendo la señal de las piedras. Actúan como un sistema de

459

guía. Sólo Dios sabe qué puede pasar cuando los protones solares entren en contacto con ellas.

—¿Podemos hacer algo?

La pregunta de su amigo sorprendió a Andrew Bollinger.

—No mucho. Vigilar y rezar, presidente.

95

—¿Qué sabemos de esos signos? —pregunté.

Nos habíamos reunido todos al calor del laboratorio para decidir qué pasos íbamos a dar. A cinco mil metros de altura, con la ventisca golpeando con furia creciente las grietas del glaciar y los pasillos de hielo silbando como tubos de órgano, la mejor opción era mostrarse colaboradora. Incluso con Martin. Daniel Knight, que había tomado asiento en unos fardos cercanos al equipo electrógeno, fue el primero que se animó a responder a mis interrogantes.

—¿Me preguntas por los signos del Arca? Creemos que pertenecen a la lengua ancestral de nuestros antepasados, Julia —dijo muy serio—. Muestras de esa escritura se han encontrado en todos los continentes, sobre todo en cuevas y monumentos de piedra. Aunque siempre se han asociado a las primeras formas de comunicación humana, la mayoría fueron burdas imitaciones de la escritura de los ángeles. Estas de aquí, en cambio, son las letras originales.

—¿Y las reconocéis?

El ocultista asintió.

—Por desgracia, su significado se perdió hace milenios. De hecho, hasta John Dee nadie consiguió interpretarlos u ordenarlos de nuevo. Y lo hizo porque, gracias a las piedras, recibió el alfabeto completo de aquellos con los que se comunicó.

—John Dee, siempre él, ¿no? —comenté.

—Ahora comprenderás por qué nos interesa tanto. Fue Dee quien organizó esos signos y les dio coherencia. Gracias a sus interlocutores, descubrió que nadie desde el patriarca Enoc había sido instruido en los secretos de esa lengua, así que decidió llamarla enoquiana. ¿Y sabes qué? Enoc la aprendió después de haber sido arrebatado a los cielos por una suerte de anomalía magnética que se produce en esta región y que llamamos la Gloria de Dios. Su epicentro está en el cráter de Hallaç aunque su presencia se ha dejado notar en cincuenta kilómetros a la redonda, lo que incluye este lugar.

—A esta muchacha le interesará saber que primero fue Enoc y luego Dee quienes desarrollaron ensalmos para activar las adamantas, consiguiendo con ello un sorprendente dominio de las fuerzas de la naturaleza —terció Bill Faber—. Y todo a partir de la entonación de sonidos primordiales capaces de resonar con la estructura atómica de la materia.

—Nosotros siempre hemos creído —añadió Dujok, mesándose los bigotes— que esa lengua fue la que se habló en el Paraíso antes de la expulsión de Adán. Tiene veintiuna letras que se dividen en tres grupos de siete y su combinación es la que, potenciada por la fuerza de las piedras, puede atraer la atención de la Fuerza Superior.

—¿Y cómo están todos tan seguros de que funciona? —pregunté, mirándolos uno a uno a los ojos.

—Yo he visto esa fuerza, *chérie* —respondió Martin—. Con Artemi. Fue en estas montañas, hace ya muchos años. La Gloria de Dios despierta de tanto en tanto y puedo asegurarte que es estremecedora.

—¡Aunque escasa para lo que necesitamos! —se quejó el anciano Faber—. Ese barco de ahí —dijo señalando la pared que teníamos enfrente— estuvo en contacto con

Dios durante las semanas que duró su travesía. Estableció un enlace continuo con el cielo y lo hizo en un momento en el que la capa magnética protectora del planeta se resintió por alguna clase de impacto energético similar al que estamos esperando.

—Lo que no entiendo, señores —dije muy severa—, es cómo puedo yo ayudarles en este asunto. ¡Yo no conozco el enoquiano o como diablos se llame! ¡No sabría decir ni una palabra! ¡Y ustedes parecen saberlo todo de su funcionamiento!

Bill Faber dio unos golpecitos al suelo con su bastón antes de replicar:

—No es necesario que grite, querida. Lo que queremos de usted es muy simple: que entone el Nombre de Dios delante de las piedras y del Arca. Aunque no necesite su garganta para hacerlo...

Lo miré incrédula.

—¿Ah, no?

—Verá, Julia. Este laboratorio dispone de un sofisticado interfaz que puede conectar el área del lenguaje de su cerebro con un sintetizador que interpretará cualquier impulso cerebral y lo convertirá en sonido. Trabaja de forma parecida a un escáner neuronal. Aunque, por supuesto, mientras usted esté en su estado de consciencia habitual el experimento no funcionará. Sin embargo, si lográramos que sus ondas cerebrales alcancen la frecuencia delta situándose entre uno y cuatro hercios, que son los que surgen durante los trances mediúmnicos, podríamos obtener resultados.

El viejo Faber dijo aquello como si hablara de un mono de laboratorio.

—¿Y qué le hace pensar que *eso* servirá para algo, señor Faber?

—Muy sencillo —sonrió—. El vidente que usó John

Dee para comunicarse con los ángeles en el siglo XVI, Edward Kelly, logró entonar el enoquiano en innumerables sesiones. Y lo hizo siempre en presencia de los tres elementos que hemos reunido aquí: las dos adamantas y la mesa de invocación. El entrelazamiento de sus campos energéticos es lo que potencia el don que precisamos de usted. Su mente, los sonidos neuronales que produzca y esas piezas actuarán como un solo instrumento.

—*Amrak.*

—En su sentido más amplio, sí —asintió—. La caja completa. Por eso nuestras posibilidades de éxito son altas.

—¿Me hará daño?

—Los videntes de Dee siempre salieron indemnes...

—Pero nunca intentaron lo que usted quiere hacer hoy, ¿no es cierto?

Bill Faber se encogió de hombros.

—No tiene de qué preocuparse. Está rodeada de ángeles.

—Claro —sonreí poco convencida—. Casi lo había olvidado.

—Entonces, querida, empecemos cuanto antes.

96

Tom Jenkins clavó con fuerza sus dedos en la nieve y arrastró su cuerpo hasta el borde del precipicio. Sabía que, en adelante, debería medir al milímetro cada uno de sus pasos si no quería echar a perder toda la operación o acabar con sus huesos estampados seis metros más abajo. En un gesto reflejo, comprobó su teléfono satelital por enésima vez, confirmando con fastidio que seguía sin cobertura.

«Estamos solos.»

Desde su atalaya, la visión de la caverna era inmejorable. De una ojeada podía controlar el laboratorio, la brecha de acceso a la sima e incluso la oquedad del techo que conectaba el lugar con el exterior. Por un momento tuvo la impresión de estar en la cornisa del Panteón de Roma, junto a su celebérrimo óculo, espiando el suelo como si fuera una paloma. Por eso, con exquisito cuidado, se acomodó lo mejor que pudo en el saliente, instaló sus prismáticos sobre un pequeño trípode plegable y se dispuso a contemplar el espectáculo que se desarrollaba a sus pies. No tenía una prisa especial por actuar. Se había asegurado el apoyo de Nick Allen y la enorme ventaja —impagable en términos militares— del factor sorpresa. Si jugaba bien sus cartas, pronto saldría de allí con su compañera, el matrimonio Faber a salvo y las dos piedras que le habían prometido al presidente.

La preocupación de Jenkins era ahora la de hacer saber a Ellen que el séptimo de caballería había llegado en su auxilio. De eso dependía en parte el éxito de su plan. Pero ¿cómo lo lograría?

Ellen Watson parecía petrificada. Su silueta era inconfundible incluso enfundada en ropas térmicas. Contemplaba a Artemi Dujok y al joven del mono rojo en su maniobra por tumbar a Julia sobre una camilla y conducirla hasta el laboratorio, y no parecía que tuviera pensado intervenir.

—¿Ve esa zona de ahí? —susurró Allen a Jenkins, señalando un armario metálico situado a unos metros a la izquierda de Ellen—. Creo que es el almacén de armas...

Tom asintió con desgana. Había algo en el lenguaje corporal de Ellen que lo alertó, pero no lograba determinar de qué se trataba.

—Si lográramos alcanzarlo y hacernos con algunas de ellas, podríamos encauzar la situación. Son seis contra dos y están desprevenidos.

Jenkins se mordió el labio sin tenerlas todas consigo.

Mientras calculaban sus fuerzas, otra escena estaba desarrollándose en el laboratorio. Un monitor plano de cincuenta pulgadas daba cuenta del tiempo que faltaba para el impacto de la primera andanada de protones de alta energía contra la Tierra. La NASA había recalculado varias veces la velocidad del tsunami de protones sobre las predicciones de Andrew Bollinger y ahora el equipo de Faber había interceptado sus cifras gracias a una antena especial plantada fuera del glaciar.

Veinte minutos, curenta segundos.

El contador marcaba el tiempo para su primer contacto con la ionosfera y el momento en el que todas las comunicaciones vía radio del hemisferio norte se apagarían.

«Mi teléfono ya lo ha hecho», se lamentó Jenkins. Los satélites Iridium debían de estar ya fuera de combate.

Los dígitos se movían inexorables. El anciano y Dujok no los perdían de vista. Mientras tanto, alrededor de Julia se habían situado Sheila, Daniel y Martin. La habían tomado de las manos mientras uno de los ayudantes del armenio se afanaba en ajustar unas correas elásticas alrededor del cuerpo y le colocaba un casco con cables en la cabeza. Con profesionalidad, iba comprobando que todas sus terminaciones estaban bien ajustadas.

—¿Qué diablos hacen? —murmuró Jenkins, forzando la óptica de sus prismáticos.

Entonces el consejero del presidente vio cómo la camilla de Julia era empujada hasta uno de los extremos del glaciar. Allí, dispuestas sobre una especie de tarima, estaban la mesa de invocación y las dos adamantas.

«¡Las veo!», murmuró.

Las piedras habían comenzado a emitir una débil luminosidad. Un brillo pulsante que Allen contempló con cierta inquietud.

—... Julia, debes tratar de relajarte —dijo el anciano en un tono que Jenkins y el coronel escucharon con nitidez. Por una inesperada carambola acústica, al moverse hacia aquel rincón su voz rebotaba con una definición meridiana sobre la bóveda de hielo que los dos mirones tenían a sus pies.

—¿Relajarme? —protestó Julia—. ¿Con estas correas?

—Son por tu seguridad, *chérie* —la tranquilizó Martin—. Desconocemos qué potencia puede llegar a desarrollar tu mente en estas circunstancias. Sabes que no deseamos causarte ningún daño.

—Recuerda —terció Dujok— lo que te ocurrió en Noia cuando *Amrak* desplegó su nube magnética a tu alrededor. Tuviste suerte de no desnucarte en la caída...

El anciano se les acercó con prisa.

—El impacto magnético está previsto para dentro de dieciocho minutos —los urgió—. Debemos empezar.

—¿Y cómo sabéis que éste es el momento? ¿Que éste es el día grande y terrible?

Daniel Knight se había adelantado solícito hasta la camilla de Julia. Asía un portafolios y un bolígrafo bajo el brazo como si se dispusiera a llevar el control de la sesión. De hecho, fue él quien respondió a Julia, señalando algo en la pared.

—John Dee lo dejó todo profetizado en su *Monas Hieroglíphica*, querida. —Pestañeó ante los focos del laboratorio—. En ese libro dibujó un signo que, por cierto, también aparece grabado en el Arca.

—¿John Dee estuvo aquí?

—No. No lo creo —respondió tajante—. Sabemos que Dee viajó mucho por Europa. París, Lovaina, Bruselas, y también Hungría, Bohemia y Polonia. Sin embargo, no existe ni una sola pista que indique que viajara a Turquía, y mucho menos que alcanzase una latitud entonces tan remota para un occidental como ésta.

—¿Y cómo llegó a conocer ese símbolo?

—Debió de mostrárselo alguno de los muchos peregrinos que ascendieron al Ararat para venerarlo. Está claro que ésta es su representación más antigua.

—¿Un peregrino?

—Hasta el terrible terremoto de 1840 que derrumbó parte de la cara norte de la montaña, las visitas al Arca eran algo frecuente entre los nativos de la región.

—¿Y crees que el símbolo esconde una profecía, Daniel?

—Sin duda. Dee la descifró, pero por razones que son fáciles de entender no se arriesgó a dejarla por escrito. No en un tiempo en el que la Inquisición vigilaba todos y cada uno de sus movimientos, escrutando sus libros con lupa.

Un mensaje disfrazado en un gráfico, comprensible sólo para los iniciados, era el método más seguro de transmitir una información redactada hace milenios.

—Y lo copió de este lugar.

—En efecto. Noé, descendiente de ángeles como nosotros, la grabó en la cubierta de su nao, junto al puente de mando, para que las generaciones futuras reconocieran el momento en el que otra catástrofe similar pudiera afectarnos. Creo que sabía que ningún dios nos avisaría de nuevo..., así que nos dejó esta advertencia. Es como una de esas señales de tráfico que anuncian curvas peligrosas... Si aprendes a interpretarla, puedes reducir la velocidad de tu vehículo cuando la veas y sortear el riesgo. Fijaos bien. Está justo aquí.

Los prismáticos electrónicos de Jenkins ampliaron doscientas veces el área que había indicado el desgarbado gigante de barbas rojizas y piel sonrosada.

—¿La veis?

Julia y Ellen asintieron. Jenkins la enfocó con toda claridad, sonriendo enigmático. Le pidió a Allen que echara un vistazo.

—Vaya, vaya —susurró el asesor del presidente—. Ése debe de ser el signo que aparecía en las fotos rusas que tiene custodiadas el Proyecto Elías. ¿No es cierto?

El coronel le devolvió las lentes, asintiendo. El inspector gallego que lo había interrogado ni se imaginó lo cerca que había estado de resolver el caso, pensó.

—Si la examináis en detalle —la voz de Knight continuó rebotando en la bóveda prístina como el agua—, esta figura muestra lo que parece una combinación de signos astrológicos y ocultistas. La esfera con los cuernos recuerda al símbolo de Tauro. Y con esa cruz por debajo podría evocar alguna clase de principio femenino. Venus, tal vez. Pero no debemos engañarnos. Nosotros hacemos esas interpretaciones porque nos ciega la cultura occidental, tan cargada de imágenes alquímicas y astrológicas. En tiempos de Noé no existía nada de eso. Su lectura debe hacerse, por tanto, sobre principios mucho más simples. Esto es un aviso sencillo. Universal.

—Ve al grano, por favor —insistió el anciano, mirando de reojo el reloj del monitor. Catorce minutos. Treinta y dos segundos.

—Está bien —gruñó—. El círculo con el punto en el centro ⊙ fue usado como símbolo del Sol en el antiguo Egipto, y aun antes. De hecho, todavía la moderna astronomía lo emplea para referirse al Astro Rey. El punto central es el que tiene la clave de todo. Evoca las manchas solares. En la antigüedad, su aparición, distinguible a simple vista, era tomada por un signo temible. Algunas de las doscientas leyendas que recogen la catástrofe del Diluvio mencionan que antes de la inundación, el Sol enfermó. Eran alusiones a sus manchas. En cuanto a esa media luna que lo corta, representa las olas de plasma que producen las manchas. En la prehistoria no sabían qué eran. Son invisibles. Pero sintieron sus efectos en la piel, en hemorragias internas, cegueras..., como si hubiesen sido embestidos por una fuerza maléfica. Cornuda.

—¿Y la cruz?

—Tampoco es una cruz, Julia —sonrió Knight, como si se compadeciera de ver a una mujer tan hermosa atada a un camastro—. Se trata de una especie de espada que se clava sobre dos protuberancias gemelas... Exactamente como las cumbres del Ararat. El conjunto esconde una advertencia y una esperanza para nuestra especie: el momento en el que el Sol hinque su potencia sobre este lugar será también el tiempo en el que tendremos la oportunidad de abrir nuestro enlace con la fuente de la que bebió Dee y reconectarnos con Dios o sus mensajeros. Los vigilantes. Nuestros antepasados no corruptos.

—El signo es antiquísimo —precisó Martin, tomándome de la mano. El casco me presionaba ya la coronilla y las sienes—. Los primeros descendientes de Noé lo extendieron por todas partes como advertencia a las generaciones futuras y puede encontrarse en petroglifos de todo el planeta.

—¿Y qué se supone que debo hacer yo con todo esto? —preguntó Julia.

—Concéntrate en la mesa de invocación, *chérie*. Con eso bastará. Reconoce cada signo y su valor. Combínalos en tu mente. Sujeta las piedras con ambas manos y trata de canalizar lo que quiera que te transmita tu alma —convino Martin—. Los electrodos a los que estás conectada han sido diseñados para percibir la más leve variación en la actividad eléctrica de tu hemisferio izquierdo, que ahora se verá estimulada por estos signos. Si esa variación se corresponde con un fonema, el ordenador lo sintetizará y lo enviará a estos altavoces. No puede haber forma más pura de extraer esa información de tu interior. Las vibraciones acústicas que extraeremos de tu mente abrirán la «escalera al cielo».

—¿Y qué te hace pensar que funcionará, Daniel?

—Oh... —sonrió—. Es algo que está en el código genético de los humanos. Antes de expulsaros del Paraíso, Dios os enseñó la lengua perfecta. La hablasteis hasta que llegó la confusión de Babel, cuando el Altísimo adormeció ese idioma primordial en vuestra mente. Los ángeles nunca lo aprendimos porque, cuando éramos puros, no lo necesitábamos para comunicarnos. Así que nuestra única posibilidad de activar esta especie de emisora de los tiempos antiguos y llamar a nuestro lugar de origen es encontrar esos fonemas en alguien con tus dones.

—¿Y cómo empiezo? —insistió la mujer, desesperada.

—Respira hondo. Tranquilízate. Busca tu equilibrio interno. Y recuerda lo que eres capaz de hacer con tu don.

97

«Recuerda lo que eres capaz de hacer con tu don.»

Aquella frase resonó en mí de una forma extraña. Atada a una camilla y colocada casi en vertical, sentí que mi vello se ponía de punta mientras un agradable cosquilleo me recorría la espalda. Fue una reacción insólita dadas las circunstancias. Por alguna razón, no pude impedir que mis músculos se aflojaran y que las tensiones acumuladas después de la mala noche pasada en Hallaç, el ascenso matutino a la cumbre del Ararat y hasta mi reencuentro con Martin desaparecieran por completo.

Comencé a sentirme bien. Tranquila. La cercanía de Martin, pese a todo, me infundía confianza. Reconocí en aquel baño de endorfinas un bienestar lejano, familiar y reconfortante, en el que no me sumergía desde hacía una eternidad. Y así, de forma natural, sin sobresaltos, descubrí algo esencial: que aquella reacción se había desencadenado en cuanto acepté las piedras en mis manos. Ellas —y no una droga, o alguna clase de reacción hipnótica— eran las únicas responsables de mi sedación.

Si algo había aprendido del mundo psíquico en mis treinta años de vida era que nada sucede si antes no damos el permiso para que ocurra. Es un beneplácito que se otorga de forma voluntaria y que si se concede hace que «lo invisible» no tarde en irrumpir con fuerza en tu vida. Por eso, cuando Martin me pidió que recordara lo que era capaz de hacer con mi don y lo compartiera con su gente, al no negarme le estaba dando carta blanca sobre mí. Él lo sabía. Por eso me colocó confiado una adamanta en cada puño y me invitó a activarlas.

Pude haber mantenido mis puños cerrados, pero los abrí para recibirlas.

Pude haberlas dejado caer al suelo. Y no lo hice.

—Ahora —me susurró al oído— déjate guiar por ellas. No las fuerces, *chérie*. Contempla la mesa de invocación. Ya conoces a *Amrak*. Fíjate en sus signos y escruta también los que tienes frente a ti, en el Arca. En tu interior se esconde el tono adecuado para pronunciarlos. Combínalos. Visualízalos. Juega con ellos... Juntos integrarán el sonido perfecto para que este lugar resuene y vuelva a comunicarse con el Creador como hace nueve mil años. Tú tienes ese don.

—No sé si funcionará. —Mis labios dijeron aquello sin resistirse de verdad—. Hace mucho que yo no...

—Funcionará —me atajó con dulzura—. Confía en nosotros.

Sé que me entregué en ese momento. Apreté las adamantas y cerré con más fuerza aún los ojos.

De entrada no sentí nada especial. Su tacto liso y tibio me resultó indiferente. Sólo un segundo antes, mientras memorizaba los signos esculpidos en la pared que tenía delante, creí ver un ligero destello en sus vetas. Fue una luz pálida, apenas un reflejo parecido al que irradiaron el día de mi boda, así que pensé que nada malo podría traerme volver a experimentar su poder.

Sería sólo una vez más.

«La última», me dije.

—Siente cómo palpitan. —Escuché la orden de Sheila. Llegó amortiguada. Como si me hablara desde el fondo de una piscina.

—Y busca la esencia que compartes con ellas —añadió Daniel—. La vibración pura es el único lenguaje que comprenden las potencias celestiales.

—Te hemos traído hasta aquí para que nos comuniques con ellas. Ayúdanos, Julia.

«Ayúdanos.»

La súplica encontró eco dentro de mi mente.

«Ayúdanos, Julia.»

Era una petición desesperada. Intensa.

«Ayúdanos», repitieron.

Casi una oración. Un mantra. Uno que en realidad no era nuevo, que ya había oído antes, muchos años atrás.

En el limbo de mi infancia.

Cerré los ojos.

Pese a que nací en Galicia, en los confines del mundo antiguo, y crecí oyendo hablar a mi familia de fantasmas y aparecidos, de demonios que robaban niños o de espíritus que los protegían, siempre puse un empeño especial en no creer en nada de eso. No es que me considerara una descreída que sólo admitía lo que la ciencia era capaz de explicar. No. A los nueve años una no piensa en términos racionales y la ciencia apenas es una palabra más de los libros de texto. Mi razón para no creer en esas cosas era mucho más trivial: tenía miedo. Un temor profundo, atávico, con el que me he visto obligada a convivir desde que nací.

Una Noche de Difuntos muy parecida a la que me había llevado a Turquía ocurrió algo que quedó almacenado en mi subconsciente con la etiqueta del terror. Mi tía Noela y la abuela Carmen vinieron a buscarme al dormitorio para llevarme a un lugar que jamás he podido olvidar.

Estaba a punto de cumplir diez años. Tía Noela había enviudado hacía poco del hermano de mi madre, y mamá pensó que sería bueno que se viniera a casa en esos días de visitas a cementerios y misas de difuntos para distraerse en compañía de su alegre sobrinita.

Como siempre en esa época, me fui a dormir poco después de cenar. El frío y la humedad eran tan intensos en casa que lo más prudente era acostarse temprano y calentar las sábanas antes de que la noche las empapara del todo. Si había suerte, a las diez ya me habría dormido. Y aquella velada no fue una excepción. Sin embargo, ocurrió algo que no pude prever. Abuela y tía Noela aguardaron a que mamá estuviera dormida para venir a por mí y, sin avisarme siquiera, me sacaron de la cama a toda prisa. No me dejaron ni terminar de vestirme. Parecían nerviosas, susurraban cosas inconexas, a trompicones, como si les urgiera salir del pueblo. Torpes, me envolvieron en un viejo anorak azul y me pidieron que me sentara en el asiento delantero de nuestro Citröen dos caballos sin rechistar.

—¿Adónde vamos, tía? —preguntaba, frotándome los ojos de sueño.

—Tu abuela y yo queremos que veas algo.

—¿Algo? —bostecé—. ¿Qué?

—Queremos saber si eres una de las nuestras, rapaza. Si tus ojos son especiales.

Las miré con terror.

—No te preocupes. Lo pasarás bien.

Pero tía Noela no dijo nada más.

Cuando al cabo de tres horas de curvas y baches llegamos a nuestro destino, descubrí aliviada que era un lugar que conocía bien. Pese a que nunca había estado allí en invierno, y menos aún de noche, supe que me habían llevado a la playa de la Langosteira, una ensenada de casi dos kilómetros de largo, de arenas blancas que nacen de unas colinas siempre verdes, paradisíacas, a poca distancia del cabo Finisterre. Aquello era el fin del mundo en sentido estricto. Quizá por eso me desconcertó descubrir bajo la luz de la luna que ese lugar estuviera lleno de gente. Conté no menos de una veintena de mujeres y niñas que correteaban por allí a altas horas. Hacía mucho frío. Y un viento helado que venía del mar. Parecía que aquella muchedumbre estaba celebrando algo. Habían llevado cestas con comida, refrescos, vino y unas garrafas grandes, forradas de cáñamo, que destapaban mientras conversaban alegres bajo la luz espectral de la noche.

—¿Sabes qué es eso? —me preguntó la abuela al ver que sentía curiosidad.

Sacudí la cabeza.

—Licor de meigas, rapaza. Si te lo bebes de un trago, podrás volar a donde quieras. ¿Te apetece probarlo?

Nunca había mirado a mi abuela con el estupor con el que lo hice aquella velada. Las únicas meigas que conocía hasta entonces eran las de mis cuentos. A diferencia de las brujas del sur, las meigas eran su versión dulcificada. Se trataba de herboleras que curaban pequeñas enfermedades o esguinces, actuando como una especie de médicos de cabecera populares. Pese a todo, de vez en cuando la sombra de la heterodoxia planeaba sobre ellas. Hasta esa noche, yo creía que mi abuela era lo opuesto a ese mundo. Mujer de misa diaria. Devota de la Virgen de Fátima y confidente del cura de nuestra parroquia. Era la que arreglaba las flores de la iglesia y quien tomaba nota de los niños que se apuntaban a la catequesis.

—¿Y tú eres... bruja? —le pregunté atónita.

Me miró con aquellas pupilas desvaídas, azulonas, que tanto cariño me habían dado. Entonces me regaló una sonrisa tierna y la respuesta más extraña y amorosa que sus labios pronunciaron jamás:

—Y desde esta noche tú también, Julia —dijo medio en serio.

En esa remota velada bebí y bailé con tía Noela y con ella hasta el amanecer. Una vez repuesta del primer susto, hice amistad con otras niñas de mi edad, también nietas de meigas, e incluso experimenté por primera vez el don de volar sin alas, más allá de mis limitaciones físicas. Fue la primera ocasión en que sentí que mi cuerpo no era un obstáculo. Que disponía de recursos que sobrepasaban lo físico y con los que ni siquiera había soñado hasta entonces. El bebedizo que habían dejado enfriar en la playa resultó ser un mejunje cargado de propiedades. No me explicaron de qué estaba hecho, pero no hacía falta ser muy lista para distinguir en el fondo del vaso trocitos de ortiga, cardos y otras hierbas repelentes nadando en una base de alcohol amargo. Ahora sé que eran sustancias psicotrópicas. Drogas naturales capaces de alterar la percepción y cambiar mis funciones cerebrales.

Cuando ya estaba ebria, mi tía se arrodilló junto a mí y me tendió un papel.

—Y ahora, ayúdanos, Julia.

—Ayúdanos —repitió mi abuela.

En un folio arrugado y sucio distinguí varias palabras.

—Léelas en voz alta y dinos qué sientes —me ordenó.

Lo hice, claro. Todas eran vocablos extraños. Sin sentido. Trozos de frases de un idioma que no conocía.

—*Arakib... Aramiel... Kokabiel...*

Temblando de miedo, nada más pronunciarlos en voz alta mi boca comenzó a llenarse de sabores exóticos. Cada vocablo evocaba uno distinto. Noté con claridad la menta ascendiendo por mi nariz. Y el romero. Y enseguida, el helecho. Incluso a partir de cierto momento empecé a ver aquellas palabras escritas en caracteres luminosos, flotando sobre mí como pequeños insectos. Destacaban sobre el fondo oscuro de la noche, balanceándose alegres cada vez que alguien volvía a pronunciarlas.

Tía Noela y la abuela Carmen se miraron complacidas al percibir mi cara de sorpresa.

Después, ajenas a mi pavor, me pidieron que escuchara lo que iban a cantarme y que entrecerrara los ojos para percibir el color de sus voces. ¡Era una locura! ¡Otra más! Pero yo, borracha como estaba, comencé a describir mis sensaciones en voz alta. Si entonaban en fa, distinguía una especie de sombra amarilla que crecía sobre sus bocas igual que lo haría el vaho. En do, esa sombra era roja. Y en re, violeta. Los colores duraban lo mismo que su entonación, caracoleaban bajo la luna y después se disolvían.

—Querida —sonrió mi abuela al cabo de tres o cuatro pruebas, acariciándome el pelo color zanahoria—: tienes el don de la visión. De eso no cabe duda. Tus ojos pueden penetrar donde los de la mayoría no ven. Eres de las nuestras. Del clan.

No dije nada.

—Tener el don implica una responsabilidad, rapaza —me advirtió mi tía, complacida—. A partir de hoy tu misión será utilizarlo para socorrer a la comunidad.

—¿Lo has entendido?

—Pero ¡me da miedo!

—Tranquila. Pasará.

Noela y abuela Carmen me empujaron entonces hacia un promontorio en el que un grupo de mujeres alimentaban una hoguera. El calor de la lumbre entonó mis mejillas en el acto, reconfortándome. Mi tía saludó a las reunidas una por una, llamándolas por su nombre y abrazándolas con afecto. A todas les hablaba de mí y les contaba lo que acababa de sucederme. Yo la miraba avergonzada, deseando que no volviera a contar de nuevo lo de los colores y las palabras. Era incapaz de calibrar la importancia de lo sucedido y me daba cierto pudor estar en boca de aquellas mujeres por lo que yo creía que era sólo una especie de juego.

Pronto comprendí lo equivocada que estaba. Cada vez que tía Noela concluía su relato, su confidente daba un par de pasos atrás, me escrutaba con los ojos abiertos como platos y después se abalanzaba sobre mí, besándome en la frente o en las manos. Aquel ritual debió de repetirse en una veintena de ocasiones y se alargó durante casi dos horas. Las que pasaban por él se servían un vasito de plástico con más licor de meigas y se quedaban merodeándome, comentando entre sí cosas que ya no alcanzaba a escuchar.

Pero cuando aquello concluyó, ocurrió algo impactante.

Las mujeres que ya conocían mi «secreto» se pusieron en fila frente a mí y empezaron a pedirme que las mirara. Al principio no las entendí. ¿Mirarlas? ¿Para qué? Tuvo que ser mi abuela la que, con paciencia, me explicó que su comunidad quería comprobar que, en efecto, en su seno había nacido una niña con el don de la visión. Una capacidad singular, rara, que permitía a unas pocas personas de cada generación acceder a información invisible sobre el presente, el pasado y el futuro de sus congéneres. A ver sonidos o escuchar imágenes. En definitiva, a acceder a umbrales de la percepción ajenos a la mayoría de los humanos.

—Sólo tienes que entrecerrar tus ojos y decir lo primero que pase por tu retina —me dijo.

Y así lo hice.

Hasta que el amanecer clareó a nuestras espaldas, estuve «mirando» a todas aquellas meigas al trasluz de la hoguera. A todas las vi rodeadas de una suerte de nebulosa o campo de luz de diferente intensidad que me decía mucho de su salud y de su estado anímico. «Ayúdanos, Julia», me rogaban con sus ojillos brillantes, excitados. Yo les decía cosas sin pensarlas y todas las aceptaban. «Cuídate la circulación.» «Revisa tu oído.» «Ve al médico y que te haga pruebas al riñón.» Lo hice siguiendo mi instinto. Donde veía su luz más apagada, allá que intuía que estaba el problema.

Tía Noela y la abuela sonreían satisfechas. «¡Ves el aura!», se maravillaban. Y yo asentía aunque no supiera siquiera lo que eso significaba. Con diez años, mi ignorancia era proverbial. Por no saber, ni imaginaba que en otros tiempos esa aureola fue tomada como señal de santidad. O que la emanaban humanos con dotes excepcionales de las que me hablaron no pocas de ellas.

—Hay ángeles entre nosotros que la tienen del color del oro —me dijo una anciana mucho mayor que mi abuela, con el rostro cruzado de arrugas largas y profundas—. Ellos buscan a niñas como tú. Sois como esos chacales egipcios que servían de guía a los difuntos para entrar en el más allá...

—¿Y usted cómo lo sabe?

La anciana me sonrió condescendiente.

—Lo sé, hijita, porque ya tengo edad para conocer ese tipo de cosas...

A aquella mujer también le vi el aura. Estaba muy apagada. Tanto que temí que no le quedara mucho de vida. Presentaba el aspecto de una película de aceite muy fina que le cubría todo el cuerpo y que parecía haber mutado a negro. No obstante, cada vez que esa leve capa de luz fluctuaba —y lo hacía a cada respiración suya— soltaba unas graciosas chispas doradas al aire.

Mis ojos se abrieron de estupefacción.

—Usted... —comprendí—. ¿Usted es una de...?

Ella me hizo callar llevándome uno de sus dedos sarmentosos a la boca y sonrió.

Dos días después supe que había muerto. Aquel día le tomé miedo a mi dichoso don.

98

Cero minutos. Cero segundos.

Un silencio absoluto se adueñó de la caverna de hielo. Incluso la entrecortada respiración de William Faber dejó de sonar en la bóveda bajo la que se ocultaban Jenkins y Allen. El consejero del presidente estaba tan absorto con la serena belleza que irradiaba Julia Álvarez que tardó unos instantes en darse cuenta del final de la cuenta atrás. Allá tendida, con la cabeza llena de electrodos, apoyada en una pequeña almohada y con su camilla erguida en un ángulo cercano a los noventa grados, Julia dormitaba con placidez. Parecía una princesa de cuento que estuviera esperando el beso de un príncipe azul para volver a la vida. Se preguntaba en qué estaría pensando en ese momento. Con qué estaría soñando.

Pero la española no abrió los ojos cuando el contador se puso a cero.

De hecho, ninguno de los que la rodeaban —ni siquiera Ellen Watson, que todavía seguía pasmada, con la mirada fija en el Arca— parecía esperarlo. Todos aguardaban a que su evanescente don activara ese misterioso mecanismo de comunicación en el que las piedras que aferraba desempeñaban un papel esencial.

—Bien, señores, ha llegado la hora —anunció William Faber, rompiendo la quietud general—. La lluvia de plasma está atravesando la ionosfera en estos momentos. Ahora sabremos si esas partículas de alta carga energética harán o no su trabajo. Será cuestión de segundos que hagan su irrupción y...

Un crepitar intenso lo interrumpió. Sonó en algún lugar cerca del generador de gasoil, como si se estuviese quemando algo.

Artemi Dujok se giró hacia ese punto pero no distinguió nada fuera de lugar. Sus hombres, armados con sus fieles uzi, apuntaron hacia allá buscando en vano algún intruso. Era absurdo pensar que nadie los hubiera seguido hasta allí. Sin embargo, antes de que pudieran volverse otra vez hacia Julia, un arco de luz azul eléctrica cayó del cielo a pocos pasos de ellos. Y otro. Y otro más. En segundos, un pequeño aluvión de ellos se precipitó contra el suelo como si fueran chispas de soldador.

—¿Qué es eso? —se asustó Ellen.

Ninguno de los ángeles reaccionó.

Lo curioso de aquellas chispas es que no se fundieron al tocar el hielo. Varias de ellas empezaron a reptar por el suelo, atraídas por la camilla de la médium. Eran como fideos planos agrupados en racimos. Blancos. Muy brillantes. Pero, sobre todo, parecían moverse de acuerdo a una intención. A alguna clase de inteligencia.

Martin dio un paso atrás al verlas. Haci y Waasfi lo secundaron.

Las «arañas» —pues, a la postre, eso era lo que parecían— alcanzaron el casco de Julia y se dividieron en tres grupos. Cada uno se desdobló a su vez en un nuevo ovillo de chispas y pronto cubrían ya el cuerpo entero de la mujer. Su mayor densidad se concentró en los puños. Las adamantas atraían aquella corriente como si fueran un imán. Julia, inconsciente, se sacudió una, dos, tres... y hasta seis veces antes de volverse a empotrar contra la camilla. Tiró de las correas, incrustándoselas en el pecho, y se desplomó después contra la colchoneta, tiesa como un cadáver.

—¿Qué es eso? —volvió a chillar Ellen, histérica—. ¿Qué es?

Pero esta vez, su voz apenas se oyó.

Los altavoces que estaban justo frente al grupo comenzaron a emitir algo. Era como un silbido agudo, casi imperceptible, que quizá llevara un buen rato flotando en el ambiente sin que nadie lo hubiese percibido. Después, mientras las arañas eléctricas se multiplicaban extendiéndose por todas partes y los equipos electrónicos parpadeaban dando las primeras señales de sobrecarga, aquel silbido se transformó en un zumbido constante. Todo ocurrió al tiempo que la mesa de invocación que tenían frente al grupo, y que Sheila y Daniel vigilaban sin descanso, comenzara a exhalar una columna de humo verdoso que se disparó hacia el techo. Un instante después, como si todo obedeciera a una meticulosa coreografía, unos soplidos secuenciados, rítmicos, surgieron de los bafles dejando a los armenios hechizados y a Martin, su padre y sus dos colegas, como en éxtasis.

Iossssummmm... Oemaaaa...

—¡Funciona! —exclamó Ellen, entre risas nerviosas, mirando a los ángeles.

Hasdaaaaeeee... Oemaaa...

—¡Funciona!

Seis metros por encima de sus cabezas, Tom Jenkins y Nick Allen no necesitaron decirse nada para saber que ése era el momento que habían estado esperando.

Con tiento, vigilando de reojo la escena y evitando interferir el ascenso de la nube verde, se descolgaron por una torrentera cercana a la entrada del glaciar. Nadie detectó su presencia. Jenkins fue el primero en tocar suelo y lo hizo con el pulso desbocado. Si tenían suerte, pensó, sería cuestión de un minuto que llegaran al armario que atesoraba la artillería. Allen, un tipo que lo doblaba en envergadura y que, pese a su edad, estaba mucho más preparado para situaciones de combate que él, se arrastró por el borde más occidental de la pared de hielo y encontró refugio tras varios contenedores metálicos. Estaba a sólo cinco pasos de Haci y a unos siete u ocho de las armas. Si aquellos insectos luminosos continuaban hipnotizándolos no le sería demasiado difícil alcanzar su objetivo.

Pero cuando iba a recorrer el último tramo, un destello lo retrasó.

Fue un brillo. Apenas un golpe de luz en la pared que le recordó algo que hubiera preferido olvidar hacía años. El aire se estaba enrareciendo igual que aquella vez, en 1999, junto al cráter de Hallaç.

El coronel no pudo evitar un escalofrío.

Cuatro pequeñas formas sinuosas relampaguearon entonces en la pared misma del Arca.

«¡Los símbolos!»

Y el viejo pánico que había experimentado años atrás, tan cerca de allí, en compañía de Martin Faber y de Artemi Dujok, comenzó a nublarle la vista. No quería pensar en la Gloria de Dios.

«Otra vez no.»

Pero Allen era un soldado. Así que, haciendo acopio de toda su disciplina militar, se concentró en completar su misión.

Con todo el ímpetu que fue capaz de reunir, el coronel atravesó la zona descubierta que lo separaba de la armería y, antes de que tuviese tiempo de calcular su siguiente movimiento, la abrió examinando su contenido. Varios fusiles de asalto M16 mejorados, como los que emplean las tropas de asalto de los Estados Unidos, descansaban alineados sobre sus culatas. Sin titubear, armó los dos primeros, les acopló sus respectivos cargadores, se echó uno al hombro como reserva y se preparó para lanzarse contra los hombres de Dujok.

«Esta vez esa cosa no me encontrará desarmado», se dijo para ganar fuerza.

En esa fracción insignificante de tiempo, los decibelios que bombeaban los altavoces conectados al casco de Julia aumentaron de forma exponencial. El tono de las notas largas —*Iossssummmm... Oemaaaa... Hasdaaaaeeee... Oemaaa...*— se tornó más agudo. Y con una sincronización perfecta, uno tras otro, en una secuencia pavorosa, como de temporizador, los glifos ⌐, ⋔, ⋎ y ⋔ comenzaron a iluminarse y oscurecerse alternativamente.

Allen no vio aquello. O no quiso. Con todo, al pivotar sobre sí mismo con sus armas cargadas, sus ojos se encontraron con otro espectáculo difícil de digerir.

Las siete personas que formaban el grupo a neutralizar habían mutado de repente.

Las arañas eléctricas se habían abalanzado sobre ellos, cubriendo sus cuerpos con una red de pequeñas descargas que los hacían refulgir como el cobre.

El más anciano tenía los brazos elevados hacia el Arca, mientras que los que estaban armados habían dejado caer sus ametralladoras. Waasfi, el lugarteniente de Dujok, pareció mirarlo a través de su prisión chisporroteante, sin mostrar emoción alguna por su presencia.

No espero más. Antes de que empezaran a estallar los focos que tenían aquellos tipos a sus espaldas, el coronel se abalanzó sobre Ellen Watson. Una lengua de centellas lamió en el acto el lugar que había dejado libre. Jenkins tuvo el acierto de recogerla al vuelo y empujarla hasta más allá del laboratorio, a un área fuera del alcance de aquellas cosas. La mujer trastabilló y cayó al suelo, rodando junto a su compañero. No todo fue malo. El agudo pinchazo que

notó en su tobillo izquierdo la ayudó a salir de su ensimismamiento.

—¡Tom! —chilló—. ¡Eres tú...!

Sus ojos azules parecieron enfocarlo al fin.

—¡Dios, Ellen! —La zarandeó—. ¡Pensé que te habían
hecho algo!

—¿Dónde está Julia? —balbució—. ¡Tiene las piedras!
¡Quitádselas!

Jenkins se dio cuenta de que su compañera estaba aún
en estado de shock. Su ansiedad tal vez fuera el efecto secundario de su exposición al fuerte campo magnético circundante. Estaban a cinco mil metros de altura y la lluvia
solar debía de haberla impactado de pleno.

—¿Y Martin Faber? —insistió Ellen, con la mirada aún
algo perdida—. Esto... ¡Esto es una trampa suya!

Tom buscó a Martin. Pese a que sólo lo había visto en
el vídeo de su secuestro, enseguida lo reconoció entre el
grupo. Estaba a unos cinco metros de él, en pie, tieso como
una estatua, recorrido de arriba abajo por las chispas que
lo habían iniciado todo. Su intención era sacarlo de allí,
pero Jenkins no se atrevió a tocarlo. Estaba preso en una
especie de red de alto voltaje que lo mantenía vivo y, sin
embargo, ajeno a lo que ocurría a su alrededor. Sólo las
notas que radiaban los altavoces parecían importar a aquella especie de zombi. Las cuatro seguían subiendo y bajando de intensidad como si alguien las hubiera programado
en un bucle infinito. *Iosssssummmm... Oemaaaa... Hasdaaaaeeee... Oemaaa.* Cada vez que se reiniciaban algo más estallaba en cualquier parte del glaciar. Quedaban ya muy
pocos focos intactos. Los ordenadores habían dejado de
funcionar y las telecomunicaciones que hacía sólo unos minutos conectaban aquella cumbre con la red global de satélites se habían desintegrado.

Sorprendentemente, sólo tres personas parecían inmunes a aquella especie de llamada: el coronel Allen, su compañera Ellen Watson y él.

A Julia no podía verla. La corriente la mantenía envuelta como a los demás. Parecía que se la había tragado un gusano gigante. Un insecto del que partían incontables filamentos eléctricos que reptaban hasta el resto del grupo y los mantenían fuera de juego, pero unidos como por un cordón umbilical de alto voltaje.

—¿Qué diablos está pasando aquí?

El grito de Nick lo obligó a aparcar su repaso de la situación.

—¡A los ángeles les está ocurriendo algo serio...! —La voz de Ellen apenas logró hacerse oír sobre el zumbido reinante. Tom dudó. Su compañera estaba lánguida, como si quisiera dormirse.

—¿Ángeles? Dios mío. ¿Te encuentras bien, Ellen?

—Eso le dijeron a Julia, Tom —asintió sin ganas de darle explicaciones—. Esos tipos... son todos descendientes de ángeles caídos que quieren llamar a casa. Aprovechan la energía de la tormenta solar para...

—Debes descansar, Ellen —la interrumpió preocupado—. Pronto te sacaremos de aquí.

—No, espera... —Sus ojos lo enfocaron bien por primera vez—. No podemos irnos sin las piedras. Se las prometimos al presidente, ¿recuerdas?

—¡Las piedras! —bufó Allen—. ¡Hay que recuperarlas!

Antes de que el coronel se acercara a la camilla en la que descansaba Julia, una especie de viento invisible, duro como el acero, los abofeteó arrojándolos contra una de las paredes de hielo del glaciar.

Aturdido él, y magullados los asesores del presidente, los tres presenciaron cómo el lugar se ensombrecía por completo, apagando los pocos instrumentos electrónicos que se resistían a extinguirse. El glaciar se volvió oscuro.

bocado para el final, aquello se dirigió hacia Julia con inconfundible determinación.

—¡Las piedras! —bramó Tom al ver que la cosa enfilaba rumbo a la camilla—. ¡No puede llevárselas!

El coronel sintió sus palabras como una patada en el estómago. Se irguió de donde estaba y alzando su M16 al cielo descargó una tormenta de plomo contra aquello.

Para qué lo hizo.

La cortina se estremeció al notar el impacto del metal incandescente. Se expandió. Se contrajo. Y en una fracción de segundo se replegó sobre sí misma mientras una suerte de onda expansiva feroz volvía a sacudir el glaciar, derrumbando parte de las paredes de hielo que los rodeaban y multiplicando el caos por doquier.

—¡Esto va a hundirse! —gritó Allen.

—¡Debemos salir de aquí! —chilló Tom, arrastrando a Ellen con él—. ¡Llévese a Julia, coronel! ¡Llévesela, por Dios!

Julia Álvarez seguía inconsciente, atada a su camilla. Y frente a ella, desafiante como un depredador, la pared del Arca había abierto sus fauces dejando entrever un interior sombrío y gélido. Allen prefirió no mirar. Si el casco petrificado de la nao se derrumbaba sobre la mujer, perdería a la primera persona que había conocido capaz de dominar las adamantas. Michael Owen no se lo perdonaría jamás.

Sin pensárselo, se abalanzó sobre ella. Debía salvarla.

99

Fue el frío lo que me despabiló. Un frío cortante y seco envolvió mis manos y comenzó a recorrerme todo el cuerpo. Su tacto hostil me sacó del estado de beatitud en el que había dormitado. A mis primeras tiritonas las siguió la desagradable sensación de tener el pelo húmedo y la certeza de que o me ponía pronto a buen recaudo o no tardaría en congelarme.

Por si fuera poco, cuando por fin abrí los ojos, el resplandor amortiguado del día dañó mi retina, secándome los lagrimales de golpe.

¿Dónde estaba?

Mi último recuerdo era el de haber sido atada a una camilla bajo la cálida mirada de Martin y haber recibido sus instrucciones para que me relajara. Debí de perder el conocimiento con las piedras en los puños.

«¡Las piedras!»

Apreté las manos para sentirlas. No estaban allí. Lo único que mis dedos pudieron aferrar fue nieve.

Me encontraba tumbada boca arriba, a cielo abierto, bajo una capa de niebla gris que lo envolvía todo e incapaz de decidir si debía moverme o permanecer donde estaba. Por alguna razón, no me encontraba con fuerzas para pensar. Mi cerebro se había entumecido y daba vueltas a un extraño ensueño en el que creía haber sido testigo del descenso de la escalera de Jacob. Era una idea estúpida. Extemporánea. Pero lo más molesto de ella era la recurrencia con la que volvía a mi mente una y otra vez. Recordé entonces cómo el libro del Génesis cuenta una historia parecida. La visión que tuvo el patriarca Jacob de una escala por la que había visto subir y bajar criaturas de luz antes de que la voz de Dios le anunciara que su descendencia se extendería por todo el planeta. La conocía bien porque eran muchas las imágenes que había visto de ese momento en iglesias y obras literarias. Y aunque ignoraba por qué palpitaba con esa intensidad en mis entrañas, tenía la rara impresión de haberla tenido enfrente.

A la verdadera escala.

E incluso a sus ángeles subiendo por ella.

—¡Ha abierto los ojos! ¡Mirad!

Una voz amiga se alborozó a mi lado en cuanto parpadeé.

—¡Julia! ¡Menos mal! ¿Se encuentra usted bien?

La cara de Ellen Watson se inclinó sobre mí. Me examinó como si fuera un pez dentro de su acuario. Ellen se había enfundado un gorro de lana gris y una bufanda que le tapaba cuello y orejas, haciéndola casi irreconocible. Estábamos a la intemperie. Fuera del glaciar. Pero eso me desconcertó menos que el hombre que asomó tras ella y que no identifiqué. Tenía la punta de la nariz enrojecida por culpa de las bajas temperaturas y los pómulos, los labios y el mentón muy agrietados. Parecía joven. Irradiaba un tono de distinción que perdió en cuanto se puso un móvil al oído y dejó de interesarse por mí.

—Es Tom Jenkins —me explicó Ellen—. Trabaja conmigo para el presidente de los Estados Unidos. Estamos intentando dar nuestras coordenadas por teléfono para que nos saquen de aquí. La tormenta solar ha dejado inutilizados varios satélites y nos está costando establecer la conexión...

—¿Tormenta solar? ¿Qué tormenta? —balbuceé, tratando de incorporarme. Notaba que ya no había correas que me apresaran.

—No se mueva, por favor —dijo poniéndome una mano en el pecho. Su gesto me alarmó—. Todavía no sabemos si tiene alguna lesión.

—¿¿Lesión??

Ellen asintió.

—No recuerda nada, ¿verdad?

Sacudí la cabeza, incrédula.

—Nicholas Allen. —Soltó el nombre como si le quemase en la boca—. ¿Sabe quién es?

—Claro... Lo conocí en Santiago. Estaba conmigo cuando Artemi Dujok y sus hombres me secuestraron.

—Él la ha sacado del glaciar. Hace una hora más o menos se colapsó por un movimiento sísmico pero logró empujarla a tiempo hasta la entrada del túnel de acceso. Tiene suerte de que ese hombre no le tenga miedo a la muerte...

—Uh... ¿Ha dicho un terremoto?

La pregunta me salió del alma. Quizá debí agradecer antes a Allen que me sacara de apuros, pero mi cerebro no era aún capaz de valorar lo ocurrido.

—Uno grande, sí —asintió Ellen, sin sombra de reproche—. Creemos que está relacionado con la alteración del campo magnético provocado por sus adamantas y alimentado por la tormenta de protones de la erupción solar... La misma que nos ha dejado sin satélites.

La escuché sin comprender.

—¿Y las piedras?

—Han desaparecido en el glaciar.

—¿Y el Arca?

—También.

Casi no me atreví a formular la siguiente pregunta.

—Y... ¿Martin?

Ellen reaccionó como más temía. Apartó su mirada luminosa de mí como si debiera medir sus palabras.

—Antes de la avalancha ocurrió algo extraño en la cueva... —dudó—. Las piedras sintonizaron con una fuerza extraña; una especie de nube caída del cielo se precipitó donde estábamos y...

—¿Y Martin? —insistí.

—Martin fue engullido por esa cosa, Julia. Desapareció.

El corazón se me puso en la garganta. Tom y Ellen se limitaron a permanecer donde estaban, atentos a si decidía hacer algún movimiento brusco. No lo hice.

—¿Y el coronel Allen?

—Está magullado. Sufrió algunas quemaduras al salvarla, pero se encuentra bien.

—Y... ¿los demás?

—Todos los ángeles han desaparecido.

—¿Qué quiere decir eso?

—Dujok, Daniel Knight, Sheila... Todos. La nube se los llevó.

—¡La escala!

—¿Cómo?

—La escala de Jacob —susurré—. Ella se los ha llevado. Santo Dios. —Noté cómo se me atragantaban las palabras pensando en la suerte de Martin—. Han tenido éxito. ¿No se da cuenta? Lo han logrado... Han conseguido lo que se proponían.

—¿Lo han logrado? ¿Qué han logrado? —Jenkins se encogió de hombros, como si aún no supiera de qué iba todo aquello. Supongo que esperaban que me echara a llorar o algo por el estilo.

—Julia tiene razón. Han vuelto a casa, Tom —me ayudó Ellen.

—Oh, Dios. Estáis trastornadas. Las dos —farfulló mientras comprobaba asombrado si el teléfono satelital volvía a tener cobertura—. El maldito terremoto os ha hecho perder el juicio.

100

El Despacho Oval de la Casa Blanca era todo un hervidero. Desde que Roger Castle hablara con su amigo Bollinger no había perdido ni un minuto. Los bedeles habían retirado los confortables sofás Chester blancos del centro de la estancia y en su lugar habían instalado una mesa con pantallas de vídeo con las que el presidente podía conferenciar hasta con cinco centros estratégicos a la vez. «Vigilar y rezar», recordó. Castle había dado órdenes estrictas de que no se informase aún al Consejo de Seguridad Nacional y, por lo tanto, declinó las sugerencias que recibió para que utilizara la *situation room* del sótano, pensada para casos de emergencia como aquél.

El Despacho Oval era mucho mejor. Más recogido.

Ahora, desde su escritorio, el presidente podía ver qué se estaba cociendo en el centro de seguimiento de satélites del Goddard Space Flight Center, en el radiotelescopio gigante de Socorro, en la Oficina Nacional de Reconocimiento y hasta en la Agencia Nacional de Seguridad. Todos llevaban casi media hora vigilando sin pestañear lo que estaba ocurriendo en la ionosfera. Habían sido puestos, en un grado u otro, al tanto de la existencia de las piedras y también del Proyecto Elías. Al igual que el secretario de Defensa y el vicepresidente, que estaban en pie frente a los monitores compartiendo el mismo gesto de estupefacción que su jefe.

«Hasta que no sepamos la magnitud de la crisis, es mejor actuar con prudencia», valoró Castle.

Andrew Bollinger —quizás el más desinformado de aquel grupo tan heterogéneo— había acertado su pronóstico de pleno. Por eso estaba allí. Y por esa razón cada uno de los convocados aguardaba su diagnóstico final. La lluvia de protones que había predicho llegaría a la Tierra a más velocidad de la habitual ya estaba, en efecto, descargando toda su potencia sobre el monte Ararat.

—Bien, doctor. —Castle evitó deliberadamente dirigirse a su amigo por el nombre de pila—. Su tormenta ya está aquí. ¿Qué cree que va a ocurrir ahora?

Bollinger carraspeó.

—No hay precedentes de una borrasca radiactiva de esa categoría, presidente. La última que conocemos, la de marzo de 1989, fue dieciséis veces menos potente que ésta y fundió grandes generadores, se cargó dos de nuestros satélites militares y un número no determinado de orbitadores soviéticos. Pero, sobre todo, dejó sin luz a seis millones de canadienses. Esta vez va a ser peor. Mucho peor.

—¿Balance de daños hasta el momento? —preguntó al resto de las pantallas Roger Castle, severo, sin agradecer siquiera el dato.

—El doctor Bollinger está en lo cierto, señor presidente. —Tomó el turno una mujer negra, de unos cincuenta años, asomada a la cámara del centro Goddard—. La primera oleada de protones ha provocado que un trece por ciento de los satélites de comunicaciones hayan perdido o tengan serias dificultades con su conexión con la Tierra en este momento. Tal y como esperábamos, un aumento del 0,5 por ciento de la potencia del Sol podría provocar esa clase de daños en los orbitadores.

—¿Y qué otras consecuencias podemos esperar de esta tormenta, doctor Scott?

Edgar Scott, parapetado tras su gruesa montura de pasta, sentado en su aséptico despacho de la Oficina Nacional de Reconocimiento, tomó la palabra sin apresurarse.

—No tenemos tablas para hacer esa clase de estimaciones, señor. Pero si esta descarga de protones se mantiene durante más tiempo... —dudó—, de entrada, es seguro que las transmisiones de onda corta y de radioaficionados se interrumpirán definitivamente. Aún es pronto para valorar su efecto sobre el campo magnético de la Tierra. De momento, tenemos unas bonitas auroras boreales en latitudes muy por debajo del Polo Norte. Mi previsión, si es eso lo que quiere oír, es que, como poco, provocará envenenamientos masivos por radiación. Ya sabe: afecciones oculares, cánceres de piel, mutaciones en cultivos, alteraciones en la cadena alimenticia..., ese tipo de cosas.

—Es como la Tercera Caída que pronosticó el profeta Enoc, señor —terció Michael Owen desde su despacho de caoba de la Agencia Nacional de Seguridad—. Una plaga bíblica letal.

—¿La «Tercera Caída», Michael?

—Bueno, señor presidente, no quiero ser el más agorero del grupo, pero en los vaticinios de ese profeta se anuncia que, tras el Diluvio Universal, el siguiente fin del mundo nos llegará por fuego. Desde luego, la metáfora no puede ser más oportuna. Describe con exactitud lo que está ocurriendo con el Sol, ¿no le parece?

El rostro de Castle se tensó.

—¿Conoce usted algo de las profecías de los indios hopi, director Owen?

El afroamericano puso cara de circunstancias, mientras que en el monitor de al lado, su amigo Andrew se removía inquieto.

—Ya veo —suspiró el presidente—. Yo fui gobernador de Nuevo México y los traté mucho. El caso es que ellos, al igual que otros pueblos americanos como los mayas, creen que la humanidad está condenada a sufrir destrucciones periódicas si antes no consigue la clemencia de sus dioses. Según ellos, vivimos en el cuarto mundo. Los tres anteriores fueron destruidos por fuego, hielo y agua. Y aunque por desgracia sólo nos han llegado leyendas de cómo fue la última devastación, parece que esa destrucción por fuego a la que usted alude ya ha ocurrido al menos una vez...

—Yo soy creyente, señor —dijo la mujer del Goddard—. Y la cuestión, presidente, es que en la última caída o como quiera usted llamarla, contamos con ayuda divina directa.

—La doctora tiene razón.

—Gracias, señor presidente.

—El caso es que eso que dice la Biblia lo cuentan también otros doscientos diecisiete relatos del Diluvio censados por antropólogos de los cinco continentes. Y ninguno anuncia que, si vuelve a repetirse algo así, vayamos a contar con la ayuda de nadie. Estamos solos frente a esto. Asumámoslo y actuemos en consecuencia.

Michael Owen hizo su reflexión con aspecto derrotado. Castle podía imaginar lo que estaba pasándole por la cabeza. El propósito último del Proyecto Elías, lograr comunicarse con la «Instancia Superior» ante un evento cataclísmico global para pedir socorro, había fracasado. Otros se le habían adelantado y él no había podido hacer nada por impedirlo.

—Si el bombardeo de protones sigue siendo tan intenso en las próximas doce horas —volvió a intervenir la técnica del Centro Goddard— los Estados Unidos se verán azotados por él con fuerza y no habrá quien nos salve.

—¿Uh? ¿Quién de ustedes habló de ayuda divina? —Edgar Scott miraba nervioso hacia algún lugar fuera del campo de visión de la cámara que lo enfocaba. Por sus respuestas, daba la impresión de que o no estaba atento o la señal de la videoconferencia le llegaba con retardo—. ¿Se refieren a un Arca de Noé o un barco como el que describe la *Epopeya de Gilgamesh,* director?

—Sí... Algo parecido —gruñó el fornido director de la NSA—. No tenemos nada de eso que nos salve de ésta.

—Eh... —volvió a agitarse Scott—. Bueno. Tal vez sí.

El presidente estaba poniéndose nervioso. Scott parecía distraído. Como si, además de su conversación a cuatro bandas, tuviera sus sentidos puestos en otra cosa.

—¿Qué insinúa, doctor Scott?

—Verán... El *HMBB* está enviándonos *en directo* nuevos datos de la emisión X del monte Ararat. Por desgracia, todo esto ha sido tan rápido que no llegamos a tiempo para cambiarlo de órbita y evitar que sobrevolara el norte de Turquía. Y, claro, tampoco le pedimos que «soltara» la frecuencia de las piedras que estaba rastreando. Podría haberse achicharrado, pero el satélite funciona, así que...

—¿Así que...? —La urgencia podía leerse en los ojos de Owen—. ¡Déjese de circunloquios y explíquese!

—El *HMBB* está en servicio, señor. Y sigue mandando lecturas de las cumbres del Ararat.

—¿Sigue activo? ¿Seguro? —La mujer del Goddard se giró hacia algún asistente, ordenándole con gestos que comprobara ese extremo.

Scott se había levantado las gafas y se frotaba los ojos, nervioso. Su gesto era severo.

—Así es. Acaba de informar de un sismo de 6,3 grados de magnitud en el pico mayor de la cordillera. Y algo más: la señal de las piedras ha desaparecido... ¡y la nube de plasma también!

Durante un segundo, los cuatro interlocutores enmudecieron.

—¿Ha cesado la lluvia de protones? ¿Está usted seguro, doctor?

—Sí, señor presidente.

Roger Castle no tuvo tiempo ni de suspirar aliviado. Su teléfono móvil encriptado comenzó a vibrar encima de la mesa. En otras circunstancias no hubiera atendido la llamada, pero el nombre que aparecía en su pantalla le hizo dar un brinco. Eran más buenas noticias. Bastaba con leer la identificación digital de quien pretendía hablar con él.

«Thomas Jenkins. Llamando.»

101

La conversación duró apenas tres minutos. Fueron ciento ochenta segundos de cordialidad y alegría que enseguida se contagiaron al resto del grupo. Antes incluso de conocer sus detalles, Nick y Ellen se abrazaron como si fueran viejos amigos. Tom había conseguido conectar con el presidente de los Estados Unidos y éste, según comunicó después, le había prometido que enviaría un equipo especial para sacarnos de allí. Al parecer, en las cercanas praderas de Yenidoğan existía un puesto de escucha de la OTAN que no tardaría en coordinar una misión de rescate. Un equipo de alta montaña especializado en salvamento nos alcanzaría en las próximas tres o cuatro horas y nos llevaría de vuelta a la civilización. Era la mejor noticia que Jenkins recibía desde que, nervioso como un niño, había descubierto que su teléfono satelital tenía otra vez cobertura.

Todos se felicitaron.

Yo, en cambio, todavía hacía esfuerzos por sobreponerme.

No acertaba a comprender muy bien cómo había salido del glaciar ni tampoco qué había sido de los ángeles. Allá afuera, con nosotros, no había ninguno. Creo que era la única que no tenía prisa por abandonar el Ararat. Estaba más interesada en atravesar aquella niebla con la mirada tratando de imaginar dónde estaría el glaciar colapsado en el que había visto a Martin por última vez.

No logré encontrarlo.

Mis sentidos seguían embotados. Retazos de imágenes y sensaciones acudían a mi memoria como piezas de un rompecabezas mal ordenado. Vi a William Faber dentro de una especie de capullo radiante. A Artemi Dujok con cara de éxtasis y los bigotes en punta. Y a Martin flotando hacia una especie de remolino de colores suaves, con el cuerpo envuelto en una luz serena y reconfortante. Sus ojos reían felices y agradecidos. Y cuando los posó sobre mí, justo antes de ser engullido por aquella cosa, noté que mi pecho se henchía de una gratitud sobrehumana. En ningún momento sentí miedo o angustia por verlo disolverse. Era —así se me repetía una y otra vez— justo lo que tenía que ser. «Tu don ha hecho hablar a las piedras», creí escuchar.

—Su marido era un tipo muy especial, Julia...

Fue Nicholas Allen quien me sacó de mi ensimismamiento. Era la primera vez que se dirigía a mí por el nombre de pila, y su forma de pronunciarlo me electrizó.

Había dicho aquella frase para consolarme. Como si Martin hubiera muerto en el glaciar y sintiera la obligación de darme el pésame. Yo no compartía esa idea. Al contrario. Miré al coronel con una complacencia absoluta, haciéndole ver que en mi corazón no había lugar para el dolor por la ausencia de mi marido. Sin embargo, fui incapaz de explicarle en qué medida aquellos minutos que había pasado sumergida en la energía de las adamantas habían operado un cambio profundo en mí. Que lo que hasta ese momento había sido desconcierto y repulsa por cómo me habían utilizado él y sus compañeros ahora se había transformado en aceptación y felicidad. Incluso en gratitud. De algún modo comprendía que la llamada del ángel a casa había sido atendida. Que la energía de destrucción que se abatía sobre nosotros había sido canalizada justo a tiempo por su ruego. Que la vieja «escala de Jacob» se había desplegado por primera vez en cuatro mil años para recoger a Martin y a los suyos. Y que esos descendientes de los ángeles traidores, esa estirpe de exiliados cargados de nostalgia, habían redimido con ese acto su vieja deuda para con nuestra especie.

Tal vez fuera una idea sin sentido. Lo admito. Mi estado mental aún estaba trastornado por lo vivido. Pero en ese momento me daba paz.

—¡Julia! —me zarandeó Ellen como si hubiera olvidado decir algo—. Debería estar agradecida al coronel. ¡Le ha salvado la vida!

—No fue nada... —terció él, desconcertado por mi reacción.

Ellen Watson encogió la nariz mirándole a él y a mí alternativamente.

—¿De veras? Debe saber que el coronel logró sacarla del glaciar colocando unos esquís de fibra de vidrio debajo de las ruedas de la camilla.

—Pensé que si introducía un elemento aislante entre usted y el suelo de la cueva, quedaría libre de la prisión eléctrica en la que estaba.

Ellen, ufana, apostilló:

—Por suerte funcionó y está usted viva.

—Siento no haber podido hacer nada por Martin. —El coronel bajó la vista—. Lo siento de veras. Como usted, también yo tenía muchas cosas que preguntarle.

—¿Hacer por Martin? —sonreí de oreja a oreja, para su desconcierto—. ¿Y qué pensaba hacer usted por él?

Allen me miró desconcertado.

—¿No le aflige su muerte?

—No es eso, coronel. ¿Conoce la historia de Enoc y Elías? —lo interpelé.

—Claro. —El veterano militar captó al vuelo lo que estaba pensando—. Ambos fueron ascendidos a los cielos sin necesidad de pasar por la muerte.

—¿No creerá usted que él y esa gente...?

—Eso es exactamente lo que creo, Nick. Justo eso.

102

Santiago de Compostela, España.
Tres días más tarde

—Eres un ingenuo, Antonio. Un completo y jodido ingenuo.

El rostro de Marcelo Muñiz había enrojecido de manera notable después de la tercera cerveza y el segundo plato de pulpo *a feira* que compartía con su amigo inspector. El joyero era quizás el único amigo fuera del «caso Faber» con el que Antonio Figueiras podía desahogarse.

—Pero ¿es que no lo ves? —le insistió—. Me cuentas que Julia Álvarez ha regresado ya de su cautiverio en Turquía, y te mosqueas porque a la primera persona con la que concierta una entrevista es el padre Fornés y no tú.

—¿Y dónde carallo está mi ingenuidad?

—Que esa mujer trabaja para el cabildo, Antonio.

—Pero ¡yo soy la autoridad!

—Que es restauradora en su catedral —le picó Muñiz—. Su fidelidad está con ellos y no con la policía, ¿no lo entiendes? Y aunque sepa Dios lo que habrá visto durante su secuestro, a ti no te lo va a contar si antes no le dan permiso sus jefes. Y no la culpo —rió—. Con ese aspecto desaliñado que te gastas, tampoco yo me fiaría.

—¿Qué quieres decir?

—Mírate bien, hombre. Llevas una semana sin afeitarte, las ojeras te llegan a los tobillos y hasta se te ha descolgado la mandíbula. Este caso va a matarte.

—Ya no tengo caso, Marcelo... —dijo, como si le arrancaran una muela.

—¿Cómo que no? Esa mujer tiene mucho que contarte. Deja pasar unos días y vuelve a llamarla...

—Lo he hecho esta mañana. Es la cuarta vez que hablo con ella desde que llegó. Y me ha dicho que tiene una cita con el deán... —Figueiras echó un vistazo a su reloj— justo ahora.

—Pues tendrás que obligarla —dijo Muñiz llevándose otro pedazo de tentáculo a la boca—. La muchacha fue testigo del asesinato de cuatro hombres en Noia. Cuatro soldados norteamericanos. Marines. ¿No? Cúrsale una orden de detención y ya está.

—Ojalá fuera tan fácil. La investigación la lleva ahora la OTAN. Nos han dejado fuera.

—¿En serio? ¿Y tú te quedas ahí, tan tranquilo?

—Me han pedido que mantenga mis narices lejos de allí. La orden viene del Ministerio de Asuntos Exteriores. No puedo hacer nada, Marcelo.

—¡Joder!

—Los Estados Unidos van a pagar la restauración de la iglesia de Santa María y harán una generosa donación al pueblo. También han ofrecido un dinero a las viudas de los dos policías asesinados en Santiago. A cambio, dicen que no van a facilitarnos pistas del caso hasta que no lo resuelvan. Secreto de sumario. Cabrones.

—¿Y eso no te parece raro?

—Es lo que hay, Marcelo. Me he quedado sin caso. Aunque te diré algo: eso no es lo más extraño de este asunto.

—¿Ah, no?

Figueiras apuró el resto de su cerveza de un sorbo, como si con ese gesto pudiera olvidar los agravios que se acumulaban en su mesa.

—No. —Reprimió un eructo—. ¿Y sabes qué? Lo primero que hizo Julia al regresar a España fue acercarse al retén de policía del aeropuerto y retirar la denuncia de desaparición de su marido que nosotros practicamos de oficio.

Los dedos del joyero bailotearon nerviosos sobre la mesa.

—¿Y dijo por qué?

—En su formulario explicaba que lo había encontrado en Turquía y que allí decidieron separarse de mutuo acuerdo.

Muñiz se atusó la pajarita, con cara de no terminar de comprender.

—¿La crees?

—Y yo qué sé —gruñó—. No entiendo a las mujeres. Son más raras que tus historias de talismanes y símbolos.

—¡Hombre! Ya que sacas el tema, ¿sabes qué ha pasado con las piedras?

—Se las ha quedado él, supongo. Es otro tema tabú. Nadie quiere hablar de ello.

—¿Y ha explicado esa mujer por qué se la llevaron a Turquía?

—Ésa es buena. Ahora dice que no se la llevaron, Marcelo. Que se fue por su propio pie. Lo único que esa tipa me ha pedido es que retire también la denuncia de su propio secuestro. Desde Madrid, el ministerio ha dicho lo mismo. ¡Y hasta la embajada de Estados Unidos ha hablado con el comisario para que les entreguemos nuestro dossier de los Faber!

—Al menos Julia te habrá dicho qué fue a hacer a Turquía, ¿no?

—Eso sí —resopló, con cierta indignación—. A buscar el Arca de Noé. Joder, Marcelo. No se le podía haber ocurrido una mentira más estúpida. Tú me dirás qué pinta una experta en el Pórtico de la Gloria, restauradora de arte románico gallego, buscando una cosa así.

—No... Si tampoco yo me lo explico.

Nunca pensé que le importara tanto.

Los pequeños ojos del padre Benigno Fornés se llenaron de lágrimas en cuanto terminé de desgranarle el relato de mis últimos días. Se humedecieron sin hacerse notar, llenando de brillos sus pupilas transparentes. No es que el suyo fuera un llanto desconsolado o triste, pero tampoco de júbilo. Aquéllas eran, al fin, lágrimas de reconocimiento. Como si a través de mis palabras el bueno del deán hubiera hallado un consuelo que hacía años que buscaba.

Había acudido a verle por una razón sentimental. Él fue el primero que se interesó por mí —y no por mis piedras— cuando puse el pie en Santiago, dejándome una nota en el buzón de casa para que lo llamara a mi regreso. Su gesto me enterneció. El viaje de vuelta a España había sido penoso. Las dieciséis horas de trámites aduaneros y consulares para justificar por qué no llevaba el pasaporte encima, sin contar con el precioso tiempo perdido convenciendo al destacamento aéreo número 6 de la OTAN en Yenidoğan de que no tenía ningún tesoro tecnológico arcaico que ofrecerles, me habían dejado maltrecha y desencantada. Por no hablar de los tres vuelos regulares que debí abordar antes de llegar a casa.

Y luego esa sensación.

La de que el Ararat se lo había quedado todo. Incluso a mi marido.

Al leer la nota del deán —una tarjeta de visita con una frase escueta: «Ven a mi despacho, tengo respuestas para ti»—, pensé que don Benigno me ayudaría a empezar.

Para mi sorpresa, me citó en la puerta de la catedral a las ocho, poco antes del cierre al público de sus puertas. Como es natural, quería escuchar todos los detalles de lo ocurrido, pero no se atrevía a presionarme. Se imaginaba por lo que había pasado y aguardó paciente mi respuesta. Enseguida le dije que sí. Que aceptaba encantada. Hablar me sentaría bien. Me ayudaría a ordenar lo que sucedió entre la noche del tiroteo y los últimos momentos dentro del glaciar. Y funcionó, porque nada de lo que le expliqué le pareció fantástico o exagerado. Ni siquiera al abordar el tema de los descendientes de los ángeles caídos o su desesperada obsesión por llamar al cielo. Hombre prudente y con poco que perder, convino conmigo en que la «fuerza» que nos había envuelto a todos en la cumbre más sagrada de Turquía debía de parecerse mucho, en efecto, a la escala de Jacob.

Lo que no esperaba —y juro por lo más sagrado que ni se me pasó por el pensamiento— era que el viejo sacerdote se sincerara conmigo y me explicara su visión de lo sucedido.

—Yo ya estoy a las puertas de la muerte, Julia, y no creo que deba ocultar mi pequeño secreto por más tiempo —murmuró. Aunque estábamos solos, el silencio de la catedral era sobrecogedor e invitaba a respetarlo.

—¿Su secreto, padre? ¿Qué secreto?

—Su valor no es poseerlo, sino saber usarlo.

Yo, por supuesto, ignoraba a qué se refería.

—¿Sabes por qué te he apoyado tantas veces en tu trabajo en el Pórtico de la Gloria? —Don Benigno me agarró de la mano, llevándome justo hacia donde había dejado los andamios y mis ordenadores, cinco días atrás. Todo seguía allí tal y como lo recordaba. Como si el tiempo se hubiera enquistado en ese lugar y nada de lo que pasó después hubiera sido real—. Siempre fuiste una valiente al defender tus convicciones, hija mía. Creías que en el deterioro de las imágenes del Pórtico influía algo telúrico, una fuerza invisible que emana de la tierra y que, como la fe, se siente pero no se puede demostrar. Yo te veía discutir con el comité científico de la Fundación Barrié dejándote la piel en polémicas estériles y me preguntaba cuándo llegaría el momento de contarte lo que sé. De ayudarte a demostrar a esos técnicos a los que sólo les interesaban el peso, la medida y la talla lo equivocados que estaban al no tener en cuenta tus consideraciones... Pues bien... —suspiró—, ahora ese tiempo ha llegado.

El padre Benigno caminaba con esfuerzo. La catedral se había quedado vacía enseguida y el equipo de seguridad privada contratado por el cabildo repasaba ahora sus capillas y recovecos siguiendo su protocolo, con la esperanza de poder activar las alarmas volumétricas antes de las nueve.

—¿Ves esa maravilla? —dijo señalando al Pórtico—. En realidad, Julia, no debería estar ahí.

—Pero, padre...

—No, no. No debería —insistió—. El maestro Mateo la levantó, como sabes, en 1188, impulsado por un cabildo codicioso que sólo buscaba atraer más y más peregrinos a Santiago. Los movía el deseo de enriquecer su diócesis aun a costa de tergiversar el sentido íntimo del Camino. En ese tiempo, Julia, hubo mucha tensión en esta ciudad y un grupo de sacerdotes que no estaban de acuerdo con tanta vulgarización decidió proteger la verdadera razón de ser de este lugar. Es sorprendente, hija, lo mucho que tiene que ver ésta con lo que has vivido. Te lo explicaré.

—¿El Camino, padre? —Me encogí de hombros—. ¿De veras cree que tiene algo que ver con lo que le he contado?

—Lo tiene.

—Le escucho.

—Hasta principios del siglo XII muchos de los que recorrían la Ruta Jacobea eran conscientes de que transitaban por una metáfora enorme y precisa de la vida. De hecho, todavía hoy sigue siendo la mejor que el ingenio humano haya diseñado jamás. Esos fieles encaraban su ruta en los frondosos Pirineos franceses, rodeados de vegetación y agua, trasunto perfecto de la infancia. Después, con el correr de los días, iban madurando adentrándose por terrenos más llanos, tierras fértiles de La Rioja o Aragón, que evocaban la adolescencia y la plenitud. Y al entrar en Castilla todo ese esfuerzo se convertía en polvo. La sequedad y aspereza del Camino al atravesar Burgos o León eran la encarnación ideal de la vejez y de la muerte, recibiendo los peregrinos una lección impagable sobre la fugacidad de la existencia. Pero, Julia, todos ellos sabían que al llegar a León aún les quedaba un trecho más que recorrer. El del Paraíso. Entusiasmados, cruzaban por O Cebreiro y entraban en la Galicia exuberante, rica en árboles y torrentes. La atravesaban asombrados hasta alcanzar Santiago y aquí, después de casi ochocientos kilómetros a pie, justo en este lugar en el que nos encontramos, ocurría el gran milagro.

Sentí un leve estremecimiento.

—Aquí, querida. En este pórtico —dijo, golpeando el suelo con el tacón de sus zapatos—. Sólo que antes del que tú y yo estamos contemplando, antes de que el maestro Mateo lo cambiara, hubo otro diseñado por las mentes que pergeñaron la Ruta Jacobea. Como podrás imaginar, lo que encontraban aquí no era un conjunto escultórico para evocar el Apocalipsis o la llegada de la Jerusalén celestial. No. Lo que aquí se les mostraba era una portada que recordaba un episodio simbólico mucho más trascendental: el de la trasmutación y la ascensión del Señor a los cielos desde la cima del monte Tabor. Ese pórtico desaparecido era una «foto en piedra» del momento extraordinario en el que Jesús resucitado dejó el cuerpo de carne y hueso con el que había retornado del más allá y se convertía en luz divina para ingresar en la casa del Padre. Los peregrinos, después de recorrer el Camino desde su infancia a su muerte y más allá, arribaban aquí y descubrían que también ellos podían convertirse en luz y seguir... viviendo.

—¿Y qué fue de ese pórtico, padre?

—Se despiezó y sus piedras se dispersaron por toda Galicia. El secreto que quiero compartir contigo está íntimamente relacionado con él, Julia. Los deanes de este santo lugar llevamos siglos trasmitiéndonoslo unos a otros por una poderosa razón. Un motivo que te aclarará por qué has atravesado toda tu odisea y has regresado al punto de partida justo para comprender lo ocurrido.

Noté cómo el padre Benigno se ponía serio porque se atusó su sotana y dio un paso más hacia el centro del conjunto escultórico del Pórtico.

—Mucho antes de que naciera Nuestro Señor, antes de que se levantara la primera iglesia cristiana del mundo, este lugar ya era sagrado. Los celtas, y aún antes de ellos los misteriosos pueblos del mar, eligieron estas colinas atraídos por la fuerza que emanaban. Las leyendas hablan de un gigante que dijo ser pariente de Noé y llamarse Túbal y que se estableció aquí para marcar su santo suelo. Levantó una torre para señalar el punto más sagrado y advirtió a los que habitaban las aldeas cercanas que se abstuvieran de acercarse a ella si no era para orar a Dios. Otros levantaron columnas parecidas por todo el orbe. En Jerusalén. En Roma. En las planicies de Wiltshire. En París. Eso ocurrió mucho antes de que nosotros les diéramos esos nombres. Pero en todos los casos hubo gentes que las visitaron atraídos por la promesa de que, desde sus cimas, se podía conversar con Dios. Después llegó otra torre, la de Babel, que buscaba lo mismo. Y tras su colapso vino Su enfado, el Diluvio y la destrucción del viejo mundo. La humanidad se envileció. Olvidó lo que había aprendido en aquellos siglos de oro en los que los hijos de Dios compartían su sabiduría con nosotros, y pronto tan sólo nos quedó la sombra de lo ocurrido oculta en los viejos cuentos y libros sagrados.

Don Benigno tiró de mí hacia el parteluz del Pórtico de la Gloria.

—Esas torres, querida Julia, no fueron un capricho de místicos. Servían realmente para enviar señales más allá de la Tierra que llamaban la atención del Ser Supremo. No obstante, sólo podían utilizarse si se disponía de una llave material, una piedra del cielo, una *lapsis exillis*, lo que terminó llamándose grial en la Edad Media, y otra espiritual, una invocación, un nombre que pronunciar. En Santiago el uso de esas llaves se encriptó por última vez en un libro perseguido por la Inquisición, famoso entre brujas y herejes, conocido como el grimorio de San Cipriano y del se decía que el original descansaba en algún lugar de este templo atado con una cadena. Pero no me desviaré del tema. Todos esos son símbolos que hay que descifrar. Los antiguos recurrían a ellos porque carecían de vocabulario para describir las maravillas que obraba la ciencia de la Edad de Oro, la del tiempo anterior al Diluvio.

—¿Por qué me cuenta esto, padre?

Don Benigno trató de enderezar su espalda.

—Es muy sencillo, Julia. De algún modo, tú acabas de dejar atrás esa limitación secular. Los símbolos se han convertido en evidencias para ti. Has visto piedras que hablan. Escaleras que descienden del cielo. Y hasta criaturas intermedias que han dirigido tus pasos. Pero, con todo, todavía te falta por conocer uno. El último. Uno que, como no podía ser de otro modo, voy a enseñarte en el lugar en el que empezó tu aventura...

—¿Cuál? —me impacienté—. ¿El que descubrieron los armenios en Santiago la noche del tiroteo? ¿La marca de la puerta de Platerías?

—Oh, no, no. Ése está superado —sonrió—. Si no me equivoco, y después de escuchar tus explicaciones lo tengo ya claro, los yezidís y el clan Faber se han pasado media vida en busca de las antiguas torres y han intentado activarlas destapando en ellas los signos que formaban parte de la «llave espiritual». La que debían pronunciar correctamente para que el enclave les aportara su energía. Pero no. No me refiero a eso.

—¿Y entonces?

—¿Cuánto tiempo has pasado trabajando en el Pórtico, Julia? —Los ojos del deán chispearon—. ¿Seis meses? ¿Más tal vez?

Asentí.

—¿Y nunca te preguntaste por el extraño personaje que sostiene el parteluz del Pórtico de la Gloria?

—Claro que sí. Todos los historiadores que han estudiado el Pórtico lo han mencionado en sus trabajos. De entrada, no se trata de un personaje del Nuevo Testamento. Eso seguro —dije mirando a donde me señalaba.

Conocía muy bien la figura a la que se refería el deán. La había visto muchas veces al entrar a la catedral.

—Es curiosa, ¿verdad? —La palmeó.

Debajo de la singular columna de mármol que marcaba el centro del Pórtico, un hombre de barba cuadrada y aspecto rudo sujetaba a dos leones con las fauces abiertas. La escultura, de un estilo muy diferente al del resto del conjunto, ocupaba toda la piedra. Si uno se fija mejor en ella, termina por descubrir que se trata de una escultura de un hombre completo, recostado sobre las fieras, diseñado para aguantar el peso del resto de la composición sobre su espalda.

—Es un símbolo importante, Julia. La columna que sostiene se hizo en un material que no existe en Galicia, y que representa el árbol genealógico de Jesús, desde Adán a Nuestro Señor. Desde hace ocho siglos, cada peregrino que entra en este templo pone su mano sobre ella y entona una oración de gratitud. Aún hoy, es el gesto que marca el fin de su viaje a Santiago. El momento en el que nacen a una nueva vida, más espiritual. Pero fíjate bien en su base, hija: todo el fuste se apoya en los lomos de un perfecto desconocido. ¿Quieres saber quién es?

—Claro.

—Se trata de Gilgamesh. El héroe que dominó a las bestias camino del Edén.

—Imposible —dije, intentando no ser demasiado brusca—. Gilgamesh no es siquiera un personaje bíblico. Y en el siglo XII su epopeya no era conocida en Occidente... Las tablillas que la narran se descubrieron en el XIX.

—Pues es él. Por raro que te parezca, se trata de un retrato de inspiración mesopotámica que ya fue usado en el desaparecido Pórtico de la Trasfiguración, donde, por cierto, tenía aún más sentido que aquí. Como ya sabrás, ese rey persiguió la vida eterna caminando detrás de Utnapishtim, el héroe del Diluvio, sin conseguirla. Quizá su historia fue escuchada por algún peregrino. Y éste, asombrado, la importó hasta aquí al ver en ella la idea precursora básica de nuestra fe.

—No le entiendo, padre.

—Es muy sencillo, Julia. Gilgamesh fracasó en su empeño de vencer a la muerte. Sin embargo, milenios más tarde, otro hombre mitad divino mitad humano lo consiguió. Se llamó Jesús de Nazaret y triunfó sobre ella de una forma inesperada: trasmutó su cuerpo físico en otro hecho de luz.

—¿Y ése es su secreto?

—En parte sí, hija mía. La luz lo es todo. Es el símbolo perfecto de todos los misterios que nos rodean. Algo invisible que nos permite ver. Una parte ínfima del espectro electromagnético que incluye lo audible, lo tangible y lo visible por igual, y que aquellas gentes anteriores al Diluvio comprendieron. Esa luz es la que perseguía tu marido. Él la ha encontrado por primera vez en dos mil años. Y eso, Julia, significa que algo está cambiando en este mundo...

—Quizá sólo cambió la gravedad, la estructura molecular de la materia en el Ararat. Qué sé yo. Y lo hizo sólo durante unos instantes. Sé que el ascenso de Martin se produjo durante una fuerte tormenta solar, y que la montaña absorbió en esos minutos una increíble cantidad de energía.

—¿Y no comprendes aún a lo que me refería con lo de los símbolos? —sonrió—. Lo que yo defino como trasmutación, elevación a la casa del Padre, tú lo describes como un proceso científico.

—¿Y qué importa? El caso es que se ha producido. Martin ha conseguido lo que soñaba. Sé que estará bien.

—Ay, Julia —suspiró don Benigno, tomándome las manos y golpeándolas cariñosamente con las suyas—. ¿Sabes por qué me has hecho llorar antes?

Miré al anciano con afecto, sin atreverme a interrumpirle.

—Porque yo recibí hace cincuenta años la explicación de lo que era este lugar de manos de mi predecesor y no la comprendí. La suya fue, naturalmente, una descripción en símbolos. Y como tal, susceptible de diferentes interpretaciones. El antiguo deán de Santiago me habló de este Gilgamesh de aquí, de lo que significó el Diluvio, de las torres perdidas y de esa técnica con la que se lo invocaba o se lograba alcanzarlo como hizo el héroe sumerio, el profeta Enoc o Jesús de Nazaret. Fue él quien me explicó que en

Santiago, bajo nuestros pies, guardamos una de esas antenas antediluvianas. Yo pensé que todo eso era simple poesía mística. Pero al ver lo que ha pasado contigo, hija, he descubierto su pleno sentido. He entendido la metáfora.

—¿Y a qué conclusión ha llegado, padre?

—A una muy sencilla, querida Julia. Que sólo los ángeles pueden llamar a Dios.

—¿Los ángeles?

Amagué una mueca de decepción. No era precisamente la clase de revelación que esperaba oír. Enseguida, don Benigno matizó:

—Bueno, hija. No te decepciones. Al fin y al cabo, tú y yo también lo somos. ¿O acaso no te han enseñado que todos nosotros somos fruto del cruce entre los hijos de Dios y las hijas de los hombres?

—Usted y yo, ¿ángeles? —reí.

—Y qué gran secreto es ése, ¿no te parece?

Ultílogo

—

He de reconocer que no soy un escritor con un método de trabajo demasiado ortodoxo. Desde hace años trato de ambientar mis obras sobre escenarios y trasfondos históricos reales, cimentarlos en hechos comprobables y compartir con mis lectores la fascinación que me provocan los descubrimientos que hago durante ese proceso. En el caso de *El ángel perdido,* mi obsesión por el dato exacto y la descripción pura ha estado en varias ocasiones a punto de costarme la vida. Ahora creo que ha merecido la pena.

Por ejemplo, me fue imposible ponerle el punto final a esta novela hasta octubre de 2010, cuando por fin obtuve los permisos necesarios de las autoridades turcas para escalar por mi cuenta el monte Ararat. Esa cumbre, que se eleva a 5 165 metros sobre el nivel del mar, se me resistió durante tres frías e intensas jornadas. Como si el «gigante del dolor» quisiera desafiarme, cada mañana temprano me dejaba ver su pico helado invitándome a conquistarlo. Su provocación duraba poco. Lo preciso para que me enamorase de su perfil justo antes de que las nubes la cubrieran de nuevo. Pero aquello, como es natural, me atrajo sin remedio y aun a costa de arriesgar mi integridad física para documentar estas páginas, decidí subirla.

Cerca de la cima, en la mágica fecha del 10/10/10, a casi cinco mil metros de altitud, comprendí al fin el porqué de la milenaria fascinación que ese antiguo volcán ejerce sobre la Humanidad. Sobre todo en tiempos de crisis. Su solidez, su porte noble y sus mil y un recovecos han servido para iluminar partes esenciales de mi trama, poniendo a prueba, de paso, los límites de mi propia búsqueda personal y literaria. Si algún lugar del planeta merece esconder el Arca de Noé, o al menos el sueño de nuestra salvación frente a la adversidad, ése es el Ararat.

Pero no es la montaña sagrada de turcos, armenios y kurdos lo único real de esta trama. Las fotos de la CIA y de los satélites Keyhole existen y comenzaron a desclasificarse hace ya tres lustros gracias a los esfuerzos de George Carver y Porcher L. Taylor III, de la Universidad de Richmond, Virginia. El cráter de Hallaç es una rareza que se esconde en zona militar, rodeada de alambres de espino, a pocos pasos de un destacamento fronterizo del ejército turco. Visitarlo con una cámara de vídeo al hombro a punto estuvo de costarme un serio incidente con los militares. En cuanto a las catedrales de Santa Echmiadzin y Santiago de Compostela, o a la vieja iglesia de las lápidas de Noia, se yerguen justo en los lugares que describo y pueden ser visitadas sin restricciones. La última, sin ir más lejos, se encuentra al final del Camino de Santiago, en el extremo noroeste de España, escondida en el corazón del pueblo. Mi fascinación por el profundo vínculo de ese lugar con Noé nació cuando supe que, en efecto, la antiquísima leyenda de la fundación de Noia sitúa en el cercano monte Aro, en la Sierra de Barbanza, la llegada del barco de Noé. Naturalmente, a ningún lector se le habrá escapado el parentesco entre Noia y Noé, Aro y Ararat, así como los caprichosos topónimos que utilizo en esta obra y que —debo subrayarlo— tampoco son fruto de mi imaginación, sino de quienes dieron nombre a tantos lugares del sur de Europa, vinculándolos por razones que se me escapan al «mito» del Diluvio Universal.

Baste añadir, por si todavía no hubiera quedado claro, que incluso las referencias bibliográficas citadas en el texto —desde las obras de John Dee a las de Ignatius Donnelly, pasando por el Libro de Enoc o la *Epopeya de Gilgamesh*— son exactas. Como también lo son las alusiones a personajes como Joseph Smith, fundador de la Iglesia de Jesucristo de los Santos de los Últimos Días, al místico George Ivanovich Gurdjieff, al pintor Nicolás Roerich o a los mismísimos yezidís o los indios hopi.

Mi intención al fundirlos en una misma trama no ha sido otra que la de empujar al lector a explorar los lazos sutiles que unen a todos los pueblos y muchas de sus creencias desde que nuestra especie fue condenada por Dios... o los dioses. Y que como a aquéllos, a nosotros también se nos ha concedido la oportunidad —el don, tal vez— de sobrevivir más allá de la extinción y la muerte, tanto colectiva como individual. Para lograrlo basta con creer.

Y yo, naturalmente, creo hasta en los ángeles.

AGRADECIMIENTOS

—

Durante el proceso de gestación de esta obra han sido incontables las personas que me han brindado su ayuda desinteresada. Todas han sido importantes en un momento u otro, y me veo obligado a dejar aquí constancia escrita de su papel. Además del apoyo más cercano, el de mi familia —siempre sin condiciones, a prueba de bombas, de una generosidad sin límite—, a menudo he sentido tras de mí la fuerza angélica de mis editoras en España y Estados Unidos, Ana d'Atri, Diana Collado y Johanna Castillo. También la de mis agentes Antonia Kerrigan, Tom y Elaine Colchie. La de Judith Curr y Carolyn Reidy de Simon & Schuster en Nueva York, y Carlos Revés, Marcela Serras y el formidable equipo de Editorial Planeta en Madrid y Barcelona. Desde Marc Rocamora y Paco Barrera a Laura Franch, Lola Sanz o Laura Verdura. Todos ellos —y muchos más que sería imposible enumerar— dieron pruebas de su entusiasmo y profesionalidad cuando más los necesité, ayudándome a mantener la fe en esta novela.

También ha sido impagable la ayuda de amigos escritores e investigadores como Juan Martorell, Alan Alford, David Zurdo, Enrique de Vicente, Julio Peradejordi, Iker Jiménez o Carmen Porter. La de mi *webmaster* David Gombau. Y la de expertos como José Luis Ramos, un sabio del electromagnetismo de la Universidad de Alcalá de Henares; Luis Miguel Doménech, geólogo de la Universidad Politécnica de Cataluña, o Pablo Torijano, del Departamento de Estudios Hebreos de la Universidad Complutense de Madrid. Sólo espero no haber traicionado sus informaciones al ajustarlas a la tensión de esta trama.

No olvido los buenos momentos compartidos con protectoras como Carmen Cafranga, Ana Rejano y Maite Bolaños, o el impulso recibido de Çagla Cakici de Pasión Turca, la Oficina de Relaciones Públicas del Departamento de Turismo del gobierno de Turquía en España, para tramitar los siempre difíciles permisos de ascenso al monte Ararat. Precisamente allí, en las alturas, quedé en eterna deuda de gratitud con Mustafá Arsin, César y Bruno Pérez de Tudela y Álvaro Trigueros. Con ellos y otros oportunos informantes y lectores que se cruzaron «causalmente» en mi camino en los últimos años, la aventura ha merecido la pena como ninguna otra.

A todos, gracias.

WikiAngel

Introducción
Cómo usar este diccionario

Este diccionario es una herramienta pensada para ser usada después de leer *El ángel perdido*. La abundancia de temas, referencias, personajes y asuntos que discurren por la nueva novela de Javier Sierra es tal que va a resultar de gran ayuda a quienes se hayan quedado con ganas de saber más. No en vano si algo define la literatura de este autor es su riqueza documental, sus evocadoras conexiones y el modo que tiene de hacernos fácil lo difícil. Esto es, de abrirnos a mundos que parecían coto exclusivo de élites intelectuales, grupos herméticos e incluso sociedades secretas.

Para ordenar los términos se ha buscado la terminología más sencilla sin alterar su enunciación. Así, por ejemplo, al citar un nombre propio como «Chester Arthur» no se lo lista como «Arthur, Chester», sino que se respeta su forma original. La decisión ha sido tomada porque éste es un diccionario breve y no una obra con propósito enciclopedista. Valga también como indicación a su mejor uso que aquellos personajes que se mencionan con sus fechas de nacimiento y muerte remiten a individuos de carne y hueso, no a criaturas de ficción. De hecho, este detalle no debería sorprender a nadie: no es la primera vez que Sierra bebe de fuentes fidedignas para construir algunos de sus personajes. Sin embargo, ésta sí es la primera ocasión que una de sus tramas viene acompañada de una herramienta tan esclarecedora como la que ahora tiene el lector en sus manos.

Quien, en adelante, desee interpretar las corrientes subterráneas que discurren bajo las páginas de las novelas de Javier Sierra encontrará aquí una ayuda impagable.

De la A a la Z

A

Adamantas. Literalmente «piedras de Adán». La posesión de dos de estas piedras, con las que supuestamente se puede invocar a Dios y a otros seres superiores, articula toda la trama de *El ángel perdido*. En la página 70 se desvela que «su origen era celestial. Tan únicas como las rocas que se trajo la NASA de la Luna», y más adelante se da cuenta de que las adamantas se activan durante ciertas tormentas solares. Julia llega a descubrir que la referencia más antigua a su existencia se encuentra en la *Epopeya de Gilgamesh*, aunque es un mago inglés del siglo XVI llamado John Dee quien les dará este nombre, tal y como demuestra la reproducción facsímil de un fragmento de su obra *Monas Hierogliphica* en la página 243.

Agri Daghi. Del turco «monte del dolor». Así se conoce el Monte Ararat (5.165 metros), emplazado en territorio de la moderna Turquía pero disputado desde hace tiempo por su vecina Armenia. Estamos, sin duda, ante el protago-

Javier Sierra junto al monte Ararat

nista «durmiente» de esta novela. En realidad se trata de un colosal volcán inactivo con dos bocas: Büyük Agri (Gran Ararat) y Küçük Agri (Pequeño Ararat). La cumbre de la mayor está cubierta por nieves perpetuas y es alrededor de la cota de sus 4.600 metros donde el autor sitúa el momento álgido de la acción de la novela. En esa área las cuevas de hielo son comunes a partir del mes de octubre y es justo allí donde la CIA ubicó con sus aviones espía a finales de los años cuarenta cierta «anomalía del Ararat», identificada por algunos como los restos del Arca de Noé.

Amrak. Del armenio «la caja». En realidad es una tabla de piedra que, según *El ángel perdido*, actúa como activadora de las piedras adamantas, facilitando que puedan emitir señales de muy alta frecuencia o provocando severas alteraciones electromagnéticas a su alrededor. El concepto de Amrak debe mucho a las tablas invocadoras diseñadas por John Dee, de las que sólo conservamos algunos diseños muy historiados. También está relacionado con las tablas esmeralda que Sierra describe en otra de sus novelas: *Las puertas templarias*.[1]

Apagón. Varias veces se cita en la obra el apagón que el 13 de marzo de 1989 dejó a oscuras buena parte de Quebec (véanse, sobre todo, págs. 367 y 458). El episodio fue real y se inició tres días antes, cuando astrónomos de medio mundo detectaron una poderosa erupción en la superficie del Sol. El «viento electromagnético» provocado por el fenómeno no tardó en alterar las comunicaciones por satélite de la Tierra, e incluso afectó a emisoras terrestres como Radio Free Europe, que se vieron perturbadas por lo que

---

1. Javier Sierra, *Las puertas templarias*, Ediciones Martínez Roca, Barcelona, 2000.

en principio se tomó como un sabotaje del Kremlin para que su programación no fuese escuchada en la entonces Unión Soviética. El 12 de marzo varias auroras boreales se avistaron desde Florida y Cuba como consecuencia de la llegada de partículas magnéticas a nuestra atmósfera, y el 13 se desencadenó el incidente más serio, que dejó a oscuras la ciudad de Quebec y afectó a las redes eléctricas de todo Estados Unidos. En el espacio exterior, mientras tanto, el satélite de comunicaciones TDRS-1 de la NASA detectó hasta 250 anomalías en su funcionamiento, y el transbordador espacial *Discovery* sufrió problemas con uno de los sensores de sus tanques de hidrógeno. Aquella serie de incidentes inexplicables —a la que no fue ajeno el accidente del petrolero *Exxon Valdez* y la marea negra que dejó en Alaska—, convenció a la comunidad científica de la necesidad de, en adelante, vigilar de cerca el Sol y sus tormentas.

Ararat. Véase *Agri Daghi*.

Armenia. Este pequeño y montañoso país, en cuya frontera transcurre buena parte del clímax de *El ángel perdido*, tiene un profundísimo vínculo con Noé y el mito del Diluvio Universal. Su nombre antiguo, Hayastán, procede de Haik, hijo de Togarma, tataranieto de Noé y descendiente de Jafet, otro de los tripulantes del Arca, quien junto a Noé, Sem y Ham puso pie sobre el Ararat en cuanto descendieron las aguas. Por su parte, Armenia debe su nombre actual a Aram, sexto descendiente en la línea de Haik. Fue utilizado por primera vez por los griegos hace 3.000 años.

Tiene también cierto interés que una de las principales exportaciones armenias sean los diamantes tallados (se importan en bruto para recibir aquí su forma definitiva), y que la palabra adamanta sea considerada por algunos como precursora del término diamante.

Betilo. Palabra que procede del término hebreo *Bethel* («casa del Señor»), que aparece por primera vez en la descripción bíblica de la visión de la escala del profeta Jacob (Génesis 28, 11–19). Hoy se utiliza para referirnos a todas aquellas piedras de origen extraterrestre caídas a tierra en forma de meteoritos. El término se explica en la página 244, y reaparece en la novela con la misteriosa organización *The Betilum Company*, que compila obras de John Dee y que es una tapadera de los servicios secretos de Estados Unidos.

Biddlestone. Pequeño pueblo del condado inglés de Wiltshire, en el suroeste de Gran Bretaña, en el que Julia y Martin se desposan en 2005. El nombre nace de la expresión «Biblia de Piedra» (*Bible of Stone*, pág. 183), circunstancia que el mago isabelino John Dee aprovecha —siempre según Javier Sierra— para esconder allí una de sus misteriosas «tablas de invocación» angélicas.

Cábala fonética. Disciplina mediante la cual se recurre a la sonoridad de una frase y no a su sentido literal para transmitir un mensaje «secreto» al destinatario. Descrita en detalle en las páginas 209 y 210, la cábala fonética fue una disciplina cara a John Dee, que la empleó en algunos de sus escritos. En ella se encuentra el origen de juegos homofónicos contemporáneos como la frase «yo lo coloco y ella lo quita», que puede interpretarse al ser pronunciada en voz alta como «yo loco, loco, y ella loquita».

Caídas. En varios momentos de *El ángel perdido* se habla de las «caídas» que ha sufrido nuestra especie. Se trata de momentos en los que la Humanidad ha estado al borde de la extinción, los cuales, desde una óptica judeocristiana, se reducen a tres. La primera fue la expulsión de Adán y Eva del Paraíso. La segunda, el Diluvio con el que Dios exterminó a buena parte de nuestros antepasados. Y la tercera, una extinción profetizada pero no consumada de la que hablaron profetas como Enoc. Véanse las páginas 113 o 499, por ejemplo.

Calle Mortlake. En el centro de esta calle de casas de ladrillo, en la exclusiva barriada de Richmond-upon-Thames, se encuentra la vivienda de Sheila Graham, la «guardiana del Grial» o de las adamantas a la que acuden Julia y Martin en la víspera de su boda. Cuando Javier Sierra afirma (pág. 62) que allí se levantó la morada de John Dee y que un cartel sobre el número 9–16 lo recuerda hoy está siendo riguroso con la referencia. El edificio original, hoy desaparecido, fue primero la residencia de la madre de Dee hasta 1566, convirtiéndose a continuación en el hogar y biblioteca del mago hasta su muerte a finales de 1608, a la edad de ochenta y dos años. Su tumba, por cierto, se encuentra cerca de allí, bajo una lápida sin marcar en la iglesia de St. Mary de Virgin, en High Street.

Campus Stellae. La novela menciona en varias ocasiones este moderno monumento emplazado en uno de los muros interiores de la catedral de Santiago, cerca de la puerta de Platerías. Se trata de una escultura metálica elaborada en 1999, año Santo Compostelano, por Jesús León Vázquez

Campus Stellae

y que representa la idea medieval de que para llegar a Santiago bastaba con seguir el camino de las estrellas o Vía Láctea. Se da la circunstancia de que, sobre tierra firme, muchos topónimos de la Ruta Jacobea proceden del término estrella o astro, estableciéndose un vínculo entre lo celestial y lo telúrico que es único en el mundo.

Chester Arthur (1829–1886). Vigesimoprimer presidente de los Estados Unidos de América. Durante su mandato fundó la Oficina de Inteligencia Naval, precursora de toda la red de servicios secretos de su país. Entre los logros más destacables de su gestión, que se mencionan en la novela, está el de haber creado la gran reserva de los indios hopi en Arizona en 1882 (pág. 344). En la ficción, además, es el impulsor del Proyecto Elías, nacido de la obsesión de su tiempo por el Diluvio y el fin de civilizaciones como la Atlántida, y destinado a comunicarse con «planos superiores». Su implicación en el proyecto es descrita ampliamente en las páginas 226 y siguientes.

Chintamani. Es una de las muchas «piedras comunicantes» de las que hablan todas las tradiciones antiguas del planeta, que se enumeran en la página 233. El término es de origen sánscrito. Esta piedra, citada en página 372, se vincula específicamente con Nicolás Roerich ya que da título a una de sus series de pinturas más conocidas. Al parecer esta roca refulgente, debidamente activada, servía de «llave» para entrar en el mundo subterráneo de Shambhala, una suerte de paraíso oculto desde donde un grupo de sabios observa la evolución de nuestra civilización. Autores como Andrew Tomas la describen como sigue: «del tamaño de un dedo meñique, un color grisáceo y brillante y forma de hueso de fruta o de corazón. Lleva grabados cuatro signos jeroglíficos indescifrables. Se dice que las nubes se amontonan cuando la piedra se oscurece, y que se vierte sangre cuando se hace pesada».[2]

Sea como fuere, la piedra Chintamani está rodeada de evocadoras leyendas, como la que la sitúa en el Tíbet du-

Grabado tibetano que muestra la piedra Chintamani a lomos de *Lung-ta*.

rante el reinado de Tho-tho-ri Nyantsan, hacia el año 331 de nuestra Era. Al parecer allí se custodiaba como un objeto caído del cielo, bajado del espacio a lomos de un «caba-

---

2. Andrew Tomas, *Shambala, oasis de luz*, Plaza y Janés, Barcelona, 1980, pág. 86.

llo alado» llamado *Lung-ta.* Fue considerada tan sagrada —llegó a llamársela «Tesoro del Mundo»— que sólo se mostraba en ocasiones que implicaran cambios espirituales o de conciencia para la Humanidad. Tal vez por eso se la representa con cierta frecuencia en el folclore tibetano.

Cultos Cargo. Objeto de la discusión entre Julia Álvarez y Ellen Watson en el capítulo 89, se trata de uno de los misterios más fascinantes al que se han enfrentado los antropólogos contemporáneos. La expresión nació después de que los aliados tomasen varias islas del Pacífico sur durante la segunda guerra mundial, en las que habitaban comunidades que no habían tenido ningún contacto previo con Occidente y que aún vivían en la Edad de Piedra. La confrontación con una civilización mucho más desarrollada que la suya les llevó a divinizar a los soldados y a implorarles constantemente sus riquezas (el «cargo» de sus contenedores). La mayoría de estos cultos han desaparecido ya, y hoy apenas sobrevive el culto a John Frum en la isla de Tanna, Vanuatu, donde aún se pasean ceremonialmente modelos de aviones de paja a imagen de los «pájaros de los dioses» que vieron los pobladores de Tanna en plena contienda bélica.

Esta reacción podría explicar —y de ahí el debate entre Julia y Ellen— cómo nacieron religiones mucho más antiguas, tal vez a resultas de un paleocontacto con alguna cultura tecnológica en la prehistoria.

Día grande y terrible. Expresión que aparece varias veces a lo largo de la novela y que tiene su origen en un augurio veterotestamentario muy conocido que anuncia el fin del mundo en coincidencia con el regreso del «arrebatado» Elías: «He aquí que Yo os enviaré al profeta Elías antes de que llegue el día de Yahvé, grande y terrible» (Malaquías 3, 23).

Diluvio Universal. Contra lo que muchos todavía creen, no se trata de un mito exclusivamente judeocristiano. Tal y como explica *El ángel perdido* (págs. 127 y 128), existen más de un centenar de relatos ancestrales, surgidos independientemente en todas las latitudes del globo, que narran la destrucción de la Humanidad por culpa de una súbita y gigantesca inundación. Entre los más destacados están el cuento hindú de Manu y el pez, en el que un pequeño pez avisa a un hombre de la inundación que está por llegar. O el de Tana y Nena entre los aztecas, que se salvaron de la ira del dios Tláloc cuando éste les advirtió de sus planes para ahogar a los humanos. O el aún más célebre mito griego de Deucalión, cuando Zeus se propone acabar con una humanidad cada vez más arrogante y Prometeo corre a prevenir a su hijo humano Deucalión y a su esposa Pirra de lo que se les viene encima.

Al igual que cada vez más expertos modernos, Martin Faber se muestra convencido en la novela de que el Diluvio enmascara el recuerdo atávico del último gran cambio climático vivido por nuestro planeta, marcado por el deshielo que señaló el fin de la era glacial hace unos once o doce mil años. Ocurrió justo antes del surgimiento de las primeras civilizaciones, como la de Gobleki Tepe (Turquía).

Eclipse total de Sol. El capítulo 52 alude a un eclipse total de Sol, histórico, que oscureció media Europa el 11 de agosto de 1999. Tal vez por coincidir con el cumpleaños de Javier Sierra, pero sobre todo por haber sido predicho por Nostradamus en una cuarteta —donde lo definió como «rey del terror»—, este suceso juega un papel clave en la obra. Según la ficción, ese día se pusieron en funcionamiento las adamantas por última vez, activando piedras que estaban ocultas desde la Edad Media bajo determinados templos franceses. Más adelante (págs. 356–358) se volverá sobre este asunto, llamándolo «la crisis de las catedrales» y remitiendo al lector —sin citarla expresamente— a una obra anterior de Sierra titulada *Las puertas templarias.*

Efecto Rachel. Descrito en detalle en las páginas 194–195, se refiere a un incidente ocurrido en junio de 1936 cerca de Roma. Durante unas pruebas de radio efectuadas por Guillermo Marconi con frecuencias de largo alcance, todo el tráfico a motor que circulaba cerca de Ostia —incluido el coche oficial en el que viajaba Rachel Mussolini, esposa del Duce— se detuvo bruscamente. Este incidente inauguró una era de experimentación con ondas electromagnéticas aplicadas a proyectos de defensa.

Epopeya de Gilgamesh.[3] Redactada en el cuarto milenio antes de Cristo sobre tablillas de barro halladas en Ní-

---

3. Para *El ángel perdido*, Javier Sierra consultó la edición de Andrew George, *La epopeya de Gilgamesh*, Editorial Random House Mondadori, Barcelona, 2008. Traducción de Fabián Chueca Crespo y prólogo de José Luis Sampedro.

nive (Irak), se trata del texto literario más antiguo conservado hasta la fecha. Es un relato que narra los esfuerzos del rey sumerio Gilgamesh («el que ha visto lo profundo») por alcanzar el paraíso de los dioses para reclamarles la inmortalidad. Y sostiene que sólo un humano mereció ese don en el pasado: un monarca prediluviano llamado Utnapishtim, al que los dioses salvaron al prevenirle de la llegada de una gigantesca inundación. *El ángel perdido* resume y explica una parte de este relato ancestral en las páginas 141–143 y 159–164. No obstante, omite el momento en el que Utnapishtim revela a Gilgamesh que la inmortalidad se obtiene de una planta que nace en el fondo del mar. Solícito, Gilgamesh bucea en pos de la flor de la Vida Eterna y cuando está a punto de conseguirla, una serpiente se la arrebata mientras duerme, obligándolo a regresar a casa con las manos vacías.

Escalera de Jacob. La visión de una escalera de luz por la que suben y bajan ángeles, descrita por Jacob en el primer libro de la Biblia (Génesis 28, 11–19), es una constante en la obra de Javier Sierra. Apareció por primera vez en su novela *Las puertas templarias* y reaparece con fuerza en *El ángel perdido* como imagen perfecta del anhelo humano por comunicarse con sus creadores celestiales. En esta última novela el autor recrea el detalle de que Jacob tuvo su famoso sueño dormitando sobre una misteriosa piedra negra, que emparenta con las adamantas de su trama (págs. 162, 233, 244, 331, 453, 492 y siguientes).

Eyección de Masa Coronal (EMC). Durante los periodos de máxima activad solar, que se repiten en ciclos de unos once años aproximadamente, la superficie del Astro Rey se ve afectada por una especie de erupciones de gas que envían al espacio profundo colosales ondas de radia-

Escalera de Jacob

ción y viento solar durante horas. Se sabe que si alguna de esas ondas impactase contra la Tierra podría afectar a nuestro campo magnético y, en consecuencia, a nuestra red eléctrica. Son el principio que alimenta las llamadas «tormentas solares» y que se clasifican en varias categorías según su potencia. Las de clase X (en la página 408 se menciona una de tipo X-23) son las máas terribles: generan efectos nocivos sobre el clima, las telecomunicaciones y los seres vivos. Las de clase M son de duración más breve, pueden provocar pequeños cortes en el suministro eléctrico y afectan sobre todo a las regiones polares. Por último, las de clase C son las más leves, y suelen pasar casi desapercibidas.

Gloria de Dios. Citada en varios puntos de la novela (págs. 297, 298 y 303, por ejemplo), el término se refiere a una visión terrible de la potencia de Dios. En el Antiguo Testamento la expresión remite a una de las formas de manifestación de Yahvé, en clave luminosa. Dios aparece en como una nube que brilla como el fuego sobre el Sinaí (Éxodo 24), o en el desierto como una masa bulbosa y reluciente (Éxodo 16). Sin embargo, el lugar más común donde se manifestará este fenómeno electromagnético es en el Tabernáculo (Éxodo 29, Levítico 9, Números 14), y cada vez que lo hace el templo debe ser desalojado.

No obstante, la descripción más precisa de la Gloria de Dios corresponde al profeta Ezequiel, que la tuvo frente a sí durante el exilio hebreo en Babilonia. En *El ángel perdido* aparece bien avanzada la novela (a partir del capítulo 58) y serán Martin Faber, Artemi Dujok y Nicholas Allen quienes habrán de enfrentarse a ella.

George Carver Jr. (1930–1994). Experto en seguridad de la CIA interesado en el Arca de Noé, cuya historia completa se cuenta en las páginas 379 y 380 del libro. Se enroló en los servicios secretos en 1953 y dedicó veintiséis años de su vida a esa tarea, desempeñando importantes misiones durante la guerra de Vietnam y en Alemania occidental. Al parecer, en varias de sus conferencias públicas durante años ochenta, George Carver llegó a afirmar que la CIA sabía que «hay algo extraño cerca de la cima del monte Ararat», inspirando a terceras personas a solicitar la desclasificación de los datos en los que se basaban esas conclusiones a través de la Ley de Libertad de Información (FOIA). Esa desclasificación se produjo un año después de la muerte de Carver, en 1995, y confirmó que, en efecto, la CIA estaba interesada en cierta «anomalía del Ararat» al menos desde 1949.

George Ivanovich Gurdjieff (¿1872?–1949). Místico, escritor y filósofo de origen armenio al que muchos consideran uno de los padres del esoterismo moderno. En *El ángel perdido* se le cita en relación a sus comentarios sobre las supersticiones yezidís, pero Sierra no llega a desarrollar sus ideas, que perseguían, entre otras cosas, un salto de conciencia en la Humanidad a partir de ideas destiladas del budismo, el hinduismo, el cristianismo y, sobre todo, el sufismo. Algunos detalles de su biografía son curiosamente coincidentes con algunos de los grandes temas de esta novela. En su libro *Encuentros con hombres notables*,[4] por ejemplo, cuenta que su padre fue un *ashoj*, un poeta lírico de origen griego, y a menudo le recitaba de memoria obras como la *Epopeya de Gilgamesh*. Gurdjieff, maravillado por el

---

4. G. I. Gurdjieff, *Encuentros con hombres notables*, Editorial Solar, Santa Fe de Bogotá, 1997.

hecho de que los cuentos armenios sobre Noé tuvieran un precedente milenario tan remoto, comenzó a interesarse por el lado oculto de la Historia. Eso fue lo que lo llevó hasta los yezidís, y a viajar por toda Asia y Europa durante cuatro décadas ininterrumpidas.

Hallaç. Nombre de un cráter meteórico ubicado a pocos kilómetros del paso fronterizo de Gürbulak, entre Turquía e Irán, de donde según *El ángel perdido* proceden las adamantas que Julia y Martin reciben el día de su boda. Ese origen las convierte en betilos, piedras de origen cósmico y propiedades geológicas muy diferentes a las terrestres.

Heliogabalus. Citadas en la página 297, son un tipo de piedras emparentables con las adamantas, utilizadas también como oráculo con los mundos superiores. El origen del término hay que rastrearlo en Emesa (la moderna Homs, en Siria), donde se veneraba a un dios con ese nombre que tenía forma de piedra cónica negra y era, con seguridad, de origen meteórico.

Hopi. Esta importante tribu del suroeste de los actuales Estados Unidos aparece mencionada por primera vez en el capítulo 44 de la novela. Su nombre significa «gente pacífica», aunque los indios insisten en que ése es sólo uno de los muchos significados que tiene el término. Javier Sierra recurrió a ellos por primera vez en *La dama azul*,[5] después

---

5. Javier Sierra, *La dama azul* (edición revisada), Planeta, Barcelona, 2008.

Javier Sierra junto al cráter meteórico de Hallaç

de visitar su reserva en Arizona en 1991 y 1994. Una reserva, por cierto, que fue creada en 1882 por el presidente Chester Arthur, tal y como se explica en *El ángel perdido* (pág. 344). Dividida en la actualidad en una treintena de clanes, la sociedad hopi es una de las que conserva mejor sus tradiciones ancestrales; no en vano su centro espiritual, Oraibi, es el lugar más antiguo habitado ininterrumpidamente en Norteamérica. De allí es Oso Blanco, de nombre real Oswald Qo-tsa-Honow, el jefe indio que hace una aparición fugaz en la novela, y que fue el responsable de volcar la tradición oral de los hopi en cronistas contemporáneos como Frank Waters[6] o Josef Blumrich.[7] Fue quien explicó cómo los hopi dividen la historia de la Humanidad en «mundos», y que éstos han ido desapareciendo uno tras otro a causa de grandes catástrofes. El primer mundo sucumbió por fuego, el segundo por hielo, el tercero por agua. Actualmente habitamos en el cuarto. Según las creencias hopi, nuestra humanidad cumplirá su ciclo evolutivo cuando alcance el séptimo mundo. Nos quedan, pues, tres extinciones masivas que afrontar.

I

Ignatius Donnelly (1831–1901). Mencionado en la pág. 228, este abogado, congresista, gobernador de Minnesota y escritor norteamericano ejerció una tremenda influencia en su tiempo con su ensayo *Atlantis, the Antedilu-*

---

6. Frank Waters, *El libro de los hopi*, Fondo de Cultura Económica, México D.F., 1963.

7. Josef Blumrich et al., *Kasskara y el secreto de los 7 mundos*, Extra n.° 1 revista *Mundo Desconocido*, Barcelona, marzo 1980, págs. 114–122.

vian World (1882). Todavía hoy esta obra es considerada por la crítica como uno de los libros más admirables de su siglo. A él se debe la extendida idea de que culturas como la egipcia, la hindú o las centroamericanas fueron fundadas por supervivientes de la catástrofe que hundió ese mítico continente. De hecho, Donnelly afirma que los reyes y reinas que un día gobernaron la Atlántida se convertirían después de su hundimiento en los dioses de todas las mitologías. Esa migración de supervivientes explicaría, según él, elementos comunes en culturas de todo el globo como las pirámides, el uso de símbolos como la espiral o la obsesión generalizada por la astronomía.

Pese a tan controvertidas ideas, lo cierto es que aún en nuestros días se considera que Donnelly ha sido el político más culto que ha pasado por Washington D.C. Y no sólo por sus escritos sobre civilizaciones desaparecidas, sino también por su erudición en campos tan dispares como la geología, la botánica o la lingüística. Una de sus obras menos conocidas trató de hallar códigos secretos en los escritos del mismísimo William Shakespeare. ¡Toda una fuente para una nueva novela de misterio!

J

James Irwin (1930–1991). La implicación de este astronauta en la búsqueda del Arca de Noé se describe en detalle en las páginas 441 y 442. Aun así, pocos saben que el octavo hombre que puso su pie en la Luna, a bordo de la misión Apolo 15, llegó incluso a escribir un libro sobre sus misiones alpinistas al monte Ararat en busca de pruebas de la historia bíblica. En *More Than an Ark on Ararat* (1985), Irwin admite el fracaso de sus expediciones desde un punto de vista material, pero no así espiritual. Sugiere que el Arca de Noé se descubrirá cuando Dios quiera, no cuando lo deseen los hombres, y desnuda su visión religiosa de la existencia. Tras su regreso de la Luna, Irwin fundó un grupo cristiano llamado *High Flight* (Vuelo de Altura), con el que organizó hasta siete expediciones al Ararat en busca del Arca. Su perseverancia como piloto de pruebas y su valor le sirvieron para salvar la vida en más de una ocasión, pero no para cumplir con su último sueño: demostrar que tan importante como que el hombre hubiera caminado sobre la Luna era que Dios lo hubiera hecho sobre la Tierra.

Jasones. Grupo elitista e independiente de científicos, matemáticos y físicos de la Universidad de Princeton que durante la segunda guerra mundial asesoraron al gobierno de Estados Unidos en cuestiones tecnológicas y de defensa. A él pertenece, en la ficción de *El ángel perdido*, el padre del presidente, William Castle II, si bien este grupo de asesores existió en realidad. Su nombre procede de las iniciales de los meses en los que solían reunirse: de julio a noviembre.

Juan de Estivadas. La tumba de este personaje es una de las más célebres de la «iglesia de las lápidas», Santa María a Nova, de Noia. Esculpida en el siglo XV, muestra el nombre del difunto escrito especularmente sobre el almohadón en el que descansa la efigie de este comerciante y bodeguero gallego. Ese nombre oculta, además, un código fundamental para la trama de *El ángel perdido*.

John Dee (1527–1698). Complejo y multifacético personaje de la época del reinado de Isabel I de Inglaterra que, además de por sus conocimientos científicos, fue conocido por su dominio de las ciencias ocultas. Este mago católico carente de cualquier capacidad sobrenatural se

Tumba de Juan de Estivadas

asoció en 1581 a un médium de dudosa reputación llamado Edward Kelly con el propósito de abrir un canal de comunicación con ángeles y entidades del «otro lado». Quiso hacerlo a través de piedras que hacían las veces de vehículo para sus mensajes, convencido de que la magia y la alquimia eran vías tan prácticas y nobles para encontrar a Dios como cualquier otra más ortodoxa. Fruto de sus intentos de comunicación llegó a «recibir» del más allá una extraña lengua que llamó *enochiana,* y a crear el poderoso talismán geométrico que aparece reproducido varias veces en *El ángel perdido.* Aunque su fama de mago ha ensombrecido su reputación en otros campos, Dee fue geómetra, cartógrafo, astrónomo y dejó escritas setenta y nueve obras, la mayoría inéditas y conservadas en el Museo Ashmoleano de Oxford. En la novela se le describe en detalle en las páginas 55 a 58.

Joseph Smith (1805–1844). Según explica Sierra en las páginas 278–280, el fundador de los mormones estuvo en posesión de dos «piedras parlantes» del estilo de las adamantas que persigue Julia Álvarez en la novela. Lo cierto es que Smith, como John Dee doscientos años antes, estableció contactos con ángeles que le hablaron —e incluso dejaron escritos— en una lengua ininteligible, entregándole piedras con las que podría comunicarse con ellos. Hoy son más de catorce millones los fieles que la Iglesia de Jesucristo de los Últimos Días tiene por todo el mundo, y todos conocen al pie de la letra los encuentros de su fundador con un ángel que se le presentó como Moroni.

K

Kasskara. Capital mítica de los antepasados de los indios hopi de Arizona, es citada en las páginas 345–346 como una versión más del mito de la Atlántida nacida a espaldas de Platón. Según los hopi, nuestro planeta tuvo varias «capitales del mundo» en la antigüedad que fueron desapareciendo tras sucesivos cataclismos globales. Kasskara fue la tercera de ellas y también el nombre de un continente situado en el océano Pacífico que desapareció tras una gigantesca inundación. El relato completo de Kasskara se publicó por primera vez en español en marzo de 1980 en un número especial de la revista *Mundo Desconocido*, que entonces dirigía un escritor y periodista llamado Andreas Faber-Kaiser y que, con probabilidad, inspiró a Javier Sierra el nombre de Martin Faber, el climatólogo que articula la trama de tensión de *El ángel perdido*.

Katchinas. Divinidades de los indios hopi que aún hoy se representan en pequeñas figuritas de barro y madera de aspecto temible, para, según dicen, acostumbrar a los niños a su desagradable presencia. Los katchinas fueron entidades que gozaron de privilegios tecnológicos notables, como el don de volar en una suerte de calabazas ingrávidas que se desplazaban merced a algo que los indios llaman hoy «fuerza magnética». Su impacto en la cultura hopi es grande, y han inspirado danzas y máscaras que parecen sacadas de sus peores pesadillas. En *El ángel perdido* se los describe (pág. 346) como dioses instructores, aquellos que trajeron los conocimientos de ganadería y agricultura a los hopi en algún momento de la noche de los tiempos. Lo que no dice es que gozaron del don de la profecía, ya que previnieron a los indios de la próxima llegada de hombres blancos, venidos de los confines del mar. Eran capaces de proezas como la de engendrar hijos sin mediar contacto carnal, de transmitirse noticias sólo con el pensamiento, de cortar y transportar grandes rocas y hasta de trazar complejas instalaciones subterráneas todavía no descubiertas por los arqueólogos.

Keyhole. Nombre genérico para una generación de satélites espía servicio de la CIA, algunas de cuyas unidades obtuvieron las primeras imágenes de cierta «anomalía del Ararat» cerca de la cumbre de esa montaña turca, posteriormente identificadas como restos de la mítica Arca de Noé. Aunque el papel de los satélites Keyhole, o KH, se subraya en diversos momentos de la trama, la primera vez que aparecen citados es en las páginas 188 y 189.

L

Lapsis exillis. Locución latina empleada en el último capítulo de la novela por el deán Benigno Fornés (pág. 515) para referirse a las piedras que protagonizan toda la obra. El primero en utilizar este término fue Wolfram von Eschembach, a finales del siglo XII, en su *Parzival*. Sus 25.000 versos narran las aventuras de un caballero de ese nombre en busca del Santo Grial, que él describe como una piedra celeste. *Lapsis exillis* podría ser, pues, una derivación de *lapis ex caelis* («piedra del cielo»), *lapsit ex caelis* («cayó del cielo») o incluso *lapis lapsus ex caelis* («piedra caída del cielo»). Aunque, seguramente, todas remiten a las entonces célebres *lapis betilis*, esto es, betilos o piedras meteóricas consideradas sagradas por muchas culturas del mundo antiguo, entre ellas la egipcia.

Lengua enochiana. Idioma supuestamente de origen angélico recibido por John Dee y sus seguidores a finales del siglo SVI, formado a partir de 21 letras, 19 llaves o invocaciones y más de un centenar de inescrutables tablas de letras compuestas hasta por 2.041 caracteres, cuyas combinaciones —aseguraban— permitían establecer contacto con «planos superiores» de la realidad. La lengua enochiana se olvidó hasta entrado el siglo XIX, siendo recuperada por organizaciones ocultistas como la Golden Dawn, que la han preservado hasta nuestros días. Signos extraídos de esa lengua salpican la novela de Javier Sierra en momentos importantes de su trama y es en la que Artemi Dujok recita sus extraños ensalmos, que forman parte de las llaves invocadoras reales usadas por John Dee (págs. 486 y 487).

Libro de Enoc. Fechado alrededor del siglo II a. C., se atribuye al primer profeta bíblico que fue arrebatado a los cielos por Yahvé y recorrió las «esferas celestiales» sin haber muerto. El libro es prolijo en detalles sobre la caída de los ángeles y las causas que llevaron a Dios a querer destruir al género humano con el Diluvio Universal. Esta obra[8] fue casi desconocida en Europa hasta el siglo XIX, cuando se importaron copias desde Etiopía, pero hay sobrados argumentos para creer que el mago isabelino John Dee tuvo acceso privilegiado a su contenido en el siglo XVI. *El ángel perdido* le confiere una gran importancia en su trama, especialmente en las páginas 112–120.

---

8. Anónimo, *El libro de Enoc el profeta* (versión de R. H. Charles con prólogo de R. A. Gilbert), Edaf, Madrid, 2005.

Melek Taus. Citado tan sólo en la página 322, es la divinidad que preside la religión yezidí. A menudo se lo representa como un pavo real, aunque su naturaleza es la de ángel intermediario de Dios. Se trata de uno de los ángeles rebeldes que expulsó Yahvé del paraíso pero que, a diferencia del resto, llegó a redimirse de sus pecados y convertirse en patrón de la Humanidad. Es muy probable que Taus sea una deformación del dios griego Zeus, y que por tanto Melek Taus deba interpretarse como «ángel de Dios». Eso convierte a los yezidís en uno de los pocos cultos exclusivamente angélicos que existen sobre la faz de la Tierra.

Monas Hierogliphica. Castellanizado como Mónada Jeroglífica, o simplemente Monas, este símbolo creado por John Dee encierra la fórmula para dominar una nueva ciencia compuesta por la cábala, la alquimia y las matemáticas que, en palabras de la experta Frances Yates «habría permitido a quien la dominara subir y bajar por las escaleras del ser, desde las esferas más bajas hasta las más altas; y en la esfera superceleste Dee creyó haber descubierto el secreto para invocar a los ángeles mediante computaciones matemáticas».[9] Este singular símbolo, a menudo interpretado sólo en clave mágica, se disecciona en *El ángel perdido* hasta convertirlo en una profecía legible por mentes científicas contemporáneas.

Pero *Monas Hierogliphica* es también el título de la obra impresa más célebre de John Dee. Publicada en Amberes

---

9. Frances A. Yates, *El iluminismo rosacruz*, Fondo de Cultura Económica, México, 1972, pág. 8.

en 1564,[10] el mago la redactó en sólo doce días, poco después de leer la *Stenographia* de Tritemio, uno de los libros sobre encriptación más célebres de todos los tiempos. Comúnmente se la tiene por una obra de alquimia, pero semiólogos de reconocido prestigio como Umberto Eco tienen la impresión de que se trata de un intento de Dee por elaborar «un alfabeto de carácter geométrico-visual».[11] De hecho, en su libro el mago formula veinticuatro teoremas en los que rotando, invirtiendo, seccionando y permutando partes del símbolo obtiene otros muchos con los más variados significados. Por tanto, la idea de Sierra de que el misterioso talismán es, en realidad, un compendio de información oculta de carácter cosmológico no puede ser más acertada.

---

10. Existe versión en español: John Dee, *La Mónada Jeroglífica*, Obelisco, Barcelona, 1992, Traducción, introducción y notas de Luis R. Munt.

11. Umberto Eco, *La búsqueda de la lengua perfecta*, Crítica, Barcelona, 1994, pág. 160.

Nicolás Roerich (1874–1947). Pintor ruso de fuertes influencias esotéricas cuyos lienzos son de los más apreciados entre los que hoy se exponen en su país natal. Su vida está llena de aventuras y episodios extraños, como el que protagonizó en 1925 en la cordillera del Karakorum al vislumbrar, a plena luz del día, un extraño objeto volante que los lamas que lo acompañaban no tardaron en identificar como un «signo de Shambhala», el mundo subterráneo que rige —según su tradición— nuestro destino. Roerich es mencionado en la página 373 en relación a la piedra chintamani, otra roca con la que sería posible establecer un canal de comunicación con los cielos. Sin embargo, pese a que *El ángel perdido* subraya esa faceta sobrenatural, Roerich fue un hombre con los pies muy en la tierra. Fue uno de los creadores de nuestro moderno concepto de cultura —que incluye no sólo obras de arte, literarias o intelectuales, sino también costumbres y tradiciones—, amén de un decidido impulsor de la paz mundial que llegó a ser nominado para el premio Nobel en esa materia. Creó incluso una bandera de la paz que hoy se reconoce internacionalmente, e incluso una montaña en la cordillera de Altaï lleva su nombre.

Noela. Tía de Julia Álvarez, perteneciente a la tradición de brujería en la que la inicia a los nueve años en la playa de Langosteira. Lo interesante de este personaje, que no aparece hasta la página 475, es su vínculo etimológico con Noé. Aunque el autor no lo diga, Noela debe de ser nativa de la villa de Noia, donde un alto porcentaje de sus niñas reciben aún ese nombre al nacer.

Noia (también Noya). Población coruñesa emplazada en la Costa da Morte de donde es originaria Julia Álvarez, la protagonista de *El ángel perdido*. Pocos saben que su escudo de armas representa el Arca de Noé encallada en el cercano monte Aro o que la propia etimología de su nombre deriva del patriarca bíblico. Una leyenda local (pág. 197–201) asegura que una de las supervivientes del Diluvio Universal, una hija (o nieta, según la fuente que se consulte) de Noé llamada Noela arribó a esas costas hace cinco mil años y repobló el mundo desde el *finis terrae*. Sus alrededores están sembrados de restos prehistóricos, petroglifos y dólmenes que certifican la presencia de asentamientos humanos en la zona desde hace más de cinco mil años.

A las afueras de la villa se encuentra la ensenada de A Barquiña, cuyo nombre evoca el Arca noética. Este lugar y sus alrededores sirvieron de puerto de entrada en el Atlántico a los peregrinos que deseaban rezar ante la tumba del apóstol Santiago.

Noyon. Capital de la región francesa de la Picardía, que aparece fugazmente en la novela en la página 377. Sin duda, Javier Sierra decidió incluirla por tratarse de otro topónimo de inspiración noética —al igual que otras poblaciones cercanas al Camino de Santiago español como Noenlles, en La Coruña, Noain, en Navarra, u otras mencionadas también en la página 200 del libro—, pero, sobre todo, por disponer de una importante catedral gótica dedicada a Nuestra Señora *(Notre Dame)*, levantada entre 1145 y 1235, casi a la par que la de Chartres, y formar parte del mapa de templos franceses cuya construcción emuló la forma de la constelación de Virgo, tal y como se describe en otra novela de Sierra, *Las puertas templarias*.

Escudo de armas de Noia

PKK. Siglas del Partido de los Trabajadores del Kurdistán. En *El ángel perdido* se describe a esta organización como «una facción política ilegal de inspiración marxista enfrentada desde hace décadas a las autoridades turcas» (pág. 38). Su brazo armado es considerado una organización terrorista por Estados Unidos, la Unión Europea y Turquía.

Playa de la Langosteira. Aparece en el capítulo 96 de *El ángel perdido* para subrayar el vínculo de Julia Álvarez con la tradición brujeril del noroeste de la península Ibérica. Ese lugar, emplazado en el término de Fisterra (la *finis terrae* de los romanos) es una ensenada de dos kilómetros de longitud, de aguas tranquilas y arenas limpias, y desde antaño un epicentro del misterio. Ptolomeo (II. 6, 2) situó allí el *Artabrom Limen*, o puerto de los Ártabros, y Estrabón lo confirmó diciendo que era el acceso a un área de «muchas ciudades», hoy desaparecidas sin rastro. Con casi toda seguridad fue el punto y final de las peregrinaciones jacobeas más severas, que veían en esas arenas el auténtico fin del mundo. No resulta, pues, extraño que Javier Sierra la eligiese como el lugar de iniciación de Julia a su vida psíquica, como símbolo inequívoco de que allá donde acaba lo conocido se inicia lo trascendente.

Pórtico de la Gloria. Esta obra escultórica del maestro Mateo que flanquea el paso a la catedral de Santiago sustituyó un pórtico anterior en el que se conmemoraba la transfiguración de Jesús en el monte Tabor. El reemplazo fue un drama para quienes conocieron el sentido íntimo del Camino, ya que esa mutación era justo lo que buscaban los antiguos peregrinos de la Ruta Jacobea y lo que celebraban al cruzar ese umbral tras semanas de caminata. El padre Benigno Fornés explica en detalle esa «traición» al verdadero espíritu compostelano en las páginas 512-515.

Proyecto Elías. En la ficción, primera operación de los servicios de inteligencia de Estados Unidos, puesta en marcha por orden ejecutiva del presidente Chester Arthur a finales del siglo XIX y todavía activa. Su objetivo es monopolizar cualquier intento de comunicación con todo tipo de inteligencia superior. En la actualidad opera bajo el paraguas de la Agencia Nacional de Seguridad (NSA).

Santa Echmiadzin. Con ese nombre se refiere Javier Sierra a la catedral que preside la ciudad sagrada de los armenios. Es el templo cristiano más antiguo del país y uno de los más viejos del mundo, ya que esta región se convirtió en fecha muy temprana a la fe de Jesús. Según la *Historia de los armenios*, escrita hacia el 460 d. C., san Gregorio el Iluminador tuvo una visión en el solar de la catedral en la que los cielos se abrieron de par en par y un rayo de luz cayó sobre la tierra, marcando el lugar. Al poco, una procesión de ángeles descendió por esa misma luz con Jesucristo al frente. Éste golpeó tres veces con un martillo dorado el suelo, y de él surgieron dos columnas, una con base de oro puro y otra de fuego que se perdió hacia las nubes en medio de un gran estruendo. Leyendas al margen, lo cierto es que los orígenes de este lugar santo se remontan al siglo IV, y en su interior se custodian venerables reliquias como la mano del propio san Gregorio, una de las varias Lanzas de

Longinos con la que se cree que este centurión atravesó el costado de Cristo y, sobre todo, un trozo de madera petrificada del Arca de Noé que la novela describe con todo lujo de detalles en su capítulo 52, y cuya radiodatación fechó hace algún tiempo en unos seis mil años de antigüedad.

Santa María a Nova. Es uno de los escenarios fundamentales de *El ángel perdido*. Se emplaza en el corazón de un cementerio medieval semioculto en el corazón del pueblo coruñés de Noia. Consagrada en 1327 sobre las ruinas de un templo anterior, Santa María a Nova da cobijo a cientos de lápidas de hasta siete siglos de antigüedad, inscritas con símbolos relativos a gremios, oficios y peregrinos, aunque no pocos aguardan a ser descifrados. Lo cierto es que estas lápidas —o *laudas*, en gallego— corresponden a tumbas sin muertos, lo que ha dado pie a innumerables especulaciones sobre su propósito. Estamos, sin duda, ante una de las iglesias más misteriosas de Galicia que, pese a haber sido desacralizada y convertida en un museo, conserva intacto todo su magnetismo.

STEREO. Siglas de *Solar TErrestrial RElations Observatory*, se refieren a dos sondas que la NASA puso en órbita en octubre de 2006 para estudiar al detalle las relaciones magnéticas que existen entre nuestro planeta y el Astro Rey. Sus datos han puesto al descubierto detalles sobre las erupciones solares inéditos hasta la fecha, y forman parte esencial del programa de «meteorología espacial» que, en adelante, podrá alertarnos de tormentas solares que puedan resultar dañinas a nuestro planeta. Su funcionamiento se describe en el capítulo 86.

Santa María a Nova

T

Tormenta solar. El Sol padece cada cierto tiempo «crisis» en su superficie que derivan en gigantescas erupciones de plasma. Si su orientación coincide con la situación de la Tierra en ese momento, la radiación electromagnética que desprende tardaría apenas ocho minutos en alcanzarnos, afectando al funcionamiento de nuestros satélites de comunicaciones y alterando incluso sus órbitas. *El ángel perdido* describe de modo elocuente la secuencia de eventos en su capítulo 86. Y es que, tras ese primer impacto, en cuestión de horas una auténtica lluvia de partículas de plasma de fuerte carga eléctrica se precipitaría sobre la superficie terrestre, alterando los sistemas eléctricos y electrónicos y pudiendo causar apagones y severas alteraciones en el corazón de nuestra civilización.

Véanse también *Eyección de masa coronal y Apagón* en este mismo diccionario.

U

Uriel. Su nombre tiene varios significados: desde «Dios es mi luz» hasta «fuego de Dios». Se trata de uno de los siete arcángeles que menciona el profeta Enoc y el que domina sobre el Tártaro. Algunos exégetas creen que fue el ángel que descendió a la Tierra para pelear cuerpo a cuerpo con Jacob, episodio que la novela evoca en las páginas 312 y 331. Y algunos textos midrásicos sugieren que fue el ángel que se manifestó a Noé advirtiéndole de la inminente llegada del Diluvio. Por si esto fuera poco, parece que también John Dee se encontró con él en mayo de 1581, cuando se le manifestó en forma de un ángel niño que le ofrecía un huevo de cristal (pág. 415).

Urim y Tumim. En hebreo, «luces» y «recipientes». Son los nombres propios de dos piedras sagradas que se atesoraban en el Templo de Salomón, en Jerusalén, y de las que *El ángel perdido* habla por primera vez en las páginas 279 y 280. Al parecer, los antiguos sacerdotes israelitas las utilizaban como piedras oraculares para elevar sus peticiones a Yahvé (Éxodo 28, 30; Levítico 8, 8; Números 27, 21). El aspecto de ambas piedras es hoy desconocido, pero parece que podían engastarse en el pectoral del oficiante y se guardaban en un estuche parecido al que Sheila Graham muestra a Julia Álvarez en la víspera de su boda con Martin Faber.

Uzza. Según el segundo libro de Samuel (capítulo 6), nombre de uno de los porteadores del Arca de la Alianza que murió al tratar de impedir que ésta cayera al suelo. Pese a las advertencias que recibió de los sacerdotes, este porteador tocó el cofre que guardaba las Tablas de la Ley y murió fulminado por «la furia de Dios». *El ángel perdido* cuenta su historia en la página 75.

VLA. *Very Large Array Telescope.* Ubicado en los Llanos de San Agustín, en Nuevo México, este observatorio astronómico compuesto por veintisiete antenas, cada una de veinticinco metros de diámetro, es el mayor «oído» terrestre que existe. Su principal función es escuchar el espacio profundo, en especial púlsares, cuásares, emisiones de radio procedentes de estrellas lejanas y hasta frecuencias desprendidas por los planetas de nuestro entorno o el Sol. Aunque se hizo mundialmente famoso gracias a la película *Contact*, sus instalaciones no se han empleado nunca en la búsqueda de señales de radio inteligentes procedentes de otros mundos. En *El ángel perdido* se le encomendará la tarea de ubicar el destino de una emisión electromagnética particular. Lo que hallará determinará el desenlace de toda la trama.

William Seabrook (1884–1945). El autor de *Adventures in Arabia* es mencionado en las páginas 294 y 295 en relación a la misteriosa etnia de los yezidís y su leyenda de las «torres del mal». Según aquéllos, distribuidas por el mundo existieron hasta siete construcciones inspiradas por Satán desde las que éste irradiaba su maldad al mundo. Seabrook, viajero y periodista para *The New York Times, Vanity Fair* y *Reader's Digest*, se ganó una curiosa reputación como «viajero al más allá» con la que impregnó cada una de sus crónicas. Finalmente, en septiembre de 1945 se suicidó con un cóctel de pastillas tras una etapa depresiva en la que se abandonó al alcohol.

Yezidís. Esta desconocida minoría religiosa y étnica —de la que apenas quedan 100.000 individuos en todo el mundo— se extiende por los actuales territorios de Irak, Irán, Turquía y Armenia, y juega un papel fundamental en *El ángel perdido*. No sólo porque uno de sus principales protagonistas, el *sheikh* Artemi Dujok, pertenece a este grupo de adoradores del «ángel caído» Melek Taus, sino por toda la intrahistoria que esconden. De entrada, los yezidís se consideran descendientes de Adán, no de Eva. Creen en la reencarnación, en la inocencia de Lucifer e incluso adoran a las serpientes. Todo esto les ha granjeado una peligrosa fama de «adoradores del diablo», que ha justificado su persecución tanto por musulmanes como por el caído dictador Sadam Hussein. Pero, al tiempo, han recibido la atracción de escritores como H. P. Lovecraft —que les dedicó uno de sus relatos de terror, «The Horror at Red Hook»—[12] o de satanistas contemporáneos como Anton La Vey.

Sus vínculos con la historia del Diluvio Universal también son notables. Eyn Sifni, la mayor y más importante ciudad yezidí en el Kurdistán iraquí, es según ellos el lugar en el que empezó la catástrofe. De hecho, el topónimo Eyn Sifni significa literalmente «barco de Noé», en un juego de palabras a los que son muy aficionados tradicionalmente los componentes de esta etnia. De hecho, a las afueras de la ciudad aún puede visitarse el pozo donde según dicen se inició la tragedia y que es protegido por el *Baba Sheikh* (o papa yezidí), quien reside allí para venerar la tumba de Adi, su fundador.

---

12. Publicado originalmente en la revista *Weird Tales*, Nueva York, enero de 1927. Puede encontrarse una versión en español, por ejemplo, en *Lovecraft: la antología*, selección de Teo Gómez, Océano-Ambar, Barcelona, 2002.